Melhores Contos

MACHADO DE ASSIS

Direção de Edla van Steen

Melhores Contos

MACHADO DE ASSIS

Seleção de
Domício Proença Filho

© Domício Proença Filho, 2008

17ª Edição, Global Editora, São Paulo 2020
1ª Reimpressão, 2023

Jefferson L. Alves – diretor editorial
Gustavo Henrique Tuna – editor assistente
Flávio Samuel – gerente de produção
Sandra Brazil – coordenadora editorial e revisão
Fernanda Cristina Campos – revisão
Retrato de Machado de Assis (1905),
de Henrique Bernardelli – imagem de capa

Dados Internacionais de Catalogação na Publicação (CIP)
(Câmara Brasileira do Livro, SP, Brasil)

Assis, Machado de, 1839-1908
    Melhores contos : Machado de Assis / seleção de Domício Proença Filho ; direção de Edla van Steen. – 17. ed. – São Paulo : Editora Global, 2020.

    Bibliografia.
    ISBN 978-85-260-2513-4

    1. Contos brasileiros I. Proença Filho, Domício. II. Steen, Edla van. III. Título.

19-31778   CDD-B869.3

Índices para catálogo sistemático:

1. Contos : Literatura brasileira   B869.3

Cibele Maria Dias – Bibliotecária – CRB-8/9427

Obra atualizada conforme o
NOVO ACORDO ORTOGRÁFICO DA LÍNGUA PORTUGUESA

Global Editora e Distribuidora Ltda.
Rua Pirapitingui, 111 – Liberdade
CEP 01508-020 – São Paulo – SP
Tel.: (11) 3277-7999
e-mail: global@globaleditora.com.br

 globaleditora.com.br   @globaleditora

 /globaleditora   @globaleditora

 /globaleditora   /globaleditora

 blog.grupoeditorialglobal.com.br

 Direitos reservados.
Colabore com a produção científica e cultural.
Proibida a reprodução total ou parcial desta
obra sem a autorização do editor.

Nº de Catálogo: **1475.POC**

Domício Proença Filho nasceu no Rio de Janeiro. Formou-se em Letras Neolatinas pela antiga Faculdade Nacional de Filosofia da Universidade do Brasil e é livre-docente e doutor em Literatura Brasileira pela Universidade Federal de Santa Catarina. É professor na Universidade Federal Fluminense. Lecionou na Faculdade de Letras da UFRJ; na Pontifícia Universidade Católica do Rio de Janeiro e em inúmeros outros estabelecimentos de ensino médio e superior. Como professor titular convidado (gastprofessor) lecionou Literatura Brasileira na Universidade de Colônia (Alemanha). Idealizou numerosos projetos culturais de cujo desenvolvimento também participou, na área de órgãos públicos e no setor privado. Foi diretor de texto da *Enciclopédia Século XX*. Idealizou e produziu, para o rádio, entre outras atividades, as séries *Os Romances de Érico Veríssimo* e *Nos Caminhos da Comunicação*. É autor da tese *Um Romance de Adonias Filho — Uma Leitura de* Corpo Vivo (1974). Ensaísta e crítico literário, tem publicado, entre outros títulos: *Estilos de Época na Literatura* (15ª ed., 2001), um clássico da literatura paradidática no Brasil, *Português e Literatura* (1974, esg.), *A Linguagem Literária* (4ª ed., 1991), *Pós-modernismo e Literatura* (1992). Poeta, lançou *O Cerco Agreste* (1979, esg.), *Dionísio Esfacelado — Quilombo dos Palmares* (1984), *Oratório dos Inconfidentes (Faces do verbo)*, (1ª e 2ª ed., 1989). Na ficção, publicou *Breves Estórias de Vera Cruz das Almas* (1991), primeiro lugar no Concurso Literário da Secretaria de Cultura e da Fundação Cultural do Distrito Federal em 1990.

SUMÁRIO

Permanência e atualidade da ficção machadiana 9

Contos

Teoria do medalhão 17

O espelho 26

O segredo do Bonzo 35

O anel de Polícrates 42

Uma senhora 49

D. Benedita 56

Verba testamentária 76

A sereníssima República 85

O alienista 93

Conto de escola 139

O enfermeiro... 147

Noite de almirante.. 155

A igreja do diabo 162

A senhora do Galvão.. 170

A cartomante.. 177

A causa secreta... 186

Uns braços 196

Missa do galo 204

Capítulo dos chapéus 211

Cantiga de esponsais 224

Um homem célebre 228

Evolução 237

O caso da vara 243

Pai contra mãe 250

Entre santos 260

Trio em lá menor 268

Conto alexandrino 276

O cônego ou metafísica do estilo 285

O dicionário 290

Biografia 295

Bibliografia 299

PERMANÊNCIA E ATUALIDADE DA FICÇÃO MACHADIANA[1]

É ponto pacífico entre os estudiosos que universalidade e multissignificação são dois traços fundamentalmente caracterizadores de um texto enquanto literário. A primeira está ligada a uma revelação do homem, do mundo e da relação entre ambos, cujos espaços de plenitude se busca atingir, através de uma forma específica de linguagem. A segunda vincula-se a esta última, que é necessariamente ambígua e possibilitadora de constante atualização e abertura, estritamente relacionada com o caráter conotativo que a singulariza.

A conotação, ensina a linguística, implica um universo cultural bem mais variável do que o que se traduz na dimensão denotativa do signo, seja em termos de indivíduos ou de grupos ou classes sociais.

Ao assumir perspectiva radical diante da condição humana, a partir de uma linguagem polissêmica, a literatura vem assegurando sua permanência e sua atemporalidade. Ao dizer de um tempo, diz de todos os tempos, integrando, unitariamente, presente, passado e futuro.

Assim, cada novo leitor, armado de seu repertório cultural, pode ser capaz de identificar, na dimensão escondida no texto literário, emoções coincidentes com as que povoam o âmago do seu universo psicológico. Isso se torna possível quando a representação simbólica que se caracteriza na literatura ultrapassa os limites do meramente individual, histórico ou conjuntural e mobiliza determinados componentes da psique humana que se mantêm imunes ao processo modificador peculiar ao percurso histórico-cultural da humanidade.

Há, portanto, certas características que têm aproximado e continuam aproximando os homens de todos os lugares e de todas as épocas. A obra literária tem sido um dos veículos mais eficazes na configuração dessa sintonia. Tais elementos, associados à concretude de determinados fatos de época e a eles integrados, garantem a natureza do texto de literatura e asseguram o

---

1 Texto reelaborado para esta edição.

interesse do leitor ou ouvinte. Esse interesse será tão mais permanente, quanto maior for o índice de universalidade atingido pelo texto, como já assinalou Tomachevski,[2] e quanto maior for a abertura do texto a novas incursões.

Polissemia e universalidade, portanto, permitem que um texto seja atual e permaneça.

É o caso de Machado de Assis. Sua obra permanece e é atual, na medida em que, em textos multissignificativos, evidencia, a partir de seu testemunho sobre o homem e a realidade de seu tempo, questões relacionadas com o homem de todas as épocas, numa temática que envolve, entre outros destaques, o amor, o ciúme, a morte, a afirmação pessoal, o jogo da verdade e da mentira, a cobiça, a vaidade, a relação entre o ser e o parecer, as oscilações entre o Bem e o Mal, a luta entre o absoluto e o relativo.

Se escreve com a pena da galhofa e a tinta da melancolia, se seus personagens se movem em espaços urbanos do Brasil, notadamente do Rio de Janeiro, essa visão e essa localização em nada diminuem os espaços da reflexão que suas histórias nos lançam diante. Antes, pelo contrário. Sua percuciente visão de mundo aprofunda o nosso mergulho na direção de nós mesmos.

Tomemos, por exemplo, *Dom Casmurro*. Aspectualmente, a trama é simples como o percurso das personagens no seu cotidiano. Uma história de amor, uma família de classe média no Rio de Janeiro do século passado, sua ética, seus valores. No mesmo nível, o duvidoso adultério, deflagrador do desequilíbrio familiar e convertido em núcleo da ação desenvolvida. Resumida a tal dimensionamento, a obra teria pouco a revelar. Mas quando a lemos como uma revisão existencial do personagem-narrador, buscando "atar as duas pontas da vida e restaurar na velhice a adolescência" como ele mesmo nos informa na narrativa, quando a entendemos, entre outras possibilidades, como um estudo acurado do ciúme e do comportamento psicológico do ser humano, o romance alcança outra representatividade e significação. Nesse contar de vidas, o autor consegue, através da simulação do particular, atingir dimensões de universalidade: suas personagens ultrapassam os próprios limites individuais, para se converterem em metonímias do homem do ocidente.

---

2 B. Tomachevski, "Thématique", *in* Tzvetan Todorov, *Theorie de la Littérature*. Paris: Seuil, 1966, p. 265.

Do percurso existencial também se fazem as *Memórias póstumas de Brás Cubas*, como se depreende à primeira leitura, desde os capítulos iniciais da obra. Neste livro, a irônica obsessão do narrador também personagem define bem a linha universalizante assumida e declarada. Sua ideia fixa é nada mais,

nada menos, que a invenção de um medicamento sublime, um emplasto anti-hipocondríaco, destinado a aliviar a nossa melancólica humanidade[3]

e, ainda nas suas palavras, uma ideia que

trazia duas faces, como as medalhas, uma virada para o público, outra para mim. De um lado, filantropia e lucro; do outro lado, sede de nomeada. Digamos: amor da glória.[4]

Nada mais humano. E carregado de burguesia.

Brás Cubas, sabemos os leitores, não consegue realizar o seu propósito, como não consegue, como tantas pessoas, realizar-se a si mesmo. Daí a revisão que, morto, faz de sua vida. Acentuada pela amarga corrosão. Ele traz a marca do pessimismo trágico. Mas não nos angustia tanto o seu fracasso. Machado amortece a dimensão trágica com a dimensão do humor. A vida continua. Apesar de absurda.

Quincas Borba, mais rico de substância humana do que Brás Cubas, centraliza-se muito mais no fundo irracional que ilustra a precariedade e a incerteza do ser humano do que no jogo das causas que movem as personagens. Rubião é um ingênuo vencido pela fatalidade. Um homem que perde. Perde a fortuna, o amor, a razão, na relatividade dilaceradora da existência incompreensível que marca a visão-denúncia de Machado de Assis. Uma tragédia a mais. Amenizada de novo pelo riso acionado pelo tratamento parodístico carnavalizador e satirizador do Positivismo de Augusto Comte e configurado na célebre teoria do humanitismo, explicitada no capítulo IV do romance. Afinal,

---

3 Machado de Assis, *Memórias póstumas de Brás Cubas*. Rio de Janeiro: INL, 1960, p. 113

4 *Idem.*

ao vencido, ódio ou compaixão; ao vencedor, as batatas[5]

e

bolha não tem opinião.[6]

Relativismo e ambiguidade de comportamento são também as tônicas de *Esaú e Jacó*, um estudo de caracteres em oposição, apresentado sob a forma de um divertimento lúdico do autor que, apoiado no próprio fazer do livro, integra espaços do mito, do histórico-cultural e do imaginário com predominância deste último. O narrador, a cada momento, direta ou indiretamente, nos coloca diante do método de elaboração que preside a feitura da obra. E frequentemente convoca o leitor para refletir com ele sobre o antagonismo dos gêmeos Pedro e Paulo, a ambiguidade não resolvida de Flora, o equilíbrio sem emoções do Conselheiro Aires, o mesmo do *Memorial*, a própria técnica de que se está valendo. Gente, gente em crise, debatendo-se nas incertezas das dicotomias, vivida no Conselheiro e por ele contemplada na figura das demais personagens. Angústias existenciais que se atenuam diante do distanciamento do narrador, que assegura um permanente amortecimento da tensão.

Esse distanciar-se suavizador torna-se ainda mais nítido nas reflexões do *Memorial de Aires*, seu último romance. Nele também se evidencia a visão desenganada, agora envolvida por uma certa aceitação ou resignação menos ácida, pois vida

é assim mesmo, uma repetição de atos e meneios como nas recepções, comidas, visitas e outros folgares; nos trabalhos é a mesma coisa. Os sucessos, por mais que o acaso os teça e devolva, saem muita vez iguais no tempo e nas circunstâncias; assim a história, assim o resto.[7]

---

5 Machado de Assis, *Quincas Borbas*. Rio de Janeiro: INL, 1969, p. 120.

6 *Idem.*

7 Machado de Assis, (*Memorial de Aires*), *in Obra completa*, Rio de Janeiro: Aguilar, 1959, v. I, p. 1.085.

O que talvez console é a saudade de si mesmo.

Ainda uma vez, o sentimento da existência subjetiva das suas personagens, na busca de significações universalizantes, em que a tônica é a relatividade. Essa preocupação também está presente nos contos machadianos. Nestes, o que importa é ainda a atitude e o sentir das personagens, mais do que as ações, a trama, o espaço. Com atenção especial ao modo de fazer do texto, à técnica de construção, caracterizada em frequentes exercícios de metalinguagem.

E tudo se dá num processo de elaboração gradativa que, como ressalta com lucidez Alfredo Bosi, vai da "obsessão da mentira", dominante nos *Contos fluminenses* à configuração da "força de uma necessidade objetiva que prende a alma frouxa e veleitária de cada homem ao corpo uno, sólido e manifesto das formas constituídas"[8] que me permito denominar a ditadura da aparência, evidenciada nos outros seis livros feitos de narrativas curtas.

Entendo e, nesse entender, associo-me, em princípio, às conclusões de Bosi no estudo citado, que, ao satirizar o comportamento comprometido dos personagens com as instituições, a sua subserviência ao parecer, como garantia do sobreviver, ao caracterizar o reconhecimento à necessidade do bem material como forma do estar bem no mundo, Machado não referenda: denuncia, embora não acuse diretamente. É atitude que mantém diante de outras transgressões ou escoriações que atingem o socialmente estabelecido ou esperado pela moral convencional. Quase escrevo burguesa ou pequeno--burguesa.

Em tais termos, seus contos, distribuídos pelos vários livros, publicados em momentos distintos, tratam do autoritarismo das imposições sociais como determinador do comportamento dos indivíduos. Isto claramente se configura em "Teoria do medalhão", "O espelho", "O segredo do Bonzo", "O anel de Polícrates"; vincula-se à veleidade em "D. Benedita" e em "Verba testamentária"; liga-se à sátira aos costumes políticos em "A sereníssima República"; alia-se à crítica ao cientificismo em "O alienista", todos integrantes de *Papéis avulsos*, aparece no retrato psicológico de "Uma senhora", de *Histórias sem data*, associa-se ao poder corruptor da riqueza e ao requinte

---

8 Alfredo Bosi, "A máscara e a fenda", *in* Alfredo Bosi *et alii*. *Machado de Assis*. São Paulo: Ática, 1982, p. 441.

de crueldade em "Conto de escola" e em "O enfermeiro", textos de *Várias histórias*, de certa maneira presentifica-se, relacionado com o jogo da relatividade entre a verdade e a mentira em "Noite de almirante", de *Histórias sem data* e com a máscara do homem relativizado pelo Bem e pelo Mal em "A igreja do diabo", também de *Histórias sem data*.

O adultério é objeto de "A senhora do Galvão", ainda de *Histórias sem data*, de "A cartomante", de *Várias histórias* e, em termos mentais, velado, de "A causa secreta", do mesmo livro, além de juntar-se ao disfarce do entre sonho e realidade na leve sensualidade de "Uns braços", de *Histórias sem data*, e na sutileza dos meandros da sedução em "Missa do galo", de *Páginas recolhidas*.

A ânsia de perfeição diante da precária condição humana, presente em "Trio em lá menor", de *Várias histórias*, e também no citado "D. Benedita", aparece, associada à impotência criadora, em "Cantiga de esponsais", de *histórias sem data*, e em "Um homem célebre", de *Várias histórias*.

O interesse pessoal sobreposto ao compromisso moral revela-se em "Evolução", de *Relíquias de casa velha*, onde se alia, amenamente, à vaidade individual; figura em "O caso da vara", de *Páginas recolhidas*, e em "Pai contra mãe", de *Relíquias de casa velha*, em ambos vinculado a aspectos da escravidão negra, situada ironicamente como condição paliativa para a torpeza das atitudes configuradas.

A sátira ao poder da ciência e o relativismo dos caminhos da verdade transparecem no "Conto alexandrino", de *Histórias sem data*.

Nem faltam considerações sobre a arte de escrever em "O cônego ou metafísica do estilo", de *Várias histórias*, e em "O dicionário", de *Páginas recolhidas*.

Há, em todos esses contos, como em vários outros do autor, relações humanas em âmbito de universalização, caracterizadas à luz de aspectos epocais que em nada prejudicam a atualidade das questões apontadas.

Essa atualidade ganha maior relevo porque se associa a uma antecipação da modernidade na ficção brasileira. E aqui retomo opinião que defendi em 1978, em conferência pronunciada na Universidade Federal Fluminense, em curso promovido pela instituição, intitulado *Machado de Assis — 70 anos depois*, e que, prazeroso, vi coincidir, apoiada em outros argumentos, com posições de José Guilherme Merquior,[9] de João Alexandre Barbosa[10] e de Flávio Loureiro Chaves.[11]

Seus contos e seus romances caracterizam, entre outros traços, o experimentalismo de feição lúdica, a desmitificação da aura, a presença da paródia, a construção gradativa das personagens através do fluxo de consciência, a valorização dos estados mentais das personagens mais do que da ação e da trama, o permanente exercício da metalinguagem, a fratura da visão tragicizante através do humor, certa dose de surrealismo, a presença de influências explicitadas, a preferência pela relatividade, a prática da narração como um processo de autorrevisão, o estímulo à participação do leitor na "composição" da obra.

Por tudo que acabo de assinalar e por muitos outros motivos que escapam à natureza deste escrito, a prosa machadiana, no âmbito da arte literária em geral e no espaço da literatura brasileira em particular, continua viva e presente, e presente e viva permanecerá ainda por muito tempo, porque a mentira de sua arte é daquelas que conseguem revelar muito da verdade de nossa complicada condição humana.

Diante da ampla divulgação da obra de Machado de Assis, organizar esta seleção de contos constituiu estimulante desafio.

Excelentes publicações anteriores de natureza semelhante e a machadiana relatividade da adoção de princípios qualitativos de avaliação na área da literatura levaram-me a adotar um critério em que procurei unir ao juízo crítico individual outros elementos garantidores de alguma objetividade. Parti, então, de alguns referenciais norteadores: a representatividade literária, o prazer da leitura, a consagração do consenso, a natureza do público-alvo, a significação dos textos no contexto machadiano, o dimensionamento didático, a evidência da permanência e da atualidade.

Os limites do livro levaram a uma redução do material inicialmente selecionado. Dos sessenta e oito contos escolhidos pelo próprio Machado de Assis para figurar nos sete livros que, no gênero, publicou, integraram ante-

---

9 José Guilherme Merquior, "O romance carnavalesco em Machado", *in* Machado de Assis, *Memórias póstumas de Brás Cubas*, 9ª ed., São Paulo, Ática, 1982.

10 João Alexandre Barbosa. "A modernidade no romance", in Proença Filho (org.). *O livro do seminário. Ensaios. Bienal Nestlé de Literatura Brasileira, 1982*, São Paulo, LIR, 1983.

11 F. Loureiro Chaves, *O brinquedo absurdo*, São Paulo, Polis, 1978.

riormente a coletânea apenas vinte e sete. A reestruturação da Coleção me permitiu o acréscimo, nesta nona edição, de mais dois, que figuravam na seleção original. São eles: "Entre santos", de *Várias histórias*, em que se destacam a usura e a avareza e que lembra o episódio do almocreve, capítulo XXI de *Memórias póstumas de Brás Cubas*, e "Capítulo dos chapéus", de *Histórias sem data*, centrado nas oscilações da alma feminina e onde se presentifica ainda, sutilíssimo, o adultério. Todos constam dos cinco últimos volumes, identificadores de sua arte no âmbito da narrativa curta. Não reproduzo, portanto, nenhum texto de *Contos fluminenses*, *Histórias da meia-noite* ou de qualquer obra postumamente lançada.

Transcrevi, com a necessária atualização ortográfica, os textos que a Comissão Machado de Assis considerou definitivos, à exceção dos que fazem parte de *Papéis avulsos* e *Páginas recolhidas* por não estarem publicados até a presente data. No caso destes, vali-me do cotejo de textos das primeiras edições publicadas pela Garnier e da *Obra completa* de Machado de Assis, v. 2, lançada pela J. Aguilar.

Adotei, na ordem de apresentação, sequência apoiada na aproximação temática, tal qual explicitei nas considerações sobre permanência e atualidade de Machado de Assis e situei subjetivamente os contos a partir de motivação para a leitura.

À guisa de mobilização de interesse, cada conto é precedido de um pequeno texto, parte dele mesmo. Indiquei também o livro de que cada um faz parte.

Traços biográficos e bibliografia do autor completam o volume.

Agradeço a Edla van Steen, diretora da Coleção, e à Global Editora o convite para assumir a responsabilidade deste trabalho e, a propósito do que possa significar a presente seleção, faço minhas as palavras do bom Joaquim Maria: "Depende de tua impressão, leitor amigo, como dependerá de ti a absolvição da má escolha".

Gratíssimo pela gentileza da atenção e a honra da acolhida.

Domício Proença Filho
Rio de Janeiro, agosto de 1983

CONTOS

> — A vida, Janjão, é uma enorme loteria; os prêmios são poucos, os malogrados inúmeros, e com os suspiros de uma geração é que se amassam as esperanças de outra. Isto é a vida; não há planger, nem imprecar, mas aceitar as coisas integralmente, com seus ônus e percalços, glórias e desdouros, e ir por diante.

> [*Palavras do pai, personagem*]

TEORIA DO MEDALHÃO

Diálogo

[*Papéis avulsos*]

— **E**stás com sono?

— Não, senhor.

— Nem eu; conversemos um pouco. Abre a janela. Que horas são?

— Onze.

Saiu o último conviva do nosso modesto jantar. Com que, meu peralta, chegaste aos teus vinte e um anos. Há vinte e um anos, no dia 5 de agosto de 1854, vinhas tu à luz, um pirralho de nada, e estás homem, longos bigodes, alguns namoros...

— Papai...

— Não te ponhas com denguices, e falemos como dois amigos sérios. Fecha aquela porta; vou dizer-te coisas importantes. Senta-te e conversemos. Vinte e um anos, algumas apólices, um diploma, podes entrar no parlamento, na magistratura, na imprensa, na lavoura, na indústria, no comércio, nas letras ou nas artes. Há infinitas carreiras diante de ti. Vinte e um anos, meu rapaz, formam apenas a primeira sílaba do nosso destino. Os mesmos Pitt e Napoleão, apesar de precoces, não foram tudo aos vinte e um anos. Mas, qualquer que seja a profissão da tua escolha, o meu desejo é que te faças grande e ilustre, ou pelo menos notável, que te levantes acima da obscuridade comum. A vida, Janjão, é uma enorme loteria; os prêmios são poucos, os malogrados inúmeros, e com os suspiros de uma geração é que se amassam as esperanças de outra. Isto é a vida; não há planger, nem imprecar, mas aceitar as coisas integralmente, com seus ônus e percalços, glórias e desdouros, e ir por diante.

— Sim, senhor.

— Entretanto, assim como é de boa economia guardar um pão para a velhice, assim também é de boa prática social acautelar um ofício para a hipótese de que os outros falhem, ou não indenizem suficientemente o esforço da nossa ambição. É isto o que te aconselho hoje, dia da tua maioridade.

— Creia que lhe agradeço; mas que ofício, não me dirá?

— Nenhum me parece mais útil e cabido que o de medalhão. Ser medalhão foi o sonho da minha mocidade; faltaram-me, porém, as instruções de um pai, e acabo como vês, sem outra consolação e relevo moral, além das esperanças que deposito em ti. Ouve-me bem, meu querido filho, ouve-me e entende. És moço, tens naturalmente o ardor, a exuberância, os improvisos da idade; não os rejeites, mas modera-os de modo que aos quarenta e cinco anos possas entrar francamente no regime do aprumo e do compasso. O sábio que disse: "a gravidade é um mistério do corpo" definiu a compostura do medalhão. Não confundas essa gravidade com aquela outra que, embora resida no aspecto, é um puro reflexo ou emanação do espírito; essa é do corpo, tão somente do corpo, um sinal da natureza ou um jeito da vida. Quanto à idade de quarenta e cinco anos...

— É verdade, por que quarenta e cinco anos?

— Não é, como podes supor, um limite arbitrário, filho do puro capricho; é a data normal do fenômeno. Geralmente, o verdadeiro medalhão começa a manifestar-se entre os quarenta e cinco e cinquenta anos, conquanto alguns exemplos se deem entre os cinquenta e cinco e os sessenta; mas estes são raros. Há-os também de quarenta anos, e outros mais precoces, de trinta e cinco e de trinta; não são, todavia, vulgares. Não falo dos de vinte e cinco anos: esse madrugar é privilégio do gênio.

— Entendo.

— Venhamos ao principal. Uma vez entrado na carreira deves pôr todo o cuidado nas ideias que houveres de nutrir para uso alheio e próprio. O melhor será não as ter absolutamente; coisa que entenderás bem, imaginando, por exemplo, um ator defraudado do uso de um braço. Ele pode, por um milagre de artifício, dissimular o defeito aos olhos da plateia; mas era muito melhor dispor dos dois. O mesmo se dá com as ideias; pode-se, com violência, abafá-las, escondê-las até à morte; mas nem essa habilidade é comum, nem tão constante esforço conviria ao exercício da vida.

— Mas quem lhe diz que eu...

— Tu, meu filho, se me não engano, pareces dotado da perfeita inópia mental, conveniente ao uso deste nobre ofício. Não me refiro tanto à fidelidade com que repetes numa sala as opiniões ouvidas numa esquina, e vice-versa, porque esse fato, posto indique certa carência de ideias, ainda assim pode não passar de uma traição da memória. Não: refiro-me ao gesto correto e perfilado com que usas expender francamente as tuas simpatias ou antipatias acerca do corte de um colete, das dimensões de um chapéu, do ranger ou calar das botas novas. Eis aí um sintoma eloquente, eis aí uma esperança. No entanto, podendo acontecer que, com a idade, venhas a ser afligido de algumas ideias próprias, urge aparelhar fortemente o espírito. As ideias são de sua natureza espontâneas e súbitas; por mais que as sofremos, elas irrompem e precipitam-se. Daí a certeza com que o vulgo, cujo faro é extremamente delicado, distingue o medalhão completo do medalhão incompleto.

— Creio que assim seja; mas um tal obstáculo é invencível.

— Não é; há um meio; é lançar mão de um regime debilitante, ler compêndios de retórica, ouvir certos discursos etc. O voltarete, o dominó e o *whist* são remédios aprovados. O *whist* tem até a rara vantagem de acostumar ao silêncio, que é a forma mais acentuada da circunspecção. Não digo o mesmo da natação, da equitação e da ginástica, embora elas façam repousar o cérebro; mas por isso mesmo que o fazem repousar, restituem-lhe as forças e a atividade perdidas. O bilhar é excelente.

— Como assim, se também é um exercício corporal?

— Não digo que não, mas há coisas em que a observação desmente a teoria. Se te aconselho excepcionalmente o bilhar é porque as estatísticas mais escrupulosas mostram que três quartas partes dos habituados do taco partilham as opiniões do mesmo taco. O passeio nas ruas, mormente nas de recreio e parada é utilíssimo, com a condição de não andares desacompanhado, porque a solidão é oficina de ideias, e o espírito deixado a si mesmo, embora no meio da multidão, pode adquirir uma tal ou qual atividade.

— Mas se eu não tiver à mão um amigo apto e disposto a ir comigo?

— Não faz mal; tens o valente recurso de mesclar-te aos pasmatórios, em que toda a poeira da solidão se dissipa. As livrarias, ou por causa da atmosfera do lugar, ou por qualquer outra razão que me escapa, não são propícias ao nosso fim; e, não obstante, há grande conveniência em entrar por elas, de quando em quando, não digo às ocultas, mas às escâncaras. Podes resolver a dificuldade de um modo simples: vai ali falar do boato do dia, da anedota da semana, de um contrabando, de uma calúnia, de um cometa, de qualquer coisa, quando não prefiras interrogar diretamente os leitores habituais das belas crônicas de Mazade; setenta e cinco por cento desses estimáveis cavalheiros repetir-te-ão as mesmas opiniões, e uma tal monotonia é grandemente saudável. Com este regime, durante oito, dez, dezoito meses — suponhamos dois anos —, reduzes o intelecto, por mais pródigo que seja, à sobriedade, à disciplina, ao equilíbrio comum. Não trato do vocabulário, porque ele está subentendido no uso das ideias; há de ser naturalmente simples, tíbio, apoucado, sem notas vermelhas, sem cores de clarim...

— Isto é o diabo! Não poder adornar o estilo, de quando em quando...

— Podes; podes empregar umas quantas figuras expressivas, a hidra de Lerna, por exemplo, a cabeça de Medusa, o tonel das Danaides, as asas de Ícaro, e outras, que românticos, clássicos e realistas empregam sem desar, quando precisam delas. Sentenças latinas, ditos históricos, versos célebres, brocardos jurídicos, máximas, é de bom aviso trazê-los contigo para os discursos de sobremesa, de felicitação, ou de agradecimento. *Caveant, consules* é um excelente fecho de artigo político; o mesmo direi do *Si vis pacem para bellum*. Alguns costumam renovar o sabor de uma citação intercalando-a numa frase nova, original e bela, mas não te aconselho esse artifício; seria desnaturar-lhe as graças vetustas. Melhor do que tudo isso, porém, que afinal não passa de mero adorno, são as frases feitas, as locuções convencionais, as fórmulas consagradas pelos anos, incrustadas na memória individual e pública. Essas fórmulas têm a vantagem de não obrigar os outros a um esforço inútil. Não as relaciono agora, mas fá-lo-ei por escrito. De resto, o mesmo ofício te irá ensinando os elementos dessa arte difícil de pensar o pensado. Quanto à utilidade de um tal sistema, basta figurar numa hipótese. Faz-se uma lei, executa-se, não produz efeito, subsiste o mal. Eis aí uma questão que pode aguçar as curiosidades vadias, dar ensejo a um inquérito pedantesco, a uma coleta fastidiosa de documentos e observações, análise das causas prováveis, causas certas, causas possíveis, um estudo infinito das aptidões do sujeito reformado, da natureza do mal, da manipulação do remédio, das circunstâncias da aplicação; matéria, enfim, para todo um andaime de palavras, conceitos, e desvarios. Tu poupas aos teus semelhantes todo esse imenso aranzel, tu dizes simplesmente: Antes das leis, reformemos os costumes! — E esta frase sintética, transparente, límpida, tirada ao pecúlio comum, resolve mais depressa o problema, entra pelos espíritos como um jorro súbito de sol.

— Vejo por aí que vosmecê condena toda e qualquer aplicação de processos modernos.

— Entendamo-nos. Condeno a aplicação, louvo a denominação. O mesmo direi de toda a recente terminologia científica; deves decorá-la. Conquanto o rasgo peculiar do medalhão seja uma certa atitude de deus Término, e as ciências sejam obra do movimento humano, como tens de ser medalhão mais tarde, convém tomar as armas do teu tempo. E de duas uma: — ou elas estarão usadas e divulgadas daqui a trinta anos, ou conservar-se-ão novas: no primeiro caso, pertencem-te de foro próprio; no segundo, podes ter a coquetice de as trazer, para mostrar que também és pintor. De outiva, com o tempo, irás sabendo a que leis, casos e fenômenos responde toda essa terminologia; porque o método de interrogar os próprios mestres e oficiais da ciência, nos seus livros, estudos e memórias, além de tedioso e cansativo, traz o perigo de inocular ideias novas, e é radicalmente falso. Acresce que no dia em que viesses a assenhorear-te do espírito daquelas leis e fórmulas, serias provavelmente levado a empregá-las com um tal ou qual comedimento, como a costureira — esperta e afreguesada, — que, segundo um poeta clássico,

Quanto mais pano tem, mais poupa o corte,
Menos monte alardeia de retalhos;

e este fenômeno, tratando-se de um medalhão, é que não seria científico.

— Upa! que a profissão é difícil.

— E ainda não chegamos ao cabo.

— Vamos a ele.

— Não te falei ainda dos benefícios da publicidade. A publicidade é uma dona loureira e senhoril, que tu deves requestar à força de pequenos mimos, confeitos, almofadinhas, coisas miúdas, que antes exprimem a constância do afeto do que o atrevimento e a ambição. Que D. Quixote solicite os favores dela mediante ações heroicas ou custosas, é um sestro próprio desse ilustre lunático. O verdadeiro medalhão tem outra política. Longe de inventar um *Tratado Científico da criação dos carneiros*, compra um carneiro e dá-o aos amigos sob a forma de um jantar, cuja notícia não pode ser indiferente aos seus concidadãos. Uma notícia traz outra; cinco, dez, vinte vezes põe o teu nome ante os olhos do mundo. Comissões ou deputações para felicitar um agraciado, um benemérito, um forasteiro, têm singulares merecimentos, e assim as irmandades e associações diversas, sejam mitológicas, cinegéticas ou coreográficas. Os sucessos de certa ordem, embora de pouca monta, podem ser trazidos a lume, contanto que ponham em relevo a tua pessoa. Explico-me. Se caíres de um carro, sem outro dano, além do susto, é útil mandá-lo dizer aos quatro ventos, não pelo fato em si, que é insignificante, mas pelo efeito de recordar um nome caro às afeições gerais. Percebeste?

— Percebi.

— Essa é publicidade constante, barata, fácil de todos os dias; mas há outra. Qualquer que seja a teoria das artes, é fora de dúvida que o sentimento da família, a amizade pessoal e a estima pública instigam à reprodução das feições de um homem amado ou benemérito. Nada obsta a que sejas objeto de uma tal distinção, principalmente se a sagacidade dos amigos não achar em ti repugnância. Em semelhante caso, não só as regras da mais vulgar polidez mandam aceitar o retrato ou o busto, como seria desazado impedir que os amigos o expusessem em qualquer casa pública. Dessa maneira o nome fica ligado à pessoa; os que houverem lido o teu recente discurso (suponhamos) na sessão inaugural da União dos Cabeleireiros, reconhecerão na compostura das feições o autor dessa obra grave, em que a "alavanca do progresso" e "o suor do trabalho", vencem as "fauces hiantes" da miséria. No caso de que uma comissão te leve à casa o retrato, deves agradecer-lhe o obséquio com um discurso cheio de gratidão e um copo d'água: é uso antigo, razoável e honesto. Convidarás então os melhores amigos, os parentes, e, se for possível, uma ou duas pessoas de representação. Mais. Se esse dia é um dia de glória ou regozijo, não vejo que possas, decentemente, recusar um lugar à mesa aos repórteres dos jornais. Em todo o caso, se as obrigações desses cidadãos os retiverem noutra parte, podes ajudá-los de certa maneira, redigindo tu mesmo a notícia da festa; e, dado que por um tal ou qual escrúpulo, aliás desculpável, não queiras com a própria mão anexar ao teu nome os qualificativos dignos dele, incumbe a notícia a algum amigo ou parente.

— Digo-lhe que o que vosmecê me ensina não é nada fácil.

— Nem eu te digo outra coisa. É difícil, come tempo, muito tempo, leva anos, paciência, trabalho, e felizes os que chegam a entrar na terra prometida! Os que lá não penetram, engole-os a obscuridade. Mas os que triunfam! E tu triunfarás, crê-me. Verás cair as muralhas de Jericó ao som das trompas sagradas. Só então poderás dizer que estás fixado. Começa nesse dia a tua fase de ornamento indispensável, de figura obrigada, de rótulo. Acabou-se a necessidade de farejar ocasiões, comissões, irmandades; elas virão ter contigo, com o seu ar pesadão e cru de substantivos desajetivados, e tu serás o adjetivo dessas orações opacas, o *odorífero* das flores, o *anilado* dos céus, o *prestimoso* dos cidadãos, o *noticioso* e *suculento* dos relatórios. E ser isso é o principal, porque o adjetivo é a alma do idioma, a sua porção idealista e metafísica. O substantivo é a realidade nua e crua, é o naturalismo do vocabulário.

— E parece-lhe que todo esse ofício é apenas um sobressalente para os *déficits* da vida?

Decerto; não fica excluída nenhuma outra atividade.

— Nem política?

— Nem política. Toda a questão é não infringir as regras e obrigações capitais. Podes pertencer a qualquer partido, liberal ou conservador, republicano ou ultramontano, com a cláusula única de não ligar nenhuma ideia especial a esses vocábulos, e reconhecer-lhe somente a utilidade do *scibboleth* bíblico.

— Se for ao parlamento, posso ocupar a tribuna?

— Podes e deves; é um modo de convocar a atenção pública. Quanto à matéria dos discursos, tens à escolha: — ou os negócios miúdos, ou a metafísica, mas prefere a metafísica. Os negócios miúdos, força é confessá-lo, não desdizem daquela chateza de bom-tom, própria de um medalhão acabado; mas, se puderes, adota a metafísica; — é mais fácil e mais atraente. Supõe que desejas saber por que motivo a 7ª companhia de infantaria foi transferida de Uruguaiana para Canguçu; serás ouvido tão somente pelo ministro da guerra, que te explicará em dez minutos as razões desse ato. Não assim a metafísica. Um discurso de metafísica política apaixona naturalmente os partidos e o público, chama os apartes e as respostas. E depois não obriga a pensar e descobrir. Nesse ramo dos conhecimentos humanos tudo está achado, formulado, rotulado, encaixotado; é só prover os alforjes da memória. Em todo caso, não transcendas nunca os limites de uma invejável vulgaridade.

— Farei o que puder. Nenhuma imaginação?

— Nenhuma; antes faze correr o boato de que um tal dom é ínfimo. Nenhuma filosofia?

— Entendamo-nos: no papel e na língua alguma, na realidade nada. "Filosofia da história", por exemplo, é uma locução que deves empregar com frequência, mas proíbo-te que chegues a outras conclusões que não sejam as já achadas por outros. Foge a tudo que possa cheirar a reflexão, originalidade etc. etc.

— Também ao riso?

— Como ao riso?

— Ficar sério, muito sério...

— Conforme. Tens um gênio folgazão, prazenteiro, não hás de sofreá-lo nem eliminá-lo; podes brincar e rir alguma vez. Medalhão não quer dizer melancólico. Um grave pode ter seus momentos de expansão alegre. Somente, — e este ponto é melindroso...

— Diga.

— Somente não deves empregar a ironia, esse movimento ao canto da boca, cheio de mistérios, inventado por algum grego da decadência, contraído por Luciano, transmitido a Swift e Voltaire, feição própria dos céticos e desabusados. Não. Usa antes a chalaça, a nossa boa chalaça amiga, gorducha, redonda, franca, sem biocos, nem véus, que se mete pela cara dos outros, estala como uma palmada, faz pular o sangue nas veias, e arrebentar de riso os suspensórios. Usa a chalaça. Que é isto?

— Meia-noite.

— Meia-noite? Entras nos teus vinte e dois anos, meu peralta; estás definitivamente maior. Vamos dormir, que é tarde. Rumina bem o que te disse, meu filho. Guardadas as proporções, a conversa desta noite vale o *Príncipe* de Machiavelli. Vamos dormir.

Cada criatura humana traz duas almas consigo: uma que olha de dentro para fora, outra que olha de fora para dentro... Espantem-se à vontade; podem ficar de boca aberta, dar de ombros, tudo; não admito réplica.

[*Opinião de Jacobina, personagem*]

O ESPELHO

*Esboço de uma nova teoria
da Alma humana*

[*Papéis avulsos*]

Quatro ou cinco cavalheiros debatiam, uma noite, várias questões de alta transcendência, sem que a disparidade dos votos trouxesse a menor alteração aos espíritos. A casa ficava no morro de Santa Teresa, a sala era pequena, alumiada a velas, cuja luz fundia-se misteriosamente com o luar que vinha de fora. Entre a cidade, com as suas agitações e aventuras, e o céu, em que as estrelas pestanejavam, através de uma atmosfera límpida e sossegada, estavam os nossos quatro ou cinco investigadores de coisas metafísicas, resolvendo amigavelmente os mais árduos problemas do universo.

Por que quatro ou cinco? Rigorosamente eram quatro os que falavam; mas, além deles, havia na sala um quinto personagem, calado, pensando, cochilando, cuja espórtula no debate não passava de um ou outro resmungo de aprovação. Esse homem tinha a mesma idade dos companheiros, entre quarenta e cinquenta anos, era provinciano, capitalista, inteligente, não sem instrução, e, ao que parece, astuto e cáustico. Não discutia nunca; e defendia-se da abstenção com um paradoxo, dizendo que a discussão era a forma polida do instinto batalhador, que jaz no homem, como uma herança bestial; e acrescentava que os serafins e os querubins não controvertiam nada, e, aliás, eram a perfeição espiritual e eterna. Como desse esta mesma resposta naquela noite, contestou-lhe um dos presentes, e desafiou-o a demonstrar o que dizia, se era capaz. Jacobina (assim se chamava ele) refletiu um instante e respondeu:

— Pensando bem, talvez o senhor tenha razão.

Vai senão quando, no meio da noite, sucedeu que este casmurro usou da palavra, e não dois ou três minutos, mas trinta ou quarenta. A conversa, em seus meandros, veio a cair na natureza da alma, ponto que dividiu radicalmente os quatros amigos. Cada cabeça, cada sentença; não só o acordo, mas a mesma discussão, tornou-se difícil, senão impossível, pela multiplicidade de questões que se deduziram do tronco principal, e um pouco, talvez, pela inconsistência dos pareceres. Um dos argumentadores pediu ao Jacobina alguma opinião, — uma conjetura, ao menos.

— Nem conjetura, nem opinião, redarguiu ele; uma ou outra pode dar lugar a dissentimento, e, como sabem, eu não discuto. Mas, se querem ouvir-me calados, posso contar-lhes um caso de minha vida, em que ressalta a mais clara demonstração acerca da matéria de que se trata. Em primeiro lugar, não há uma só alma, há duas...

— Duas?

— Nada menos de duas almas. Cada criatura humana traz duas almas consigo: uma que olha de dentro para fora, outra que olha de fora para dentro... Espantem-se à vontade; podem ficar de boca aberta, dar de ombros, tudo; não admito réplica. Se me replicarem, acabo o charuto e vou dormir. A alma exterior pode ser um espírito, um fluido, um homem, muitos homens, um objeto, uma operação. Há casos, por exemplo, em que um simples botão de camisa é a alma exterior de uma pessoa; — e assim também a polca, o voltarete, um livro, uma máquina, um par de botas, uma cavatina, um tambor etc. Está claro que o ofício dessa segunda alma é transmitir a vida, como a primeira as duas completam o homem, que é, metafisicamente falando, uma laranja. Quem perde uma das metades, perde naturalmente metade da existência; e casos há, não raros, em que a perda da alma exterior implica a da existência inteira. Shylock, por exemplo. A alma exterior daquele judeu eram os seus ducados; perdê-los equivalia a morrer. "Nunca mais verei o meu ouro, diz ele a Tubal; *é um punhal que me enterras no coração*". Vejam bem esta frase; a perda dos ducados, alma exterior, era a morte para ele. Agora, é preciso saber que a alma exterior não é sempre a mesma...

— Não?

— Não, senhor; muda de natureza e de estado. Não aludo a certas almas absorventes, como a pátria, com a qual disse o Camões que morria, e o poder, que foi a alma exterior de César e de Cromwell. São almas enérgicas e exclusivas; mas há outras, embora enérgicas, de natureza mudável. Há cavalheiros, por exemplo, cuja alma exterior, nos primeiros anos, foi um chocalho ou um cavalinho de pau, e mais tarde uma provedoria de irmandade, suponhamos. Pela minha parte, conheço uma senhora, — na verdade, gentilíssima — que muda de alma exterior cinco, seis vezes por ano. Durante a estação lírica é a ópera; cessando a estação, a alma exterior substitui-se por outra: um concerto, um baile do Cassino, a rua do Ouvidor, Petrópolis...

— Perdão; essa senhora quem é?

— Essa senhora é parenta do diabo, e tem o mesmo nome: chama-se Legião... E assim outros muitos casos. Eu mesmo tenho experimentado dessas trocas. Não as relato, porque iria longe; restrinjo-me ao episódio de que lhes falei. Um episódio dos meus vinte e cinco anos...

Os quatro companheiros, ansiosos de ouvir o caso prometido, esqueceram a controvérsia. Santa curiosidade! tu não és só a alma da civilização, és também o pomo da concórdia, fruta divina, de outro sabor que não aquele pomo da mitologia. A sala, até há pouco ruidosa de física e metafísica, é agora um mar morto; todos os olhos estão no Jacobina, que conserta a ponta do charuto, recolhendo as memórias. Eis aqui como ele começou a narração:

— Tinha vinte e cinco anos, era pobre, e acabava de ser nomeado alferes da guarda nacional. Não imaginam o acontecimento que isto foi em nossa casa. Minha mãe ficou tão orgulhosa! tão contente! Chamava-me o seu alferes. Primos e tios, foi tudo uma alegria sincera e pura. Na vila, note-se bem, houve alguns despeitados; choro e ranger de dentes como na Escritura; e o motivo não foi outro senão que o posto tinha muitos candidatos e que estes perderam. Suponho também que uma parte do desgosto foi inteiramente gratuita: nasceu da simples distinção. Lembra-me de alguns rapazes, que se davam comigo, e passaram a olhar-me de revés, durante algum tempo. Em compensação, tive muitas pessoas que ficaram satisfeitas com a nomeação;

28

e a prova é que todo o fardamento me foi dado por amigos... Vai então uma das minhas tias, D. Marcolina, viúva do capitão Peçanha, que morava a muitas léguas da vila, num sítio escuso e solitário, desejou ver-me, e pediu que fosse ter com ela e levasse a farda. Fui, acompanhado de um pajem, que daí a dias tornou à vila, porque a tia Marcolina, apenas me pilhou no sítio, escreveu à minha mãe dizendo que não me soltava antes de um mês, pelo menos. E abraçava-me! Chamava-me também o seu alferes. Achava-me um rapagão bonito. Como era um tanto patusca chegou a confessar que tinha inveja da moça que houvesse de ser minha mulher. Jurava que em toda a província não havia outro que me pusesse o pé adiante. E sempre alferes; era alferes para cá, alferes para lá, alferes a toda a hora. Eu pedia-lhe que me chamasse Joãozinho, como dantes; e ela abanava a cabeça, bradando que não, que era o "senhor alferes". Um cunhado dela, irmão do finado Peçanha, que ali morava, não me chamava de outra maneira. Era o "senhor alferes", não por gracejo, mas a sério, e à vista dos escravos, que naturalmente foram pelo mesmo caminho. Na mesa tinha eu o melhor lugar e era o primeiro servido. Não imaginam. Se lhes disser que o entusiasmo da tia Marcolina chegou ao ponto de mandar pôr no meu quarto um espelho, obra rica e magnífica, que destoava do resto da casa, cuja mobília era modesta e simples... Era um espelho que lhe dera a madrinha, e que esta herdara da mãe, que o comprara a uma das fidalgas vindas em 1808 com a corte de D. João VI. Não sei o que havia nisso de verdade; era a tradição. O espelho estava naturalmente muito velho; mas via-se-lhe ainda o ouro, comido em parte pelo tempo, uns delfins esculpidos nos ângulos superiores da moldura, uns enfeites de madrepérola e outros caprichos do artista. Tudo velho, mas bom...

— Espelho grande?

— Grande. E foi, como digo, uma enorme fineza, porque o espelho estava na sala: era a melhor peça da casa. Mas não houve forças que a demovessem do propósito; respondia que não fazia falta, que era só por algumas semanas, e finalmente que o "senhor alferes" merecia muito mais. O certo é que todas essas coisas, carinhos, atenções, obséquios, fizeram em mim uma transformação, que o natural sentimento da mocinha ajudou e completou. Imaginam, creio eu?

— Não.

— O alferes eliminou o homem. Durante alguns dias as duas naturezas equilibraram-se; mas não tardou que a primitiva cedesse à outra; ficou-me uma parte mínima de humanidade. Aconteceu então que a alma exterior, que era dantes o sol, o ar, o campo, os olhos das moças, mudou de natureza, e passou a ser a cortesia e os rapapés da casa, tudo o que me falava do posto, nada do que me falava do homem. A única parte do cidadão que ficou comigo foi aquela que entendia com o exercício da patente; a outra dispersou-se no ar e no passado. Custa-lhes acreditar, não?

— Custa-me até entender, respondeu um dos ouvintes.

— Vai entender. Os fatos explicarão melhor os sentimentos; os fatos são tudo. A melhor definição do amor não vale um beijo de moça namorada; e, se bem me lembro, um filósofo antigo demonstrou o movimento andando. Vamos aos fatos. Vamos ver como, ao tempo em que a consciência do homem se obliterava, a do alferes tornava-se viva e intensa. As dores humanas, as alegrias humanas, se eram só isso, mal obtinham de mim uma compaixão apática ou um sorriso de favor. No fim de três semanas, era outro, totalmente outro. Era exclusivamente alferes. Ora, um dia recebeu a tia Marcolina uma notícia grave; uma de suas filhas, casada com um lavrador residente dali a cinco léguas, estava mal e à morte. Adeus, sobrinho! adeus, alferes! Era mãe extremosa, armou logo uma viagem, pediu ao cunhado que fosse com ela, e a mim que tomasse conta do sítio. Creio que, se não fosse a aflição, disporia o contrário; deixaria o cunhado, e iria comigo. Mas o certo é que fiquei só, com os poucos escravos da casa. Confesso-lhes que desde logo senti uma grande opressão, alguma coisa semelhante ao efeito de quatro paredes de um cárcere, subitamente levantadas em torno de mim. Era a alma exterior que se reduzia; estava agora limitada a alguns espíritos boçais. O alferes continuava a dominar em mim, embora a vida fosse menos intensa, e a consciência mais débil. Os escravos punham uma nota de humildade nas suas cortesias, que de certa maneira compensava a afeição dos parentes e a intimidade doméstica interrompida. Notei mesmo, naquela noite, que eles redobravam de respeito, de alegria, de protestos. Nhô alferes de minuto a minuto. Nhô alferes é muito bonito; nhô alferes há de ser coronel; nhô alferes há de casar com moça bonita, filha de general, um concerto de louvores e profecias, que me deixou extático. Ah! pérfidos! mal podia eu suspeitar a intenção secreta dos malvados.

30

— Matá-lo?

— Antes assim fosse.

— Coisa pior?

— Ouçam-me. Na manhã seguinte achei-me só. Os velhacos, seduzidos por outros, ou de movimento próprio, tinham resolvido fugir durante a noite; e assim fizeram. Achei-me só, sem mais ninguém, entre quatro paredes, diante do terreiro deserto e da roça abandonada. Nenhum fôlego humano. Corri a casa toda, a senzala, tudo, nada, ninguém, um molequinho que fosse. Galos e galinhas tão somente, um par de mulas, que filosofavam a vida, sacudindo as moscas, e três bois. Os mesmos cães foram levados pelos escravos. Nenhum ente humano. Parece-lhes que isto era melhor do que ter morrido? era pior. Não por medo; juro-lhe que não tinha medo; era um pouco atrevidinho, tanto que não senti nada, durante as primeiras horas. Fiquei triste por causa do dano causado à tia Marcolina; fiquei também um pouco perplexo, não sabendo se devia ir ter com ela, para lhe dar a triste notícia, ou ficar tomando conta da casa. Adotei o segundo alvitre, para não desamparar a casa, e porque, se a minha prima enferma estava mal, eu ia somente aumentar a dor da mãe, sem remédio nenhum; finalmente, esperei que o irmão do tio Peçanha voltasse naquele dia ou no outro, visto que tinha saído havia já trinta e seis horas. Mas a manhã passou sem vestígio dele; e à tarde comecei a sentir uma sensação como de pessoa que houvesse perdido toda a ação nervosa, e não tivesse consciência da ação muscular. O irmão do tio Peçanha não voltou nesse dia, nem no outro, nem em toda aquela semana. Minha solidão tomou proporções enormes. Nunca os dias foram mais compridos, nunca o sol abrasou a terra com uma obstinação mais cansativa. As horas batiam de século a século no velho relógio da sala, cuja pêndula, *tic-tac, tic-tac*, feria-me a alma interior, como um piparote contínuo da eternidade. Quando, muitos anos depois, li uma poesia americana, creio que de Longfellow, e topei com este famoso estribilho: *Never, for ever! — For ever, never!* confesso-lhes que tive um calafrio; recordei-me daqueles dias medonhos. Era justamente assim que fazia o relógio da tia Marcolina: — *Never, for ever! — For ever, never!* Não eram golpes de pêndula, era um diálogo do abismo, um cochicho do nada. E então de noite! Não que a noite fosse mais silenciosa. O silêncio era o mesmo que de dia. Mas a noite era a sombra, era a solidão ainda mais estreita ou mais larga. *Tic-tac, tic-tac.* Ninguém nas salas, na varanda, nos corredores, no terreiro, ninguém em parte nenhuma... Riem-se?

— Sim, parece que tinha um pouco de medo.

— Oh! fora bom se eu pudesse ter medo! Viveria. Mas o característico daquela situação é que eu nem sequer podia ter medo, isto é, o medo vulgarmente entendido. Tinha uma sensação inexplicável. Era como um defunto andando, um sonâmbulo, um boneco mecânico. Dormindo, era outra coisa. O sono dava-me alívio, não pela razão comum de ser irmão da morte, mas por outra. Acho que posso explicar assim esse fenômeno: — o sono, eliminando a necessidade de uma alma exterior, deixava atuar a alma interior. Nos sonhos, fardava-me, orgulhosamente, no meio da família e dos amigos, que me elogiavam o garbo, que me chamavam de alferes; vinha um amigo de nossa casa, e prometia-me o posto de tenente, outro o de capitão ou major; e tudo isso fazia-me viver. Mas quando acordava, dia claro, esvaía-me com o sono, a consciência do meu ser novo e único, — porque a alma interior perdia a ação exclusiva, e ficava dependente da outra, que teimava em não tornar... Não tornava. Eu saía fora, a um lado e outro, a ver se descobria algum sinal de regresso. *Soeur Anne, soeur Anne, ne vois-tu rien venir?* Nada, coisa nenhuma; tal qual como na lenda francesa. Nada mais do que a poeira da estrada e o capinzal dos morros. Voltava para casa, nervoso, desesperado, estirava-me no canapé da sala. *Tic-tac, tic-tac.* Levantava-me, passeava, tamborilava nos vidros das janelas, assobiava. Em certa ocasião lembrei-me de escrever alguma coisa, um artigo político, um romance, uma ode; não escolhi nada definitivamente; sentei-me e tracei no papel algumas palavras e frases soltas, para intercalar no estilo. Mas o estilo, como a tia Marcolina, deixava-se estar. *Soeur Anne, soeuer Anne...* Coisa nenhuma. Quando muito via negrejar a tinta e alvejar o papel.

— Mas não comia?

— Comia mal, frutas, farinha, conservas, algumas raízes tostadas ao fogo, mas suportaria tudo alegremente, se não fora a terrível situação moral em que me achava. Recitava versos, discursos, trechos latinos, liras de Gonzaga, oitavas de Camões, décimas, uma antologia em trinta volumes. Às vezes fazia ginástica; outras dava beliscões nas pernas; mas o efeito era só uma sensação física de dor ou de cansaço, e mais nada. Tudo silêncio, um silêncio vasto, enorme, infinito, apenas sublinhado pelo eterno *tic-tac* da pêndula. *Tic-tac, tic-tac...*

— Na verdade, era de enlouquecer.

— Vão ouvir coisa pior. Convêm dizer-lhes que, desde que ficara só, não olhara uma só vez para o espelho. Não era abstenção deliberada, não tinha motivo; era um impulso inconsciente, um receio de achar-me um e dois, ao mesmo tempo, naquela casa solitária; e se tal explicação é verdadeira, nada prova melhor a contradição humana, porque no fim de oito dias, deu-me na veneta olhar para o espelho com o fim justamente de achar-me dois. Olhei e recuei. O próprio vidro parecia conjurado com o resto do universo; não me estampou a figura nítida e inteira, mas vaga, esfumada, difusa, sombra de sombra. A realidade das leis físicas não permite negar que o espelho reproduziu-me textualmente, com os mesmos contornos e feições; assim devia ter sido. Mas tal não foi a mesma sensação. Então tive medo; atribuí o fenômeno à excitação nervosa em que andava; receei ficar mais tempo, e enlouquecer. — Vou-me embora, disse comigo. E levantei o braço com gesto de mau humor, e ao mesmo tempo de decisão, olhando para o vidro; o gesto lá estava, mas disperso, esgarçado, mutilado... Entrei a vestir-me, murmurando comigo, tossindo sem tosse, sacudindo a roupa com estrépito, afligindo-me a frio com os botões, para dizer alguma coisa. De quando em quando, olhava furtivamente para o espelho; a imagem era a mesma difusão de linhas, a mesma decomposição de contornos... Continuei a vestir-me. Subitamente por uma inspiração inexplicável, por um impulso sem cálculo, lembrou-me... Se forem capazes de adivinhar qual foi a minha ideia...

— Diga.

— Estava a olhar para o vidro, com uma persistência de desesperado, contemplando as próprias feições derramadas e inacabadas, uma nuvem de linhas soltas, informes, quando tive o pensamento... Não, não são capazes de adivinhar.

— Mas, diga, diga.

— Lembrou-me vestir a farda de alferes. Vestia-a, aprontei-me de todo; e, como estava defronte do espelho, levantei os olhos, e... não lhes digo nada; o vidro reproduziu então a figura integral; nenhuma linha de menos, nenhum contorno diverso; era eu mesmo, o alferes, que achava, enfim, a alma exterior. Essa alma ausente com a dona do sítio, dispersa e fugida com os escravos, ei-la recolhida no espelho. Imaginai um homem que, pouco a pouco, emerge de um letargo, abre os olhos sem ver, depois começa a ver, distingue as pessoas dos objetos, mas não conhece individualmente uns nem outros; enfim, sabe que este é Fulano, aquele é Sicrano; aqui está uma cadeira, ali um sofá. Tudo volta ao que era antes do sono. Assim foi comigo. Olhava para o espelho, ia de um lado para outro, recuava, gesticulava, sorria, e o vidro exprimia tudo. Não era mais um autômato, era um ente animado. Daí em diante, fui outro. Cada dia, a uma certa hora, vestia-me de alferes, e sentava-me diante do espelho, lendo, olhando, meditando; no fim de duas, três horas, despia-me outra vez. Com este regime pude atravessar mais seis dias de solidão, sem os sentir...

Quando os outros voltaram a si, o narrador tinha descido as escadas.

> Agora direi de uma doutrina não
> menos curiosa que saudável ao espírito, e
> digna de ser divulgada a todas as repúblicas
> da Cristandade.
>
> [*O narrador*]

O SEGREDO DO BONZO

*Capítulo inédito de
Fernão Mendes Pinto*

[Papéis avulsos]

Atrás deixei narrado o que se passou nesta cidade Fuchéu, capital do reino de Bungo, com o padre-mestre Francisco, e de como el-rei se houve com o Fucarandono e outros bonzos, que tiveram por acertado disputar ao padre as primazias da nossa santa religião. Agora direi de uma doutrina não menos curiosa que saudável ao espírito, e digna de ser divulgada a todas as repúblicas da Cristandade.

Um dia, andando a passeio com Diogo Meireles, nesta mesma cidade Fuchéu, naquele ano de 1552, sucedeu deparar-se-nos um ajuntamento de povo, à esquina de uma rua, em torno a um homem da terra, que discorria com grande abundância de gestos e vozes. O povo, segundo o esmo mais baixo, seria passante de cem pessoas, varões somente, e todos embasbacados. Diogo Meireles, que melhor conhecia a língua da terra, pois ali estivera muitos meses, quando andou com a bandeira de veniaga (agora ocupava-se no exercício da medicina, que estudara convenientemente, e em que era exímio) ia-me repetindo pelo nosso idioma o que ouvia ao orador, e que, em resumo, era o seguinte: — Que ele não queria outra coisa mais do que afirmar a origem dos grilos, os quais procediam do ar e das folhas de coqueiro, na conjunção da lua nova; que este descobrimento, impossível a quem não fosse, como ele, matemático, físico e filósofo, era fruto de dilatados anos de aplicação, experiência e estudo, trabalhos e até perigos de vida; mas, enfim, estava feito, e todo redundava em glória do reino de Bungo, e especialmente da cidade Fuchéu, cujo filho era; e, se por ter aventado tão sublime verdade, fosse necessário aceitar a morte, ele a aceitaria ali mesmo, tão certo era que a ciência valia mais do que a vida e seus deleites.

A multidão, tanto que ele acabou, levantou um tumulto de aclamações, que esteve a ponto de ensurdecer-nos, e alçou nos braços o homem bradando: Patimau, Patimau, viva Patimau, que descobriu a origem dos grilos. E todos se foram com ele ao alpendre de um mercador, onde lhe deram refrescos e lhe fizeram muitas saudações e reverências, à maneira deste gentio, que é um extremo obsequioso e cortesão.

Desandando o caminho, vínhamos nós, Diogo Meireles e eu, falando do singular achado da origem dos grilos, quando, a pouca distância daquele alpendre, obra de seis credos, não mais, achamos outra multidão de gente, em outra esquina, escutando a outro homem. Ficamos espantados com a semelhança do caso, e Diogo Meireles, visto que também este falava apressado, repetiu-me da mesma maneira o teor da oração. E dizia este outro, com grande admiração e aplauso da gente que o cercava, que enfim descobrira o princípio da vida futura, quando a terra houvesse de ser inteiramente destruída, e era nada menos que uma certa gota de sangue de vaca; daí provinha a excelência da vaca para habitação das almas humanas, e o ardor com que esse distinto animal era procurado por muitos homens à hora de morrer; descobrimento que ele podia afirmar com fé e verdade, por ser obra de experiências repetidas e profunda cogitação, não desejando nem pedindo outro galardão mais que dar glória ao reino de Bungo e receber dele a estimação que os bons filhos merecem. O povo, que escutara esta fala com muita veneração, fez o mesmo alarido e levou o homem ao dito alpendre, com a diferença que o trepou a uma charola; ali chegando, foi regalado com obséquios iguais aos que faziam a Patimau, não havendo nenhuma distinção entre eles, nem outra competência nos banqueadores, que não fosse a de dar graças a ambos os banqueteados.

Ficamos sem saber nada daquilo, porque nem nos parecia casual a semelhança exata dos dois encontros, nem racional ou crível a origem dos grilos, dada por Patimau, ou o princípio da vida futura, descoberto por

Languru, que assim se chamava o outro. Sucedeu, porém, costearmos a casa de um certo Titané, alparqueiro, o qual correu a falar a Diogo Meireles, de quem era amigo. E, feitos os cumprimentos, em que o alparqueiro chamou as mais galantes coisas a Diogo Meireles, tais como — ouro da verdade e sol do pensamento, — contou-lhe este o que víramos e ouvíramos pouco antes. Ao que Titané acudiu com grande alvoroço: — Pode ser que eles andem cumprindo uma nova doutrina, dizem que inventada por um bonzo de muito saber, morador em umas casas pegadas ao monte Coral. E porque ficássemos cobiçosos de ter alguma notícia da doutrina, consentiu Titané em ir conosco no dia seguinte às casas do bonzo, e acrescentou: — Dizem que ele não a confia a nenhuma pessoa, senão às que de coração se quiserem filiar a ela; e, sendo assim, podemos simular que o queremos unicamente com o fim de a ouvir; e se for boa, chegaremos a praticá-la à nossa vontade.

No dia seguinte, ao modo concertado, fomos às casas do dito bonzo, por nome Pomada, um ancião de cento e oito anos, muito lido e sabido nas letras divinas e humanas, e grandemente aceito a toda aquela gentilidade, e por isso mesmo malvisto de outros bonzos, que se finavam de puro ciúme. E tendo ouvido o dito bonzo a Titané quem éramos e o que queríamos, iniciou-nos primeiro com várias cerimônias e bugiarias necessárias à recepção da doutrina, e só depois dela é que alçou a voz para confiá-la e explicá-la.

— Haveis de entender, começou ele, que a virtude e o saber têm duas existências paralelas, uma no sujeito que as possui, outra no espírito dos que o ouvem ou contemplam. Se puserdes as mais sublimes virtudes e os mais profundos conhecimentos em um sujeito solitário, remoto de todo contato com outros homens, é como se eles não existissem. Os frutos de uma laranjeira, se ninguém os gostar, valem tanto como as urzes e plantas bravias, e, se ninguém os vir, não valem nada; ou, por outras palavras mais enérgicas, não há espetáculo sem espectador. Um dia, estando a cuidar nestas coisas, considerei que, para o fim de alumiar um pouco o entendimento, tinha consumido os meus longos anos, e, aliás, nada chegaria a valer sem a existência de outros homens que me vissem e honrassem; então cogitei se não haveria um modo de obter o mesmo efeito, poupando tais trabalhos, e esse dia posso agora dizer que foi o da regeneração dos homens, pois me deu a doutrina salvadora.

Neste ponto, afiamos os ouvidos e ficamos pendurados da boca do bonzo, o qual, como lhe dissesse Diogo Meireles que a língua da terra me não era familiar, ia falando com grande pausa, por que eu nada perdesse. E continuou dizendo: — Mal podeis adivinhar o que me deu ideia da nova doutrina; foi nada menos que a pedra da lua, essa insigne pedra tão luminosa que, posta no cabeço de uma montanha ou no píncaro de uma torre, dá claridade a uma campina inteira, ainda a mais dilatada. Uma tal pedra, com tais quilates de luz, não existiu nunca, e ninguém jamais a viu; mas muita gente crê que existe e mais de um dirá que a viu com os seus próprios olhos. Considerei o caso, e entendi que, se uma coisa pode existir na opinião, sem existir na realidade e existir na realidade, sem existir na opinião, a conclusão é que das duas existências paralelas a única necessária é a da opinião, não a da realidade, que é apenas conveniente. Tão depressa fiz este achado especulativo, como dei graças a Deus do favor especial, e determinei-me a verificá-lo por experiências; o que alcancei, em mais de um caso, que não relato, por vos não tomar o tempo. Para compreender a eficácia do meu sistema, basta advertir que os grilos não podem nascer do ar e das folhas de coqueiro, na conjunção da lua nova, e por outro lado, o princípio da vida futura não está em uma certa gota de sangue da vaca; mas Patimau e Languru, varões astutos, com tal arte souberam meter estas duas ideias no ânimo da multidão, que hoje desfrutam a nomeada de grandes físicos e maiores filósofos, e têm consigo pessoas capazes de dar a vida por eles.

Não sabíamos em que maneira déssemos ao bonzo as mostras do nosso vivo contentamento e admiração. Ele interrogou-nos ainda algum tempo, compridamente, acerca da doutrina e dos fundamentos dela, e depois de reconhecer que a entendíamos, incitou-nos a praticá-la, a divulgá-la cautelosamente, não porque houvesse nada contrário às leis divinas ou humanas, mas porque a má compreensão dela podia daná-la e perdê-la em seus primeiros passos; enfim, despediu-se de nós com a certeza (são palavras suas) de que abalávamos dali com a verdadeira alma de pomadistas; denominação esta que, por se derivar do nome dele, lhe era em extremo agradável.

Com efeito, antes de cair a tarde, tínhamos os três combinado em pôr por obra uma ideia tão judiciosa quão lucrativa, pois não é só lucro o que se pode haver em moeda, senão também o que traz consideração e louvor, que é outra e melhor espécie de moeda, conquanto não dê para comprar damascos ou chaparias de ouro. Combinamos, pois, à guisa de experiência, meter cada um de nós, no ânimo da cidade Fuchéu, uma certa convicção, mediante a qual houvéssemos os mesmos benefícios que desfrutavam Patimau e Languru; mas, tão certo é que o homem não olvida o seu interesse, entendeu Titané que lhe cumpria lucrar de duas maneiras, cobrando da experiência ambas as moedas, isto é, vendendo também as suas alparcas: ao que nos não opusemos, por nos parecer que nada tinha isso com o essencial da doutrina.

Consistiu a experiência de Titané em uma coisa que não sei como diga para que a entendam. Usam neste reino de Bungo, e em outros destas remotas partes, um papel feito de casca de canela moída e goma, obra mui prima, que eles talham depois em pedaços de dois palmos de comprimento, e meio de largura, nos quais desenham com vivas e variadas cores, e pela língua do país, as notícias da semana, políticas, religiosas, mercantis e outras, as novas leis do reino, os nomes das fustas, lancharas, balões e toda a casta de barcos que navegam estes mares, ou em guerra, que a há frequente, ou de veniaga. E digo as notícias da semana, porque as ditas folhas são feitas de oito em oito dias, em grande cópia, e distribuídas ao gentio da terra, a troco de uma espórtula, que cada um dá de bom grado para ter as notícias primeiro que os demais moradores. Ora, o nosso Titané não quis melhor esquina que este papel, chamado pela nossa língua *Vida e claridade das coisas mundanas e celestes*, título expressivo, ainda que um tanto derramado. E, pois, fez inserir no dito papel que acabavam de chegar notícias frescas de toda a costa de Malabar e da China, conforme as quais não havia outro cuidado que não fossem as famosas alparcas dele, Titané; que estas alparcas eram chamadas as primeiras do mundo, por serem mui sólidas e graciosas; que nada menos de vinte e dois mandarins iam requerer ao imperador para que, em vista do esplendor das famosas alparcas de Titané, as primeiras do universo, fosse criado o título honorífico de "alparca do Estado", para recompensa dos que se distinguissem em qualquer disciplina do entendimento; que eram grossíssimas as encomendas feitas de todas as partes, às quais ele Titané ia acudir, menos por amor ao lucro do que pela glória que dali provinha à nação; não recuando, todavia, do propósito em que estava e ficava de dar de graça aos pobres do reino umas cinquenta corjas das ditas alparcas, conforme já fizera declarar a el-rei e o repetia agora; enfim, que apesar da primazia no fabrico das alparcas, assim reconhecida em toda a terra, ele sabia os deveres da moderação, e nunca se julgaria mais do que um obreiro diligente e amigo da glória do reino de Bungo.

A leitura desta notícia comoveu naturalmente a toda a cidade Fuchéu, não se falando em outra coisa durante toda aquela semana. As alparcas de Titané, apenas estimadas, começaram de ser buscadas com muita curiosidade e ardor, e ainda mais nas semanas seguintes, pois não deixou ele de enter a cidade, durante algum tempo, com muitas e extraordinárias anedotas acerca de sua mercadoria. E dizia-nos com muita graça: — Vede que obedeço ao principal da nossa doutrina, pois não estou persuadido da superioridade das tais alparcas, antes as tenho por obra vulgar, mas fi-lo crer ao povo, que as vem comprar agora, pelo preço que lhes taxo. — Não me parece, atalhei, que tenhais cumprido a doutrina em seu rigor e substância, pois não nos cabe inculcar aos outros uma opinião que não temos, e sim a opinião de uma qualidade que não possuímos; este é, ao certo, o essencial dela.

Dito isto assentaram os dois que era a minha vez de tentar a experiência, o que imediatamente fiz; mas deixo de a relatar em todas as suas partes, por não demorar a narração da experiência de Diogo Meireles, que foi a mais decisiva das três, e a melhor prova desta deliciosa invenção do bonzo. Direi somente que, por algumas luzes que tinha de música e charamela, em que aliás era mediano, lembrou-me congregar os principais de Fuchéu para que me ouvissem tanger o instrumento; os quais vieram, escutaram e foram-se repetindo que nunca antes tinham ouvido coisa tão extraordinária. E confesso que alcancei um tal resultado com o só recurso dos ademanes, da graça em arquear os braços para tomar a charamela, que me foi trazida em uma bandeja de prata da rigidez do busto, da unção com que alcei os olhos ao ar, e do desdém e ufania com que os baixei à mesma assembleia, a qual neste ponto rompeu em um tal concerto de vozes e exclamações de entusiasmo, que quase me persuadiu do meu merecimento.

Mas, como digo, a mais engenhosa de todas as nossas experiências foi a de Diogo Meireles. Lavrava então na cidade uma singular doença, que consistia em fazer inchar os narizes, tanto e tanto, que tomavam metade e mais da cara ao paciente, e não só a punham horrenda, senão que era molesto carregar tamanho peso. Conquanto os físicos da terra propusessem extrair os narizes inchados, para alívio e melhoria dos enfermos, nenhum destes consentia em prestar-se ao curativo, preferindo o excesso à lacuna, e tendo por mais aborrecível que nenhuma outra coisa a ausência daquele órgão. Neste apertado lance mais de um recorria à morte voluntária, como um remédio, e a tristeza era muita em toda a cidade Fuchéu. Diogo Meireles, que desde algum tempo praticava a medicina, segundo ficou dito atrás, estudou a moléstia e reconheceu que não havia perigo em desnarigar os doentes, antes era vantajoso por lhes levar o mal, sem trazer fealdade, pois tanto valia um nariz disforme e pesado como nenhum; não alcançou, todavia, persuadir os infelizes ao sacrifício. Então ocorreu-lhe uma graciosa invenção. Assim foi que, reunindo muitos físicos, filósofos, bonzos, autoridades e povo, comunicou-lhes que tinha um segredo para eliminar o órgão; e esse segredo era nada menos que substituir o nariz achacado por um nariz são, mas de pura natureza metafísica, isto é, inacessível aos sentidos humanos, e contudo tão verdadeiro ou ainda mais do que o cortado; cura esta praticada por ele em várias partes, e muito aceita aos físicos de Malabar. O assombro da assembleia foi imenso, e não menor a incredulidade de alguns, não digo de todos, sendo que a maioria não sabia que acreditasse, pois se lhe repugnava a metafísica do nariz, cedia entretanto à energia das palavras de Diogo Meireles, ao tom alto e convencido com que ele expôs e definiu o seu remédio. Foi então que alguns filósofos, ali presentes, um tanto envergonhados do saber de Diogo Meireles, não quiseram ficar-lhe atrás, e declararam que havia bons fundamentos para uma tal invenção, visto não ser o homem todo outra coisa mais do que um produto da idealidade transcendental; donde resultava que podia trazer, com toda a verossimilhança, um nariz metafísico, e juravam ao povo que o efeito era o mesmo.

A assembleia aclamou a Diogo Meireles, e os doentes começaram de buscá-lo, em tanta cópia, que ele não tinha mãos a medir. Diogo Meireles desnarigava-os com muitíssima arte; depois estendia delicadamente os dedos a uma caixa, onde fingia ter os narizes substitutos, colhia um e aplicava-o ao lugar vazio. Os enfermos, assim curados e supridos, olhavam uns para os outros e não viam nada no lugar do órgão cortado, mas, certos e certíssimos de que ali estava o órgão substituto, e que este era inacessível aos sentidos humanos, não se davam por defraudados, e tornavam aos seus ofícios. Nenhuma outra prova quero da eficácia da doutrina e do fruto dessa experiência, senão o fato de que todos os desnarigados de Diogo Meireles continuaram a prover-se dos mesmos lenços de assoar. O que tudo deixo relatado para glória do bonzo e benefício do mundo.

Bebia pérolas diluídas em néctar.
Comia línguas de rouxinol. Nunca usou
papel mata-borrão, por achá-lo vulgar e mercantil; empregava areia nas cartas, mas uma
areia feita de pó de diamante.

[*O interlocutor*]

O ANEL DE POLÍCRATES

[*Papéis avulsos*]

A — Lá vai o Xavier.

Z — Conhece o Xavier?

A — Há que anos! Era um nababo, rico, podre de rico, mas pródigo...

Z — Que rico? que pródigo?

A — Rico e pródigo, digo-lhe eu. Bebia pérolas diluídas em néctar. Comia línguas de rouxinol. Nunca usou papel mata-borrão, por achá-lo vulgar e mercantil; empregava areia nas cartas, mas uma certa areia feita de pó de diamante. E mulheres! Nem toda a pompa de Salomão pode dar ideia do que era o Xavier nesse particular. Tinha um serralho: a linha grega, a tez romana, a exuberância turca, todas as perfeições de uma raça, todas as prendas de um clima, tudo era admitido no harém do Xavier. Um dia enamorou-se loucamente de uma senhora de alto coturno, e enviou-lhe de mimo três estrelas do Cruzeiro, que então contava sete, e não pense que o portador foi aí qualquer pé-rapado. Não, senhor. O portador foi um dos arcanjos de Mílton, que o Xavier chamou na ocasião em que ele cortava o azul para levar a admiração dos homens ao seu velho pai inglês. Era assim o Xavier. Capeava os cigarros com um papel de cristal, obra finíssima, e, para acendê-los, trazia consigo uma caixinha de raios de sol. As colchas da cama eram nuvens purpúreas, e assim também a esteira que forrava o sofá de repouso, a poltrona da secretária e a rede. Sabe quem lhe fazia o café, de manhã? A Aurora, com aqueles mesmos dedos cor-de-rosa, que Homero lhe pôs. Pobre Xavier! Tudo o que o capricho e a riqueza podem dar, o raro, o esquisito, o maravilhoso, o indescritível, o inimaginável, tudo teve e devia ter, porque era um galhardo rapaz, e um bom coração. Ah! fortuna, fortuna! Onde estão agora as pérolas, os diamantes, as estrelas, as nuvens purpúreas? Tudo perdeu, tudo deixou ir por água abaixo; o néctar virou zurrapa, os coxins são a pedra dura da rua, não manda estrelas às senhoras, nem tem arcanjos às suas ordens...

Z — Você está enganado. O Xavier? Esse Xavier há de ser outro. O Xavier nababo! Mas o Xavier que ali vai nunca teve mais de duzentos mil-réis mensais; é um homem poupado, sóbrio, deita-se com as galinhas, acorda com os galos, e não escreve cartas a namoradas, porque não as tem. Se algumas expede aos amigos é pelo correio. Não é mendigo, nunca foi nababo.

A — Creio; esse é o Xavier exterior. Mas nem só de pão vive o homem. Você fala de Marta, eu falo-lhe de Maria; falo do Xavier especulativo...

Z — Ah! — Mas ainda assim, não acho explicação; não me consta nada dele. Que livro, que poema, que quadro...

A — Desde quando o conhece?

Z — Há uns quinze anos.

A — Upa! Conheço-o há muito mais tempo, desde que ele estreou na rua do Ouvidor, em pleno marquês de Paraná. Era um endiabrado, um derramado, planeava todas as coisas possíveis, e até contrárias, um livro, um discurso, um medicamento, um jornal, um poema, um romance, uma história, um libelo político, uma viagem à Europa, outra ao sertão de Minas, outra à lua, em certo balão que inventara, uma candidatura política, e arqueologia, e filosofia e teatro etc. etc. etc. Era um saco de espantos. Quem conversava com ele sentia vertigens. Imagine uma cachoeira de ideias e imagens, qual mais original, qual mais bela, às vezes extravagante, às vezes sublime. Note que ele tinha a convicção dos seus mesmos inventos. Um dia, por exemplo, acordou com o plano de arrasar o morro do Castelo, a troco das riquezas que os jesuítas ali deixaram, segundo o povo crê. Calculou-as logo em mil contos, inventariou-as com muito cuidado, separou o que era moeda, mil contos, do que eram obras de arte e pedrarias; descreveu minuciosamente os objetos, deu-me dois tocheiros de ouro...

Z — Realmente...

A— Ah! impagável. Quer saber de outra? Tinha lido as cartas do cônego Benigno, e resolveu ir logo ao sertão da Bahia, procurar a cidade misteriosa. Expôs-me o plano, descreveu-me a arquitetura provável da cidade, os templos, os palácios, gênero etrusco, os ritos, os vasos, as roupas, os costumes...

Z — Era então doido?

A— Originalão apenas. Odeio os carneiros de Panúrgio, dizia ele, citando Rabelais: *Comme vous savez estre du mouton le naturel, toujours suivre le premier, quelque part qu'il aille.* Comparava a trivialidade a uma mesa redonda de hospedaria, e jurava que antes comer um mau bife em mesa separada.

Z — Entretanto, gostava da sociedade.

A— Gostava da sociedade, mas não amava os sócios. Um amigo nosso, o Pires, fez-lhe um dia esse reparo; e sabe o que é que ele respondeu? Respondeu com um apólogo, em que cada sócio figurava ser uma cuia d'água, e a sociedade uma banheira. — Ora, eu não posso lavar-me em cuias d'água, foi a sua conclusão.

Z — Nada modesto. Que lhe disse o Pires?

A— O Pires achou o apólogo tão bonito que o meteu numa comédia, daí a tempos. Engraçado é que o Xavier ouviu o apólogo no teatro e aplaudiu-o muito, com entusiasmo; esquecera-se da paternidade; mas a voz do sangue... Isto leva-me à explicação da atual miséria do Xavier.

Z — É verdade, não sei como se possa explicar que um nababo...

A— Explica-se facilmente. Ele espalhava ideias à direita e à esquerda, como o céu chove, por uma necessidade física, e ainda por duas razões. A primeira é que era impaciente, não sofria a gestação indispensável à obra escrita. A segunda é que varria com os olhos uma linha tão vasta de coisas, que mal poderia fixar-se em qualquer delas. Se não tivesse o verbo fluente, morreria de congestão mental; a palavra era um derivativo. As páginas que então falava, os capítulos que lhe borbotavam da boca, só precisavam de uma arte de os imprimir no ar; e depois no papel, para serem páginas e capítulos excelentes, alguns admiráveis. Nem tudo era límpido; mas a porção límpida superava a porção turva, como a vigília de Homero paga os seus cochilos. Espalhava tudo, ao acaso, às mãos cheias, sem ver onde as sementes iam cair; algumas pegavam logo...

Z — Como a das cuias.

A — Como a das cuias. Mas o semeador tinha a paixão das coisas belas, e, uma vez que a árvore fosse pomposa e verde, não lhe perguntava nunca pela semente sua mãe. Viveu assim longos anos, despendendo à toa, sem cálculo, sem fruto, de noite e de dia, na rua e em casa, um verdadeiro pródigo. Com tal regime, que era a ausência de regime, não admira que ficasse pobre e miserável. Meu amigo, a imaginação e o espírito têm limites; a não ser a famosa botelha dos saltimbancos e a credulidade dos homens, nada conheço inesgotável debaixo do sol. O Xavier não só perdeu as ideias que tinha, mas até exauriu a faculdade de as criar; ficou o que sabemos. Que moeda rara se lhe vê hoje nas mãos? que sestércio de Horácio? que drama de Péricles? Nada. Gasta o seu lugar-comum, rafado das mãos dos outros, come à mesa redonda, fez-se trivial, chocho...

Z — Cuia, enfim.

A — Justamente, cuia.

Z — Pois muito me conta. Não sabia nada disso. Fico inteirado; adeus.

A — Vai a negócio?

Z — Vou a um negócio.

A — Dá-me dez minutos?

Z — Dou-lhe quinze.

A — Quero referir-lhe a passagem mais interessante da vida do Xavier. Aceite o meu braço, e vamos andando. Vai para a Praça? Vamos juntos. Um caso interessantíssimo. Foi ali por 1869 ou 1870, não me recordo; ele mesmo é que me contou. Tinha perdido tudo; trazia o cérebro gasto, chupado, estéril, sem a sombra de um conceito, de uma imagem, nada. Basta dizer que um dia chamou rosa a uma senhora, — "uma bonita rosa"; falava do luar saudoso, do sacerdócio da imprensa, dos jantares opíparos, sem acrescentar ao menos um relevo qualquer a toda essa chaparia de algibebe. Começara a ficar hipocondríaco; e, um dia, estando à janela, triste, desabusado das coisas, vendo-se chegado a nada, aconteceu passar na rua um taful a cavalo. De repente, o cavalo corcoveou e o taful veio quase ao chão; mas sustentou-se, e meteu as esporas e o chicote no animal; este empina-se, ele teima; muita gente parada na rua e nas portas; no fim de dez minutos de luta, o cavalo cedeu e continuou a marcha. Os espectadores não se fartaram de admirar o garbo, a coragem, o sangue-frio, a arte do cavaleiro. Então o Xavier, consigo,

45

imaginou que talvez o cavaleiro não tivesse ânimo nenhum; não quis cair diante da gente, e isso lhe deu a força de domar o cavalo. E daí veio uma ideia: comparou a vida a um cavalo xucro ou manhoso; e acrescentou sentenciosamente: Quem não for cavaleiro, que o pareça. Realmente, não era uma ideia extraordinária; mas a penúria do Xavier tocara a tal extremo, que esse cristal pareceu-lhe um diamante. Ele repetiu-a dez ou doze vezes, formulou-a de vários modos, ora na ordem natural, pondo primeiro a definição, depois o complemento; ora dando-lhe a marcha inversa, trocando palavras, medindo-as etc.; e tão alegre, tão alegre como casa de pobre em dia de peru. De noite, sonhou que efetivamente montava um cavalo manhoso, que este pinoteava com ele e o sacudia a um brejo. Acordou triste; a manhã, que era de domingo e chuvosa, ainda mais o entristeceu; meteu-se a ler e a cismar. Então lembrou-se... Conhece o caso do anel de Polícrates?

Z — Francamente, não.

A — Nem eu; mas aqui vai o que me disse o Xavier. Polícrates governava a ilha de Samos. Era o rei mais feliz da terra; tão feliz, que começou a recear alguma reviravolta da Fortuna, e, para aplacá-la antecipadamente, determinou fazer um grande sacrifício: deitar ao mar o anel precioso que, segundo alguns, lhe servia de sinete. Assim fez; mas a Fortuna andava tão apostada em cumulá-lo de obséquios, que o anel foi engolido por um peixe, o peixe pescado e mandado para a cozinha do rei; que assim voltou à posse do anel. Não afirmo nada a respeito desta anedota; foi ele quem me contou, citando Plínio, citando...

Z — Não ponha mais na carta. O Xavier naturalmente comparou a vida, não a um cavalo, mas...

A — Nada disso. Não é capaz de adivinhar o plano estrambótico do pobre-diabo. Experimentemos a fortuna, disse ele; vejamos se a minha ideia, lançada ao mar, pode tornar ao meu poder, como o anel de Polícrates, no bucho de algum peixe, ou se o meu caiporismo será tal, que nunca mais lhe ponha a mão.

Z — Ora essa!

A — Não é estrambótico? Polícrates experimentara a felicidade; o Xavier quis tentar o caiporismo; intenções diversas, ação idêntica. Saiu de casa, encontrou um amigo, travou conversa, escolheu assunto, e acabou dizendo o que era a vida, um cavalo xucro ou manhoso, e quem não for cavaleiro que o pareça. Dita assim, esta frase era talvez fria; por isso o Xavier teve o cuidado de descrever primeiro a sua tristeza, o desconsolo dos anos, o malogro dos esforços, ou antes os efeitos da imprevidência, e quando o peixe ficou de boca aberta, digo, quando a comoção do amigo chegou ao cume, foi que ele lhe atirou o anel, e fugiu a meter-se em casa. Isto que lhe conto é natural, crê-se, não é impossível; mas agora começa a juntar-se à realidade uma alta dose de imaginação. Seja o que for, repito o que ele me disse. Cerca de três semanas depois, o Xavier jantava pacificamente no Leão de Ouro ou no Globo, não me lembro bem, e ouviu de outra mesa a mesma frase sua, talvez com a troca de um adjetivo. "Meu pobre anel, disse ele, eis-te enfim no peixe de Polícrates". Mas a ideia bateu as asas e voou, sem que ele pudesse guardá-la na memória. Resignou-se. Dias depois, foi convidado a um baile; era um antigo companheiro dos tempos de rapaz, que celebrava a sua recente distinção nobiliária. O Xavier aceitou o convite, e foi ao baile, e ainda bem que foi, porque entre o sorvete e o chá ouviu de um grupo de pessoas que louvavam a carreira de barão, a sua vida próspera, rígida, modelo, ouviu comparar o barão a um cavaleiro emérito. Pasmo dos ouvintes, porque o barão não montava a cavalo. Mas o panegirista explicou que a vida não é mais do que um cavalo xucro ou manhoso, sobre o qual ou se há de ser cavaleiro ou parecê-lo, e o barão era-o excelente. — "Entra, meu querido anel, disse o Xavier, entra no dedo de Polícrates". Mas de novo a ideia bateu as asas, sem querer ouvi-lo. Dias depois...

Z — Adivinho o resto: uma série de encontros e fugas do mesmo gênero.

A — Justo.

Z — Mas, enfim, apanhou-o um dia.

A — Um dia só, e foi então que me contou o caso digno de memória. Tão contente que ele estava nesse dia! Jurou-me que ia escrever, a propósito disto, um conto fantástico, à maneira de Edgar Poe, uma página fulgurante, pontuada de mistérios, — são as suas próprias expressões; — e pediu-me que o fosse ver no dia seguinte. Fui; o anel fugira-lhe outra vez. "Meu caro A, disse-me ele, com um sorriso fino e sarcástico, tens em mim o Polícrates do caiporismo; nomeio-te meu ministro honorário e gratuito". Daí em diante foi sempre a mesma coisa. Quando ele supunha pôr a mão em cima da ideia, ela batia as asas, plás, plás, e perdia-se no ar, como as figuras de um sonho. Outro peixe a engolia e trazia, e sempre o mesmo desenlace. Mas dos casos que ele me contou naquele dia, quero dizer-lhe três...

Z — Não posso; lá se vão os quinze minutos.

A — Conto-lhe só três. Um dia, o Xavier chegou a crer que podia enfim agarrar a fugitiva, e fincá-la perpetuamente no cérebro. Abriu um jornal de oposição, e leu estupefato estas palavras: "O ministério parece ignorar que a política é, como a vida, um cavalo xucro ou manhoso, e, não podendo ser bom cavaleiro, porque nunca o foi, devia ao menos parecer que o é". — "Ah! enfim! exclamou o Xavier, cá estás engastado no bucho do peixe; já me não podes fugir". Mas, em vão! a ideia fugia-lhe, sem deixar outro vestígio mais do que uma confusa reminiscência. Sombrio, desesperado, começou a andar, a andar, até que a noite caiu; passando por um teatro, entrou; muita gente, muitas luzes, muita alegria; o coração aquietou-se-lhe. Cúmulo de benefícios: era uma comédia do Pires, uma comédia nova. Sentou-se ao pé do autor, aplaudiu a obra com entusiasmo, com sincero amor de artista e de irmão. No segundo ato, cena VIII, estremeceu. "D. Eugênia", diz o galã a uma senhora, "o cavalo pode ser comparado à vida, que é também um cavalo xucro ou manhoso; quem não for bom cavaleiro deve cuidar de parecer que o é". O autor, com o olhar tímido, espiava no rosto do Xavier o efeito daquela reflexão, enquanto o Xavier repetia a mesma súplica das outras vezes: — "Meu querido anel.."

Z — *Et nunc et semper...* Venha o último encontro, que são horas.

A — O último foi o primeiro. Já lhe disse que o Xavier transmitira a ideia a um amigo. Uma semana depois da comédia cai o amigo doente, com tal gravidade que em quatro dias estava à morte. O Xavier corre a vê-lo; e o infeliz ainda o pôde conhecer, estender-lhe a mão fria e trêmula, cravar-lhe um longo olhar baço da última hora, e, com a voz sumida, eco do sepulcro, soluçar-lhe: "Cá vou, meu Caro Xavier, o cavalo xucro ou manhoso da vida deitou-me ao chão: se fui mau cavaleiro, não sei; mas forcejei por parecê-lo bom". Não se ria, ele contou-me isto com lágrimas. Contou-me também que a ideia ainda esvoaçou alguns minutos sobre o cadáver, faiscando as belas asas de cristal, que ele cria ser diamante; depois estalou um risinho de escárnio, ingrato e parricida, e fugiu como das outras vezes, metendo-se no cérebro de alguns sujeitos, amigos da casa, que ali estavam, transidos de dor e recolheram com saudade esse pio legado do defunto. Adeus.

Ela era, porém, daquela casta de mulheres que riem do sol e dos almanaques. Cor de leite, fresca, inalterável, deixava às outras o trabalho de envelhecer. Só queria o de existir.

[O narrador, a propósito da personagem]

UMA SENHORA

[HISTÓRIAS SEM DATA]

Nunca encontro esta senhora que me não lembre a profecia de uma lagartixa ao poeta Heine, subindo os Apeninos: "Dia virá em que as pedras serão plantas, as plantas animais, os animais homens e os homens deuses." E dá-me vontade de dizer-lhe: — A senhora, Dona Camila, amou tanto a mocidade e a beleza, que atrasou o seu relógio, a fim de ver se podia fixar esses dois minutos de cristal. Não se desconsole, Dona Camila. No dia da lagartixa, a senhora será Hebe, deusa da juventude; a senhora nos dará a beber o néctar da perenidade com as suas mãos eternamente moças.

A primeira vez que a vi, tinha ela trinta e seis anos, posto só parecesse trinta e dois e não passasse da casa dos vinte e nove. Casa é um modo de dizer. Não há castelo mais vasto do que a vivenda destes bons amigos, nem tratamento mais obsequioso do que o que eles sabem dar às suas hóspedes. Cada vez que Dona Camila queria ir-se embora, eles pediam-lhe muito que ficasse, e ela ficava. Vinham então novos folguedos, cavalhadas, música, dança, uma sucessão de coisas belas, inventadas com o único fim de impedir que esta senhora seguisse o seu caminho.

— Mamãe, mamãe, dizia-lhe a filha crescendo, vamos embora, não podemos ficar aqui toda a vida.

Dona Camila olhava para ela mortificada, depois sorria, dava-lhe um beijo e mandava-a brincar com as outras crianças. Que outras crianças?

Ernestina estava então entre catorze e quinze anos, era muito espigada, muito quieta, com uns modos naturais de senhora. Provavelmente não se divertiria com as meninas de oito e nove anos; não importa, uma vez que deixasse a mãe tranquila, podia alegrar-se ou enfadar-se. Mas, ai triste! há um limite para tudo, mesmo para os vinte e nove anos. Dona Camila resolveu, enfim, despedir-se desses dignos anfitriões, e fê-lo ralada de saudades. Eles ainda instaram por uns cinco ou seis meses de quebra; a bela dama respondeu-lhes que era impossível e, trepando no alazão do tempo, foi alojar-se na casa dos trinta.

Ela era, porém, daquela casta de mulheres que riem do sol e dos almanaques. Cor de leite, fresca, inalterável, deixava às outras o trabalho de envelhecer. Só queria o de existir. Cabelo negro, olhos castanhos e cálidos. Tinha as espáduas e o colo feitos de encomenda para os vestidos decotados, e assim também os braços, que eu não digo que eram os da Vênus de Milo, para evitar uma vulgaridade, mas provavelmente não eram outros. Dona Camila sabia disto; sabia que era bonita, não só porque lho dizia o olhar sorrateiro das outras damas, como por um certo instinto que a beleza possui, como o talento e o gênio. Resta dizer que era casada, que o marido era ruivo, e que os dois amavam-se como noivos; finalmente, que era honesta. Não o era, note-se bem, por temperamento, mas por princípio, por amor ao marido, e creio que um pouco por orgulho.

Nenhum defeito, pois, exceto o de retardar os anos; mas é isso um defeito? Há, não me lembro em que página da Escritura, naturalmente nos Profetas, uma comparação dos dias com as águas de um rio que não voltam mais. Dona Camila queria fazer uma represa para seu uso. No tumulto desta marcha contínua entre o nascimento e a morte, ela apegava-se à ilusão da estabilidade. Só se lhe podia exigir que não fosse ridícula, e não o era. Dir-me-á o leitor que a beleza vive de si mesma, e que a preocupação do calendário mostra que esta senhora vivia principalmente com os olhos na opinião. É verdade; mas como quer que vivam as mulheres do nosso tempo?

Dona Camila entrou na casa dos trinta, e não lhe custou passar adiante. Evidentemente o terror era uma superstição. Duas ou três amigas íntimas, nutridas de aritmética, continuavam a dizer que ela perdera a conta dos anos. Não advertiam que a natureza era cúmplice no erro e que aos quarenta anos (verdadeiros), Dona Camila trazia um ar de trinta e poucos. Restava um recurso: espiar-lhe o primeiro cabelo branco, um fiozinho de nada, mas branco. Em vão espiavam; o demônio do cabelo parecia cada vez mais negro.

Nisto enganavam-se. O fio branco estava ali; era a filha de Dona Camila que entrava nos dezenove anos e, por mal de pecados, bonita. Dona Camila prolongou, quanto pôde, os vestidos adolescentes da filha, conservou-a no colégio até tarde, fez tudo para proclamá-la criança. A natureza, porém, que não é só imoral, mas também ilógica, enquanto sofreava os anos de uma, afrouxava a rédea aos da outra, e Ernestina, moça feita, entrou radiante no primeiro baile. Foi uma revelação. Dona Camila adorava a filha; saboreou-lhe a glória a tragos demorados. No fundo do copo achou a gota amarga e fez uma careta. Chegou a pensar na abdicação; mas um grande pródigo de frases feitas disse-lhe que ela parecia a irmã mais velha da filha, e o projeto desfez-se. Foi dessa noite em diante que Dona Camila entrou a dizer a todos que casara muito criança.

Um dia, poucos meses depois, apontou no horizonte o primeiro namorado. Dona Camila pensara vagamente nessa calamidade, sem encará-la, sem aparelhar-se para a defesa. Quando menos esperava, achou um pretendente à porta. Interrogou a filha; descobriu-lhe um alvoroço indefinível, a inclinação dos vinte anos, e ficou prostrada. Casá-la era o menos; mas, os seres são como as águas da Escritura, que não voltam mais, é porque atrás deles vêm outros, como atrás das águas outras águas; e, para definir essas ondas sucessivas é que os homens inventaram este nome de netos. Dona Camila viu iminente o primeiro neto, e determinou adiá-lo. Está claro que não formulou a resolução, como não formulara a ideia do perigo. A alma entende-se a si mesma; uma sensação vale um raciocínio. As que ela teve foram rápidas, obscuras, no mais íntimo do seu ser, donde não as extraiu para não ser obrigada a encará-las.

— Mas que é que você acha de mau no Ribeiro? perguntou-lhe o marido, uma noite, à janela.

Dona Camila levantou os ombros.

— Acho-lhe o nariz torto, disse.

— Mau! Você está nervosa; falemos de outra coisa, respondeu o marido. E, depois de olhar uns dois minutos para a rua, cantarolando na garganta, tornou ao Ribeiro, que achava um genro aceitável, e se lhe pedisse Ernestina, entendia, que deviam ceder-lha. Era inteligente e educado. Era também o herdeiro provável de uma tia de Cantagalo. E depois tinha um coração de ouro. Contavam-se dele coisas muito bonitas. Na academia, por exemplo... Dona Camila ouviu o resto, batendo com a ponta do pé no chão e rufando com os dedos a sonata da impaciência: mas, quando o marido lhe disse que o Ribeiro esperava um despacho do ministro de estrangeiros, um lugar para os Estados Unidos, não pôde ter-se e cortou-lhe a palavra:

— O quê? separar-me de minha filha? Não, senhor.

Em que dose entrara neste grito o amor materno e o sentimento pessoal é um problema difícil de resolver, principalmente agora, longe dos acontecimentos e das pessoas. Suponhamos que em partes iguais. A verdade é que o marido não soube que inventar para defender o ministro de estrangeiros, as necessidades diplomáticas, a fatalidade do matrimônio, e, não achando que inventar, foi dormir. Dois dias depois veio a nomeação. No terceiro dia, a moça declarou ao namorado que não a pedisse ao pai, porque não queria separar-se da família. Era o mesmo que dizer: prefiro a família ao senhor. É verdade que tinha a voz trêmula e sumida, e um ar de profunda consternação; mas o Ribeiro viu tão somente a rejeição, e embarcou. Assim acabou a primeira aventura.

Dona Camila padeceu com o desgosto da filha; mas consolou-se depressa. Não faltam noivos, refletiu ela. Para consolar a filha, levou-a a passear a toda parte. Eram ambas bonitas, e Ernestina tinha a frescura dos anos; mas a beleza da mãe era mais perfeita, e apesar dos anos, superava a da filha. Não vamos ao ponto de crer que o sentimento da superioridade é que animava Dona Camila a prolongar e repetir os passeios. Não: o amor materno, só por si, explica tudo. Mas concedamos que animasse um pouco. Que mal há nisso? Que mal há em que um bravo coronel defenda nobremente a pátria, e as suas dragonas? Nem por isso acaba o amor da pátria e o amor das mães.

Meses depois despontou a orelha de um segundo namorado. Desta vez era um viúvo, advogado, vinte e sete anos. Ernestina não sentiu por ele a mesma emoção que o outro lhe dera; limitou-se a aceitá-lo. Dona Camila farejou depressa a nova candidatura. Não podia alegar nada contra ele; tinha o nariz reto como a consciência, e profunda aversão à vida diplomática. Mas haveria outros defeitos, devia haver outros, Dona Camila buscou-os com alma; indagou de suas relações, hábitos, passado. Conseguiu achar umas coisinhas miúdas, tão somente a unha da imperfeição humana, alternativas de humor, ausência de graças intelectuais, e, finalmente, um grande excesso de amor-próprio. Foi neste ponto que a bela dama o apanhou. Começou a levantar vagarosamente a muralha do silêncio; lançou primeiro a camada das pausas, mais ou menos longas, depois as frases curtas, depois os monossílabos, as distrações, as absorções, os olhares complacentes, os ouvidos resignados, os bocejos fingidos por trás da ventarola. Ele não entendeu logo; mas, quando reparou que os enfados da mãe coincidiam com as ausências da filha, achou que era ali demais e retirou-se. Se fosse homem de luta, tinha saltado a muralha; mas era orgulhoso e fraco. Dona Camila deu graças aos deuses.

Houve um trimestre de respiro. Depois apareceram alguns namoricos de uma noite, insetos efêmeros, que não deixaram história. Dona Camila compreendeu que eles tinham de multiplicar-se, até vir algum decisivo que a obrigasse a ceder; mas ao menos, dizia ela a si mesma, queria um genro que trouxesse à filha a mesma felicidade que o marido lhe deu. E, uma vez, ou para robustecer este decreto da vontade, ou por outro motivo, repetiu o conceito em voz alta, embora só ela pudesse ouvi-lo. Tu, psicólogo sutil, podes imaginar que ela queria convencer a si mesma; eu prefiro contar o que lhe aconteceu em 186...

Era de manhã. Dona Camila estava ao espelho, a janela aberta, a chácara verde e sonora de cigarras e passarinhos. Ela sentia em si a harmonia que a ligava às coisas externas. Só a beleza intelectual é independente e superior. A beleza física é irmã da paisagem. Dona Camila saboreava essa fraternidade íntima, secreta, um sentimento de identidade, uma recordação da vida anterior no mesmo útero divino. Nenhuma lembrança desagradável, nenhuma ocorrência vinha turvar essa expansão misteriosa. Ao contrário, tudo parecia embebê-la de eternidade, e os quarenta e dois anos em que ia não lhe pesavam mais do que outras tantas folhas de rosa. Olhava para fora, olhava para o espelho. De repente, como se lhe surgisse uma cobra, recuou aterrada. Tinha visto sobre a fronte esquerda um cabelinho branco. Ainda cuidou que fosse do marido; mas reconheceu depressa que não, que era dela mesma, um telegrama da velhice, que aí vinha a marchas forçadas. O primeiro sentimento foi de prostração. Dona Camila sentiu faltar-lhe tudo, tudo, viu-se encanecida e acabada no fim de uma semana.

— Mamãe, mamãe, bradou Ernestina entrando na saleta. Está aqui o camarote que papai mandou.

Dona Camila teve um sobressalto de pudor, e instintivamente voltou para a filha o lado que não tinha fio branco. Nunca a achou tão graciosa e lépida. Fitou-a com saudade. Fitou-a também com inveja, e, para abafar este sentimento mau, pegou no bilhete do camarote. Era para aquela mesma noite. Uma ideia expele outra; Dona Camila anteviu-se no meio das luzes e das gentes, e depressa levantou o coração. Ficando só, tornou a olhar para o espelho, e corajosamente arrancou o cabelinho branco, e deitou-a à chácara. *Out, damned spot! Out!* Mais feliz do que a outra lady Macbeth, viu assim desaparecer a nódoa no ar, porque no ânimo dela a velhice era um remorso, e a fealdade um crime. Sai, maldita mancha! sai!

Mas, se os remorsos voltam, por que não hão de voltar os cabelos brancos? Um mês. depois, Dona Camila descobriu outro, insinuado na bela e farta madeixa negra, e amputou-o sem piedade. Cinco ou seis semanas depois, outro. Este terceiro coincidiu com um terceiro candidato à mão da filha, e ambos acharam Dona Camila numa hora de prostração. A beleza, que lhe suprira a mocidade, parecia-lhe prestes a ir também, como uma pomba sai em busca da outra. Os dias precipitavam-se. Crianças que ela vira ao colo, ou de carrinho empuxado pelas amas, dançavam agora nos bailes. Os que eram homens fumavam; as mulheres cantavam ao piano. Algumas destas apresentavam-lhe os seus *babies*, gorduchos, uma segunda geração que mamava, à espera de ir bailar também, cantar ou fumar, apresentar outros *babies* a outras pessoas, e assim por diante.

Dona Camila apenas tergiversou um pouco, acabou cedendo. Que remédio, senão aceitar um genro? Mas, como um velho costume não se perde de um dia para outro, Dona Camila viu paralelamente, naquela festa do coração, um cenário e grande cenário. Preparou-se galhardamente, e o efeito correspondeu ao esforço. Na igreja, no meio de outras damas; na sala, sentada no sofá (o estofo que forrava este móvel, assim como o papel da parede foram sempre escuros para fazer sobressair a tez de Dona Camila), vestida a capricho, sem o requinte da extrema juventude, mas também sem a rigidez matronal, um meio-termo apenas, destinado a pôr em relevo as suas graças outoniças, risonha, e feliz, enfim, a recente sogra colheu os melhores sufrágios. Era certo que ainda lhe pendia dos ombros um retalho de púrpura.

Púrpura supõe dinastia. Dinastia exige netos. Restava que o Senhor abençoasse a união, e ele abençoou-a, no ano seguinte. Dona Camila acostumara-se à ideia; mas era tão penoso abdicar, que ela aguardava o neto com amor e repugnância. Esse importuno embrião, curioso da vida e pretensioso, era necessário na terra? Evidentemente, não; mas apareceu um dia, com as flores de setembro. Durante a crise Dona Camila só teve de pensar na filha; depois da crise, pensou na filha e no neto. Só dias depois é que pôde pensar em si mesma. Enfim, avó. Não havia que duvidar; era avó. Nem as feições que eram ainda concertadas, nem os cabelos, que eram pretos (salvo meia dúzia de fios escondidos) podiam por si sós denunciar a realidade; mas a realidade existia; ela era, enfim, avó.

Quis recolher-se; e para ter o neto mais perto de si chamou a filha para casa. Mas a casa não era um mosteiro, e as ruas e os jornais com os seus mil rumores acordavam nela os ecos de outro tempo. Dona Camila rasgou o ato de abdicação e tornou ao tumulto.

Um dia, encontrei-a ao lado de uma preta, que levava ao colo uma criança de cinco a seis meses. Dona Camila segurava na mão o chapelinho de sol aberto para cobrir a criança. Encontrei-a oito dias depois, com a mesma criança, a mesma preta e o mesmo chapéu de sol. Vinte dias depois, e trinta dias mais tarde, tornei a vê-la, entrando para o bonde com a preta. Olhe o sol. Não vá cair. Não aperte muito o menino. Acordou? Não mexa com ele. Cubra a carinha etc. etc.

Era o neto. Ela, porém, ia tão apertadinha, tão cuidadosa da criança, tão a miúdo, tão sem outra senhora, que antes parecia mãe do que avó; e muita gente pensava que era mãe. Que tal fosse a intenção de Dona Camila não o juro eu ("Não jurarás", Mateus V, 34). Tão somente digo que nenhuma outra mãe seria mais desvelada do que Dona Camila com o neto; atribuírem-lhe um simples filho era a coisa mais verossímil do mundo.

Que fazias tu, mãe cautelosa e ríspida, que não vinhas arrancar às mãos e à boca
da filha um veneno tão sutil e mortal?

[*O narrador, a propósito da personagem
que dá nome ao conto*]

D. BENEDITA

Um retrato

[Papéis avulsos]

CAPÍTULO I

A coisa mais árdua do mundo, depois do ofício de governar, seria dizer a idade exata de D. Benedita. Uns davam-lhe quarenta anos, outros quarenta e cinco, alguns trinta e seis. Um corretor de fundos descia aos vinte e nove; mas esta opinião, eivada de intenções ocultas, carecia daquele cunho de sinceridade que todos gostamos de achar nos conceitos humanos. Nem eu a cito, senão para dizer, desde logo, que D. Benedita foi sempre um padrão de bons costumes. A astúcia do corretor não fez mais do que indigná-la, embo-ra, momentaneamente; digo momentaneamente. Quanto às outras conjetu-ras, oscilando entre os trinta e seis e os quarenta e cinco, não desdiziam das feições de D. Benedita, que eram maduramente graves e juvenilmente gracio-sas. Mas, se alguma coisa admira é que houvesse suposições neste negócio, quando bastava interrogá-la para saber a verdade verdadeira.

D. Benedita fez quarenta e dois anos no domingo dezenove de setem-bro de 1869. São seis horas da tarde; a mesa da família está ladeada de parentes e amigos, em número de vinte ou vinte e cinco pessoas. Muitas dessas estiveram no jantar de 1868, no de 1867 e no de 1866, e ouviram sempre aludir francamente à idade da dona da casa. Além disso, veem-se ali, à mesa, uma moça e um rapaz, seus filhos; este é, decerto, no tamanho e nas maneiras, um tanto menino; mas a moça, Eulália, contando dezoito anos, parece ter vinte e um, tal é a severidade dos modos e das feições.

A alegria dos convivas, a excelência do jantar, certas negociações matrimoniais incumbidas ao cônego Roxo, aqui presente, e das quais se falará mais abaixo, as boas qualidades da dona da casa, tudo isso dá à festa um caráter íntimo e feliz. O cônego levanta-se para trinchar o peru. D. Benedita acatava esse uso nacional das casas modestas de confiar o peru a um dos convivas, em vez de o fazer retalhar fora da mesa por mãos servis, e o cônego era o pianista daquelas ocasiões solenes. Ninguém conhecia melhor a anatomia do animal, nem sabia operar com mais presteza. Talvez, — e este fenômeno fica para os entendidos, — talvez a circunstância do canonicato aumentasse ao trinchante, no espírito dos convivas, uma certa soma de prestígio, que ele não teria, por exemplo, se fosse um simples estudante de matemáticas, ou uma amanuense de secretaria. Mas, por outro lado, um estudante ou um amanuense, sem a lição do longo uso, poderia dispor da arte consumada do cônego? É outra questão importante.

Venhamos, porém, aos demais convivas, que estão parados, conversando; reina o burburinho próprio dos estômagos meio regalados, o riso da natureza que caminha para a repleção; é um instante de repouso.

D. Benedita fala, como as suas visitas, mas não fala para todas, senão para uma, que está sentada ao pé dela. Essa é uma senhora gorda, simpática, muito risonha, mãe de um bacharel de vinte e dois anos, o Leandrinho, que está sentado defronte delas. D. Benedita não se contenta de falar à senhora gorda, tem uma das mãos desta entre as suas; e não se contenta de lhe ter presa a mão, fita-lhe uns olhos namorados, vivamente namorados. Não os fita, note-se bem, de um modo persistente e longo, mas inquieto, miúdo, repetido, instantâneo. Em todo caso, há muita ternura naquele gesto; e, dado que não a houvesse, não se perderia nada, porque D. Benedita repete com a boca a D. Maria dos Anjos tudo o que com os olhos lhe tem dito: — que está encantada, que considera uma fortuna conhecê-la, que é muito simpática, muito digna, que traz o coração nos olhos etc. etc. etc. Uma de suas amigas diz-lhe, rindo, que está com ciúmes.

— Que arrebente! responde ela, rindo também.

E voltando-se para a outra:

— Não acha? ninguém deve meter-se com a nossa vida.

E aí tornavam as finezas, os encarecimentos, os risos, as ofertas, mais isto, mais aquilo, — um projeto de passeio, outro de teatro, e promessas de muitas visitas, tudo com tamanha expansão e calor, que a outra palpitava de alegria e reconhecimento.

O peru está comido. D. Maria dos Anjos faz um sinal ao filho; este levanta-se e pede que o acompanhem em um brinde:

— Meus senhores, é preciso desmentir esta máxima dos franceses: — *les absents ont tort*. Bebamos a alguém que está longe, muito longe, no espaço, mas perto, muito perto, no coração de sua digna esposa: — bebamos ao ilustre desembargador Proença.

A assembleia não correspondeu vivamente ao brinde; e para compreendê-lo basta ver o rosto triste da dona da casa. Os parentes e os mais íntimos disseram baixinho entre si que o Leandrinho fora estouvado; enfim, bebeu-se, mas sem estrépito; ao que parece, para não avivar a dor de D. Benedita. Vã precaução! D. Benedita, não podendo conter-se, deixou rebentarem-lhe as lágrimas, levantou-se da mesa, retirou-se da sala. D. Maria dos Anjos acompanhou-a. Sucedeu um silêncio mortal entre os convivas. Eulália pediu a todos que continuassem, que a mãe voltava já.

— Mamãe é muito sensível, disse ela, e a ideia de que papai está longe de nós...

O Leandrinho, consternado, pediu desculpa a Eulália. Um sujeito, ao lado dele, explicou-lhe que D. Benedita não podia ouvir falar do marido sem receber um golpe no coração — e chorar logo; ao que o Leandrinho acudiu dizendo que sabia da tristeza dela, mas estava longe de supor que o seu brinde tivesse tão mau efeito.

— Pois era a coisa mais natural, explicou o sujeito, porque ela morre pelo marido.

— O cônego, acudiu Leandrinho, disse-me que ele foi para o Pará há uns dois anos...

— Dois anos e meio; foi nomeado desembargador pelo ministério Zacarias. Ele queria a Relação de São Paulo, ou da Bahia; mas não pôde ser e aceitou a do Pará.

— Não voltou mais?

— Não voltou.

— D. Benedita naturalmente tem medo de embarcar...

— Creio que não. Já foi uma vez à Europa. Se bem me lembro, ela ficou para arranjar alguns negócios de família; mas foi ficando, e agora...

— Mas era muito melhor ter ido em vez de padecer assim... Conhece o marido?

— Conheço; um homem muito distinto, e ainda moço, forte; não terá mais de quarenta e cinco anos. Alto, barbado, bonito. Aqui há tempos disse-se que ele não teimava com a mulher, porque estava lá de amores com uma viúva.

— Ah!

— E houve até quem viesse contá-lo a ela mesma. Imagine como a pobre senhora ficou! Chorou uma noite inteira, no dia seguinte não quis almoçar, e deu todas as ordens para seguir no primeiro vapor.

— Mas não foi?

— Não foi; desfez a viagem daí a três dias.

D. Benedita voltou nesse momento, pelo braço de D. Maria dos Anjos. Trazia um sorriso envergonhado; pediu desculpa da interrupção, e sentou-se com a recente amiga ao lado, agradecendo os cuidados que lhe deu, pegando-lhe outra vez na mão.

— Vejo que me quer bem, disse ela.

— A senhora merece, disse D. Maria dos Anjos.

— Mereço? inquiriu ela entre desvanecida e modesta.

E declarou que não, que a outra é que era boa, um anjo, um verdadeiro anjo; palavra que ela sublinhou com o mesmo olhar namorado, não persistente e longo, mas inquieto e repetido. O cônego, pela sua parte, com o fim do apagar a lembrança do incidente, procurou generalizar a conversa, dando-lhe por assunto a eleição do melhor doce. Os pareceres divergiram muito. Uns acharam que era o de coco, outros o de caju, alguns o de laranja etc. Um dos convivas, o Leandrinho, autor do brinde, dizia com os olhos, — não com a boca, — e dizia-o de um modo astucioso, que o melhor doce eram as faces de Eulália, um doce moreno, corado; dito que a mãe dele interiormente aprovava, e que a mãe dela não podia ver, tão entregue estava à contemplação da recente amiga. Um anjo, um verdadeiro anjo!

CAPÍTULO II

D. Benedita levantou-se, no dia seguinte, com a ideia de escrever uma carta ao marido, uma longa carta em que lhe narrasse a festa da véspera, nomeasse os convivas e os pratos, descrevesse a recepção noturna, e, principalmente, desse notícia das novas relações com D. Maria dos Anjos. A mala fechava-se às duas horas da tarde, D. Benedita acordara às nove, e, não morando longe (morava no Campo da Aclamação), um escravo levaria a carta ao correio muito a tempo. Demais, chovia; D. Benedita arredou a cortina da janela, deu com os vidros molhados; era uma chuvinha teimosa, o céu estava todo brochado de uma cor pardo-escura, malhada de grossas nuvens negras. Ao longe, viu flutuar e voar o pano que cobria o balaio que uma preta levava à cabeça: concluiu que ventava. Magnífico dia para não sair, e, portanto, escrever uma carta, duas cartas, todas as cartas de uma esposa ao marido ausente. Ninguém viria tentá-la.

Enquanto ela compõe os babadinhos e rendas do roupão branco, um roupão de cambraia que o desembargador lhe dera em 1862, no mesmo dia do aniversário, 19 de setembro, convido a leitora a observar-lhe as feições. Vê que não lhe dou Vênus; também não lhe dou Medusa. Ao contrário de Medusa, nota-se-lhe o alisado simples do cabelo, preso sobre a nuca. Os olhos são vulgares, mas têm uma expressão bonachã. A boca é daquelas que, ainda não sorrindo, são risonhas, e tem outra particularidade, que é uma boca sem remorsos nem saudades: podia dizer sem desejos, mas eu só digo o que quero, e só quero falar das saudades e dos remorsos. Toda essa cabeça, que não entusiasma, nem repele, assenta sobre um corpo antes alto do que baixo, e não magro nem gordo, mas fornido na proporção da estatura. Para que falar-lhe das mãos? Há de admirá-las logo, ao travar da pena e do papel, com os dedos afilados e vadios, dois deles ornados de cinco ou seis anéis.

Creio que é bastante ver o modo por que ela compõe as rendas e os babadinhos do roupão para compreender que é uma senhora pichosa, amiga do arranjo das coisas e de si mesma. Noto que rasgou agora o babadinho do punho esquerdo, mas é porque, sendo também impaciente, não podia mais "com a vida deste diabo". Essa foi a sua expressão, acompanhada logo de um

"Deus me perdoe!" que inteiramente lhe extraiu o veneno. Não digo que ela bateu com o pé, mas adivinha-se, por ser um gesto natural de algumas senhoras irritadas. Em todo caso, a cólera durou pouco mais de meio minuto. D. Benedita foi à caixinha de costura para dar um ponto no rasgão, e contentou-se com um alfinete. O alfinete caiu no chão, ela abaixou-se a apanhá-lo. Tinha outros, é verdade, muitos outros, mas não achava prudente deixar alfinetes no chão. Abaixando-se, aconteceu-lhe ver a ponta da chinela, na qual pareceu-lhe descobrir um sinal branco; sentou-se na cadeira que tinha perto, tirou a chinela, e viu o que era: era um roidinho de barata. Outra raiva de D. Benedita, porque a chinela era muito galante, e fora-lhe dada por uma amiga do ano passado. Um anjo, um verdadeiro anjo! D. Benedita fitou os olhos irritados no sinal branco; felizmente a expressão bonachã deles não era tão bonachã que se deixasse eliminar de todo por outras expressões menos passivas, e retomou o seu lugar. D. Benedita entrou a virar e revirar a chinela, e a passá-la de uma para outra mão, a princípio com amor, logo depois maquinalmente, até que as mãos pararam de todo, a chinela caiu no regaço, e D. Benedita ficou a olhar para o ar, parada, fixa. Nisto o relógio da sala de jantar começou a bater horas. D. Benedita logo às primeiras duas, estremeceu:

— Jesus! Dez horas!

E, rápida, calçou a chinela, consertou depressa o punho do roupão, dirigiu-se à escrivaninha, para começar a carta. Escreveu, com efeito, a data, e um: — "Meu ingrato marido"; enfim, mal traçara estas linhas: — "Você lembrou-se ontem de mim? Eu...", quando Eulália lhe bateu à porta, bradando:

— Mamãe, mamãe, são horas de almoçar.

D. Benedita abriu a porta, Eulália beijou-lhe a mão, depois levantou as suas ao céu:

— Meu Deus! que dorminhoca!

— O almoço está pronto?

— Há que séculos!

— Mas eu tinha dito que hoje o almoço era mais tarde... Estava escrevendo a teu pai.

Olhou alguns instantes para a filha, como desejosa de lhe dizer alguma coisa grave, ao menos difícil, tal era a expressão indecisa e séria dos olhos.

Mas não chegou a dizer nada; a filha repetiu que o almoço estava na mesa, pegou-lhe do braço e levou-a.

Deixemo-las almoçar à vontade; descansemos nessa outra sala, a de visitas, sem aliás inventariar os móveis dela, como o não fizemos em nenhuma outra sala ou quarto. Não é que eles não prestem, ou sejam de mau gosto; ao contrário, são bons. Mas a impressão geral que se recebe é esquisita, como se ao trastejar daquela casa houvesse presidido um plano truncado, ou uma sucessão de planos truncados. Mãe, filha e filho almoçaram. Deixemos o filho, que nos não importa, um pirralho de doze anos, que parece ter oito, tão mofino é ele. Eulália interessa-nos, não só pelo que vimos de relance no capítulo passado, como porque, ouvindo a mãe falar em D. Maria dos Anjos e no Leandrinho, ficou muito séria e, talvez, um pouco amuada. D. Benedita percebeu que o assunto não era aprazível à filha, e recuou da conversa, como alguém que desanda uma rua para evitar um importuno; recuou e ergueu-se; a filha veio com ela para a sala de visitas.

Eram onze horas menos um quarto. D. Benedita conversou com a filha até depois do meio-dia, para ter tempo de descansar o almoço e escrever a carta. Sabem que a mala fecha às duas horas. De fato, alguns minutos, poucos, depois do meio-dia, D. Benedita disse à filha que fosse estudar piano, porque ela ia acabar a carta. Saiu da sala; Eulália foi à janela, relanceou a vista pelo Campo, e, se lhes disser que com uma pontazinha de tristeza nos olhos, podem crer que é a pura verdade. Não era, todavia, a tristeza dos débeis ou dos indecisos; era a tristeza dos resolutos, a quem dói de antemão um ato pela mortificação que há de trazer a outros, e que, não obstante, juram a si mesmos praticá-lo, e praticam. Convenho que nem todas essas particularidades podiam estar nos olhos de Eulália, mas por isso mesmo é que as histórias são contadas por alguém, que se incumbe de preencher as lacunas e divulgar o escondido. Que era uma tristeza máscula, era; — e que daí a pouco os olhos sorriam de um sinal de esperança também não é mentira.

— Isto acaba, murmurou ela, vindo para dentro.

Justamente nessa ocasião parava um carro à porta, apeava-se uma senhora, ouvia-se a campainha da escada, descia um moleque a abrir a cancela, e subia as escadas D. Maria dos Anjos. D. Benedita, quando lhe disseram quem era, largou a pena, alvoroçada; vestiu-se à pressa, calçou-se, e foi à sala.

— Com este tempo! exclamou. Ah! isto é que é querer bem à gente!

— Vim sem esperar pela sua visita, só para mostrar que não gosto de cerimônias, e que entre nós deve haver a maior liberdade.

Vieram os cumprimentos de estilo, as palavrinhas doces, os afagos da véspera. D. Benedita não se fartava de dizer que a visita naquele dia era uma grande fineza, uma prova de verdadeira amizade; mas queria outra, acrescentou daí a um instante, que D. Maria dos Anjos ficasse para jantar. Esta desculpou-se alegando que tinha de ir a outras partes; demais, essa era a prova que lhe pedia, — a de ir jantar à casa dela primeiro. D. Benedita não hesitou, prometeu que sim, naquela mesma semana.

— Estava agora mesmo escrevendo o seu nome, continuou.

— Sim?

— Estou escrevendo a meu marido, e falo da senhora. Não lhe repito o que escrevi, mas imagine que falei muito mal da senhora, que era antipática, insuportável, maçante, aborrecida... Imagine!

— Imagino, imagino. Pode acrescentar que, apesar de ser tudo isso, e mais alguma coisa, apresento-lhe os meus respeitos.

— Como ela tem graça para dizer as coisas! comentou D. Benedita olhando para a filha.

Eulália sorriu sem convicção. Sentada na cadeira fronteira à mãe, ao pé da outra ponta do sofá em que estava D. Maria dos Anjos, Eulália dava à conversação das duas a soma de atenção que a cortesia lhe impunha, e nada mais. Chegava a parecer aborrecida; cada sorriso que lhe abria a boca era de um amarelo pálido, um sorriso de favor. Uma das tranças, — era de manhã, trazia o cabelo em duas tranças caídas pelas costas abaixo, — uma delas servia-lhe de pretexto a alhear-se de quando em quando, porque puxava-a para a frente e contava-lhe os fios de cabelo, — ou parecia contá-los. Assim o creu D. Maria dos Anjos, quando lhe lançou uma ou duas vezes os olhos, curiosa, desconfiada. D. Benedita é que não via nada; via a amiga, a feiticeira, como lhe chamou duas ou três vezes, — "feiticeira como ela só".

— Já!

D. Maria dos Anjos explicou que tinha de ir a outras visitas; mas foi obrigada a ficar ainda alguns minutos, a pedido da amiga. Como trouxesse um mantelete de renda preta, muito elegante, D. Benedita disse que tinha um igual, e mandou buscá-lo. Tudo demoras. Mas a mãe do Leandrinho estava tão contente! D. Benedita enchia-lhe o coração; achava nela todas as qualidades que melhor se ajustavam à sua alma e aos seus costumes, ternura, confiança, entusiasmo, simplicidade, uma familiaridade cordial e pronta. Veio o mantelete; vieram oferecimentos de alguma coisa, um doce, um licor, um refresco; D. Maria dos Anjos não aceitou nada mais do que um beijo e a promessa de que iriam jantar com ela naquela semana.

— Quinta-feira, disse D. Benedita.

— Palavra?

— Palavra.

— Que quer que lhe faça se não for? Há de ser um castigo bem forte.

— Bem forte? Não me fale mais.

D. Maria dos Anjos beijou com muita ternura a amiga; depois abraçou e beijou também a Eulália, mas a efusão era muito menor de parte a parte. Uma e outra mediam-se, estudavam-se, começavam a compreender-se. D. Benedita levou a amiga até o patamar da escada, depois foi à janela para vê-la entrar no carro; a amiga, depois de entrar no carro, pôs a cabeça de fora, olhou para cima, e disse-lhe adeus, com a mão.

— Não falte, ouviu?

— Quinta-feira.

Eulália já não estava na sala; D. Benedita correu a acabar a carta. Era tarde; não relatara o jantar da véspera, nem já agora podia fazê-lo. Resumiu tudo; encareceu muito as novas relações; enfim, escreveu estas palavras:

> *O cônego Roxo falou-me em casar Eulália com o filho de D. Maria dos Anjos; é um moço formado em Direito este ano; é conservador, e espera uma promotoria, agora, se o Itaboraí não deixar o ministério. Eu acho que o casamento é o melhor possível. O Dr. Leandrinho (é o nome dele) é muito bem-educado; fez um brinde a você, cheio de palavras tão bonitas, que eu chorei. Eu não sei se Eulália quererá ou não; desconfio de outro sujeito que outro dia esteve conosco nas Laranjeiras. Mas você que pensa? Devo limitar-me a aconselhá-la, ou impor-lhe a nossa vontade? Eu acho que devo usar um pouco de minha autoridade; mas não quero fazer nada sem que você me diga. O melhor seria se você viesse cá.*

Acabou e fechou a carta; Eulália entrou nessa ocasião, ela deu-lhe para mandar, sem demora, ao correio; e a filha saiu com a carta sem saber que tratava dela e do seu futuro. D. Benedita deixou-se cair no sofá, cansada, exausta. A carta era muito comprida apesar de não dizer tudo; e era-lhe tão enfadonho escrever cartas compridas!

CAPÍTULO III

Era-lhe tão enfadonho escrever cartas compridas! Esta palavra, fecho do capítulo passado, explica a longa prostração de D. Benedita. Meia hora depois de cair no sofá, ergueu-se um pouco, e percorreu o gabinete com os olhos, como procurando alguma coisa. Essa coisa era um livro. Achou o livro, e podia dizer achou os livros, pois nada menos de três estavam ali, dois abertos, um marcado em certa página, todos em cadeiras. Eram três romances que D. Benedita lia ao mesmo tempo. Um deles, note-se, custou-lhe não pouco trabalho. Deram-lhe notícia na rua, perto de casa, com muitos elogios; chegara da Europa na véspera. D. Benedita ficou tão entusiasmada, que apesar de ser longe e tarde, arrepiou caminho e foi ela mesmo comprá-lo, correndo nada menos de três livrarias. Voltou ansiosa, namorada do livro, tão namorada que abriu as folhas, jantando, e leu os cinco primeiros capítulos naquela mesma noite. Sendo preciso dormir, dormiu; no dia seguinte não pôde continuar, depois esqueceu-o. Agora, porém, passados oito dias, querendo ler alguma coisa, aconteceu-lhe justamente achá-lo à mão.

— Ah!

E ei-la que torna ao sofá, que abre o livro com amor, que mergulha o espírito, os olhos e o coração na leitura tão desastradamente interrompida. D. Benedita ama os romances, é natural; e adora os romances bonitos, é naturalíssimo. Não admira que esqueça tudo para ler este; tudo, até a lição de piano da filha, cujo professor chegou e saiu, sem que ela fosse à sala. Eulália despediu-se do professor; depois foi ao gabinete, abriu a porta, caminhou pé ante pé até o sofá, e acordou a mãe com um beijo.

— Dorminhoca!

— Ainda chove?

— Não, senhora; agora parou.

— A carta foi?

— Foi; mandei o José a toda a pressa. Aposto que mamãe esqueceu-se de dar lembranças a papai? Pois olhe, eu não me esqueço nunca.

D. Benedita bocejou. Já não pensava na carta; pensava no colete que encomendara à Charavel, um colete de barbatanas mais moles do que o último. Não gostava de barbatanas duras; tinha o corpo mui sensível. Eulália falou ainda algum tempo do pai, mas calou-se logo, e vendo no chão o livro aberto, o famoso romance, apanhou-o, fechou-o, pô-lo em cima da mesa. Nesse momento vieram trazer uma carta a D. Benedita; era do cônego Roxo, que mandava perguntar se estavam em casa naquele dia, porque iria ao enterro dos ossos.

— Pois não! bradou D. Benedita estamos em casa, venha, pode vir.

Eulália escreveu o bilhetinho de resposta. Daí a três quartos de hora fazia o cônego a sua entrada na sala de D. Benedita. Era um bom homem o cônego, velho amigo daquela casa, na qual, além de trinchar o peru nos dias solenes, como vimos, exercia o papel de conselheiro, e exercia-o com lealdade e amor. Eulália, principalmente, merecia-lhe muito; vira-a pequena, galante, travessa, amiga dele, e criou-lhe uma afeição paternal, tão paternal que tomara a peito casá-la bem, e nenhum noivo melhor do que o Leandrinho, pensava o cônego. Naquele dia, a ideia de ir jantar com elas era antes um pretexto; o cônego queria tratar o negócio diretamente com a filha do desembargador. Eulália, ou porque adivinhasse isso mesmo, ou porque a pessoa do cônego lhe lembrasse o Leandrinho, ficou logo preocupada, aborrecida.

Mas, preocupada ou aborrecida não quer dizer triste ou desconsolada. Era resoluta, tinha têmpera, podia resistir, e resistiu, declarando ao cônego, quando ele naquela noite lhe falou de Leandrinho, que absolutamente não queria casar.

— Palavra de moça bonita?

— Palavra de moça feia.

— Mas, por quê?

— Porque não quero.

— E se mamãe quiser?

— Não quero eu.

— Mau! isso não é bonito, Eulália.

Eulália deixou-se estar. O cônego ainda tornou ao assunto, louvou as qualidades do candidato, as esperanças da família, as vantagens do casamento; ela ouvia tudo, sem contestar nada. Mas quando o cônego formulava de um modo direto a questão, a resposta invariável era esta:

— Já disse tudo.

— Não quer?

— Não.

O desconsolo do bom cônego era profundo e sincero. Queria casá-la bem, e não achava melhor noivo. Chegou a interrogá-la discretamente, sobre se tinha alguma preferência em outra parte. Mas Eulália, não menos discretamente, respondia que não, que não tinha nada; não queria nada; não queria casar. Ele creu que era assim, mas receou também que não fosse assim; faltava-lhe o trato suficiente das mulheres para ler através de uma negativa. Quando referiu tudo a D. Benedita, esta ficou assombrada com os termos da recusa; mas tornou logo a si, e declarou ao padre que a filha não tinha vontade, faria o que ela quisesse, e ela queria o casamento.

— Já agora nem espero resposta do pai, concluiu; declaro-lhe que ela há de casar. Quinta-feira vou jantar com D. Maria dos Anjos, e combinaremos as coisas.

— Devo dizer-lhe, ponderou o cônego, que D. Maria dos Anjos não deseja que se faça nada à força.

— Qual força! Não é preciso força.

O cônego refletiu um instante.

— Em todo caso, não violentaremos qualquer outra afeição que ela possa ter, disse ele.

D. Benedita não respondeu nada; mas consigo, no mais fundo de si mesma, jurou que, houvesse o que houvesse, acontecesse o que acontecesse, a filha seria nora de D. Maria dos Anjos. E ainda consigo, depois de sair o cônego: — Tinha que ver! um tico de gente, com fumaças de governar a casa!

A quinta-feira raiou. Eulália, — o tico de gente — levantou-se fresca, lépida, loquaz, com todas as janelas da alma abertas ao sopro azul da manhã. A mãe acordou ouvindo um trecho italiano, cheio de melodia; era ela que cantava, alegre, sem afetação, com a indiferença das aves que cantam para si ou para os seus, e não para o poeta, que as ouve e traduz na língua imortal dos homens. D. Benedita afagara muito a ideia de a ver abatida, carrancuda, e gastara uma certa soma de imaginação em compor os seus modos, delinear os seus atos, ostentar energia e força. E nada! Em vez de uma filha rebelde, uma criatura gárrula e submissa. Era começar mal o dia; era sair aparelhada para destruir uma fortaleza, e dar com uma cidade aberta, pacífica, hospedeira, que lhe pedia o favor de entrar e partir o pão da alegria e da concórdia. Era começar o dia muito mal.

A segunda causa do tédio de D. Benedita foi um ameaço de enxaqueca, às três horas da tarde; um ameaço, ou uma suspeita de possibilidade de ameaço. Chegou a transferir a visita, mas a filha ponderou que talvez a visita lhe fizesse bem, e em todo caso, era tarde para deixar de ir. D. Benedita não teve remédio, aceitou o reparo. Ao espelho, penteando-se, esteve quase a dizer que definitivamente ficava: chegou a insinuá-lo à filha.

— Mamãe, veja que D. Maria dos Anjos conta com a senhora, disse-lhe Eulália.

— Pois sim, redarguiu a mãe, mas não prometi ir doente.

Enfim, vestiu-se, calçou as luvas, deu as últimas ordens; e devia doer-lhe muito a cabeça, porque os modos eram arrebitados, uns modos de pessoa constrangida ao que não quer. A filha animava-a muito, lembrava-lhe o vidrinho dos sais, instava que saíssem, descrevia a ansiedade de D. Maria dos Anjos, consultava de dois em dois minutos o pequenino relógio, que trazia na cintura etc. Uma amofinação, realmente.

— O que tu estás é me amofinando, disse-lhe a mãe.

E saiu, saiu exasperada, com uma grande vontade de esganar a filha, dizendo consigo que a pior coisa do mundo era ter filhos. Os filhos ainda vá: criam-se, fazem carreira por si; mas as filhas!

Felizmente, o jantar de D. Maria dos Anjos aquietou-a; e não digo que a enchesse de grande satisfação, porque não foi assim. Os modos de D. Benedita não eram os do costume; eram frios, secos, ou quase secos; ela, porém, explicou de si mesma a diferença, noticiando o ameaço da enxaqueca, notícia mais triste do que alegre, e que, aliás, alegrou a alma de D. Maria dos Anjos, por esta razão fina e profunda: antes a frieza da amiga fosse originada na doença do que na quebra do afeto. Demais, a doença não era grave. E que fosse grave! Não houve naquele dia mãos presas, olhos nos olhos, manjares comidos entre carícias mútuas; não houve nada do jantar de domingo. Um jantar apenas conversado; não alegre, conversado; foi o mais que alcançou o cônego. Amável cônego! As disposições de Eulália, naquele dia, cumularam-no de esperanças; o riso que brincava nela, a maneira expansiva da conversa, a docilidade com que se prestava a tudo, a tocar, a cantar, e o rosto afável, meigo, com que ouvia e falava ao Leandrinho, tudo isso foi para a alma do cônego uma renovação de esperanças. Logo hoje é que D. Benedita estava doente! Realmente, era caiporismo.

D. Benedita reanimou-se um pouco, à noite, depois do jantar. Conversou mais, discutiu um projeto de passeio ao Jardim Botânico, chegou mesmo a propor que fosse logo no dia seguinte; mas Eulália advertiu que era prudente esperar um ou dois dias até que os efeitos da enxaqueca desaparecessem de todo; e o olhar que mereceu à mãe, em troca do conselho, tinha a ponta aguda de um punhal. Mas a filha não tinha medo dos olhos maternos. De noite, ao despentear-se, recapitulando o dia, Eulália repetiu consigo a palavra que lhe ouvimos, dias antes, à janela:

— Isto acaba.

E, satisfeita de si, antes de dormir, puxou uma certa gaveta, tirou uma caixinha, abriu-a, aventou um cartão de alguns centímetros de altura, — um retrato. Não era retrato de mulher, não só por ter bigodes, como por estar fardado; era, quando muito, um oficial de marinha. Se bonito ou feio, é matéria de opinião. Eulália achava-o bonito; a prova é que o beijou, não digo uma vez, mas três. Depois mirou-o, com saudade, tornou a fechá-lo e guardá-lo.

Que fazias tu, mãe cautelosa e ríspida que não vinhas arrancar às mãos e à boca da filha um veneno tão sutil e mortal? D. Benedita, à janela, olhava a noite, entre as estrelas e os lampiões de gás, com a imaginação vagabunda, inquieta, roída de saudades e desejos. O dia tinha-lhe saído mal, desde manhã. D. Benedita confessava, naquela doce intimidade da alma consigo mesma, que o jantar de D. Maria dos Anjos não prestara para nada, e que a própria amiga não estava provavelmente nos seus dias de costume. Tinha saudades, não sabia bem de que, e desejos, que ignorava. De quando em quando, bocejava ao modo preguiçoso e arrastado dos que caem de sono;

mas se alguma coisa tinha era fastio, — fastio, impaciência, curiosidade. D. Benedita cogitou seriamente em ir ter com o marido; e tão depressa a ideia do marido lhe penetrou no cérebro, como se lhe apertou o coração de saudades e remorsos, e o sangue pulou-lhe num tal ímpeto de ir ver o desembargador que, se o paquete do Norte estivesse na esquina da rua e as malas prontas, ela embarcaria logo e logo. Não importa; o paquete devia estar prestes a sair, oito ou dez dias; era o tempo de arranjar as malas. Iria por três meses somente, não era preciso levar muita coisa.

Ei-la que se consola da grande cidade fluminense, da similitude dos dias, da escassez das coisas, da persistência das caras, da mesma fixidez das modas, que era um dos seus árduos problemas: — por que é que as modas hão de durar mais de quinze dias?

— Vou, não há que ver, vou ao Pará, disse ela a meia voz.

Com efeito, no dia seguinte, logo de manhã, comunicou a resolução à filha, que a recebeu sem abalo. Mandou ver as malas que tinha, achou que era preciso mais uma, calculou o tamanho, e determinou comprá-la. Eulália, por uma inspiração súbita:

— Mas, mamãe, nós não vamos por três meses?

— Três... ou dois.

— Pois, então, não vale a pena. As duas malas chegam.

— Não chegam.

— Bem; se não chegarem, pode-se comprar na véspera. E mamãe mesmo escolhe; é melhor do que mandar esta gente que não sabe nada.

D. Benedita achou a reflexão judiciosa, e guardou o dinheiro. A filha sorriu para dentro. Talvez repetisse consigo a famosa palavra da janela: — Isto acaba. A mãe foi cuidar dos arranjos, escolha de roupa, lista das coisas que precisava comprar, um presente para o marido etc. Ah! Que alegria que ele ia ter! Depois do meio-dia saíram para fazer encomendas, visitas, comprar as passagens, quatro passagens; levavam uma escrava consigo. Eulália ainda tentou arredá-la da ideia, propondo a transferência da viagem; mas D. Benedita declarou peremptoriamente que não. No escritório da Companhia de Paquetes disseram-lhe que o do Norte saía na sexta-feira da outra semana. Ela pediu as quatro passagens; abriu a carteirinha, tirou uma nota, depois duas, refletiu um instante.

70

— Basta vir na véspera, não?

— Basta, mas pode não achar mais.

— Bem, o senhor guarde os bilhetes: eu mando buscar.

— O seu nome?

— O nome? O melhor é não tomar o nome; nós viremos três dias antes de sair o vapor. Naturalmente ainda haverá bilhetes.

— Pode ser.

— Há de haver.

Na rua, Eulália observou que era melhor ter comprado logo os bilhetes; e, sabendo-se que ela não desejava ir para o Norte nem para o Sul, salvo na fragata em que embarcasse o original do retrato da véspera, há de supor-se que a reflexão da moça era profundamente maquiavélica. Não digo que não. D. Benedita, entretanto, noticiou a viagem aos amigos e conhecidos, nenhum dos quais a ouviu espantado. Um chegou a perguntar-lhe se, enfim, daquela vez era certo. D. Maria dos Anjos, que sabia da viagem pelo cônego, se alguma coisa a assombrou, quando a amiga se despediu dela, foram as atitudes geladas, o olhar fixo no chão, o silêncio, a indiferença. Uma visita de dez minutos apenas, durante os quais D. Benedita disse quatro palavras no princípio: — Vamos para o Norte. E duas no fim: — Passe bem. E os beijos? Dois tristes beijos de pessoa morta.

CAPÍTULO IV

A viagem não se fez por um motivo supersticioso. D. Benedita, no domingo à noite, advertiu que o paquete seguia na sexta-feira, e achou que o dia era mau. Iriam no outro paquete. Não foram no outro; mas desta vez os motivos escapam inteiramente ao alcance do olhar humano, e o melhor alvitre em tais casos é não teimar com o impenetrável. A verdade é que D. Benedita não foi, mas iria no terceiro paquete, a não ser um incidente que lhe trocou os planos.

Tinha a filha inventado uma festa e uma amizade nova. A nova amizade era uma família do Andaraí; a festa não se sabe a que propósito foi, mas deve ter sido esplêndida, porque D. Benedita ainda falava dela três dias depois. Três dias! Realmente, era demais. Quanto à família, era impossível ser mais amável; ao menos, a impressão que deixou na alma de D. Benedita foi intensíssima. Uso este superlativo, porque ela mesma o empregou: é um documento humano.

— Aquela gente? Oh! deixou-me uma impressão intensíssima. E toca a andar para Andaraí, namorada de D. Petronilha, esposa do conselheiro Beltrão, e de uma irmã dela, D. Maricota, que ia casar com um oficial de marinha, irmão de outro oficial de marinha, cujos bigodes, olhos, cara, porte, cabelos, são os mesmos do retrato que o leitor entreviu há tempos na gavetinha de Eulália. A irmã casada tinha trinta e dois anos, e uma seriedade, umas maneiras tão bonitas, que deixaram encantada a esposa do desembargador. Quanto à irmã solteira era uma flor, uma flor de cera, outra expressão de D. Benedita, que não altero com receio de entibiar a verdade.

Um dos pontos mais obscuros desta curiosa história é a pressa com que as relações se travaram, e os acontecimentos se sucederam. Por exemplo, uma das pessoas que estiveram em Andaraí, com D. Benedita, foi o oficial de marinha retratado no cartão particular de Eulália, 1º tenente Mascarenhas, que o conselheiro Beltrão proclamou futuro almirante. Vede, porém, a perfídia do oficial: vinha fardado; e D. Benedita, que amava os espetáculos novos, achou-o tão distinto, tão bonito, entre os outros moços à paisana, que o preferiu a todos, e lho disse. O oficial agradeceu comovido. Ela ofereceu-lhe a casa; ele pediu-lhe licença para fazer uma visita.

— Uma visita? Vá jantar conosco.

Mascarenhas fez uma cortesia de aquiescência.

— Olhe, disse D. Benedita, vá amanhã.

Mascarenhas foi, e foi mais cedo. D. Benedita falou-lhe da vida do mar; ele pediu-lhe a filha em casamento. D. Benedita ficou sem voz, pasmada. Lembrou-se, é verdade, que desconfiara dele, um dia, nas Laranjeiras; mas a suspeita acabara. Agora não os vira conversar nem olhar uma só vez. Em casamento! Mas seria mesmo em casamento? Não podia ser outra coisa; a atitude séria, respeitosa, implorativa do rapaz dizia bem que se tratava de um casamento. Que sonho! Convidar um amigo, e abrir a porta a um genro; era o cúmulo do inesperado. Mas o sonho era bonito; o oficial de marinha era um galhardo rapaz, forte, elegante, simpático, metia toda a gente no coração, e principalmente parecia adorá-la, a ela, D. Benedita. Que magnífico sonho! D. Benedita voltou do pasmo, e respondeu que sim, que Eulália era sua. Mascarenhas pegou-lhe na mão e beijou-a filialmente.

— Mas o desembargador? disse ele.

— O desembargador concordará comigo.

Tudo andou assim depressa. Certidões passadas, banhos corridos, marcou-se o dia do casamento; seria vinte e quatro horas depois de recebida a resposta do desembargador. Que alegria a da boa mãe! Que atividade no preparo do enxoval, no plano e nas encomendas da festa, na escolha dos convidados etc.! Ela ia de um lado para outro, ora a pé, ora de carro, fizesse chuva ou sol. Não se detinha no mesmo objeto muito tempo; a semana do enxoval não era a do preparo da festa, nem a das visitas; alternava as coisas, voltava atrás, com certa confusão, é verdade. Mas aí estava a filha para suprir as faltas, corrigir os defeitos, cercear as demasias, tudo com a sua habilidade natural. Ao contrário de todos os noivos, este não as importunava; não jantava todos os dias com elas, segundo lhe pedia a dona da casa; jantava aos domingos, e visitava-as uma vez por semana. Matava as saudades por meio de cartas, que eram contínuas, longas e secretas, como no tempo do namoro. D. Benedita não podia explicar uma tal esquivança, quando ela morria por ele; e então vingava-se da esquisitice, morrendo ainda mais, e dizendo dele por toda a parte as mais belas coisas do mundo.

— Uma pérola! uma pérola!

— E um bonito rapaz, acrescentavam.

— Não é? De truz.

A mesma coisa repetia ao marido nas cartas que lhe mandava, antes e depois de receber a resposta da primeira. A resposta veio; o desembargador deu o seu consentimento, acrescentando que lhe doía muito não poder vir assistir às bodas, por achar-se um tanto adoentado; mas abençoava de longe os filhos, e pedia o retrato do genro.

Cumpriu-se o acordo à risca. Vinte e quatro horas depois de recebida a resposta do Pará efetuou-se o casamento, que foi uma festa admirável, esplêndida, no dizer de D. Benedita, quando a contou a algumas amigas. Oficiou o cônego Roxo, e claro é que D. Maria dos Anjos não esteve presente, e menos ainda o filho. Ela esperou, note-se, até a última hora um bilhete de participação, um convite, uma visita, embora se abstivesse de comparecer; mas não recebeu nada. Estava atônita, revolvia a memória a ver se descobria alguma inadvertência sua que pudesse explicar a frieza das relações; não achando nada, supôs alguma intriga. E supôs mal, pois foi um simples esquecimento. D. Benedita, no dia do consórcio, de manhã, teve ideia de que D. Maria dos Anjos não recebera participação.

— Eulália, parece que não mandamos participação a D. Maria dos Anjos?, disse ela à filha, almoçando.

— Não sei; mamãe é quem se incumbiu dos convites.

— Parece que não, confirmou D. Benedita. João, dá cá mais açúcar.

O copeiro deu-lhe o açúcar; ela, mexendo o chá, lembrou-se do carro que iria buscar o cônego e reiterou uma ordem da véspera.

Mas a fortuna é caprichosa. Quinze dias depois do casamento, chegou a notícia do óbito do desembargador. Não descrevo a dor de D. Benedita; foi dilacerante e sincera. Os noivos, que devaneavam na Tijuca, vieram ter com ela; D. Benedita chorou todas as lágrimas de uma esposa austera e fidelíssima. Depois da missa do sétimo dia, consultou a filha e o genro acerca da ideia de ir ao Pará, erigir um túmulo ao marido, e beijar a terra em que ele repousava. Mascarenhas trocou um olhar com a mulher; depois disse à sogra que era melhor irem juntos, porque ele devia seguir para o Norte daí a três meses em comissão do governo. D. Benedita recalcitrou um pouco, mas aceitou o prazo, dando desde logo todas as ordens necessárias à construção do túmulo. O túmulo fez-se; mas a comissão não veio, e D. Benedita não pôde ir.

Cinco meses depois, deu-se um pequeno incidente na família. D. Benedita mandara construir uma casa no caminho da Tijuca, e o genro, com o pretexto de uma interrupção na obra, propôs acabá-la. D. Benedita consentiu, e o ato era tanto mais honroso para ela, quanto que o genro começava a parecer-lhe insuportável com a sua excessiva disciplina, com as suas teimas, impertinências etc. Verdadeiramente, não havia teimas; nesse particular, o genro de D. Benedita contava tanto com a sinceridade da sogra que nunca teimava; deixava que ela própria se desmentisse dias depois. Mas pode ser que isto mesmo a mortificasse. Felizmente, o governo lembrou-se de o mandar ao Sul; Eulália, grávida, ficou com a mãe.

Foi por esse tempo que um negociante viúvo teve ideia de cortejar D. Benedita. O primeiro ano de viuvez estava passado. D. Benedita acolheu a ideia com muita simpatia, embora sem alvoroço. Defendia-se consigo; alegava a idade e os estudos do filho, que em breve estaria a caminho de São Paulo, deixando-a só, sozinha no mundo. O casamento seria uma consolação, uma companhia. E consigo, na rua ou em casa, nas horas disponíveis, aprimorava o plano com todos os floreios da imaginação vivaz e súbita; era uma vida nova, pois desde muito, antes mesmo da morte do marido, pode-se dizer que era viúva. O negociante gozava do melhor conceito: a escolha era excelente.

Não casou. O genro tornou do Sul, a filha deu à luz um menino robusto e lindo que foi a paixão da avó durante os primeiros meses. Depois, o genro, a filha e o neto foram para o Norte. D. Benedita achou-se só e triste; o filho não bastava aos seus afetos. A ideia de viajar tornou a rutilar-lhe na mente, mas como um fósforo, que se apaga logo. Viajar sozinha era cansar e aborrecer-se ao mesmo tempo; achou melhor ficar.

Uma companhia lírica, adventícia, sacudiu-lhe o torpor, e restituiu-a à sociedade. A sociedade incutiu-lhe outra vez a ideia do casamento, e apontou-lhe logo um pretendente, desta vez um advogado, também viúvo.

— Casarei? não casarei?

Uma noite, volvendo D. Benedita a este problema, à janela da casa de Botafogo, para onde se mudara desde alguns meses, viu um singular espetáculo. Primeiramente uma claridade opaca, espécie de luz coada por um vidro fosco, vestia o espaço da enseada, fronteiro à janela. Nesse quadro apareceu-lhe uma figura vaga e transparente, trajada de névoas, toucada de reflexos, sem contornos definidos, porque morriam todos no ar. A figura veio até ao peitoril da janela de D. Benedita; e de um gesto sonolento, com uma voz de criança, disse-lhe estas palavras sem sentido:

— Casa... não casarás... se casas... casarás... não casarás... e casas... casando...

D. Benedita ficou aterrada, sem poder mexer-se; mas ainda teve a força de perguntar à figura quem era. A figura achou um princípio de riso, mas perdeu-o logo; depois respondeu que era a fada que presidira ao nascimento de D. Benedita: Meu nome é Veleidade, concluiu; e, como um suspiro, dispersou-se na noite e no silêncio.

Esquecer é uma necessidade. A vida
é uma lousa, em que o destino, para escrever
um novo caso, precisa apagar o caso escrito.
Obra de lápis e esponja. Não, não venho
restaurá-la.

[*Uma das reflexões do narrador a
propósito do que narra na
"Verba testamentária"*]

VERBA TESTAMENTÁRIA

[*PAPÉIS AVULSOS*]

"... Item, é minha última vontade que o caixão em que o meu corpo houver de ser enterrado seja fabricado em casa de Joaquim Soares, à rua da Alfândega. Desejo que ele tenha conhecimento desta disposição, que também será pública. Joaquim Soares não me conhece; mas é digno da distinção, por ser dos nossos melhores artistas, e um dos homens mais honrados da nossa terra..."

Cumpriu-se à risca esta verba testamentária. Joaquim Soares fez o caixão em que foi metido o corpo do pobre Nicolau B. de C.; fabricou-o ele mesmo, *con amore*; e, no fim, por um movimento cordial, pediu licença para não receber nenhuma remuneração. Estava pago; o favor do defunto era em si mesmo um prêmio insigne. Só desejava uma coisa: a cópia autêntica da verba. Deram-lha; ele mandou-a encaixilhar e pendurar de um prego, na loja. Os outros fabricantes de caixões, passado o assombro, clamaram que o testamento era um despropósito. Felizmente, — e esta é uma das vantagens do estado social, — felizmente, todas as demais classes acharam que aquela mão, saindo do abismo para abençoar a obra de um operário modesto, praticara uma ação rara e magnânima. Era em 1855; a população estava mais conchegada; não se falou de outra coisa. O nome do Nicolau reboou por muitos dias na imprensa da corte, donde passou à das províncias. Mas a vida universal é tão variada, os sucessos acumulam-se em tanta multidão, e com tal presteza, e, finalmente, a memória dos homens é tão frágil, que um dia chegou em que a ação de Nicolau mergulhou de todo no olvido.

Não venho restaurá-la. Esquecer é uma necessidade. A vida é uma lousa, em que o destino, para escrever um novo caso, precisa apagar o caso escrito. Obra de lápis e esponja. Não, não venho restaurá-la. Há milhares de ações tão bonitas, ou ainda mais bonitas do que a do Nicolau, e comidas do esquecimento. Venho dizer que a verba testamentária não é um efeito sem causa; venho mostrar uma das maiores curiosidades mórbidas deste século.

Sim, leitor amado, vamos entrar em plena patologia. Esse menino que aí vês, nos fins do século passado (em 1855, quando morreu, tinha o Nicolau sessenta e oito anos), esse menino não é um produto são, não é um organismo perfeito. Ao contrário, desde os mais tenros anos, manifestou por atos reiterados que há nele algum vício interior, alguma falha orgânica. Não se pode explicar de outro modo a obstinação com que ele corre a destruir os brinquedos dos outros meninos, não digo os que são iguais aos dele, ou ainda inferiores, mas os que são melhores ou mais ricos. Menos ainda se compreende que, nos casos em que o brinquedo é único, ou somente raro, o jovem Nicolau console a vítima com dois ou três pontapés; nunca menos de um. Tudo isso é obscuro. Culpa do pai não pode ser. O pai era um honrado negociante ou comissário (a maior parte das pessoas, a que aqui se dá o nome de comerciantes, dizia o marquês de Lavradio, nada mais são que uns simples comissários) que viveu com certo luzimento, no último quartel do século, homem ríspido, austero, que admoestava o filho, e, sendo necessário, castigava-o. Mas nem admoestações, nem castigos, valiam nada. O impulso interior do Nicolau era mais eficaz do que todos os bastões paternos; e, uma ou duas vezes por semana, o pequeno reincidia no mesmo delito. Os desgostos da família eram profundos. Deu-se e mesmo um caso, que, por suas gravíssimas consequências, merece ser contado.

O vice-rei, que era então o conde de Resende, andava preocupado com a necessidade de construir um cais na praia de D. Manuel. Isto, que seria hoje um simples episódio municipal, era naquele tempo, atentas as proporções escassas da cidade, uma empresa importante. Mas o vice-rei não tinha recursos; o cofre público mal podia acudir às urgências ordinárias. Homem de

Estado, e provavelmente filósofo, engendrou um expediente não menos suave que profícuo: distribuir, a troco de donativos pecuniários, postos de capitão, tenente e alferes. Divulgada a resolução, entendeu o pai do Nicolau que era ocasião de figurar, sem perigo, na galeria militar do século, ao mesmo tempo que desmentia uma doutrina bramânica. Com efeito, está nas leis de Manu, que dos braços de Brama nasceram os guerreiros, e do ventre os agricultores e comerciantes; o pai do Nicolau, adquirindo o despacho de capitão, corrigia esse ponto da anatomia gentílica. Outro comerciante, que com ele competia em tudo, embora familiares e amigos, apenas teve notícia do despacho, foi também levar a sua pedra ao cais. Desgraçadamente, o despeito de ter ficado atrás alguns dias sugeriu-lhe um arbítrio de mau gosto e, no nosso caso, funesto; foi assim que ele pediu ao vice-rei outro posto de oficial do cais (tal era o nome dado aos agraciados por aquele motivo) para um filho de sete anos. O vice-rei hesitou; mas o pretendente, além de duplicar o donativo, meteu grandes empenhos, e o menino saiu nomeado alferes. Tudo correu em segredo; o pai de Nicolau só teve notícia do caso no domingo próximo, na igreja do Carmo, ao ver os dois, pai e filho, vindo o menino com uma fardinha, que, por galanteria, lhe meteram no corpo. Nicolau, que também ali estava, fez-se lívido; depois, num ímpeto, atirou-se sobre o jovem alferes e rasgou-lhe a farda, antes que os pais pudessem acudir. Um escândalo. O rebuliço do povo, a indignação dos devotos, as queixas do agredido, interromperam por alguns instantes as cerimônias eclesiásticas. Os pais trocaram algumas palavras acerbas, fora, no adro, e ficaram brigados para todo o sempre.

— Este rapaz há de ser a nossa desgraça! bradava o pai de Nicolau, em casa, depois do episódio.

Nicolau apanhou então muita pancada, curtiu muita dor, chorou, soluçou; mas de emenda coisa nenhuma. Os brinquedos dos outros meninos não ficaram menos expostos. O mesmo passou a acontecer às roupas. Os meninos mais ricos do bairro não saíam fora senão com as mais modestas vestimentas caseiras, único modo de escapar às unhas de Nicolau. Com o andar do tempo, estendeu ele a aversão às próprias caras, quando eram bonitas, ou tidas como tais. A rua em que ele residia contava um sem-número de caras quebradas, arranhadas, conspurcadas. As coisas chegaram a tal ponto, que o pai resolveu trancá-lo em casa durante uns três ou quatro meses. Foi um paliativo, e, como tal, excelente. Enquanto durou a reclusão, Nicolau mostrou-se nada menos que angélico, fora daquele sestro mórbido, era meigo, dócil, obediente, amigo da família, pontual nas rezas. No fim dos quatro meses, o pai soltou-o; era tempo de o meter com um professor de leitura e gramática.

— Deixe-o comigo, disse o professor; deixe-o comigo, e com esta (apontava para a palmatória)... Com esta, é duvidoso que ele tenha vontade de maltratar os companheiros.

Frívolo! três vezes frívolo professor! Sim, não há dúvida, que ele conseguiu poupar os meninos bonitos e as roupas vistosas, castigando as primeiras investidas do pobre Nicolau; mas em que é que este sarou da moléstia? Ao contrário, obrigado a conter-se, a engolir o impulso, padecia dobrado, fazia-se mais lívido, com reflexos de verde-bronze; em certos casos, era compelido a voltar os olhos ou fechá-los, para não arrebentar, dizia ele. Por outro lado, se deixou de perseguir os mais graciosos ou melhor adornados, não perdoou aos que se mostravam mais adiantados no estudo; espancava-os, tirava-lhes os livros, e lançava-os fora, nas praias ou no mangue. Rixas, sangue, ódios, tais eram os frutos da vida, para ele, além das dores cruéis que padecia, e que a família teimava em não entender. Se acrescentarmos que ele não pôde estudar nada seguidamente, mas a troncos, e mal, como os vagabundos comem, nada fixo, nada metódico, teremos visto algumas das dolorosas consequências do fato mórbido, oculto e desconhecido. O pai, que sonhava para o filho a Universidade, vendo-se obrigado a estrangular mais essa ilusão, esteve prestes a amaldiçoá-lo; foi a mãe que o salvou.

Saiu um século, entrou outro, sem desaparecer a lesão do Nicolau. Morreu-lhe o pai em 1807 e a mãe em 1809; a irmã casou com um médico holandês, treze meses depois. Nicolau passou a viver só. Tinha vinte e três anos; era um dos petimetres da cidade; mas um singular petimetre, que não podia encarar nenhum outro, ou fosse mais gentil de feições, ou portador de algum colete especial, sem padecer uma dor violenta, tão violenta, que o obrigava às vezes a trincar o beiço até deitar sangue. Tinha ocasiões de cambalear; outras de escorrer-lhe pelo canto da boca um fio quase imperceptível de espuma. E o resto não era menos cruel. Nicolau ficava então ríspido; em

79

casa achava tudo mau, tudo incômodo, tudo nauseabundo; feria a cabeça aos escravos com os pratos, que iam partir-se também, e perseguia os cães, a pontapés; não sossegava dez minutos, não comia, ou comia mal. Enfim dormia; e ainda bem que dormia. O sono reparava tudo. Acordava lhano e meigo, alma de patriarca, beijando os cães entre as orelhas, deixando-se lamber por eles, dando-lhes do melhor que tinha, chamando aos escravos as coisas mais familiares e ternas. E tudo, cães e escravos, esqueciam as pancadas da véspera, e acudiam às vozes dele obedientes, namorados, como se este fosse o verdadeiro senhor, e não o outro.

Um dia, estando ele em casa da irmã, perguntou-lhe esta por que motivo não adotava uma carreira qualquer, alguma coisa em que se ocupasse, e...

— Tens razão, vou ver, disse ele.

Interveio o cunhado e opinou por um emprego na diplomacia. O cunhado principiava a desconfiar de alguma doença e supunha que a mudança de clima bastava a restabelecê-lo. Nicolau arranjou uma carta de apresentação, e foi ter com o ministro de estrangeiros. Achou-o rodeado de alguns oficiais da secretaria, prestes a ir ao paço, levar a notícia da segunda queda de Napoleão, notícia que chegara alguns minutos antes. A figura do ministro, as circunstâncias do momento, as reverências dos oficiais, tudo isso deu um tal rebate ao coração do Nicolau, que ele não pôde encarar o ministro. Teimou, seis ou oito vezes, em levantar os olhos, e da única em que o conseguiu, fizeram-se-lhe tão vesgos, que não via ninguém, ou só uma sombra, um vulto, que lhe doía nas pupilas, ao mesmo tempo que a face ia ficando verde. Nicolau recuou, estendeu a mão trêmula ao reposteiro, e fugiu.

— Não quero ser nada! disse ele à irmã, chegando à casa; fico com vocês e os meus amigos.

Os amigos eram os rapazes mais antipáticos da cidade, vulgares e ínfimos. Nicolau escolhera-os de propósito. Viver segregado dos principais era para ele um grande sacrifício; mas, como teria de padecer muito mais vivendo com eles, tragava a situação. Isto prova que ele tinha um certo conhecimento empírico do mal e do paliativo. A verdade é que, com esses companheiros, desapareciam todas as perturbações fisiológicas do Nicolau. Ele fitava-os sem lividez, sem olhos vesgos, sem cambalear, sem nada. Além disso, não só eles lhe poupavam a natural irritabilidade, como porfiavam em tornar-lhe a vida, senão deliciosa, tranquila; e para isso, diziam-lhe as maiores finezas do mundo, em atitudes cativas, ou com uma certa familiaridade inferior. Nicolau amava em geral as naturezas subalternas, como os doentes amam a droga que lhes restitui a saúde; acariciava-as paternalmente, dava-lhes o louvor abundante e cordial, emprestava-lhes dinheiro, distribuía-lhes mimos, abria-lhes a alma...

Veio o grito do Ipiranga; Nicolau meteu-se na política. Em 1823 vamos achá-lo na Constituinte. Não há que dizer ao modo por que ele cumpriu os deveres do cargo. Íntegro, desinteressado, patriota, não exercia de graça essas virtudes públicas, mas à custa de muita tempestade moral. Pode-se dizer, metaforicamente, que a frequência da Câmara custava-lhe sangue precioso. Não era só porque os debates lhe pareciam insuportáveis, mas também porque lhe era difícil encarar certos homens, especialmente em certos dias. Montezuma, por exemplo, parecia-lhe balofo, Vergueiro, maçudo, os Andradas, execráveis. Cada discurso, não só dos principais oradores, mas dos secundários, era para o Nicolau verdadeiro suplício. E, não obstante, firme, pontual. Nunca a votação o achou ausente; nunca o nome dele soou sem eco pela augusta sala. Qualquer que fosse o seu desespero, sabia conter-se e pôr a ideia da pátria acima do alívio próprio. Talvez aplaudisse *in petto* o decreto da dissolução. Não afirmo; mas há bons fundamentos para crer que o Nicolau, apesar das mostras exteriores, gostou de ver dissolvida a assembleia. E se essa conjetura é verdadeira, não menos o será esta outra; — que a deportação de alguns dos chefes constituintes, declarados inimigos públicos, veio aguar-lhe aquele prazer. Nicolau, que padecera com os discursos deles, não menos padeceu com o exílio, posto lhes desse um certo relevo. Se ele também fosse exilado!

— Você podia casar, mano, disse-lhe a irmã.

— Não tenho noiva.

— Arranjo-lhe uma. Valeu?

Era um plano do marido. Na opinião deste, a moléstia do Nicolau estava descoberta; era um verme do baço, que se nutria da dor do paciente, isto é, de uma secreção especial, produzida pela vista de alguns fatos, situações ou pessoas. A questão era matar o verme; mas, não conhecendo nenhuma substância química própria a destruí-lo, restava o recurso de obstar à secreção, cuja ausência daria igual resultado. Portanto, urgia casar o Nicolau, com alguma moça bonita e prendada, separá-lo do povoado, metê-lo em alguma fazenda, para onde levaria a melhor baixela, os melhores trastes, os mais reles amigos etc.

— Todas as manhãs, continuou ele, receberá o Nicolau um jornal que vou mandar imprimir com o único fim de lhe dizer as coisas mais agradáveis do mundo, e dizê-las nominalmente, recordando os seus modestos, mas profícuos trabalhos da Constituinte, e atribuindo-lhe muitas aventuras; namoradas, agudezas de espírito, rasgos de coragem. Já falei ao almirante holandês para consentir que, de quando em quando, vá ter com o Nicolau algum dos nossos oficiais dizer-lhe que não podia voltar para a Haia sem a honra de contemplar um cidadão tão eminente e simpático, em quem se reúnem qualidades raras, e, de ordinário, dispersas. Você, se puder alcançar de alguma modista, a Gudin, por exemplo, que ponha o nome de Nicolau em um chapéu ou mantelete, ajudará muito na cura de seu mano. Cartas amorosas anônimas, enviadas pelo correio, são um recurso eficaz... Mas comecemos pelo princípio, que é casá-lo.

Nunca um plano foi mais conscienciosamente executado. A noiva escolhida era a mais esbelta, ou uma das mais esbeltas da capital. Casou-os o próprio bispo. Recolhido à fazenda, foram com ele somente alguns de seus mais triviais amigos; fez-se o jornal, mandaram-se as cartas, peitaram-se as visitas. Durante três meses tudo caminhou às mil maravilhas. Mas a natureza, apostada em lograr o homem, mostrou ainda desta vez que ela possui segredos inopináveis. Um dos meios de agradar ao Nicolau era elogiar a beleza, a elegância e as virtudes da mulher; mas a moléstia caminhara, e o que parecia remédio excelente foi simples agravação do mal. Nicolau, ao fim de certo tempo, achava ociosos e excessivos tantos elogios à mulher, e bastava isto a impacientá-lo, e a impaciência a produzir-lhe a fatal secreção. Parece mesmo que chegou ao ponto de não poder encará-la muito tempo, e a encará-la mal; vieram algumas rixas, que seriam o princípio de uma separação, se ela não morresse daí a pouco. A dor do Nicolau foi profunda e verdadeira; mas a cura interrompeu-se logo, porque ele desceu ao Rio de Janeiro, onde o vamos achar, tempos depois, entre os revolucionários de 1831.

Conquanto pareça temerário dizer as causas que levaram o Nicolau para o Campo da Aclamação, na noite de 6 para 7 de abril, penso que não estará longe da verdade quem supuser que — foi o raciocínio de um ateniense célebre e anônimo. Tanto os que diziam bem, como os que diziam mal do imperador, tinham enchido as medidas ao Nicolau. Esse homem, que inspirava entusiasmos e ódios, cujo nome era repetido onde quer que o Nicolau estivesse, na rua, no teatro, nas casas alheias, tornou-se uma verdadeira perseguição mórbida, daí o fervor com que ele meteu a mão no movimento de 1831. A Abdicação foi um alívio. Verdade é que a Regência o achou dentro de pouco tempo entre os seus adversários; e há quem afirme que ele se filiou ao partido caramuru ou restaurador, posto não ficasse prova do ato. O que é certo é que a vida pública do Nicolau cessou com a Maioridade.

A doença apoderara-se definitivamente do organismo. Nicolau ia, a pouco e pouco, recuando na solidão. Não podia fazer certas visitas, frequentar certas casas. O teatro mal chegava a distraí-lo. Era tão melindroso o estado dos seus órgãos auditivos, que o ruído dos aplausos causava-lhe dores atrozes. O entusiasmo da população fluminense para com a famosa Candiani e a Merea, mas a Candiani principalmente, cujo carro puxaram alguns braços humanos, obséquio tanto mais insigne quanto que o não fariam ao próprio Platão, esse entusiasmo foi uma das maiores mortificações do Nicolau. Ele chegou ao ponto de não ir mais ao teatro, de achar a Candiani insuportável e preferir a *Norma* dos realejos à da prima-dona. Não era por exageração de patriota que ele gostava de ouvir o João Caetano, nos primeiros tempos; mas afinal deixou-o também, e quase que inteiramente os teatros.

"Está perdido! pensou o cunhado. Se pudéssemos dar-lhe um baço novo..."

Como pensar em semelhante absurdo? Estava naturalmente perdido. Já não bastavam os recreios domésticos. As tarefas literárias a que se deu, versos de família, glosas a prêmio e odes políticas, não duraram muito tempo, e pode ser até que lhe dobrassem o mal. De fato, um dia, pareceu-lhe que essa ocupação era a coisa mais ridícula do mundo, e os aplausos ao Gonçalves Dias, por exemplo, deram-lhe ideia de um povo trivial e de mau gosto. Esse sentimento literário, fruto de uma lesão orgânica, reagiu sobre a mesma lesão, ao ponto de produzir graves crises, que o tiveram algum tempo na cama. O cunhado aproveitou o momento para desterrar-lhe da casa todos os livros de certo porte.

Explica-se menos o desalinho com que daí a meses começou a vestir-se. Educado com hábitos de elegância, era antigo freguês de um dos principais alfaiates da corte, o Plum, não passando um só dia em que não fosse pentear-se ao Desmarais e Gérard, *coiffeurs de la cour*, à rua do Ouvidor. Parece que achou enfatuada esta denominação de cabeleireiros do paço, e castigou-os indo pentear-se a um barbeiro ínfimo. Quanto ao motivo que o levou a trocar de traje, repito que é inteiramente obscuro, e a não haver sugestão da idade, é inexplicável.

A despedida do cozinheiro é outro enigma. Nicolau, por insinuações do cunhado, que o queria distrair, dava dois jantares por semana; e os convivas eram unânimes em achar que o cozinheiro dele primava sobre todos os da capital. Realmente os pratos eram bons, alguns ótimos, mas o elogio era um tanto enfático, excessivo, para o fim justamente de ser agradável ao Nicolau, e assim aconteceu algum tempo. Como entender, porém, que um domingo, acabado o jantar, que fora magnífico, despedisse ele um varão tão insigne, causa indireta de alguns dos seus mais deleitosos momentos na terra? Mistério impenetrável.

— Era um ladrão! foi a resposta que ele deu ao cunhado.

Nem os esforços deste nem os da irmã e dos amigos, nem os bens, nada melhorou o nosso triste Nicolau. A secreção do baço tornou-se perene, e o verme reproduziu-se aos milhões, teoria que não sei se é verdadeira, mas enfim era a do cunhado. Os últimos anos foram crudelíssimos. Quase se pode jurar que ele viveu então continuamente verde, irritado, olhos vesgos, padecendo consigo ainda muito mais do que fazia padecer aos outros. A menor ou maior coisa triturava-lhe os nervos: um bom discurso, um artista hábil, uma sege, uma gravata, um soneto, um dito, um sonho interessante, tudo dava de si uma crise.

Quis ele deixar-se morrer? Assim se poderia supor, ao ver a impassibilidade com que rejeitou os remédios dos principais médicos da corte; foi necessário recorrer à simulação, e dá-los, enfim, como receitados por um ignorantão do tempo. Mas era tarde. A morte levou-o ao cabo de duas semanas.

— Joaquim Soares?, bradou atônito o cunhado, ao saber da verba testamentária do defunto, ordenando que o caixão fosse fabricado por aquele industrial. Mas os caixões desse sujeito não prestam para nada, e...

— Paciência!, interrompeu a mulher; a vontade do mano há de cumprir-se.

Outro motivo determinou a minha escolha. Entre os diferentes modos eleitorais da antiga Veneza, figurava o do saco e bolas, iniciação dos filhos da nobreza no serviço do Estado. Metiam-se as bolas com os nomes dos candidatos no saco, e extraía-se anualmente um certo número, ficando os eleitos desde logo aptos para as carreiras públicas.

[*O narrador-personagem*]

A SERENÍSSIMA REPÚBLICA

Conferência do Cônego Vargas

[*Papéis avulsos*]

Meus senhores,

Antes de comunicar-vos uma descoberta, que reputo de algum lustre para o nosso país, deixai que vos agradeça a prontidão com que acudistes ao meu chamado. Sei que um interesse superior vos trouxe aqui; mas não ignoro também, — e fora ingratidão ignorá-lo, — que um pouco de simpatia pessoal se mistura à vossa legítima curiosidade científica. Oxalá possa eu corresponder a ambas.

Minha descoberta não é recente; data do fim do ano de 1876. Não a divulguei então, — e, a não ser o *Globo*, interessante diário desta capital, não a divulgaria ainda agora, — por uma razão que achará fácil entrada no vosso espírito. Esta obra de que venho falar-vos carece de retoques últimos, de verificações e experiências complementares. Mas o *Globo* noticiou que um sábio inglês descobriu a linguagem fônica dos insetos, e cita o estudo feito com as moscas. Escrevi logo para a Europa e aguardo as respostas com ansiedade. Sendo certo, porém, que pela navegação aérea, invento do padre Bartolomeu, é glorificado o nome estrangeiro, enquanto o do nosso patrício mal se pode dizer lembrado dos seus naturais, determinei evitar a sorte do insigne Voador, vindo a esta tribuna, proclamar alto e bom som, à face do universo, que muito antes daquele sábio, e fora das ilhas britânicas, um modesto naturalista descobriu coisa idêntica, e fez com ela obra superior.

Senhores, vou assombrar-vos, como teria assombrado a Aristóteles, se lhe perguntasse: Credes que se possa dar um regime social às aranhas? Aristóteles responderia negativamente, como vós todos, porque é impossível crer que jamais se chegasse a organizar socialmente esse articulado arisco, solitário, apenas disposto ao trabalho, e dificilmente ao amor. Pois bem, esse impossível fi-lo eu.

Ouço um riso, no meio do sussurro de curiosidade. Senhores, cumpre vencer os preconceitos. A aranha parece-vos inferior, justamente porque não a conheceis. Amais o cão, prezais o gato e a galinha, e não advertis que a aranha não pula nem ladra como o cão, não mia como o gato, não cacareja como a galinha, não zune nem morde como o mosquito, não nos leva o sangue e o sono como a pulga. Todos esses bichos são o modelo acabado da vadiação e do parasitismo. A mesma formiga, tão gabada por certas qualidades boas, dá no nosso açúcar e nas nossas plantações, e funda a sua propriedade roubando a alheia. A aranha, senhores, não nos aflige nem defrauda; apanha as moscas, nossas inimigas, fia, tece, trabalha e morre. Que melhor exemplo de paciência, de ordem, de previsão, de respeito e de humanidade? Quanto aos seus talentos, não há duas opiniões. Desde Plínio até Darwin, os naturalistas do mundo inteiro formam um só coro de admiração em torno desse bichinho, cuja maravilhosa teia a vassoura inconsciente do vosso criado destrói em menos de um minuto. Eu repetiria agora esses juízos, se me sobrasse tempo; a matéria, porém, excede o prazo, sou constrangido a abreviá-la. Tenho-os aqui, não todos, mas quase todos; tenho, entre eles, esta excelente monografia de Büchner, que com tanta sutileza estudou a vida psíquica dos animais. Citando Darwin e Büchner, é claro que me restrinjo à homenagem cabida a dois sábios de primeira ordem, sem de nenhum modo absolver (e as minhas vestes o proclamam) as teorias gratuitas e errôneas do materialismo.

Sim, senhores, descobri uma espécie araneída que dispõe do uso da fala; coligi alguns, depois muitos dos novos articulados, e organizei-os socialmente. O primeiro exemplar dessa aranha maravilhosa apareceu-me no dia 15 de dezembro de 1876. Era tão vasta, tão colorida, dorso cubro, com listras azuis, transversais, tão rápida nos movimentos, e às vezes tão alegre, que de todo me cativou a atenção. No dia seguinte vieram mais três, e as quatro tomaram posse de um recanto de minha chácara. Estudei-as longamente; acheia-as admiráveis. Nada, porém, se pode comparar ao pasmo que me causou a descoberta do idioma araneída, uma língua, senhores, nada menos que uma língua rica e variada, com a sua estrutura sintática, os seus verbos, conjugações, declinações, casos latinos e formas onomatopeicas, uma língua que estou gramaticando para uso das academias, como o fiz sumariamente para meu próprio uso. E fi-lo, notai bem, vencendo dificuldades aspérrimas com uma paciência extraordinária. Vinte vezes desanimei; mas o amor da ciência dava-me forças para arremeter a um trabalho, que hoje declaro, não chegaria a ser feito duas vezes na vida do mesmo homem.

Guardo para outro recinto a descrição técnica do meu aracnídeo, e a análise da língua. O objeto desta conferência é, como disse, ressalvar os direitos da ciência brasileira, por meio de um protesto em tempo; e, isto feito, dizer-vos a parte em que reputo a minha obra superior a do sábio de Inglaterra. Devo demonstrá-lo, e para este ponto chamo a vossa atenção.

Dentro de um mês tinha comigo vinte aranhas; no mês seguinte cinquenta e cinco; em março de 1877 contava quatrocentas e noventa. Duas forças serviram principalmente à empresa de as congregar: — o emprego da língua delas, desde que pude discerni-la um pouco, e o sentimento de terror que lhes infundi. A minha estatura, as vestes talares, o uso do mesmo idioma, fizeram-lhes crer que era eu o deus das aranhas, e desde então adoraram-me. E vede o benefício desta ilusão. Como as acompanhasse com muita atenção e miudeza, lançando em um livro as observações que fazia, cuidaram que o livro era o registro dos seus pecados, e fortaleceram-se ainda mais na prática das virtudes. A flauta também foi um grande auxiliar. Como sabeis, ou deveis saber, elas são doidas por música.

Não bastava associá-las; era preciso dar-lhes um governo idôneo. Hesitei na escolha; muitos dos atuais pareciam-me bons, alguns excelentes, mas todos tinham contra si o existirem. Explico-me. Uma forma vigente de governo ficava exposta a comparações que poderiam amesquinhá-la.

Era-me preciso, ou achar uma forma nova, ou restaurar alguma outra abandonada. Naturalmente adotei o segundo alvitre, e nada me pareceu mais acertado do que uma república, à maneira de Veneza, o mesmo molde, e até o mesmo epíteto. Obsoleto, sem nenhuma analogia, em suas feições gerais, com qualquer outro governo vivo, cabia-lhe ainda a vantagem de um mecanismo complicado, — o que era meter à prova as aptidões políticas da jovem sociedade.

Outro motivo determinou a minha escolha. Entre os diferentes modos eleitorais da antiga Veneza, figurava o do saco e bolas, iniciação dos filhos da nobreza no serviço do Estado. Metiam-se as bolas com os nomes dos candidatos no saco, e extraía-se anualmente um certo número, ficando os eleitos desde logo aptos para as carreiras públicas. Este sistema fará rir aos doutores do sufrágio, a mim não. Ele exclui os desvarios da paixão, os desazos da inépcia, o congresso da corrupção e da cobiça. Mas não foi só por isso que o aceitei; tratando-se de um povo tão exímio na fiação de suas teias, o uso do saco eleitoral era de fácil adaptação, quase uma planta indígena.

A proposta foi aceita. Sereníssima República pareceu-lhes um título magnífico, roçagante, expansivo, próprio a engrandecer a obra popular.

Não direi, senhores, que a obra chegou à perfeição, nem que lá chegue tão cedo. Os meus pupilos não são os solários de Campanela ou os utopistas de Morus; formam um povo recente, que não pode trepar de um salto ao cume das nações seculares. Nem o tempo é operário que ceda a outro a lima ou o alvião; ele fará mais e melhor do que as teorias do papel, válidas no papel e mancas na prática. O que posso afirmar-vos é que, não obstante as incertezas da idade, eles caminham, dispondo de algumas virtudes, que presumo, essenciais à duração de um Estado. Uma delas, como já disse, é a perseverança, uma longa paciência de Penélope, segundo vou mostrar-vos.

Com efeito, desde que compreenderam que no ato eleitoral estava a base da vida pública, trataram de o exercer com a maior atenção. O fabrico do saco foi uma obra nacional. Era um saco de cinco polegadas de altura e três de largura, tecido com os melhores fios, obra sólida e espessa. Para compô-lo foram aclamadas dez damas principais, que receberam o título de mães da república, além de outros privilégios e foros. Uma obra-prima, podeis crê-lo. O processo eleitoral é simples. As bolas recebem os nomes dos candidatos, que provarem certas condições, e são escritas por um oficial público, denominado "das inscrições". No dia da eleição, as bolas são metidas no saco e tiradas pelo oficial das extrações, até perfazer o número dos elegendos. Isto que era um simples processo inicial na antiga Veneza, serve aqui ao provimento de todos os cargos.

A eleição fez-se a princípio com muita regularidade; mas, logo depois, um dos legisladores declarou que ela fora viciada, por terem entrado no saco duas bolas com o nome do mesmo candidato. A assembleia verificou a exatidão da denúncia, e decretou que o saco, até ali de três polegadas de largura, tivesse agora duas; limitando-se a capacidade do saco, restringia-se o espaço à fraude, era o mesmo que suprimi-la. Aconteceu, porém, que na eleição seguinte, um candidato deixou de ser inscrito na competente bola, não se sabe se por descuido ou intenção do oficial público. Este declarou que não se lembrava de ter visto o ilustre candidato, mas acrescentou nobremente que não era impossível que ele lhe tivesse dado o nome; neste caso não houve exclusão, mas distração. A assembleia, diante de um fenômeno psicológico inelutável, como é a distração, não pôde castigar o oficial; mas, considerando que a estreiteza do saco podia dar lugar a exclusões odiosas, revogou a lei anterior e restaurou as três polegadas.

Nesse ínterim, senhores, faleceu o primeiro magistrado, e três cidadãos apresentaram-se candidatos ao posto, mas só dois importantes, Hazeroth e Magog, os próprios chefes do partido retilíneo e do partido curvilíneo. Devo explicar-vos estas denominações. Como eles são principalmente geômetras, é a geometria que os divide em política. Uns entendem que a aranha deve fazer as teias com fios retos, é o partido retilíneo; — outros pensam, ao contrário, que as teias devem ser trabalhadas com fios curvos, — é o partido curvilíneo. Há ainda um terceiro partido, misto e central, com este postulado: as teias devem ser urdidas de fios retos e fios curvos; é o partido reto-curvilíneo; e finalmente, uma quarta divisão política, o partido antirreto-curvilíneo, que fez tábua rasa de todos os princípios litigantes, e propõe o uso de umas teias urdidas de ar, obra transparente e leve, em que não há linhas de espécie alguma. Como a geometria apenas poderia dividi-los, sem chegar a apaixoná--los, adotaram uma simbólica. Para uns, a linha reta exprime os bons sentimentos, a justiça, a probidade, a inteireza, a constância etc., ao passo que os sentimentos ruins ou inferiores, como a bajulação, a fraude, a deslealdade, a perfídia, são perfeitamente curvos. Os adversários respondem que não, que a linha curva é a da virtude e do saber, porque é a expressão da modéstia e da humildade; ao contrário, a ignorância, a presunção, a toleima, a parlapatice, são retas, duramente retas. O terceiro partido, menos anguloso, menos exclusivista, desbastou a exageração de uns e outros, combinou os contrastes, e proclamou a simultaneidade das linhas como a exata cópia do mundo físico e moral. O quarto limita-se a negar tudo.

Nem Hazeroth nem Magog foram eleitos. As suas bolas saíram do saco, é verdade, mas foram inutilizadas, a do primeiro por faltar a primeira letra do nome, a do segundo por lhe faltar a última. O nome restante e triunfante era o de um argentário ambicioso, político obscuro, que subiu logo à poltrona ducal, com espanto geral da república. Mas os vencidos não se contentaram de dormir sobre os louros do vencedor; requereram uma devassa. A devassa mostrou que o oficial das inscrições intencionalmente viciara a ortografia de seus nomes. O oficial confessou o defeito e a intenção; mas explicou-os dizendo que se tratava de uma simples elipse; delito, se o era, puramente literário. Não sendo possível perseguir ninguém por defeitos de ortografia ou figuras de retórica, pareceu acertado rever a lei. Nesse mesmo dia ficou decretado que o saco seria feito de um tecido de malhas, através das quais as bolas pudessem ser lidas pelo público, e, *ipso facto*, pelos mesmos candidatos, que assim teriam tempo de corrigir as inscrições.

Infelizmente, senhores, o comentário da lei é a eterna malícia. A mesma porta aberta à lealdade serviu à astúcia de um certo Nabiga, que se conchavou com o oficial das extrações, para haver um lugar na assembleia. A vaga era uma, os candidatos três; o oficial extraiu as bolas com os olhos no cúmplice, que só deixou de abanar negativamente a cabeça, quando a bola pegada foi a sua. Não era preciso mais para condenar a ideia das malhas. A assembleia, com exemplar paciência, restaurou o tecido espesso do regime anterior; mas, para evitar outras elipses, decretou a validação das bolas cuja inscrição estivesse incorreta, uma vez que cinco pessoas jurassem ser o nome inscrito o próprio nome do candidato.

Este novo estatuto deu lugar a um caso novo e imprevisto, como ides ver. Tratou-se de eleger um coletor de espórtulas, funcionário encarregado de cobrar as rendas públicas, sob a forma de espórtulas voluntárias. Eram candidatos, entre outros, um certo Caneca e um certo Nebraska. A bola extraída foi a de Nebraska. Estava errada, é certo, por lhe faltar a última letra; mas, cinco testemunhas juraram, nos termos da lei, que o eleito era o próprio e único Nebraska da república. Tudo parecia findo, quando o canditado Caneca requereu provar que a bola extraída não trazia o nome de Nebraska, mas o dele. O juiz de paz deferiu ao peticionário. Veio então um grande filólogo, — talvez o primeiro da república, além de bom metafísico, e não vulgar matemático, o qual provou a coisa nestes termos:

— Em primeiro lugar, disse ele, deveis notar que não é fortuita a ausência da última letra do nome Nebraska. Por que motivo foi ele inscrito incompletamente? Não se pode dizer que por fadiga ou amor da brevidade, pois só falta a última letra, um simples *a*. Carência de espaço? Também não; vede; há ainda espaço para duas ou três sílabas. Logo a falta é intencional, e a intenção não pode ser outra senão chamar a atenção do leitor para a letra *k*, última escrita, desamparada, solteira, sem sentido. Ora, por um efeito mental, que nenhuma lei destruiu, a letra reproduz-se no cérebro de dois modos, a forma gráfica, e a forma sônica; *k* e *ca*. O defeito, pois, no nome escrito, chamando os olhos para a letra final, incrusta desde logo no cérebro esta primeira sílaba: *Ca*. Isto posto, o movimento natural do espírito é ler o nome todo; volta-se ao princípio, à inicial *ne*, do nome *Nebrask*. — *Cane*. — Resta a sílaba do meio, *bras*, cuja redução a esta outra sílaba *ca*, última do nome Caneca, é a coisa mais demonstrável do mundo. E, todavia, não a demonstrarei, visto faltar-vos o preparo necessário ao entendimento da significação espiritual ou filosófica da sílaba, suas origens e efeitos, fases, modificações, consequências lógicas e sintáxicas, dedutivas ou indutivas, simbólicas e outras. Mas, suposta a demonstração, aí fica a última prova, evidente, clara, da minha afirmação primeira pela anexação da sílaba *ca* às duas *Cane*, dando este nome Caneca.

A lei emendou-se, senhores, ficando abolida a faculdade da prova testemunhal e interpretativa dos textos, e introduzindo-se uma inovação, o corte simultâneo de meia polegada na altura e outra meia na largura do saco. Esta emenda não evitou um pequeno abuso na eleição dos alcaides, e o saco foi restituído às dimensões primitivas, dando-se-lhe, todavia, a forma triangular. Compreendeis que esta forma trazia consigo uma consequência: ficavam muitas bolas no fundo. Daí a mudança para a forma cilíndrica; mais tarde deu-se-lhe o aspecto de uma ampulheta, cujo inconveniente se reconheceu ser igual ao triângulo, e então adotou-se a forma de um crescente etc. Muitos abusos, descuidos e lacunas tendem a desaparecer, e o restante terá igual destino, não inteiramente, decerto, pois a perfeição não é deste mundo, mas na medida e nos termos do conselho de um dos mais circunspectos cidadãos da minha república, Erasmus, cujo último discurso sinto não poder dar-vos integralmente. Encarregado de notificar a última resolução legislativa às dez damas, incumbidas de urdir o saco eleitoral, Erasmus contou-lhes a fábula de Penélope, que fazia e desfazia a famosa teia, à espera do esposo Ulisses.

— Vós sois a Penélope da nossa república, disse ele ao terminar; tendes a mesma castidade, paciência e talentos. Refazei o saco, amigas minhas, refazei o saco, até que Ulisses, cansado de dar às pernas, venha tomar entre nós o lugar que lhe cabe. Ulisses é a Sapiência.

Não eram gritos na rua, eram suspiros
em casa, mas não tardava a hora dos gritos.
O terror crescia; avizinhava-se a rebelião.

[*O Narrador*]

O ALIENISTA

[*Papéis avulsos*]

CAPÍTULO I

*De como Itaguaí ganhou
uma casa de Orates*

As crônicas da vila de Itaguaí dizem que em tempos remotos vivera ali um certo médico, o Dr. Simão Bacamarte, filho da nobreza da terra e o maior dos médicos do Brasil, de Portugal e das Espanhas. Estudara em Coimbra e Pádua. Aos trinta e quatro anos regressou ao Brasil, não podendo el-rei alcançar dele que ficasse em Coimbra, regendo a universidade, ou em Lisboa, expedindo os negócios da monarquia.

— A ciência, disse ele a Sua Majestade, é o meu emprego único; Itaguaí é o meu universo.

Dito isto, meteu-se em Itaguaí, e entregou-se de corpo e alma ao estudo da ciência, alternando as curas com as leituras, e demonstrando os teoremas com cataplasmas. Aos quarenta anos casou com D. Evarista da Costa e Mascarenhas, senhora de vinte e cinco anos, viúva de um juiz de fora, e não bonita nem simpática. Um dos tios dele, caçador de pacas perante o Eterno, e não menos franco, admirou-se de semelhante escolha e disse-lho. Simão Bacamarte explicou-lhe que D. Evarista reunia condições fisiológicas e anatômicas de primeira ordem, digeria com facilidade, dormia regularmente, tinha bom pulso, e excelente vista; estava assim apta para dar-lhe filhos robustos, sãos e inteligentes. Se além dessas prendas, — únicas dignas da preocupação de um sábio, D. Evarista era malcomposta de feições, longe de lastimá-lo, agradecia-o a Deus, porquanto não corria o risco de preterir os interesses da ciência na contemplação exclusiva, miúda e vulgar da consorte.

D. Evarista mentiu às esperanças do Dr. Bacamarte, não lhe deu filhos robustos nem mofinos. A índole natural da ciência é a longanimidade; o nosso médico esperou três anos, depois quatro, depois cinco. Ao cabo desse tempo fez um estudo profundo da matéria, releu todos os escritores árabes e outros, que trouxera para Itaguaí, enviou consultas às universidades italianas e alemãs, e acabou por aconselhar à mulher um regime alimentício especial. A ilustre dama, nutrida exclusivamente com a bela carne de porco de Itaguaí, não atendeu às admoestações do esposo e à sua resistência, — explicável, mas inqualificável, — devemos a total extinção da dinastia dos Bacamartes.

Mas a ciência tem o inefável dom de curar todas as mágoas; o nosso médico mergulhou inteiramente no estudo e na prática da medicina. Foi então que um dos recantos desta lhe chamou especialmente a atenção, — o recanto psíquico, o exame da patologia cerebral. Não havia na colônia, e ainda no reino, uma só autoridade em semelhante matéria, mal explorada, ou quase inexplorada. Simão Bacamarte compreendeu que a ciência lusitana, e particularmente a brasileira, podia cobrir-se de "louros imarcescíveis" — expressão usada por ele mesmo, mas em um arroubo de intimidade doméstica; exteriormente era modesto, segundo convém aos sabedores.

— A saúde da alma, bradou ele, é a ocupação mais digna do médico.

— Do verdadeiro médico, emendou Crispim Soares, boticário da vila, e um dos seus amigos e comensais.

A vereança de Itaguaí, entre outros pecados de que é arguida pelos cronistas, tinha o de não fazer caso dos dementes. Assim é que cada louco furioso era trancado em uma alcova, na própria casa, e, não curado, mas descurado, até que a morte o vinha defraudar do benefício da vida; os mansos andavam à solta pela rua. Simão Bacamarte entendeu desde logo reformar tão ruim costume; pediu licença à câmara para agasalhar e tratar no edifício que ia construir todos os loucos de Itaguaí e das demais vilas e cidades, mediante um estipêndio, que a câmara lhe daria quando a família do enfermo o não pudesse fazer. A proposta excitou a curiosidade de toda a vila, e encontrou grande resistência, tão certo é que dificilmente se desarraigam hábitos absurdos, ou ainda maus. A ideia de meter os loucos na mesma casa, vivendo em comum, pareceu em si mesma um sintoma de demência, e não faltou quem o insinuasse à própria mulher do médico.

— Olhe, D. Evarista, disse-lhe o padre Lopes, vigário do lugar, veja se seu marido dá um passeio ao Rio de Janeiro. Isso de estudar sempre, sempre, não é bom, vira o juízo.

D. Evarista ficou aterrada, foi ter com o marido, disse-lhe "que estava com desejos", um principalmente, o de vir ao Rio de Janeiro e comer tudo o que a ele lhe parecesse adequado a certo fim. Mas aquele grande homem, com a rara sagacidade que o distinguia, penetrou a intenção da esposa e redarguiu-lhe sorrindo que não tivesse medo. Dali foi à câmara, onde os vereadores debatiam a proposta, e defendeu-a com tanta eloquência, que a maioria resolveu autorizá-lo ao que pedira, votando ao mesmo tempo um imposto destinado a subsidiar o tratamento, alojamento e mantimentos dos doidos pobres. A matéria do imposto não foi fácil achá-la; tudo estava tributado em Itaguaí. Depois de longos estudos, assentou-se em permitir o uso de dois penachos nos cavalos dos enterros. Quem quisesse emplumar os cavalos de um coche mortuário pagaria dois tostões à câmara, repetindo-se tantas vezes esta quantia quantas fossem as horas decorridas entre a do falecimento e a da última bênção na sepultura. O escrivão perdeu-se nos cálculos aritméticos do rendimento possível da nova taxa; e um dos vereadores, que não acreditava na empresa do médico, pediu que se relevasse o escrivão de um trabalho inútil.

— Os cálculos não são precisos, disse ele, porque Dr. Bacamarte não arranja nada. Quem é que viu agora meter todos os doidos dentro da mesma casa?

Enganava-se o digno magistrado; o médico arranjou tudo. Uma vez empossado da licença começou logo a construir a casa. Era na rua Nova, a mais bela rua de Itaguaí naquele tempo, tinha cinquenta janelas por lado, um pátio no centro, e numerosos cubículos para os hóspedes. Como fosse grande arabista, achou no Corão que Maomé declara veneráveis os doidos, pela consideração de que Alá lhes tira o juízo para que não pequem. A ideia pareceu-lhe bonita e profunda, e ele a fez gravar no frontispício da casa; mas, como tinha medo ao vigário, e por tabela ao bispo, atribuiu o pensamento a Benedito VIII, merecendo com essa fraude, aliás pia, que o padre Lopes lhe contasse, ao almoço, a vida daquele pontífice eminente.

A Casa Verde foi o nome dado ao asilo, por alusão à cor das janelas, que pela primeira vez apareciam verdes em Itaguaí. Inaugurou-se com imensa pompa; de todas as vilas e povoações próximas, e até remotas, e da própria cidade do Rio de Janeiro, correu gente para assistir às cerimônias, que duraram sete dias. Muitos dementes já estavam recolhidos; e os parentes tiveram ocasião de ver o carinho paternal e a caridade cristã com que eles iam ser tratados. D. Evarista, contentíssima com a glória do marido, vestira-se luxuosamente, cobriu-se de joias, flores e sedas. Ela foi uma verdadeira rainha naqueles dias memoráveis; ninguém deixou de ir visitá-la duas e três vezes, apesar dos costumes caseiros e recatados do século, e não só a cortejavam como a louvavam; porquanto, — e este fato é um documento altamente honroso para a sociedade do tempo, — porquanto viam nela a feliz esposa de um alto espírito, de um varão ilustre, e, se lhe tinham inveja, era a santa e nobre inveja dos admiradores.

Ao cabo de sete dias expiraram as festas públicas; Itaguaí tinha finalmente uma casa de Orates.

CAPÍTULO II

Torrente de loucos

Três dias depois, numa expansão íntima com o boticário Crispim Soares, desvendou o alienista o mistério do seu coração.

— A caridade, Sr. Soares, entra decerto no meu procedimento, mas entra como tempero, como o sal das coisas, que é assim que interpreto o dito de S. Paulo aos Coríntios: "Se eu conhecer quanto se pode saber, e não tiver caridade, não sou nada". O principal nesta minha obra da Casa Verde é estudar profundamente a loucura, os seus diversos graus, classificar-lhe os casos, descobrir enfim a causa do fenômeno e o remédio universal. Este é o mistério do meu coração. Creio que com isto presto um bom serviço à humanidade.

— Um excelente serviço, corrigiu o boticário.

— Sem este asilo, continuou o alienista, pouco poderia fazer; ele dá-me, porém, muito maior campo aos meus estudos.

— Muito maior, acrescentou o outro.

E tinham razão. De todas as vilas e arraiais vizinhos afluíam loucos à Casa Verde. Eram furiosos, eram mansos, eram monomaníacos, era toda a família dos deserdados do espírito. Ao cabo de quatro meses, a Casa Verde era uma povoação. Não bastaram os primeiros cubículos; mandou-se anexar uma galeria de mais trinta e sete. O padre Lopes confessou que não imaginara a existência de tantos doidos no mundo, e menos ainda o inexplicável de alguns casos. Um, por exemplo, um rapaz bronco e vilão, que todos os dias, depois do almoço, fazia regularmente um discurso acadêmico, ornado de tropos, de antíteses, de apóstrofes, com seus reclamos de grego e latim, e suas borlas de Cícero, Apuleio e Tertuliano. O vigário não queria acabar de crer. Quê! um rapaz que ele vira, três meses antes, jogando peteca na rua!

— Não digo que não, respondia-lhe o alienista; mas a verdade é o que Vossa Reverendíssima está vendo. Isto é todos os dias.

— Quanto a mim, tornou o vigário, só se pode explicar pela confusão das línguas na torre de Babel, segundo nos conta a Escritura: provavelmente, confundidas antigamente as línguas, é fácil trocá-las agora, desde que a razão não trabalhe...

— Essa pode ser, com efeito, a explicação divina do fenômeno, concordou o alienista, depois de refletir um instante, mas não é impossível que haja também alguma razão humana, e puramente científica, e disso trato...

— Vá que seja, e fico ansioso. Realmente!

Os loucos por amor eram três ou quatro, mas só dois espantavam pelo curioso do delírio. O primeiro, um Falcão, rapaz de vinte e cinco anos, supunha-se estrela-d'alva, abria os braços e alargava as pernas, para dar-lhes certa feição de raios, e ficava assim horas esquecidas a perguntar se o sol já tinha saído para ele recolher-se. O outro andava sempre, sempre, sempre, à roda das salas ou do pátio, ao longo dos corredores, à procura do fim do mundo. Era um desgraçado, a quem a mulher deixou por seguir um peralvilho. Mal descobrira a fuga, armou-se de uma garrucha, e saiu-lhes no encalço; achou-os duas horas depois, ao pé de uma lagoa, matou-os a ambos com os maiores requintes de crueldade.

O ciúme satisfez-se, mas o vingado estava louco. E então começou aquela ânsia de ir ao fim do mundo à cata dos fugitivos.

A mania das grandezas tinha exemplares notáveis. O mais notável era um pobre-diabo, filho de um algibebe, que narrava às paredes (porque não olhava nunca para nenhuma pessoa) toda a sua genealogia que era esta:

— Deus engendrou um ovo, o ovo engendrou a espada, a espada engendrou Davi, Davi engendrou a púrpura, a púrpura o duque, o duque engendrou o marquês, o marquês engendrou o conde, que sou eu.

Dava uma pancada na testa, um estalo com os dedos, e repetia cinco, seis vezes seguidas:

— Deus engendrou um ovo, o ovo etc.

Outro da mesma espécie era um escrivão, que se vendia por mordomo do rei; outro era um boiadeiro de Minas, cuja mania era distribuir boiadas a toda a gente, dava trezentas cabeças a um, seiscentas a outro, mil e duzentas a outro, e não acabava mais. Não falo dos casos de monomania religiosa; apenas citarei um sujeito que, chamando-se João de Deus, dizia agora ser o deus João, e prometia o reino dos céus a quem o adorasse, e as penas do inferno aos outros; e depois desse, o licenciado Garcia, que não dizia nada, porque imaginava que no dia em que chegasse a proferir uma só palavra, todas as estrelas se despegariam do céu e abrasariam a terra; tal era o poder que recebera de Deus. Assim o escrevia ele no papel que o alienista lhe mandava dar, menos por caridade do que por interesse científico.

Que, na verdade, a paciência do alienista era ainda mais extraordinária do que todas as manias hospedadas na Casa Verde; nada menos que assombrosa. Simão Bacamarte começou por organizar um pessoal de administração; e, aceitando essa ideia ao boticário Crispim Soares, aceitou-lhe também dois sobrinhos, a quem incumbiu da execução de um regimento que lhes deu, aprovado pela Câmara, da distribuição da comida e da roupa, e assim também da escrita etc. Era o melhor que podia fazer, para somente cuidar do seu ofício.

— A Casa Verde, disse ele ao vigário, é agora uma espécie de mundo, em que há o governo temporal e o governo espiritual. E o padre Lopes ria deste pio trocado, — e acrescentava, — com o único fim de dizer também uma chalaça: — Deixe estar, deixe estar, que hei de mandá-lo denunciar ao papa.

Uma vez desonerado da administração, o alienista procedeu a uma vasta classificação dos seus enfermos. Dividiu-os primeiramente em duas classes principais: os furiosos e os mansos; daí passou às subclasses, monomanias, delírios, alucinações diversas. Isto feito, começou um estudo acurado e contínuo; analisava os hábitos de cada louco, as horas de acesso, as aversões, as simpatias, as palavras, os gestos, as tendências; inquiria da vida dos enfermos, profissão, costumes, circunstâncias da revelação mórbida, acidentes da infância e da mocidade, doenças de outra espécie, antecedentes na família, uma devassa, enfim, como a não faria o mais atilado corregedor. E cada dia notava uma observação nova, uma descoberta interessante, um fenômeno extraordinário. Ao mesmo tempo estudava o melhor regime, as substâncias medicamentosas, os meios curativos e os meios paliativos, não só os que vinham nos seus amados árabes, como os que ele mesmo descobria, à força da sagacidade e paciência. Ora, todo esse trabalho levava-lhe o melhor e o mais do tempo. Mal dormia e mal comia; e, ainda comendo, era como se trabalhasse, porque ora interrogava um texto antigo, ora ruminava uma questão, e ia muitas vezes de um cabo a outro do jantar sem dizer uma só palavra a D. Evarista.

CAPÍTULO III

Deus sabe o que faz!

A ilustre dama, no fim de dois meses, achou-se a mais desgraçada das mulheres; caiu em profunda melancolia, ficou amarela, magra, comia pouco e suspirava a cada canto. Não ousava fazer-lhe nenhuma queixa ou reproche, porque respeitava nele o seu marido e senhor, mas padecia calada, e definhava a olhos vistos. Um dia, ao jantar, como lhe perguntasse o marido o que é que tinha, respondeu tristemente que nada; depois atreveu-se um pouco, e foi ao ponto de dizer que se considerava tão viúva como dantes. E acrescentou:

— Quem diria nunca que meia dúzia de lunáticos...

Não acabou a frase; ou antes, acabou-a levantando os olhos ao teto, — os olhos, que eram a sua feição mais insinuante, — negros, grandes, lavados de uma luz úmida, como os da aurora. Quanto ao gesto, era o mesmo que empregara no dia em que Simão Bacamarte a pediu em casamento. Não dizem as crônicas se D. Evarista brandiu aquela arma com o perverso intuito de degolar de uma vez a ciência, ou, pelo menos, decepar-lhe as mãos; mas a conjetura é verossímil. Em todo caso, o alienista não lhe atribuiu outra intenção. E não se irritou o grande homem, não ficou sequer consternado. O metal de seus olhos não deixou de ser o mesmo metal, duro, liso, eterno, nem a menor prega veio quebrar a superfície da fronte quieta com a água de Botafogo. Talvez um sorriso lhe descerrou os lábios, por entre os quais filtrou esta palavra macia com o óleo do *Cântico*:

— Consinto que vás dar um passeio ao Rio de Janeiro.

D. Evarista sentiu faltar-lhe o chão debaixo dos pés. Nunca dos nuncas vira o Rio de Janeiro, que posto não fosse sequer uma pálida sombra do que hoje é, todavia era alguma coisa mais do que Itaguaí. Ver o Rio de Janeiro, para ela, equivalia ao sonho do hebreu cativo. Agora, principalmente, que o marido assentara de vez naquela povoação interior, agora é que ela perdera as últimas esperanças de respirar os ares da nossa boa cidade; e justamente agora é que ele a convidava a realizar os seus desejos de menina e moça. D. Evarista não pôde dissimular o gosto de semelhante proposta. Simão Bacamarte pegou-lhe na mão e sorriu, — um sorriso tanto ou quanto filosófico, além de conjugal, em que parecia traduzir-se este pensamento: — "Não há remédio certo para as dores da alma; esta senhora definha, porque lhe parece que a não amo; dou-lhe o Rio de Janeiro, e consola-se". E porque era homem estudioso tomou nota da observação.

Mas um dardo atravessou o coração de D. Evarista. Conteve-se, entretanto; limitou-se a dizer ao marido, que, se ele não ia, ela não iria também, porque não havia de meter-se sozinha pelas estradas.

— Irá com sua tia, redarguiu o alienista.

Note-se que D. Evarista tinha pensado nisso mesmo; mas não quisera pedi-lo nem insinuá-lo, em primeiro lugar porque seria impor grandes despesas ao marido, em segundo lugar porque era melhor, mais metódico e racional que a proposta viesse dele.

— Oh! mas o dinheiro que será preciso gastar!, suspirou D. Evarista sem convicção.

— Que importa? Temos ganho muito, disse o marido. Ainda ontem o escriturário prestou-me contas. Queres ver?

E levou-a aos livros. D. Evarista ficou deslumbrada. Era uma via-láctea de algarismos. E depois levou-a às arcas, onde estava o dinheiro. Deus! eram montes de ouro, eram mil cruzados sobre mil cruzados, dobrões sobre dobrões; era a opulência. Enquanto ela comia o ouro com os seus olhos negros, o alienista fitava-a, e dizia-lhe ao ouvido com a mais pérfida das alusões:

— Quem diria que meia dúzia de lunáticos...

D. Evarista compreendeu, sorriu e respondeu com muita resignação:

— Deus sabe o que faz!

Três meses depois efetuava-se a jornada. D. Evarista, a tia, a mulher do boticário, um sobrinho deste, um padre que o alienista conhecera em Lisboa, e que de aventura achava-se em Itaguaí, cinco ou seis pajens, quatro mucamas, tal foi a comitiva que a população viu dali sair em certa manhã do mês de maio. As despedidas foram tristes para todos, menos para o alienista. Conquanto as lágrimas de D. Evarista fossem abundantes e sinceras, não chegaram a abalá-lo. Homem de ciência, e só de ciência, nada o consternava fora da ciência; e se alguma coisa o preocupava naquela ocasião, se ele deixava correr pela multidão um olhar inquieto e policial, não era outra coisa mais do que a ideia de que algum demente podia achar-se ali misturado com a gente de juízo.

— Adeus! soluçaram enfim as damas e o boticário.

E partiu a comitiva. Crispim Soares, ao tornar à casa, trazia os olhos entre as duas orelhas da besta ruana em que vinha montado; Simão Bacamarte alongava os seus pelo horizonte adiante, deixando ao cavalo a responsabilidade do regresso. Imagem vivaz do gênio e do vulgo! Um fita o presente, com todas as suas lágrimas e saudade, outro devassa o futuro com todas as suas auroras.

CAPÍTULO IV

Uma teoria nova

Ao passo que D. Evarista, em lágrimas, vinha buscando o Rio de Janeiro, Simão Bacamarte estudava por todos os lados uma certa ideia arrojada e nova, própria a alargar as bases da psicologia. Todo o tempo que lhe sobrava dos cuidados da Casa Verde, era pouco para andar na rua, ou de casa em casa, conversando as gentes, sobre trinta mil assuntos, e virgulando as falas de um olhar que metia medo aos mais heroicos.

Um dia de manhã, — eram passadas três semanas, — estando Crispim Soares ocupado em temperar um medicamento, vieram dizer-lhe que o alienista o mandava chamar.

— Trata-se de negócio importante, segundo ele me disse, acrescentou o portador.

Crispim empalideceu. Que negócio importante podia ser, se não alguma triste notícia da comitiva, e especialmente da mulher? Porque este tópico deve ficar claramente definido, visto insistirem nele os cronistas: Crispim amava a mulher, e, desde trinta anos, nunca estiveram separados um só dia. Assim se explicam os monólogos que ele fazia agora, e que os fâmulos lhe ouviam muita vez: — "Anda, benfeito, quem te mandou consentir na viagem de Cesária? Bajulador, torpe bajulador! Só para adular ao Dr. Bacamarte. Pois agora aguenta-te; anda, aguenta-te, alma de lacaio, fracalhão, vil, miserável. Dizes *amém* a tudo, não é? aí tens o lucro, biltre!". E muitos outros nomes feios, que um homem não deve dizer aos outros, quanto mais a si mesmo. Daqui a imaginar o efeito do recado é um nada. Tão depressa ele o recebeu como abriu mão das drogas e voou à Casa Verde.

Simão Bacamarte recebeu-o com a alegria própria de um sábio, uma alegria abotoada de circunspecção até o pescoço.

— Estou muito contente, disse ele.

— Notícias do nosso povo?, perguntou o boticário com a voz trêmula.

O alienista fez um gesto magnífico, e respondeu:

— Trata-se de uma coisa mais alta, trata-se de uma experiência científica. Digo experiência, porque não me atrevo a assegurar desde já a minha ideia; nem a ciência é outra coisa, Sr. Soares, senão uma investigação constante. Trata-se, pois, de uma experiência, mas uma experiência que vai mudar a face da terra. A loucura, objeto dos meus estudos, era até agora uma ilha perdida no oceano da razão; começo a suspeitar que é um continente.

Disse isso, e calou-se, para ruminar o pasmo do boticário. Depois explicou compridamente a sua ideia. No conceito dele a insânia abrangia uma vasta superfície de cérebros; e desenvolveu isto com grande cópia de raciocínios, de textos, de exemplos. Os exemplos achou-os na história e em Itaguaí; mas, como um raro espírito que era, reconheceu o perigo de citar todos os casos de Itaguaí, e refugiou-se na história. Assim, apontou com especialidade alguns personagens célebres, Sócrates, que tinha um demônio familiar, Pascal, que via um abismo à esquerda, Maomé, Caracala, Domiciano, Calígula etc., uma enfiada de casos e pessoas, em que de mistura vinham entidades odiosas, e entidades ridículas. E porque o boticário se admirasse de uma tal promiscuidade, o alienista disse-lhe que era tudo a mesma coisa, e até acrescentou sentenciosamente:

— A ferocidade, Sr. Soares, é o grotesco a sério.

— Gracioso, muito gracioso!, exclamou Crispim Soares levantando as mãos ao céu.

Quanto à ideia de ampliar o território da loucura, achou-a o boticário extravagante; mas a modéstia, principal adorno de seu espírito, não lhe sofreu confessar outra coisa além de um nobre entusiasmo; declarou-a sublime e verdadeira, e acrescentou que era "caso de matraca". Esta expressão não tem equivalente no estilo moderno. Naquele tempo, Itaguaí, que como as demais vilas, arraiais e povoações da colônia, não dispunha de imprensa, tinha dois modos de divulgar uma notícia: ou por meio de cartazes manuscritos e pregados na porta da Câmara e da matriz; — ou por meio de matraca. Eis em que consistia este segundo uso. Contratava-se um homem, por um ou mais dias, para andar as ruas do povoado, com uma matraca na mão. De quando em quando tocava a matraca, reunia-se gente, e ele anunciava o que lhe incumbiam, — um remédio para sezões, umas terras lavradias, um soneto, um donativo eclesiástico, a melhor tesoura da vila, o mais belo discurso do ano etc. O sistema tinha inconvenientes para a paz pública; mas era conservado pela grande energia de divulgação que possuía. Por exemplo, um dos vereadores, — aquele justamente que mais se opusera à criação da Casa Verde, — desfrutava a reputação de perfeito educador de cobras e macacos, e aliás nunca domesticara um só desses bichos; mas tinha o cuidado de fazer trabalhar a matraca todos os meses. E dizem as crônicas que algumas pessoas afirmavam ter visto cascavéis dançando no peito do vereador, afirmação perfeitamente falsa, mas só devida à absoluta confiança no sistema. Verdade,

verdade; nem todas as instituições do antigo regime mereciam o desprezo do nosso século.

— Há melhor do que anunciar a minha ideia, é praticá-la, respondeu o alienista à insinuação do boticário.

E o boticário, não divergindo sensivelmente deste modo de ver, disse-lhe que sim, que era melhor começar pela execução.

— Sempre haverá tempo de a dar à matraca, concluiu ele.

Simão Bacamarte refletiu ainda um instante, e disse:

— Supondo o espírito humano uma vasta concha, o meu fim, Sr. Soares, é ver se posso extrair a pérola, que é a razão; por outros termos, demarquemos definitivamente os limites da razão e da loucura. A razão é o perfeito equilíbrio de todas as faculdades; fora daí insânia, insânia, e só insânia.

O vigário Lopes, a quem ele confiou a nova teoria, declarou lisamente que não chegava a entendê-la, que era uma obra absurda, e, se não era absurda, era de tal modo colossal que não merecia princípio de execução.

— Com a definição atual, que é a de todos os tempos, acrescentou, a loucura e a razão estão perfeitamente delimitadas. Sabe-se onde uma acaba e onde a outra começa. Para que transpor a cerca?

Sobre o lábio fino e discreto do alienista roçou a vaga sombra de uma intenção de riso, em que o desdém vinha casado à comiseração; mas nenhuma palavra saiu de suas egrégias entranhas.

A ciência contentou-se em estender a mão à teologia, — com tal segurança, que a teologia não soube enfim se devia crer em si ou na outra. Itaguaí e o universo ficavam à beira de uma revolução.

CAPÍTULO V

O terror

Quatro dias depois, a população de Itaguaí ouviu consternada a notícia de que um certo Costa fora recolhido à Casa Verde.

— Impossível!

— Qual impossível! foi recolhido hoje de manhã.

— Mas, na verdade, ele não merecia... Ainda em cima! depois de tanto que ele fez...

Costa era um dos cidadãos mais estimados de Itaguaí. Herdara quatrocentos mil cruzados em boa moeda de el-rei D. João V, dinheiro cuja renda bastava, segundo lhe declarou o tio no testamento, para viver "até o fim do mundo". Tão depressa recolheu a herança, como entrou a dividi-la em empréstimos, sem usura, mil cruzados a um, dois mil a outro, trezentos a este, oitocentos àquele, a tal ponto que, no fim de cinco anos, estava sem nada. Se a miséria viesse de chofre, o pasmo de Itaguaí seria enorme; mas veio devagar; ele foi passando da opulência à abastança, da abastança à mediania, da mediania à pobreza, da pobreza à miséria, gradualmente. Ao cabo daqueles cinco anos, pessoas que levavam o chapéu ao chão, logo que ele assomava no fim da rua, agora batiam-lhe no ombro, com intimidade, davam-lhe piparotes no nariz, diziam-lhe pulhas. E o Costa sempre lhano, risonho. Nem se lhe dava de ver que os menos corteses eram justamente os que tinham ainda a dívida em aberto; ao contrário, parece que os agasalhava com maior prazer, e mais sublime resignação. Um dia, como um desses incuráveis devedores lhe atirasse uma chalaça grossa, e ele se risse dela, observou um desafeiçoado, com certa perfídia: — "Você suporta esse sujeito para ver se ele lhe paga". Costa não se deteve um minuto, foi ao devedor e perdoou-lhe a dívida. — "Não admira, retorquiu o outro; o Costa abriu mão de uma estrela, que está no céu". Costa era perspicaz, entendeu que ele negava todo o merecimento ao ato, atribuindo-lhe a intenção de rejeitar o que não vinham meter-lhe na algibeira. Era também pundonoroso e inventivo; duas horas depois achou um meio de provar que lhe não cabia um tal labéu: pegou de algumas dobras, e mandou-as de empréstimo ao devedor.

"Agora espero que...", pensou ele sem concluir a frase.

Esse último rasgo do Costa persuadiu a crédulos e incrédulos; ninguém mais pôs em dúvida os sentimentos cavalheirescos daquele digno cidadão. As necessidades mais acanhadas saíram à rua, vieram bater-lhe à porta, com os seus chinelos velhos, com as suas capas remendadas. Um verme, entretanto, roía a alma do Costa: era o conceito do desafeto. Mas isso mesmo acabou; três meses depois veio este pedir-lhe uns cento e vinte cruzados com promessa de restituir-lhos daí a dois dias; era o resíduo da grande herança, mas era também uma nobre desforra: Costa emprestou o dinheiro logo, logo, e sem juros. Infelizmente não teve tempo de ser pago; cinco meses depois era recolhido à Casa Verde.

Imagina-se a consternação de Itaguaí, quando soube do caso. Não se falou em outra coisa, dizia-se que o Costa ensandecera, ao almoço, outros que de madrugada; e contavam-se os acessos, que eram furiosos, sombrios, terríveis, — ou mansos, e até engraçados, conforme as versões. Muita gente correu à Casa Verde, e achou o pobre Costa, tranquilo, um pouco espantado, falando com muita clareza, e perguntando por que motivo o tinham levado para ali. Alguns foram ter com o alienista. Bacamarte aprovava esses sentimentos de estima e compaixão, mas acrescentava que a ciência era a ciência, e que ele não podia deixar na rua um mentecapto. A última pessoa que intercedeu por ele (porque depois do que vou contar ninguém mais se atreveu a procurar o terrível médico) foi uma pobre senhora, prima do Costa. O alienista disse-lhe confidencialmente que esse digno homem não estava no perfeito equilíbrio das faculdades mentais, à vista do modo como dissipara os cabedais que...

— Isso, não! isso não!, interrompeu a boa senhora com energia. Se ele gastou tão depressa o que recebeu, a culpa não é dele.

— Não?

— Não, senhor. Eu lhe digo como o negócio se passou. O defunto meu tio não era mau homem; mas quando estava furioso era capaz de nem tirar o chapéu ao Santíssimo. Ora, um dia, pouco tempo antes de morrer, descobriu que um escravo lhe roubara um boi; imagine como ficou. A cara era um pimentão; todo ele tremia, a boca escumava; lembra-me como se fosse hoje. Então um homem feio, cabeludo, em mangas de camisa, chegou-se a ele e pediu água. Meu tio (Deus lhe fale n'alma!) respondeu que fosse beber ao rio ou ao inferno. O homem olhou para ele, abriu a mão em ar de ameaça, e rogou esta praga: — "Todo o seu dinheiro não há de durar mais de sete anos e um dia, tão certo como isto ser o *sino-salamão!*" E mostrou o *sino-salamão* impresso no braço. Foi isto, meu senhor; foi esta praga daquele maldito.

Bacamarte espetara na pobre senhora um par de olhos agudos como punhais. Quando ela acabou, estendeu-lhe a mão polidamente, como se o fizesse à própria esposa do vice-rei e convidou-a a ir falar ao primo. A mísera acreditou; ele levou-a à Casa Verde e encerrou-a na galeria dos alucinados.

A notícia desta aleivosia do ilustre Bacamarte lançou o terror à alma da população. Ninguém queria acabar de crer, que, sem motivo, sem inimizade, o alienista trancasse na Casa Verde uma senhora perfeitamente ajuizada, que não tinha outro crime senão o de interceder por um infeliz. Comentava-se o caso nas esquinas, nos barbeiros; edificou-se um romance, umas finezas namoradas que o alienista outrora dirigira à prima do Costa, a indignação do Costa e o desprezo da prima. E daí a vingança. Era claro. Mas a austeridade do alienista, a vida de estudos que ele levava, pareciam desmentir uma tal hipótese. Histórias! Tudo isso era naturalmente a capa do velhaco. E um dos mais crédulos chegou a murmurar que sabia de outras coisas, não as dizia, por não ter certeza plena, mas sabia, quase que podia jurar.

— Você, que é íntimo dele, não nos podia dizer o que há, o que houve, que motivo...

Crispim Soares derretia-se todo. Esse interrogar da gente inquieta e curiosa, dos amigos atônitos, era para ele uma consagração pública. Não havia duvidar; toda a povoação sabia enfim que o privado do alienista era ele, Crispim, o boticário, o colaborador do grande homem e das grandes coisas; daí a corrida à botica. Tudo isso dizia o carão jucundo e o riso discreto do boticário, o riso e o silêncio, porque ele não respondia nada; um, dois, três monossílabos, quando muito, soltos, secos, encapados no fiel sorriso, constante e miúdo, cheio de mistérios científicos, que ele não podia, sem desdouro nem perigo, desvendar a nenhuma pessoa humana.

"Há coisa", pensavam os mais desconfiados.

Um desses limitou-se a pensá-lo, deu de ombros e foi embora. Tinha negócios pessoais. Acabava de construir uma casa suntuosa. Só a casa bastava para deter e chamar toda a gente; mas havia mais, — a mobília, que ele mandava vir da Hungria e da Holanda, segundo contava, e que se podia ver do lado de fora, porque as janelas viviam abertas, — e o jardim, que era uma obra-prima de arte e de gosto. Esse homem, que enriquecera no fabrico de albardas, tinha tido sempre o sonho de uma casa magnífica, jardim pomposo, mobília rara. Não deixou o negócio das albardas, mas repousava dele na contemplação da casa nova, a primeira de Itaguaí, mais grandiosa do que a Casa Verde, mais nobre do que a da Câmara. Entre a gente ilustre da povoação havia choro e ranger de dentes, quando se pensava, ou se falava, ou se louvava a casa do albardeiro, — um simples albardeiro, Deus do céu!

107

— Lá está ele embasbacado, diziam os transeuntes, de manhã.

De manhã, com efeito, era costume do Mateus estatelar-se, no meio do jardim, com os olhos na casa, namorado, durante uma longa hora, até que vinham chamá-lo para almoçar. Os vizinhos, embora o cumprimentassem com certo respeito, riam-se por trás dele, que era um gosto. Um desses chegou a dizer que o Mateus seria muito mais econômico, e estaria riquíssimo, se fabricasse as albardas para si mesmo; epigrama ininteligível, mas que fazia rir às bandeiras despregadas.

— Agora lá está o Mateus a ser contemplado, diziam à tarde.

A razão deste outro dito era que, de tarde, quando as famílias saíam a passeio (jantavam cedo) usava o Mateus postar-se à janela, bem no centro, vistoso, sobre um fundo escuro, trajado de branco, atitude senhoril, e assim ficava duas e três horas até que anoitecia de todo. Pode crer-se que a intenção do Mateus era ser admirado e invejado, posto que ele não a confessasse a nenhuma pessoa, nem ao boticário, nem ao padre Lopes, seus grandes amigos. E entretanto não foi outra a alegação do boticário, quando o alienista lhe disse que o albardeiro talvez padecesse do amor das pedras, mania que ele Bacamarte descobrira e estudava desde algum tempo. Aquilo de contemplar a casa...

— Não senhor, acudiu vivamente Crispim Soares.

— Não?

— Há de perdoar-me, mas talvez não saiba que ele de manhã examina a obra, não a admira; de tarde, são os outros que o admiram a ele e à obra. — E contou o uso do albardeiro, todas as tardes, desde cedo até o cair da noite.

Uma volúpia científica alumiou os olhos de Simão Bacamarte. Ou ele não conhecia todos os costumes do albardeiro, ou nada mais quis, interrogando o Crispim, do que confirmar alguma notícia incerta ou suspeita vaga. A explicação satisfê-lo; mas como tinha as alegrias próprias de um sábio, concentradas, nada viu o boticário que fizesse suspeitar uma intenção sinistra. Ao contrário, era de tarde, e o alienista pediu-lhe o braço para irem a passeio. Deus! era a primeira vez que Simão Bacamarte dava ao seu privado tamanha honra; Crispim ficou trêmulo, atarantado, disse que sim, que estava pronto. Chegaram duas ou três pessoas de fora, Crispim mandou-as mentalmente a todos os diabos; não só atrasavam o passeio, como podia acontecer que

Bacamarte elegesse algumas delas, para acompanhá-lo, e o dispensasse a ele. Que impaciência! que aflição! Enfim, saíram. O alienista guiou para os lados da casa do albardeiro, viu-o à janela, passou cinco, seis vezes por diante, devagar, parando, examinando as atividades, a expressão do rosto. O pobre Mateus, apenas notou que era objeto da curiosidade ou admiração do primeiro vulto de Itaguaí, redobrou de expressão, deu outro relevo às atitudes... Triste! triste! não fez mais do que condenar-se; no dia seguinte, foi recolhido à Casa Verde.

— A Casa Verde é um cárcere privado, disse um médico sem clínica.

Nunca uma opinião pegou e grassou tão rapidamente. Cárcere privado: eis o que se repetia de norte a sul e de leste a oeste de Itaguaí, — a medo, é verdade, porque durante a semana que se seguiu à captura do pobre Mateus, vinte e tantas pessoas, — duas ou três de consideração, — foram recolhidas à Casa Verde. O alienista dizia que só eram admitidos os casos patológicos, mas pouca gente lhe dava crédito. Sucediam-se as versões populares. Vingança, cobiça de dinheiro, castigo de Deus, monomania do próprio médico, plano secreto do Rio de Janeiro com o fim de destruir em Itaguaí qualquer germe de prosperidade que viesse a brotar, arvorecer, florir, com desdouro e míngua daquela cidade, mil outras explicações, que não explicavam nada, tal era o produto diário da imaginação pública.

Nisto chegou do Rio de Janeiro a esposa do alienista, a tia, a mulher do Crispim Soares, e toda a mais comitiva, — ou quase toda, que algumas semanas antes partira de Itaguaí. O alienista foi recebê-la, com o boticário, o padre Lopes, os vereadores e vários outros magistrados. O momento em que D. Evarista pôs os olhos na pessoa do marido é considerado pelos cronistas do tempo como um dos mais sublimes da história moral dos homens, e isto pelo contraste das duas naturezas, ambas extremas, ambas egrégias. D. Evarista soltou um grito, balbuciou uma palavra, e atirou-se ao consorte, de um gesto que não se pode melhor definir do que comparando-o a uma mistura de onça e rola. Não assim o ilustre Bacamarte; frio como um diagnóstico, sem desengonçar por um instante a rigidez científica, estendeu os braços à dona, que caiu neles, e desmaiou. Curto incidente; ao cabo de dois minutos, D. Evarista recebia os cumprimentos dos amigos, e o préstito punha-se em marcha.

D. Evarista era a esperança de Itaguaí; contava-se com ela para minorar o flagelo da Casa Verde. Daí as aclamações públicas, a imensa gente que atulhava as ruas, as flâmulas, as flores e damascos às janelas. Com o braço apoiado no do padre Lopes, — porque o eminente Bacamarte confiara a mulher ao vigário, e acompanhava-os a passo meditativo, D. Evarista voltava a cabeça a um lado e outro, curiosa, inquieta, petulante. O vigário indagava do Rio de Janeiro, que ele não vira desde o vice-reinado anterior, e D. Evarista respondia, entusiasmada, que era a coisa mais bela que podia haver no mundo. O passeio público estava acabado, um paraíso, onde ela fora muitas vezes, e a rua das Belas Noites, o chafariz das Marrecas... Ah! o chafariz das Marrecas! Eram mesmo marrecas, — feitas de metal e despejando água pela boca fora. Uma coisa galantíssima. O vigário dizia que sim, que o Rio de Janeiro devia estar agora muito mais bonito. Se já o era noutro tempo! Não admira, maior do que Itaguaí, e de mais a mais sede do governo... Mas não se pode dizer que Itaguaí fosse feio; tinha belas casas, a casa do Mateus, a Casa Verde...

— A propósito de Casa Verde, disse o padre Lopes escorregando habilmente para o assunto da ocasião, a senhora vem achá-la muito cheia de gente.

— Sim?

— É verdade. Lá está o Mateus...

— O albardeiro?

— O albardeiro; está o Costa, a prima do Costa, e Fulano, e Sicrano, e...

— Tudo isso doido?

— Ou quase doido, obtemperou o padre.

— Mas então?

O vigário derreou os cantos da boca, à maneira de quem não sabe nada, ou não quer dizer tudo; resposta vaga, que se não pode repetir a outra pessoa, por falta de texto. D. Evarista achou realmente extraordinário que toda aquela gente ensandecesse; um ou outro, vá; mas todos? Entretanto, custava-lhe duvidar, o marido era um sábio, não recolheria ninguém à Casa Verde sem prova evidente de loucura.

— Sem dúvida... sem dúvida..., ia pontuando o vigário.

Três horas depois, cerca de cinquenta convivas sentavam-se em volta da mesa de Simão Bacamarte; era o jantar das boas-vindas. D. Evarista foi o assunto obrigado dos brindes, discursos, versos de toda a casta, metáforas, amplificações, apólogos. Ela era a esposa do novo Hipócrates, a musa da ciência, anjo, divina, aurora, caridade, vida, consolação; trazia nos olhos duas estrelas, segundo a versão modesta de Crispim Soares, e dois sóis, no conceito de um vereador. O alienista ouvia essas coisas um tanto enfastiado, mas sem visível impaciência. Quando muito dizia ao ouvido da mulher, que a retórica permitia tais arrojos sem significação. D. Evarista fazia esforços para aderir a esta opinião do marido; mas, ainda descontando três quartas partes das louvaminhas, ficava muito com que enfunar-lhe a alma. Um dos oradores, por exemplo. Martim Brito, rapaz de vinte e cinco anos, pintalegrete acabado, curtido de namoros e aventuras, declamou um discurso em que o nascimento de D. Evarista era explicado pelo mais singular dos reptos. "Deus, disse ele, depois de dar ao universo o homem e a mulher, esse diamante e essa pérola da coroa divina (e o orador arrastava triunfalmente esta frase de uma ponta a outra da mesa) Deus quis vencer a Deus, e criou D. Evarista."

D. Evarista baixou os olhos com exemplar modéstia. Duas senhoras, achando a cortesanice excessiva e audaciosa, interrogaram os olhos do dono da casa; e, na verdade, o gesto do alienista pareceu-lhes nublado de suspeitas, de ameaças, e, provavelmente, de sangue. O atrevimento foi grande, pensaram as duas damas. E uma e outra pediam a Deus que removesse qualquer episódio trágico, — ou que o adiasse, ao menos, para o dia seguinte. Sim, que o adiasse. Uma delas, a mais piedosa, chegou a admitir, consigo mesma, que D. Evarista não merecia nenhuma desconfiança, tão longe estava de ser atraente ou bonita. Uma simples água morna. Verdade é que, se todos os gostos fossem iguais, o que seria do amarelo? Esta ideia fê-la tremer outra vez, embora menos; menos, porque o alienista sorria agora para o Martim Brito, e, levantados todos, foi ter com ele e falou-lhe no discurso. Não lhe negou que era um improviso brilhante, cheio de rasgos magníficos. Seria dele mesmo a ideia relativa ao nascimento de D. Evarista, ou tê-la-ia encontrado em algum autor que?... Não senhor, era dele mesmo; achou-a naquela ocasião e parecera-lhe adequada a um arroubo oratório. De resto, suas ideias eram antes arrojadas do que ternas ou jocosas. Dava para o épico. Uma vez, por exemplo, compôs uma ode à queda do marquês de Pombal, em que dizia que esse ministro era o "dragão aspérrimo do Nada", esmagado pelas "garras vingadoras do Todo"; e assim outras, mais ou menos fora do comum; gostava das ideias sublimes e raras, das imagens grandes e nobres...

"Pobre moço!", pensou o alienista. E continuou consigo: "Trata-se de um caso de lesão cerebral; fenômeno sem gravidade mas digno de estudo..."

D. Evarista ficou estupefata quando soube, três dias depois, que o Martim Brito fora alojado na Casa Verde. Um moço que tinha ideias tão bonitas! As duas senhoras atribuíram o ato a ciúmes do alienista. Não podia ser outra coisa; realmente, a declaração do moço fora audaciosa demais.

Ciúmes? Mas como explicar que, logo em seguida, fossem recolhidos José Borges do Couto Leme, pessoa estimável, o Chico das Cambraias, folgazão emérito, o escrivão Fabrício, e ainda outros? O terror acentuou-se. Não se sabia já quem estava são, nem quem estava doido. As mulheres, quando os maridos saíam, mandavam acender uma lamparina a Nossa Senhora; e nem todos os maridos eram valorosos, alguns não andavam fora sem um ou dois capangas. Positivamente o terror. Quem podia, emigrava. Um desses fugitivos chegou a ser preso a duzentos passos da vila. Era um rapaz de trinta anos, amável, conversado, polido, tão polido que não cumprimentava alguém sem levar o chapéu ao chão; na rua, acontecia-lhe correr uma distância de dez a vinte braças para ir apertar a mão a um homem grave, a uma senhora, às vezes a um menino, como acontecera ao filho do juiz de fora. Tinha a vocação das cortesias. De resto, devia as boas relações da sociedade, não só aos dotes pessoais, que eram raros, como à nobre tenacidade com que nunca desanimava diante de uma, duas, quatro, seis recusas, caras feias etc. O que acontecia era que, uma vez entrado numa casa, não a deixava mais, nem os da casa o deixavam a ele, tão gracioso era o Gil Bernardes. Pois o Gil Bernardes, apesar de se saber estimado, teve medo quando lhe disseram um dia que o alienista o trazia de olho; na madrugada seguinte fugiu da vila, mas foi logo apanhado e conduzido à Casa Verde.

— Devemos acabar com isto!

— Não pode continuar!

— Abaixo a tirania!

— Déspota! violento! Golias!

Não eram gritos na rua, eram suspiros em casa, mas não tardava a hora dos gritos. O terror crescia; avizinhava-se a rebelião. A ideia de uma petição ao governo para que Simão Bacamarte fosse capturado e deportado, andou por algumas cabeças, antes que o barbeiro Porfírio a expendesse na loja, com grandes gestos de indignação. Note-se, e essa é uma das laudas mais puras desta sombria história, — note-se que o Porfírio, desde que a Casa Verde começara a povoar-se tão extraordinariamente, viu crescerem-lhe os lucros pela aplicação assídua de sanguessugas que dali lhe pediam; mas o interesse particular, dizia ele, deve ceder ao interesse público. E acrescentava: — É preciso derrubar o tirano! Note-se mais que ele soltou esse grito justamente no dia em que Simão Bacamarte fizera recolher à Casa Verde um homem que trazia com ele uma demanda, o Coelho.

— Não me dirão em que é que o Coelho é doido?, bradou o Porfírio.

E ninguém lhe respondia; todos repetiam que era um homem perfeitamente ajuizado. A mesma demanda que ele trazia com o barbeiro, acerca de uns chãos da vila, era filha da obscuridade de um alvará, e não da cobiça ou ódio. Um excelente caráter o Coelho. Os únicos desafeiçoados que tinha eram alguns sujeitos que, dizendo-se taciturnos, ou alegando andar com pressa, mal o viam de longe dobravam as esquinas, entravam nas lojas etc. Na verdade, ele amava a boa palestra, a palestra comprida, gostada a sorvos largos, e assim é que nunca estava só, preferindo os que sabiam dizer duas palavras, mas não desdenhando os outros. O padre Lopes, que cultivava o Dante, e era inimigo do Coelho, nunca o via desligar-se de uma pessoa que não declamasse e emendasse este trecho:

La bocca solevò dai fero pasto
Quel "seccatore"...

mas uns sabiam do ódio do padre, e outros pensavam que isto era uma oração em latim.

CAPÍTULO VI

A rebelião

Cerca de trinta pessoas ligaram-se ao barbeiro, redigiram e levaram uma representação à Câmara.

A Câmara recusou aceitá-la, declarando que a Casa Verde era uma instituição pública, e que a ciência não podia ser emendada por votação administrativa, menos ainda por movimentos de rua.

— Voltai ao trabalho, concluiu o presidente, é o conselho que vos damos.

A irritação dos agitadores foi enorme. O barbeiro declarou que iam dali levantar a bandeira da rebelião, e destruir a Casa Verde; que Itaguaí não podia continuar a servir de cadáver aos estudos e experiências de um déspota; que muitas pessoas estimáveis, algumas distintas, outras humildes mas dignas de apreço, jaziam nos cubículos da Casa Verde; que o despotismo científico do alienista complicava-se do espírito de ganância, visto que os loucos, ou supostos tais, não eram tratados de graça: as famílias, e em falta delas a Câmara, pagavam ao alienista...

— É falso, interrompeu o presidente.

— Falso?

— Há cerca de duas semanas recebemos um ofício do ilustre médico, em que nos declara que, tratando de fazer experiência de alto valor psicológico, desiste do estipêndio votado pela Câmara, bem como nada receberá das famílias dos enfermos.

A notícia deste ato tão nobre, tão puro, suspendeu um pouco a alma dos rebeldes. Seguramente o alienista podia estar em erro, mas nenhum interesse alheio à ciência o instigava; e para demonstrar o erro era preciso alguma coisa mais do que arruaças e clamores. Isto disse o presidente, com aplauso de toda a Câmara. O barbeiro, depois de alguns instantes de concentração, declarou que estava investido de um mandato público, e não restituiria a paz a Itaguaí antes de ver por terra a Casa Verde, — "essa Bastilha da razão humana", — expressão que ouvira a um poeta local, e que ele repetiu com muita ênfase. Disse, e a um sinal todos saíram com ele.

114

Imagine-se a situação dos vereadores; urgia obstar ao ajuntamento, à rebelião, à luta, ao sangue. Para acrescentar ao mal, um dos vereadores, que apoiara o presidente, ouvindo agora a denominação dada pelo barbeiro à Casa Verde — "Bastilha da razão humana", achou-a tão elegante, que mudou de parecer. Disse que entendia de bom aviso decretar alguma medida que reduzisse a Casa Verde; e porque o presidente, indignado, manifestasse em termos enérgicos o seu pasmo, o vereador fez esta reflexão:

— Nada tenho que ver com a ciência; mas se tantos homens em quem supomos juízo são reclusos por dementes, quem nos afirma que o alienado não é o alienista?

Sebastião Freitas, o vereador dissidente, tinha o dom da palavra, e falou ainda por algum tempo com prudência, mas com firmeza. Os colegas estavam atônitos; o presidente pediu-lhe que, ao menos, desse o exemplo da ordem e do respeito à lei, não aventasse as suas ideias na rua, para não dar corpo e alma à rebelião, que era por ora um turbilhão de átomos dispersos. Esta figura corrigiu um pouco o efeito da outra: Sebastião Freitas prometeu suspender qualquer ação, reservando-se o direito de pedir pelos meios legais a redução da Casa Verde. E repetia consigo, namorado: — "Bastilha da razão humana!".

Entretanto, a arruaça crescia. Já não eram trinta, mas trezentas pessoas que acompanhavam o barbeiro, cuja alcunha familiar deve ser mencionada, porque ela deu o nome à revolta; chamavam-lhe o Canjica, — e o movimento ficou célebre com o nome de revolta dos Canjicas. A ação podia ser restrita, — visto que muita gente, ou por medo, ou por hábitos de educação, não descia à rua; mas o sentimento era unânime, ou quase unânime, e os trezentos que caminhavam para a Casa Verde, — dada a diferença de Paris a Itaguaí, — podiam ser comparados aos que tomaram a Bastilha.

D. Evarista teve notícia da rebelião antes que ela chegasse; veio dar-lha uma de suas crias. Ela provava nessa ocasião um vestido de seda, — um dos trinta e sete que trouxera do Rio de Janeiro, — e não quis crer.

— Há de ser alguma patuscada, dizia ela mudando a posição de um alfinete. Benedita, vê se a barra está boa.

— Está, sinhá, respondia a mucama de cócoras no chão, está boa. Sinhá vira um bocadinho. Assim. Está muito boa.

— Não é patuscada, não, senhora; eles estão gritando: — Morra o Dr. Bacamarte! o tirano!, dizia o moleque assustado.

— Cala a boca, tolo! Benedita, olha aí do lado esquerdo; não parece que a costura está um pouco enviesada? A risca azul não segue até abaixo; está muito feio assim; é preciso descoser para ficar igualzinho e...

— Morra o Dr. Bacamarte! morra o tirano!, uivaram fora trezentas vozes. Era a rebelião que desembocava na rua Nova.

D. Evarista ficou sem pinga de sangue. No primeiro instante não deu um passo, não fez um gesto; o terror petrificou-a. A mucama correu instintivamente para a porta do fundo. Quanto ao moleque, a quem D. Evarista não dera crédito, teve um instante de triunfo, um certo movimento súbito, imperceptível, entranhado, de satisfação moral, ao ver que a realidade vinha jurar por ele.

— Morra o alienista!!, bradavam as vozes mais perto.

D. Evarista, se não resistia facilmente às comoções de prazer, sabia entestar com os momentos de perigo. Não desmaiou; correu à sala interior onde o marido estudava. Quando ela ali entrou, precipitada, o ilustre médico escrutava um texto de Averróis; os olhos dele, empanados pela cogitação, subiam do livro ao teto e baixavam do teto ao livro, cegos para a realidade exterior, videntes para os profundos trabalhos mentais. D. Evarista chamou pelo marido duas vezes, sem que ele lhe desse atenção; à terceira, ouviu e perguntou-lhe o que tinha, se estava doente.

— Você não ouve esses gritos?, perguntou a digna esposa em lágrimas.

O alienista atendeu então; os gritos aproximavam-se, terríveis, ameaçadores; ele compreendeu tudo. Levantou-se da cadeira de espaldar em que estava sentado, fechou o livro, e, a passo firme e tranquilo, foi depositá-lo na estante. Como a introdução do volume desconcertasse um pouco a linha dos dois tomos contíguos, Simão Bacamarte cuidou de corrigir esse defeito mínimo, e, aliás, interessante. Depois disse à mulher que se recolhesse, que não fizesse nada.

— Não, não, implorava a digna senhora, quero morrer ao lado de você...

Simão Bacamarte teimou que não, que não era caso de morte; e ainda que o fosse, intimava-lhe em nome da vida que ficasse. A infeliz dama curvou a cabeça, obediente e chorosa.

— Abaixo a Casa Verde!, bradavam os Canjicas.

O alienista caminhou para a varanda da frente, e chegou ali no momento em que a rebelião também chegava e parava, defronte, com as suas trezentas cabeças rutilantes de civismo e sombrias de desespero. -— Morra! morra!, bradaram de todos os lados, apenas o vulto do alienista assomou na varanda. Simão Bacamarte fez um sinal pedindo para falar; os revoltosos cobriram-lhe a voz com brados de indignação. Então, o barbeiro agitando o chapéu, a fim de impor silêncio à turba, conseguiu aquietar os amigos, e declarou ao alienista que podia falar, mas acrescentou que não abusasse da paciência do povo como fizera até então.

— Direi pouco, ou até não direi nada, se for preciso. Desejo saber primeiro o que pedis.

— Não pedimos nada, replicou fremente o barbeiro; ordenamos que a Casa Verde seja demolida, ou pelo menos despojada dos infelizes que lá estão.

— Não entendo.

— Entendeis bem, tirano; queremos dar liberdade às vítimas do vosso ódio, capricho, ganância...

O alienista sorriu, mas o sorriso desse grande homem não era coisa visível aos olhos da multidão; era uma contração leve de dois ou três músculos, nada mais. Sorriu e respondeu:

— Meus senhores, a ciência é coisa séria, e merece ser tratada com seriedade. Não dou razão dos meus atos de alienista a ninguém, salvo aos mestres e a Deus. Se quereis emendar a administração da Casa Verde, estou pronto a ouvir-vos; mas se exigis que me negue a mim mesmo, não ganhareis nada. Poderia convidar alguns de vós, em comissão dos outros, a vir ver comigo os loucos reclusos; mas não o faço, porque seria dar-vos razão do meu sistema, o que não farei a leigos, nem a rebeldes.

Disse isto o alienista, e a multidão ficou atônita; era claro que não esperava tanta energia e menos ainda tamanha serenidade. Mas o assombro cresceu de ponto quando o alienista, cortejando a multidão com muita gravidade, deu-lhe as costas e retirou-se lentamente para dentro. O barbeiro tornou logo a si, e, agitando o chapéu, convidou os amigos à demolição da Casa Verde; poucas vozes e frouxas lhe responderam. Foi nesse momento decisivo que o barbeiro sentiu despontar em si a ambição do governo; pareceu-lhe então que, demolindo a Casa Verde, e derrocando a influência do alienista, chegaria a apoderar-se da Câmara, dominar as demais autoridades e constituir-se senhor de Itaguaí. Desde alguns anos que ele forcejava por ver o seu nome incluído nos pelouros para o sorteio dos vereadores, mas era recusado por não ter uma posição compatível com tão grande cargo. A ocasião era agora ou nunca. Demais fora tão longe na arruaça, que a derrota seria a prisão, ou talvez a forca, ou o degredo. Infelizmente, a resposta do alienista diminuíra o furor dos sequazes. O barbeiro, logo que o percebeu, sentiu um impulso de indignação, e quis bradar-lhes: — Canalhas! covardes! — mas conteve-se, e rompeu deste modo:

— Meus amigos, lutemos até o fim! A salvação de Itaguaí está nas vossas mãos dignas e heroicas. Destruamos o cárcere de vossos filhos e pais, de vossas mães e irmãs, de vossos parentes e amigos, e de vós mesmos. Ou morrereis a pão e água, talvez a chicote, na masmorra daquele indigno.

A multidão agitou-se, murmurou, bradou, ameaçou, congregou-se toda em derredor do barbeiro. Era a revolta que tornava a si da ligeira síncope, e ameaçava arrasar a Casa Verde.

— Vamos!, bradou Porfírio agitando o chapéu.

— Vamos!, repetiram todos.

Deteve-os um incidente: era um corpo de dragões que, a marche-marche, entrava na rua Nova.

CAPÍTULO VII

O inesperado

Chegados os dragões em frente aos Canjicas, houve um instante de estupefação: os Canjicas não queriam crer que a força pública fosse mandada contra eles; mas o barbeiro compreendeu tudo e esperou. Os dragões pararam, o capitão intimou à multidão que se dispersasse; mas, conquanto uma parte dela estivesse inclinada a isso, a outra parte apoiou fortemente o barbeiro, cuja resposta consistiu nestes termos alevantados:

— Não nos dispersaremos. Se quereis os nossos cadáveres, podeis tomá-los; mas só os cadáveres; não levareis a nossa honra, o nosso crédito, os nossos direitos, e com eles a salvação de Itaguaí.

Nada mais imprudente do que essa resposta do barbeiro; e nada mais natural. Era a vertigem das grandes crises. Talvez fosse também um excesso de confiança na abstenção das armas por parte dos dragões; confiança que o capitão dissipou logo, mandando carregar sobre os Canjicas. O momento foi indescritível. A multidão urrou furiosa; alguns, trepando às janelas das casas, ou correndo pela rua fora, conseguiram escapar; mas a maioria ficou bufando de cólera, indignada, animada pela exortação do barbeiro. A derrota dos Canjicas estava iminente, quando um terço dos dragões, — qualquer que fosse o motivo, as crônicas não o declararam, — passou subitamente para o lado da rebelião. Este inesperado reforço deu alma aos Canjicas, ao mesmo tempo que lançou o desânimo às fileiras da legalidade. Os soldados fiéis não tiveram coragem de atacar os seus próprios camaradas, e, um a um, foram passando para eles, de modo que ao cabo de alguns minutos, o aspecto das coisas era totalmente outro. O capitão estava de um lado, com alguma gente, contra uma massa compacta que o ameaçava de morte. Não teve remédio, declarou-se vencido e entregou a espada ao barbeiro.

A revolução triunfante não perdeu um só minuto; recolheu os feridos às casas próximas e guiou para a Câmara. Povo e tropa fraternizavam, davam vivas a el-rei, ao vice-rei, a Itaguaí, ao "ilustre Porfírio". Este ia na frente, empunhando tão destramente a espada como se ela fosse apenas uma navalha um pouco mais comprida. A vitória cingia-lhe a fronte de um nimbo misterioso. A dignidade de governo começava a enrijar-lhe os quadris.

Os vereadores, às janelas, vendo a multidão e a tropa, cuidaram que a tropa capturara a multidão, e sem mais exame, entraram e votaram uma petição ao vice-rei para que mandasse dar um mês de soldo aos dragões, "cujo denodo salvou Itaguaí do abismo a que o tinha lançado uma cáfila de rebeldes". Esta frase foi proposta por Sebastião Freitas, o vereador dissidente, cuja defesa dos Canjicas tanto escandalizara os colegas. Mas bem depressa a ilusão se desfez. Os vivas ao barbeiro, os morras aos vereadores e ao alienista vieram dar-lhes notícia da triste realidade. O presidente não desanimou: — "Qualquer que seja a nossa sorte, disse ele, lembremo-nos que estamos ao serviço de Sua Majestade e do povo." — Sebastião Freitas insinuou que melhor se poderia servir à coroa e à vila saindo pelos fundos e indo conferenciar com o juiz de fora, mas toda a Câmara rejeitou esse alvitre.

Daí a nada o barbeiro, acompanhado de alguns de seus tenentes, entrava na sala da vereança, e intimava à Câmara a sua queda. A Câmara não resistiu, entregou-se, e foi dali para a cadeia. Então os amigos do barbeiro propuseram-lhe que assumisse o governo da vila, em nome de Sua Majestade. Porfírio aceitou o encargo, embora não desconhecesse (acrescentou) os espinhos que trazia; disse mais que não podia dispensar o concurso dos amigos presentes; ao que eles prontamente anuíram. O barbeiro veio à janela, e comunicou ao povo essas resoluções, que o povo ratificou, aclamando o barbeiro. Este tomou a denominação de — "Protetor da vila em nome de Sua Majestade e do povo". — Expediram-se logo várias ordens importantes, comunicações oficiais do novo governo, uma exposição minuciosa ao vice-rei, com muitos protestos de obediência às ordens de Sua Majestade; finalmente, uma proclamação ao povo, curta, mas enérgica:

Itaguaienses!

Uma Câmara corrupta e violenta conspirava contra os interesses de Sua Majestade e do povo. A opinião pública tinha-a condenado; um punhado de cidadãos, fortemente apoiados pelos bravos dragões de Sua Majestade, acaba de a dissolver ignominiosamente, e por unânime consenso da vila, foi-me confiado o mando supremo, até que Sua Majestade se sirva ordenar o que parecer melhor ao seu real serviço. Itaguaienses! não vos peço senão que me rodeeis de confiança, que me auxilieis em restaurar a paz e a fazenda pública, tão desbaratada pela Câmara que ora findou às vossas mãos. Contai com o meu sacrifício, e ficai certos de que a coroa será por nós.

O Protetor da vila em nome de Sua Majestade
e do povo Porfírio Caetano das Neves

Toda a gente advertiu no absoluto silêncio desta proclamação acerca da Casa Verde; e, segundo uns, não podia haver mais vivo indício dos projetos tenebrosos do barbeiro. O perigo era tanto maior quanto que, no meio mesmo desses graves sucessos, o alienista metera na Casa Verde umas sete ou oito pessoas, entre elas duas senhoras, sendo um dos homens aparentado com o Protetor. Não era um rapto, um ato intencional; mas todos o interpretaram dessa maneira, e a vila respirou com a esperança de que o alienista dentro de vinte e quatro horas estaria a ferros, e destruído o terrível cárcere.

O dia acabou alegremente. Enquanto o arauto da matraca ia recitando de esquina em esquina a proclamação, o povo espalhava-se nas ruas e jurava morrer em defesa do ilustre Porfírio. Poucos gritos contra a Casa Verde, prova de confiança na ação do governo. O barbeiro fez expedir um ato declarando feriado aquele dia, e entabulou negociações com o vigário para a celebração de um *Te Deum*, tão conveniente era aos olhos dele a conjunção do poder temporal com o espiritual; mas o padre Lopes recusou abertamente o seu concurso.

— Em todo caso, Vossa Reverendíssima não se alistará entre os inimigos do governo?, disse-lhe o barbeiro dando à fisionomia um aspecto tenebroso.

Ao que o padre Lopes respondeu, sem responder:

— Como alistar-me, se o novo governo não tem inimigos?

O barbeiro sorriu; era a pura verdade. Salvo o capitão, os vereadores e os principais da vila, toda a gente o aclamava. Os mesmos principais se o não aclamavam, não tinham saído contra ele. Nenhum dos almotacés deixou de vir receber as suas ordens. No geral, as famílias abençoavam o nome daquele que ia enfim libertar Itaguaí da Casa Verde e do terrível Simão Bacamarte.

CAPÍTULO VIII

As angústias do boticário

Vinte e quatro horas depois dos sucessos narrados no capítulo anterior, o barbeiro saiu do palácio do governo, — foi a denominação dada à casa da Câmara, — com dois ajudantes de ordens, e dirigiu-se à residência de Simão Bacamarte. Não ignorava ele que era mais decoroso ao governo mandá-lo chamar; o receio, porém, de que o alienista não obedecesse, obrigou-o a parecer tolerante e moderado.

Não descrevo o terror do boticário ao ouvir dizer que o barbeiro ia à casa do alienista. — "Vai prendê-lo", pensou ele. E redobraram-lhe as angústias. Com efeito, a tortura moral do boticário naqueles dias de revolução excede a toda a descrição possível. Nunca um homem se achou em mais apertado lance: — a privança do alienista chamava-o ao lado deste, a vitória do barbeiro atraía-o ao barbeiro. Já a simples notícia da sublevação tinha-lhe sacudido fortemente a alma, porque ele sabia a unanimidade do ódio ao alienista; mas a vitória final foi também o golpe final. A esposa, senhora máscula, amiga particular de D. Evarista, dizia que o lugar dele era ao lado de Simão Bacamarte; ao passo que o coração lhe bradava que não, que a causa do alienista estava perdida, e que ninguém, por ato próprio, se amarra a um cadáver. "Fê-lo Catão, é verdade, *sed victa Catoni* pensava ele, relembrando algumas palestras habituais do padre Lopes; mas Catão não se atou a uma causa vencida, ele era a própria causa vencida, a causa da república; o seu ato, portanto, foi de egoísta, de um miserável egoísta; minha situação é outra." Insistindo, porém, a mulher, não achou Crispim Soares outra saída em tal crise senão adoecer; declarou-se doente, e meteu-se na cama.

— Lá vai o Porfírio à casa do Dr. Bacamarte, disse-lhe a mulher no dia seguinte à cabeceira da cama; vai acompanhado de gente.

"Vai prendê-lo", pensou o boticário.

Uma ideia traz outra; o boticário imaginou que, uma vez preso o alienista, viriam também buscá-lo a ele, na qualidade de cúmplice. Esta ideia foi o melhor dos vesicatórios. Crispim Soares ergueu-se, disse que estava bom, que ia sair; e apesar de todos os esforços e protestos da consorte, vestiu-se e saiu. Os velhos cronistas são unânimes em dizer que a certeza de que o marido ia colocar-se nobremente ao lado do alienista consolou grandemente a esposa do boticário; e notam, com muita perspicácia, o imenso poder moral de uma ilusão; porquanto, o boticário caminhou resolutamente ao palácio do governo, não à casa do alienista. Ali chegando, mostrou-se admirado de não ver o barbeiro, a quem ia apresentar os seus protestos de adesão, não o tendo feito desde a véspera por enfermo. E tossia com algum custo. Os altos funcionários que lhe ouviam esta declaração, sabedores da intimidade do boticário com o alienista, compreenderam toda a importância da adesão nova, e trataram a Crispim Soares com apurado carinho; afirmaram-lhe que o barbeiro não tardava; Sua Senhoria tinha ido à Casa Verde, a negócio importante, mas não tardava. Deram-lhe cadeira, refrescos, elogios; disseram-lhe que a causa do ilustre Porfírio era a de todos os patriotas; ao que o boticário ia repetindo que sim, que nunca pensara outra coisa, que isso mesmo mandaria declarar a Sua Majestade.

CAPÍTULO IX

Dois lindos casos

Não se demorou o alienista em receber o barbeiro; declarou-lhe que não tinha meios de resistir, e portanto estava prestes a obedecer. Só uma coisa pedia, é que o não constrangesse a assistir pessoalmente à destruição da Casa Verde.

— Engana-se Vossa Senhoria, disse o barbeiro depois de alguma pausa, engana-se em atribuir ao governo intenções vandálicas. Com razão ou sem ela, a opinião crê que a maior parte dos doidos ali metidos estão em seu perfeito juízo, mas o governo reconhece que a questão é puramente científica, e não cogita em resolver com posturas as questões científicas. Demais, a Casa Verde é uma instituição pública; tal a aceitamos das mãos da Câmara dissolvida. Há, entretanto, por força que há de haver um alvitre intermédio que restitua o sossego ao espírito público.

O alienista mal podia dissimular o assombro; confessou que esperava outra coisa, o arrasamento do hospício, a prisão dele, o desterro, tudo, menos...

— O pasmo de Vossa Senhoria, atalhou gravemente o barbeiro, vem de não atender à grave responsabilidade do governo. O povo, tomado de uma cega piedade, que lhe dá em tal caso legítima indignação, pode exigir do governo certa ordem de atos; mas este, com a responsabilidade que lhe incumbe, não os deve praticar, ao menos integralmente, e tal é a nossa situação. A generosa revolução que ontem derrubou uma Câmara vilipendiada e corrupta, pediu em altos brados o arrasamento da Casa Verde; mas pode entrar no ânimo do governo eliminar a loucura? Não. E se o governo não a pode eliminar, está ao menos apto para discriminá-la, reconhecê-la? Também não; é matéria de ciência. Logo, em assunto tão melindroso, o governo não pode, não deve, não quer dispensar o concurso de Vossa Senhoria. O que lhe pede é que de certa maneira demos alguma satisfação ao povo. Unamo-nos, e o povo saberá obedecer. Um dos alvitres aceitáveis, se Vossa Senhoria não indicar outro, seria fazer retirar da Casa Verde aqueles enfermos que estiverem quase curados, e bem assim os maníacos de pouca monta etc. Desse modo, sem grande perigo, mostraremos alguma tolerância e benignidade.

— Quantos mortos e feridos houve ontem no conflito?, perguntou Simão Bacamarte, depois de uns três minutos.

O barbeiro ficou espantado da pergunta, mas respondeu logo que onze mortos e vinte e cinco feridos.

— Onze mortos e vinte e cinco feridos!, repetiu duas ou três vezes o alienista.

E em seguida declarou que o alvitre lhe não parecia bom, mas que ele ia catar algum outro, e dentro de poucos dias lhe daria resposta. E fez-lhe várias perguntas acerca dos sucessos da véspera, ataque, defesa, adesão dos dragões, resistência da Câmara etc., ao que o barbeiro ia respondendo com grande abundância, insistindo principalmente no descrédito em que a Câmara caíra. O barbeiro confessou que o novo governo não tinha ainda por si a confiança dos principais da vila, mas o alienista podia fazer muito nesse ponto. O governo, concluiu o barbeiro, folgaria se pudesse contar, não já com a simpatia, senão com a benevolência do mais alto espírito de Itaguaí, e seguramente do reino. Mas nada disso alterava a nobre e austera fisionomia daquele grande homem, que ouvia calado, sem desvanecimento, nem modéstia, mas impassível como um deus de pedra.

— Onze mortos e vinte e cinco feridos, repetiu o alienista, depois de acompanhar o barbeiro até à porta. Eis aí dois lindos casos de doença cerebral. Os sintomas de duplicidade e descaramento deste barbeiro são positivos. Quanto à toleima dos que o aclamaram não é preciso outra prova além dos onze mortos e vinte e cinco feridos. — Dois lindos casos!

— Viva o ilustre Porfírio!, bradaram umas trinta pessoas que aguardavam o barbeiro à porta.

O alienista espiou pela janela, e ainda ouviu este resto de uma pequena fala do barbeiro às trinta pessoas que o aclamavam:

— ... porque eu velo, podeis estar certos disso, eu velo pela execução das vontades do povo. Confiai em mim; e tudo se fará pela melhor maneira. Só vos recomendo ordem. A ordem, meus amigos, é a base do governo...

— Viva o ilustre Porfírio!, bradaram as trinta vozes, agitando os chapéus.

— Dois lindos casos!, murmurou o alienista.

CAPÍTULO X

A restauração

Dentro de cinco dias, o alienista meteu na Casa Verde cerca de cinquenta aclamadores do novo governo. O povo indignou-se. O governo, atarantado, não sabia reagir. João Pina, outro barbeiro, dizia abertamente nas ruas, que o Porfírio estava "vendido ao ouro de Simão Bacamarte", frase que congregou em torno de João Pina a gente mais resoluta da vila. Porfírio, vendo o antigo rival da navalha à testa da insurreição, compreendeu que a sua perda era irremediável, se não desse um grande golpe; expediu dois decretos, um abolindo a Casa Verde, outro desterrando o alienista. João Pina mostrou claramente, com grandes frases, que o ato de Porfírio era um simples aparato, um engodo, em que o povo não devia crer. Duas horas depois caía Porfírio ignominiosamente, e João Pina assumia a difícil tarefa do governo. Como achasse nas gavetas as minutas da proclamação, da exposição ao vice-rei e de outros atos inaugurais do governo anterior, deu-se pressa em os fazer copiar e expedir; acrescentam os cronistas, e aliás subentende-se, que ele lhes mudou os nomes, e onde o outro barbeiro falara de uma Câmara corrupta, falou este de "um intruso eivado das más doutrinas francesas, e contrário aos sacrossantos interesses de Sua Majestade" etc.

Nisto entrou na vila uma força mandada pelo vice-rei, e restabeleceu a ordem. O alienista exigiu desde logo a entrega do barbeiro Porfírio, e bem assim a de uns cinquenta e tantos indivíduos, que declarou mentecaptos; e não só lhe deram esses, como afiançaram entregar-lhe mais dezenove sequazes do barbeiro, que convalesciam das feridas apanhadas na primeira rebelião.

Esse ponto da crise de Itaguaí marca também o grau máximo da influência de Simão Bacamarte. Tudo quanto quis, deu-se-lhe; e uma das mais vivas provas do poder do ilustre médico achamo-la na prontidão com que os vereadores, restituídos a seus lugares, consentiram em que Sebastião Freitas também fosse recolhido ao hospício. O alienista, sabendo da extraordinária inconsistência das opiniões desse vereador, entendeu que era um caso patológico, e pediu-o. A mesma coisa aconteceu ao boticário. O alienista, desde que lhe falaram da momentânea adesão de Crispim Soares à rebelião dos Canjicas, comparou-a à aprovação que sempre recebera dele, ainda na véspera, e mandou capturá-lo. Crispim Soares não negou o fato, mas explicou-o dizendo que cedera a um movimento de terror, ao ver a rebelião triunfante, e deu como prova a ausência de nenhum outro ato seu, acrescentando que voltara logo à cama, doente. Simão Bacamarte não o contrariou; disse, porém, aos circunstantes, que o terror também é pai da loucura, e que o caso de Crispim Soares lhe parecia dos mais caracterizados.

Mas a prova mais evidente da influência de Simão Bacamarte foi a docilidade com que a Câmara lhe entregou o próprio presidente. Este digno magistrado tinha declarado em plena sessão que não se contentava, para lavá-lo da afronta dos Canjicas, com menos de trinta almudes de sangue; palavra que chegou aos ouvidos do alienista por boca do secretário da Câmara, entusiasmado de tamanha energia. Simão Bacamarte começou por meter o secretário na Casa Verde, e foi dali à Câmara, à qual declarou que o presidente estava padecendo da "demência dos touros", um gênero que ele pretendia estudar, com grande vantagem para os povos. A Câmara a princípio hesitou, mas acabou cedendo.

Daí em diante foi uma coleta desenfreada. Um homem não podia dar nascença ou curso à mais simples mentira do mundo, ainda daquelas que aproveitam ao inventor ou divulgador, que não fosse logo metido na Casa Verde. Tudo era loucura. Os cultores de enigmas, os fabricantes de charadas, de anagramas, os maldizentes, os curiosos da vida alheia, os que põem todo o seu cuidado na tafularia, um ou outro almotacé enfunado, ninguém escapava aos emissários do alienista. Ele respeitava as namoradas e não poupava as namoradeiras, dizendo que as primeiras cediam a um impulso natural, e as segundas a um vício. Se um homem era avaro ou pródigo ia do mesmo modo para a Casa Verde; daí a alegação de que não havia regra para a completa sanidade mental. Alguns cronistas creem que Simão Bacamarte nem sempre procedia com lisura, e citam em abono da afirmação (que não sei se pode ser aceita) o fato de ter alcançado da Câmara uma postura autorizando o uso de um anel de prata no dedo polegar da mão esquerda a toda a pessoa que, sem outra prova documental ou tradicional, declarasse ter nas veias duas ou três onças de sangue godo. Dizem esses cronistas que o fim secreto da insinuação à Câmara foi enriquecer um ourives, amigo e compadre dele; mas, conquanto seja certo que o ourives viu prosperar o negócio depois da nova ordenação municipal, não o é menos que essa postura deu à Casa Verde uma multidão de inquilinos; pelo que, não se pode definir, sem temeridade, o verdadeiro fim do ilustre médico. Quanto à razão determinativa da captura e aposentação na Casa Verde de todos quantos usaram do anel, é um dos pontos mais obscuros da história de Itaguaí; a opinião mais verossímil é que eles foram recolhidos por andarem a gesticular, à toa, nas ruas, em casa, na igreja. Ninguém ignora que os doidos gesticulam muito. Em todo caso é uma simples conjetura; de positivo nada há.

— Onde é que esse homem vai parar?, diziam os principais da terra. Ah! se nós tivéssemos apoiado os Canjicas...

Um dia de manhã, — dia em que a Câmara devia dar um grande baile, — a vila inteira ficou abalada com a notícia de que a própria esposa do alienista fora metida na Casa Verde. Ninguém acreditou; devia ser invenção de algum gaiato. E não era: era a verdade pura. D. Evarista fora recolhida às duas horas da noite. O padre Lopes correu ao alienista e interrogou-o discretamente acerca do fato.

— Já há algum tempo que eu desconfiava, disse gravemente o marido. A modéstia em que ela vivera em ambos os matrimônios não podia conciliar-se com o furor das sedas, veludos, rendas e pedras preciosas que manifestou, logo que voltou do Rio de Janeiro. Desde então comecei a observá-la. Suas conversas eram todas sobre esses objetos; se eu lhe falava das antigas cortes, inquiria logo da forma dos vestidos das damas; se uma senhora a visitava, na minha ausência, antes de me dizer o objeto da visita, descrevia-me o trajo, aprovando umas coisas e censurando outras. Um dia, creio que Vossa Reverendíssima há de lembrar-se, propôs-se a fazer anualmente um vestido para a imagem de Nossa Senhora da matriz. Tudo isto eram sintomas graves; esta noite, porém, declarou-se a total demência. Tinha escolhido, preparado, enfeitado o vestuário que levaria ao baile da Câmara Municipal; só hesitava entre um colar de granada e outro de safira. Anteontem perguntou-me qual deles levaria; respondi-lhe que um ou outro lhe ficava bem. Ontem repetiu a pergunta, ao almoço; pouco depois de jantar fui achá-la calada e pensativa. — Que tem? perguntei-lhe. — Queria levar o colar de granada, mas acho o de safira tão bonito! — Pois leve o de safira. — Ah! mas onde fica o de granada? — Enfim, passou a tarde sem novidade. Ceamos, e deitamo-nos. Alta noite, seria hora e meia, acordo e não a vejo; levanto-me, vou ao quarto de vestir, acho-a diante dos dois colares, ensaiando-os ao espelho, ora um, ora outro. Era evidente a demência; recolhi-a logo.

O padre Lopes não se satisfez com a resposta, mas não objetou nada. O alienista, porém, percebeu e explicou-lhe que o caso de D. Evarista era de "mania sumptuária", não incurável, e em todo caso digno de estudo.

— Conto pô-la boa dentro de seis semanas, concluiu ele.

A abnegação do ilustre médico deu-lhe grande realce. Conjeturas, invenções, desconfianças, tudo caiu por terra, desde que ele não duvidou recolher à Casa Verde a própria mulher, a quem amava com todas as forças da alma. Ninguém mais tinha o direito de resistir-lhe, — menos ainda o de atribuir-lhe intuitos alheios à ciência.

Era um grande homem austero, Hipócrates forrado de Catão.

CAPÍTULO XI

O assombro de Itaguaí

E agora prepare-se o leitor para o mesmo assombro em que ficou a vila, ao saber um dia que os loucos da Casa Verde iam todos ser postos na rua.

— Todos?

— Todos.

— É impossível; alguns, sim, mas todos...

— Todos. Assim o disse ele no ofício que mandou hoje de manhã à Câmara.

De fato, o alienista oficiara à Câmara expondo: — 1º, que verificara das estatísticas da vila e da Casa Verde que quatro quintos da população estavam aposentados naquele estabelecimento; 2º, que esta deslocação de população levara-o a examinar os fundamentos da sua teoria das moléstias cerebrais, teoria que excluía do domínio da razão todos os casos em que o equilíbrio das faculdades não fosse perfeito e absoluto; 3º, que desse exame e do fato estatístico resultara para ele a convicção de que a verdadeira doutrina não era aquela, mas a oposta, e portanto que se devia admitir como normal e exemplar o desequilíbrio das faculdades, e como hipóteses patológicas todos os casos em que aquele equilíbrio fosse ininterrupto; 4º, que à vista disso declarava à Câmara que ia dar liberdade aos reclusos da Casa Verde e agasalhar nela as pessoas que se achassem nas condições agora expostas; 5º, que tratando de descobrir a verdade científica, não se pouparia a esforços de toda a natureza, esperando da Câmara igual dedicação; 6o, que restituía à Câmara e aos particulares a soma do estipêndio recebido para alojamento dos supostos loucos, descontada a parte efetivamente gasta com a alimentação, roupa etc.; o que a Câmara mandaria verificar nos livros e arcas da Casa Verde.

O assombro de Itaguaí foi grande; não foi menor a alegria dos parentes e amigos dos reclusos. Jantares, danças, luminárias, músicas, tudo houve para celebrar tão fausto acontecimento. Não descrevo as festas por não interessarem ao nosso propósito; mas foram esplêndidas, tocantes e prolongadas.

E vão assim as coisas humanas! No meio do regozijo produzido pelo ofício de Simão Bacamarte, ninguém advertia na frase final do § 4º, uma frase cheia de experiências futuras.

CAPÍTULO XII

O final do § 4º

Apagaram-se as luminárias, reconstituíram-se as famílias, tudo parecia reposto nos antigos eixos. Reinava a ordem, a Câmara exercia outra vez o governo, sem nenhuma pressão externa; o próprio presidente e o vereador Freitas tornaram aos seus lugares. O barbeiro Porfírio, ensinado pelos acontecimentos, tendo "provado tudo", como o poeta disse de Napoleão, e mais alguma coisa, porque Napoleão não provou a Casa Verde, o barbeiro achou preferível a glória obscura da navalha e da tesoura às calamidades brilhantes do poder; foi, é certo, processado; mas a população da vila implorou a clemência de Sua Majestade; daí o perdão. João Pina foi absolvido, atendendo--se a que ele derrocara um rebelde. Os cronistas pensam que deste fato é que nasceu o nosso adágio: — ladrão que rouba ladrão tem cem anos de perdão; — adágio imoral, é verdade, mas grandemente útil.

Não só findaram as queixas contra o alienista, mas até nenhum ressentimento ficou dos atos que ele praticara; acrescendo que os reclusos da Casa Verde, desde que ele os declarara plenamente ajuizados, sentiram-se tomados de profundo reconhecimento e férvido entusiasmo. Muitos entenderam que o alienista merecia uma especial manifestação, e deram-lhe um baile, ao qual se seguiram outros bailes e jantares. Dizem as crônicas que D. Evarista a princípio tivera a ideia de separar-se do consorte, mas a dor de perder a companhia de tão grande homem venceu qualquer ressentimento de amor--próprio, e o casal veio a ser ainda mais feliz do que antes.

Não menos íntima ficou a amizade do alienista e do boticário. Este concluiu do ofício de Simão Bacamarte que a prudência é a primeira das virtudes em tempos de revolução, e apreciou muito a magnanimidade do alienista que, ao dar-lhe a liberdade, estendeu-lhe a mão de amigo velho.

— É um grande homem, disse ele à mulher, referindo aquela circunstância.

Não é preciso falar do albardeiro, do Costa, do Coelho, do Martim Brito e outros, especialmente nomeados neste escrito; basta dizer que puderam exercer livremente os seus hábitos anteriores. O próprio Martim Brito, recluso por um discurso em que louvara enfaticamente D. Evarista, fez agora outro em honra do insigne médico — "cujo altíssimo gênio, elevando as asas muito acima do sol, deixou abaixo de si todos os demais espíritos da terra".

— Agradeço as suas palavras, retorquiu-lhe o alienista, e ainda me não arrependo de o haver restituído à liberdade.

Entretanto, a Câmara, que respondera ao ofício de Simão Bacamarte, com a ressalva de que oportunamente estatuiria em relação ao final do § 4º, tratou enfim de legislar sobre ele. Foi adotada, sem debate, uma postura autorizando o alienista a agasalhar na Casa Verde as pessoas que se achassem no gozo do perfeito equilíbrio das faculdades mentais. E porque a experiência da Câmara tivesse sido dolorosa, estabeleceu ela a cláusula de que a autorização era provisória, limitada a um ano, para o fim de ser experimentada a nova teoria psicológica, podendo a Câmara, antes mesmo daquele prazo, mandar fechar a Casa Verde, se a isso fosse aconselhada por motivos de ordem pública. O vereador Freitas propôs também a declaração de que em nenhum caso fossem os vereadores recolhidos ao asilo dos alienados: cláusula que foi aceita, votada a incluída na postura, apesar das reclamações do vereador Galvão. O argumento principal deste magistrado é que a Câmara, legislando sobre uma experiência científica, não podia excluir as pessoas dos seus membros das consequências da lei; a exceção era odiosa e ridícula. Mal proferira estas duras palavras, romperam os vereadores em altos brados contra a audácia e insensatez do colega; este, porém, ouviu-os e limitou-se a dizer que votava contra a exceção.

— A vereança, concluiu ele, não nos dá nenhum poder especial nem nos elimina do espírito humano.

Simão Bacamarte aceitou a postura com todas as restrições. Quanto à exclusão dos vereadores, declarou que teria profundo sentimento se fosse compelido a recolhê-los à Casa Verde; a cláusula, porém, era a melhor prova de que eles não padeciam do perfeito equilíbrio das faculdades mentais. Não acontecia o mesmo ao vereador Galvão, cujo acerto na objeção feita e cuja moderação na resposta dada às invectivas dos colegas mostravam da parte dele um cérebro bem organizado; pelo que rogava à Câmara que lho entregasse. A Câmara, sentindo-se ainda agravada pelo proceder do vereador Galvão, estimou o pedido do alienista, e votou unanimemente a entrega.

Compreende-se que, pela teoria nova, não bastava um fato ou um dito, para recolher alguém à Casa Verde; era preciso um longo exame, um vasto inquérito do passado e do presente. O padre Lopes, por exemplo, só foi capturado trinta dias depois da postura, a mulher do boticário quarenta dias. A reclusão desta senhora encheu o consorte de indignação. Crispim Soares saiu de casa espumando de cólera e declarando às pessoas a quem encontrava que ia arrancar as orelhas ao tirano. Um sujeito, adversário do alienista, ouvindo na rua essa notícia, esqueceu os motivos da dissidência, e correu à casa de Simão Bacamarte a participar-lhe o perigo que corria. Simão Bacamarte mostrou-se grato ao procedimento do adversário, e poucos minutos lhe bastaram para conhecer a retidão dos seus sentimentos, a boa-fé, o respeito humano, a generosidade; apertou-lhe muito as mãos, e recolheu-o à Casa Verde.

— Um caso destes é raro, disse ele à mulher pasmada. Agora esperemos o nosso Crispim.

Crispim Soares entrou. A dor vencera a raiva, o boticário não arrancou as orelhas ao alienista. Este consolou o seu privado, assegurando-lhe que não era caso perdido; talvez a mulher tivesse alguma lesão cerebral; ia examiná-la com muita atenção; mas antes disso não podia deixá-la na rua. E, parecendo-lhe vantajoso reuni-los, porque a astúcia e velhacaria do marido poderiam de certo modo curar a beleza moral que ele descobrira na esposa, disse Simão Bacamarte:

— O senhor trabalhará durante o dia na botica, mas almoçará e jantará, com sua mulher, e cá passará as noites, e os domingos e dias santos.

A proposta colocou o pobre boticário na situação do asno de Buridan. Queria viver com a mulher, mas temia voltar à Casa Verde; e nessa luta esteve algum tempo, até que D. Evarista o tirou da dificuldade, prometendo que se incumbiria de ver a amiga e transmitir os recados de um para outro. Crispim Soares beijou-lhe as mãos agradecido. Este último rasgo de egoísmo pusilâmine pareceu sublime ao alienista.

Ao cabo de cinco meses estavam alojadas umas dezoito pessoas; mas Simão Bacamarte não afrouxava; ia de rua em rua, de casa em casa, espreitando, interrogando, estudando; e quando colhia um enfermo, levava-o com a mesma alegria com que outrora os arrebanhava às dúzias. Essa mesma desproporção confirmava a teoria nova; achara-se enfim a verdadeira patologia cerebral. Um dia, conseguiu meter na Casa Verde o juiz de fora; mas procedia com tanto escrúpulo, que o não fez senão depois de estudar minuciosamente todos os seus atos, e interrogar os principais da vila. Mais de uma vez esteve prestes a recolher pessoas perfeitamente desequilibradas; foi o que se deu com um advogado, em quem reconheceu um tal conjunto de qualidades morais e mentais, que era perigoso deixá-lo na rua. Mandou prendê-lo; mas o agente, desconfiado, pediu-lhe para fazer uma experiência; foi ter com um compadre, demandado por um testamento falso, e deu-lhe de conselho que tomasse por advogado o Salustiano; era o nome da pessoa em questão.

— Então, parece-lhe?

— Sem dúvida, vá, confesse tudo, a verdade inteira, seja qual for, e confie-lhe a causa.

O homem foi ter com o advogado, confessou ter falsificado o testamento, e acabou pedindo que lhe tomasse a causa. Não se negou o advogado, estudou os papéis, arrazoou longamente, e provou a todas as luzes que o testamento era mais que verdadeiro. A inocência do réu foi solenemente proclamada pelo juiz, e a herança passou-lhe às mãos. O distinto jurisconsulto deveu a esta experiência a liberdade. Mas nada escapa a um espírito original e penetrante. Simão Bacamarte, que desde algum tempo notava o zelo, a sagacidade, a paciência, a moderação daquele agente, reconheceu a habilidade e o tino com que ele levara a cabo uma experiência tão melindrosa e complicada, e determinou recolhê-lo imediatamente à Casa Verde; deu-lhe, todavia, um dos melhores cubículos.

Os alienados foram alojados por classes. Fez-se uma galeria de modestos, isto é, os loucos em quem predominava esta perfeição moral; outra de tolerantes, outra de verídicos, outra de símplices, outra de leais, outra de magnânimos, outra de sagazes, outra de sinceros etc. Naturalmente, as famílias e os amigos dos reclusos bradavam contra a teoria; e alguns tentaram compelir a Câmara a cassar a licença. A Câmara, porém, não esquecera a linguagem do vereador Galvão, e se cassasse a licença, vê-lo-ia na rua, e restituído ao lugar; pelo que, recusou. Simão Bacamarte oficiou aos vereadores, não agradecendo, mas felicitando-os por esse ato de vingança pessoal.

Desenganados da legalidade, alguns principais da vila recorreram secretamente ao barbeiro Porfírio e afiançaram-lhe todo o apoio da gente, dinheiro e influência na corte, se ele se pusesse à testa de outro movimento contra a Câmara e o alienista. O barbeiro respondeu-lhe que não; que a ambição o levara da primeira vez a transgredir as leis, mas que ele se emendara, reconhecendo o erro próprio e a pouca consistência da opinião dos seus mesmos sequazes; que a Câmara entendera autorizar a nova experiência do alienista, por um ano: cumpria, ou esperar o fim do prazo, ou requerer ao vice-rei, caso a mesma Câmara rejeitasse o pedido. Jamais aconselharia o emprego de um recurso que ele viu falhar em suas mãos, e isso a troco de mortes e ferimentos que seriam o seu eterno remorso.

— O que é que me estás dizendo?, perguntou o alienista quando um agente secreto lhe contou a conversação do barbeiro com os principais da vila.

Dois depois o barbeiro era recolhido à Casa Verde. — Preso por ter cão, preso por não ter cão!, exclamou o infeliz.

Chegou o fim do prazo, a Câmara autorizou um prazo suplementar de seis meses para ensaio dos meios terapêuticos. O desfecho deste episódio da crônica itaguaiense é de tal ordem, e tão inesperado, que merecia nada menos de dez capítulos de exposições; mas contento-me com um, que será o remate da narrativa, e um dos mais belos exemplos de convicção científica e abnegação humana.

CAPÍTULO XIII

Plus ultra!

Era a vez da terapêutica. Simão Bacamarte, ativo e sagaz em descobrir enfermos, excedeu-se ainda na diligência e penetração com que principiou a tratá-los. Neste ponto todos os cronistas estão de pleno acordo: o ilustre alienista fez curas pasmosas, que excitaram a mais viva admiração em Itaguaí.

Com efeito era difícil imaginar mais racional sistema terapêutico. Estando os loucos divididos por classes, segundo a perfeição moral que em cada um deles excedia às outras, Simão Bacamarte cuidou em atacar de frente a qualidade predominante. Suponhamos um modesto. Ele aplicava a medicação que pudesse incutir-lhe o sentimento oposto; e não ia logo às doses máximas, — graduava-as, conforme o estado, a idade, o temperamento, a posição social do enfermo. Às vezes bastava uma casaca, uma fita, uma cabeleira, uma bengala, para restituir a razão ao alienado; em outros casos a moléstia era mais rebelde; recorria então aos anéis de brilhantes, às distinções honoríficas etc. Houve um doente, poeta, que resistiu a tudo. Simão Bacamarte começava a desesperar da cura, quando teve ideia de mandar correr matraca, para o fim de o apregoar como um rival de Garção e de Píndaro.

— Foi um santo remédio, contava a mãe do infeliz a uma comadre; foi um santo remédio.

Outro doente, também modesto, opôs a mesma rebeldia à medicação; mas não sendo escritor (mal sabia assinar o nome), não se lhe podia aplicar o remédio da matraca. Simão Bacamarte lembrou-se de pedir para ele o lugar de secretário da Academia dos Encobertos estabelecida em Itaguaí. Os lugares de presidente e secretários eram de nomeação régia, por especial graça do finado rei D. João V, e implicavam o tratamento de Excelência e o uso de uma placa de ouro no chapéu. O governo de Lisboa recusou o diploma; mas representando o alienista que o não pedia como prêmio honorífico ou distinção legítima, e somente como um meio terapêutico para um caso difícil, o governo cedeu excepcionalmente à súplica; e ainda assim não o fez sem extraordinário esforço do ministro da marinha e ultramar, que vinha a ser primo do alienado. Foi outro santo remédio.

— Realmente, é admirável!, dizia-se nas ruas, ao ver a expressão sadia e enfunada dos dois ex-dementes.

Tal era o sistema. Imagina-se o resto. Cada beleza moral ou mental era atacada no ponto em que a perfeição parecia mais sólida; e o efeito era certo. Nem sempre era certo. Casos houve em que a qualidade predominante resistia a tudo; então, o alienista atacava outra parte, aplicando à terapêutica o método da estratégia militar, que toma uma fortaleza por um ponto, se por outro o não pode conseguir.

No fim de cinco meses e meio estava vazia a Casa Verde; todos curados! O vereador Galvão tão cruelmente afligido de moderação e equidade, teve a felicidade de perder um tio; digo felicidade, porque o tio deixou um testamento ambíguo, e ele obteve uma boa interpretação, corrompendo os juízes, e embaçando os outros herdeiros. A sinceridade do alienista manifestou-se nesse lance; confessou ingenuamente que não teve parte na cura: foi a simples *vis medicatrix* da natureza. Não aconteceu o mesmo com o padre Lopes. Sabendo o alienista que ele ignorava perfeitamente o hebraico e o grego, incumbiu-o de fazer uma análise crítica da versão dos Setenta; o padre aceitou a incumbência, e em boa hora o fez; ao cabo de dois meses possuía um livro e a liberdade. Quanto à senhora do boticário, não ficou muito tempo na célula que lhe coube, e onde aliás lhe não faltaram carinhos.

— Por que é que o Crispim não vem visitar-me?, dizia ela todos os dias.

Responderam-lhe ora uma coisa, ora outra; afinal disseram-lhe a verdade inteira. A digna matrona não pôde conter a indignação e a vergonha. Nas explosões de cólera escaparam-lhe expressões soltas e vagas, como estas:

— Tratante!... velhaco!... ingrato!... Um patife que tem feito casas à custa de unguentos falsificados e podres... Ah! tratante!...

Simão Bacamarte advertiu que, ainda quando não fosse verdadeira a acusação contida nestas palavras, bastavam elas para mostrar que a excelente senhora estava enfim restituída ao perfeito desequilíbrio das faculdades; e prontamente lhe deu alta.

Agora, se imaginais que o alienista ficou radiante ao ver sair o último hóspede da Casa Verde, mostrais com isso que ainda não conheceis o nosso homem. *Plus ultra!* era a sua divisa. Não lhe bastava ter descoberto a teoria verdadeira da loucura; não o contentava ter estabelecido em Itaguaí o reinado da razão. *Plus ultra!* Não ficou alegre, ficou preocupado, cogitativo; alguma coisa lhe dizia que a teoria nova tinha, em si mesma, outra e novíssima teoria.

— Vejamos, pensava ele; vejamos se chego enfim à última verdade.

Dizia isto, passeando ao longo da vasta sala, onde fulgurava a mais rica biblioteca dos domínios ultramarinos de Sua Majestade. Um amplo chambre de damasco, preso à cintura por um cordão de seda, com borlas de ouro (presente de uma Universidade) envolvia o corpo majestoso e austero do ilustre alienista. A cabeleira cobria-lhe uma extensa e nobre calva adquirida nas cogitações cotidianas da ciência. Os pés, não delgados e femininos, não graúdos e mariolas, mas proporcionados ao vulto, eram resguardados por um par de sapatos cujas fivelas não passavam de simples e modesto latão. Vede a diferença: — só se lhe notava luxo naquilo que era de origem científica; o que propriamente vinha dele trazia a cor da moderação e da singeleza, virtudes tão ajustadas à pessoa de um sábio.

Era assim que ele ia, o grande alienista, de um cabo a outro da vasta biblioteca, metido em si mesmo, estranho a todas as coisas que não fosse o tenebroso problema da patologia cerebral. Súbito, parou. Em pé, diante de uma janela, com o cotovelo esquerdo apoiado na mão direita, aberta, e o queixo na mão esquerda, fechada, perguntou ele a si:

— Mas deveras estariam eles doidos, e foram curados por mim, — ou o que pareceu cura, não foi mais do que a descoberta do perfeito desequilíbrio do cérebro?

E cavando por aí abaixo, eis o resultado a que chegou: os cérebros bem organizados que ele acabava de curar, eram tão desequilibrados como os outros. Sim, dizia ele consigo, eu não posso ter a pretensão de haver-lhes incutido um sentimento ou uma faculdade nova; uma e outra coisa existiam no estado latente, mas existiam.

Chegado a esta conclusão, o ilustre alienista teve duas sensações contrárias, uma de gozo, outra de abatimento. A de gozo foi por ver que, ao cabo de longas e pacientes investigações, constantes trabalhos, luta ingente com o povo, podia afirmar esta verdade: — não havia loucos em Itaguaí; Itaguaí não possuía um só mentecapto. Mas tão depressa esta ideia lhe refrescara a alma, outra apareceu que neutralizou o primeiro efeito; foi a ideia da dúvida. Pois quê! Itaguaí não possuiria um único cérebro concertado? Esta conclusão tão absoluta não seria por isso mesmo errônea, e não vinha, portanto, destruir o largo e majestoso edifício da nova doutrina psicológica?

A aflição do egrégio Simão Bacamarte é definida pelos cronistas itaguaienses como uma das mais medonhas tempestades morais que têm desabado sobre o homem. Mas as tempestades só aterram os fracos; os fortes enrijam-se contra elas e fitam o trovão. Vinte minutos depois alumiou-se a fisionomia do alienista de uma suave claridade.

"Sim, há de ser isso", pensou ele.

Isso é isto. Simão Bacamarte achou em si os característicos do perfeito equilíbrio mental e moral; pareceu-lhe que possuía a sagacidade, a paciência, a perseverança, a tolerância, a veracidade, o vigor moral, a lealdade, todas as qualidades enfim que podem formar um acabado mentecapto. Duvidou logo, é certo, e chegou mesmo a concluir que era ilusão; mas sendo homem prudente, resolveu convocar um conselho de amigos, a quem interrogou com franqueza. A opinião foi afirmativa.

— Nenhum defeito?

— Nenhum, disse em coro a assembleia.

— Nenhum vício?

— Nada.

— Tudo perfeito?

— Tudo.

— Não, impossível, bradou o alienista. Digo que não sinto em mim essa superioridade que acabo de ver definir com tanta magnificência. A simpatia é que vos faz falar. Estudo-me e nada acho que justifique os excessos da vossa bondade.

A assembleia insistiu; o alienista resistiu; finalmente o padre Lopes explicou tudo com este conceito digno de um observador:

— Sabe a razão por que não vê as suas elevadas qualidades, que aliás todos nós admiramos? É porque tem ainda uma qualidade que realça as outras: — a modéstia.

Era decisivo. Simão Bacamarte curvou a cabeça, juntamente alegre e triste, e ainda mais alegre do que triste. Ato contínuo, recolheu-se à Casa Verde. Em vão a mulher e os amigos lhe disseram que ficasse, que estava perfeitamente são e equilibrado: nem rogos nem sugestões nem lágrimas o detiveram um só instante.

— A questão é científica, dizia ele; trata-se de uma doutrina nova, cujo primeiro exemplo sou eu. Reúno em mim mesmo a teoria e a prática.

— Simão! Simão! meu amor!, dizia-lhe a esposa com o rosto lavado em lágrimas.

Mas o ilustre médico, com os olhos acesos da convicção científica, trancou os ouvidos à saudade da mulher, e brandamente a repeliu. Fechada a porta da Casa Verde, entregou-se ao estudo e à cura de si mesmo. Dizem os cronistas que ele morreu dali a dezessete meses, no mesmo estado em que entrou, sem ter podido alcançar nada. Alguns chegam ao ponto de conjeturar que nunca houve outro louco, além dele, em Itaguaí; mas esta opinião, fundada em um boato que correu desde que o alienista expirou, não tem outra prova, senão o boato; e boato duvidoso, pois é atribuído ao padre Lopes, que com tanto fogo realçara as qualidades do grande homem. Seja como for, efetuou-se o enterro com muita pompa e rara solenidade.

E contudo a pratinha era bonita e foram eles, Raimundo e Curvelo, que me deram o primeiro conhecimento, um da corrupção, outro da delação; mas o diabo do tambor...

[*Conclusão do personagem-narrador*]

CONTO DE ESCOLA

[*VÁRIAS HISTÓRIAS*]

A escola era na rua do Costa, um sobradinho de grade de pau. O ano era de 1840. Naquele dia — uma segunda-feira, do mês de maio — deixei-me estar alguns instantes na rua da Princesa a ver onde iria brincar a manhã. Hesitava entre o morro de S. Diogo e o Campo de Sant'Ana, que não era então esse parque atual, construção de *gentleman*, mas um espaço rústico, mais ou menos infinito, alastrado de lavadeiras, capim e burros soltos. Morro ou campo? Tal era o problema. De repente disse comigo que o melhor era a escola. E guiei para a escola. Aqui vai a razão.

Na semana anterior tinha feito dois suetos, e descoberto o caso, recebi o pagamento das mãos de meu pai, que me deu uma sova de vara de marmeleiro. As sovas de meu pai doíam por muito tempo. Era um velho empregado do Arsenal de Guerra, ríspido e intolerante. Sonhava para mim uma grande posição comercial, e tinha ânsia de me ver com os elementos mercantis, ler, escrever e contar, para me meter de caixeiro. Citava-me nomes de capitalistas que tinham começado ao balcão. Ora, foi a lembrança do último castigo que me levou naquela manhã para o colégio. Não era um menino de virtudes.

Subi a escada com cautela, para não ser ouvido do mestre, e cheguei a tempo; ele entrou na sala três ou quatro minutos depois. Entrou com o andar manso do costume, em chinelas de cordovão, com a jaqueta de brim lavada e desbotada, calça branca e tesa e grande colarinho caído. Chamava-se Policarpo e tinha perto de cinquenta anos ou mais. Uma vez sentado, extraiu da jaqueta a boceta de rapé e o lenço vermelho, pô-los na gaveta; depois relanceou os olhos pela sala. Os meninos, que se conservaram de pé durante a entrada dele, tornaram a sentar-se. Tudo estava em ordem; começaram os trabalhos.

— Seu Pilar, eu preciso falar com você, disse-me baixinho o filho do mestre.

Chamava-se Raimundo este pequeno, e era mole, aplicado, inteligência tarda. Raimundo gastava duas horas em reter aquilo que a outros levava apenas trinta ou cinquenta minutos; vencia com o tempo o que não podia fazer logo com o cérebro. Reunia a isso um grande medo ao pai. Era uma criança fina, pálida, cara doente; raramente estava alegre. Entrava na escola depois do pai e retirava-se antes. O mestre era mais severo com ele do que conosco.

— O que é que você quer?

— Logo, respondeu ele com voz trêmula.

Começou a lição da escrita. Custa-me dizer que eu era dos mais adiantados da escola; mas era. Não digo também que era dos mais inteligentes, por um escrúpulo fácil de entender e de excelente efeito no estilo, mas não tenho outra convicção. Note-se que não era pálido nem mofino: tinha boas cores e músculos de ferro. Na lição de escrita, por exemplo, acabava sempre antes de todos, mas deixava-me estar a recortar narizes no papel ou na tábua, ocupação sem nobreza nem espiritualidade, mas em todo caso ingênua. Naquele dia foi a mesma coisa; tão depressa acabei, como entrei a reproduzir o nariz do mestre, dando-lhe cinco ou seis atitudes diferentes, das quais recordo a interrogativa, a admirativa, a dubitativa e a cogitativa. Não lhes punha esses nomes, pobre estudante de primeiras letras que era; mas, instintivamente, dava-lhe essas expressões. Os outros foram acabando; não tive remédio senão acabar também, entregar a escrita, e voltar para o meu lugar.

Com franqueza, estava arrependido de ter vindo. Agora que ficava preso, ardia por andar lá fora, e recapitulava o campo e o morro, pensava nos outros meninos vadios, o Chico Telha, o Américo, o Carlos das Escadinhas, a fina flor do bairro e do gênero humano. Para cúmulo de desespero, vi através das vidraças da escola, no claro azul do céu, por cima do morro do Livramento, um papagaio de papel, alto e largo, preso de uma corda imensa, que bojava no ar, uma coisa soberba. E eu na escola, sentado, pernas unidas com o livro de leitura e a gramática nos joelhos.

— Fui um bobo em vir, disse eu ao Raimundo. — Não diga isso, murmurou ele.

Olhei para ele; estava mais pálido. Então lembrou-me outra vez que queria pedir-me alguma coisa, e perguntei-lhe o que era. Raimundo estremeceu de novo, e, rápido, disse-me que esperasse um pouco; era uma coisa particular.

— Seu Pilar..., murmurou ele daí a alguns minutos.

— Que é?

— Você...

— Você quê?

Ele deitou os olhos ao pai, e depois a alguns outros meninos. Um destes, o Curvelo, olhava para ele, desconfiado, e o Raimundo, notando-me essa circunstância, pediu alguns minutos mais de espera. Confesso que começava a arder de curiosidade. Olhei para o Curvelo, e vi que parecia atento; podia ser uma simples curiosidade vaga, natural indiscrição; mas podia ser também alguma coisa entre eles. Esse Curvelo era um pouco levado do diabo. Tinha onze anos, era mais velho que nós.

Que me quereria o Raimundo? Continuei inquieto, remexendo-me muito, falando-lhe baixo, com instância, que me dissesse o que era, que ninguém cuidava dele nem de mim. Ou então, de tarde...

— De tarde, não, interrompeu-me ele; não pode ser de tarde.

— Então agora...

— Papai está olhando.

Na verdade, o mestre fitava-nos. Como era mais severo para o filho, buscava-o muitas vezes com os olhos, para trazê-lo mais aperreado. Mas nós também éramos finos; metemos o nariz no livro, e continuamos a ler. Afinal cansou e tomou as folhas do dia, três ou quatro, que ele lia devagar, mastigando as ideias e as paixões. Não esqueçam que estávamos então no fim da Regência, e que era grande a agitação pública. Policarpo tinha decerto algum partido, mas nunca pude averiguar esse ponto. O pior que ele podia ter, para nós, era a palmatória. E essa lá estava, pendurada do portal da janela, à direita, com os seus cinco olhos do diabo. Era só levantar a mão, despendurá-la e brandi-la, com a força do costume, que não era pouca. E daí pode ser que alguma vez as paixões políticas dominassem nele a ponto de poupar-nos uma ou outra correção. Naquele dia, ao menos, pareceu-me que lia as folhas com muito interesse; levantava os olhos de quando em quando, ou tomava uma pitada, mas tornava logo aos jornais, e lia a valer.

No fim de algum tempo — dez ou doze minutos — Raimundo meteu a mão no bolso das calças e olhou para mim.

— Sabe o que tenho aqui?

— Não.

— Uma pratinha que mamãe me deu.

— Hoje?

— Não, no outro dia, quando fiz anos...

— Pratinha de verdade?

— De verdade.

Tirou-a vagarosamente, e mostrou-me de longe. Era uma moeda do tempo do rei, cuido que doze vinténs ou dous tostões, não me lembro; mas era uma moeda, e tal moeda que me fez pular o sangue no coração. Raimundo revolveu em mim o olhar pálido; depois perguntou-me se a queria para mim. Respondi-lhe que estava caçoando, mas ele jurou que não.

— Mas então você fica sem ela?

— Mamãe depois me arranja outra. Ela tem muitas que vovô lhe deixou, numa caixinha; algumas são de ouro. Você quer esta?

Minha resposta foi estender-lhe a mão disfarçadamente, depois de olhar para a mesa do mestre. Raimundo recuou a mão dele e deu à boca um gesto amarelo, que queria sorrir. Em seguida propôs-me um negócio, uma troca de serviços; ele me daria a moeda, eu lhe explicaria um ponto da lição de sintaxe. Não conseguira reter nada do livro, e estava com medo do pai. E concluía a proposta esfregando a pratinha nos joelhos...

Tive uma sensação esquisita. Não é que eu possuísse da virtude uma ideia antes própria de homem; não é também que não fosse fácil em empregar uma ou outra mentira de criança. Sabíamos ambos enganar ao mestre. A novidade estava nos termos da proposta, na troca de lição e dinheiro, compra franca, positiva, toma lá, dá cá; tal foi a causa da sensação. Fiquei a olhar para ele, à toa, sem poder dizer nada.

Compreende-se que o ponto da lição era difícil, e que o Raimundo, não o tendo aprendido, recorria a um meio que lhe pareceu útil para escapar ao castigo do pai. Se me tem pedido a coisa por favor, alcançá-la-ia do mesmo modo, como de outras vezes; mas parece que era a lembrança das outras vezes, o medo de achar a minha vontade frouxa ou cansada, e não aprender como queria, — e pode ser mesmo que em alguma ocasião lhe tivesse ensinado mal, — parece que tal foi a causa da proposta. O pobre-diabo contava com o favor, — mas queria assegurar-lhe a eficácia, e daí recorreu à moeda que a mãe lhe dera e que ele guardava como relíquia ou brinquedo; pegou dela e veio esfregá-la nos joelhos, à minha vista, como uma tentação... Realmente, era bonita, fina, branca, muito branca; e para mim, que só trazia cobre no bolso, quando trazia alguma coisa, um cobre feio, grosso, azinhavrado...

Não queria recebê-la, e custava-me recusá-la. Olhei para o mestre, que continuava a ler, com tal interesse, que lhe pingava o rapé do nariz. — Ande, tome, dizia-me baixinho o filho. E a pratinha fuzilava-lhe entre os dedos, como se fora diamante... Em verdade, se o mestre não visse nada, que mal havia? E ele não podia ver nada, estava agarrado aos jornais lendo com fogo, com indignação...

— Tome, tome...

Relanceei os olhos pela sala, e dei com os do Curvelo em nós; disse ao Raimundo que esperasse. Pareceu-me que o outro nos observava, então dissimulei; mas daí a pouco, deitei-lhe outra vez o olho, e — tanto se ilude a vontade! — não lhe vi mais nada. Então cobrei ânimo.

— Dê cá...

Raimundo deu-me a pratinha, sorrateiramente; eu meti-a na algibeira das calças, com um alvoroço que não posso definir. Cá estava ela comigo, pegadinha à perna. Restava prestar o serviço, ensinar a lição, e não me demorei em fazê-lo, nem o fiz mal, ao menos conscientemente; passava-lhe a explicação em um retalho de papel que ele recebeu com cautela e cheio de atenção. Sentia-se que despendia um esforço cinco ou seis vezes maior para aprender um nada; mas contanto que ele escapasse ao castigo, tudo iria bem.

De repente, olhei para o Curvelo e estremeci; tinha os olhos em nós, com um riso que me pareceu mau. Disfarcei; mas daí a pouco, voltando-me outra vez para ele, achei-o do mesmo modo, com o mesmo ar, acrescendo que entrava a remexer-se no banco, impaciente. Sorri para ele e ele não sorriu; ao contrário, franziu a testa, o que lhe deu um aspecto ameaçador. O coração bateu-me muito.

— Precisamos muito cuidado, disse eu ao Raimundo.

— Diga-me isto só, murmurou ele.

Fiz-lhe sinal que se calasse; mas ele instava, e a moeda, cá no bolso, lembrava-me o contrato feito. Ensinei-lhe o que era, disfarçando muito; depois, tornei a olhar para o Curvelo, que me pareceu ainda mais inquieto, e o riso, dantes mau, estava agora pior. Não é preciso dizer que também eu ficara em brasas, ansioso que a aula acabasse; mas nem o relógio andava como das outras vezes, nem o mestre fazia caso da escola; este lia os jornais, artigo por artigo, pontuando-os com exclamações, com gestos de ombros, com uma ou duas pancadinhas na mesa. E lá fora, no céu azul, por cima do morro, o mesmo eterno papagaio, guinando a um lado e outro, como se me chamasse a ir ter com ele. Imaginei-me ali, com os livros e a pedra embaixo da mangueira, e a pratinha no bolso das calças, que eu não daria a ninguém, nem que me serrassem; guardá-la-ia em casa, dizendo à mamãe que a tinha achado na rua. Para que me não fugisse, ia apalpando-a, roçando-lhe os dedos pelo cunho, quase lendo pelo tato a inscrição, com uma grande vontade de espiá-la.

— Oh! seu Pilar!, bradou o mestre com voz de trovão.

Estremeci como se acordasse de um sonho, e levantei-me às pressas. Dei com o mestre olhando para mim, cara fechada, jornais dispersos, e ao pé da mesa, em pé, o Curvelo. Pareceu-me adivinhar tudo.

— Venha cá!, bradou o mestre.

Fui e parei diante dele. Ele enterrou-me pela consciência dentro de um par de olhos pontudos; depois chamou o filho. Toda a escola tinha parado; ninguém mais lia, ninguém fazia um só movimento. Eu, conquanto não tirasse os olhos do mestre, sentia no ar a curiosidade e o pavor de todos.

— Então o senhor recebe dinheiro para ensinar as lições aos outros?, disse-me o Policarpo.

— Eu...

— Dê cá a moeda que este seu colega lhe deu!, clamou.

Não obedeci logo, mas não pude negar nada. Continuei a tremer muito. Policarpo bradou de novo que lhe desse a moeda, e eu não resisti mais, meti a mão no bolso, vagarosamente, saquei-a e entreguei-lha. Ele examinou-a de um e outro lado, bufando de raiva; depois estendeu o braço e atirou-a à rua. E então disse-nos uma porção de coisas duras, que tanto o filho como eu acabávamos de praticar uma ação feia, indigna, baixa, uma vilania, e para emenda e exemplo íamos ser castigados. Aqui pegou da plamatória.

— Perdão, seu mestre..., solucei eu.

— Não há perdão! Dê cá a mão! dê cá! vamos! sem-vergonha! Dê cá a mão!

— Mas, *seu* mestre...

— Olhe que é pior!

Estendi-lhe a mão direita, depois a esquerda, e fui recebendo os bolos uns por cima dos outros, até completar doze, que me deixaram as palmas vermelhas e inchadas. Chegou a vez do filho, e foi a mesma coisa; não lhe poupou nada, dois, quatro, oito, doze bolos. Acabou, pregou-nos outro sermão. Chamou-nos sem-vergonhas, desaforados, e jurou que se repetíssemos o negócio, apanharíamos tal castigo que nos havia de lembrar para todo o sempre. E exclamava: Porcalhões! tratantes! faltos de brio!

Eu por mim, tinha a cara no chão. Não ousava fitar ninguém, sentia todos os olhos em nós. Recolhi-me ao banco, soluçando, fustigado pelos impropérios do mestre. Na sala arquejava o terror; posso dizer que naquele dia ninguém faria igual negócio. Creio que o próprio Curvelo enfiara de medo. Não olhei logo para ele, cá dentro de mim jurava quebrar-lhe a cara, na rua, logo que saíssemos, tão certo como três e dois serem cinco.

Daí a algum tempo olhei para ele; ele também olhava para mim, mas desviou a cara, e penso que empalideceu. Compôs-se e entrou a ler em voz alta; estava com medo. Começou a variar de atitude, agitando-se à toa, coçando os joelhos, o nariz. Pode ser até que se arrependesse de nos ter denunciado; e na verdade, por que denunciou-nos? Em que é que lhe tirávamos alguma coisa?

"Tu me pagas! tão duro como osso!", dizia eu comigo.

Veio a hora de sair, e saímos; ele foi adiante, apressado, e eu não queria brigar ali mesmo, na rua do Costa, perto do colégio; havia de ser na rua larga de S. Joaquim. Quando, porém, cheguei à esquina, já o não vi; provavelmente escondera-se em algum corredor ou loja; entrei numa botica, espiei em outras casas, perguntei por ele a algumas pessoas, ninguém me deu notícia. De tarde faltou à escola.

Em casa não contei nada, é claro; mas para explicar as mãos inchadas, menti a minha mãe, disse-lhe que não tinha sabido a lição. Dormi nessa noite mandando ao diabo os dois meninos, tanto o da denúncia como o da moeda. E sonhei com a moeda; sonhei que, ao tornar à escola, no dia seguinte, dera com ela na rua, e a apanhara, sem medo nem escrúpulos...

De manhã, acordei cedo. A ideia de ir procurar a moeda fez-me vestir depressa. O dia estava esplêndido, um dia de maio, sol magnífico, ar brando, sem contar as calças novas que minha mãe me deu, por sinal que eram amarelas. Tudo isso, e a pratinha... Saí de casa, como se fosse trepar ao trono de Jerusalém. Piquei o passo para que ninguém chegasse antes de mim à escola; ainda assim não andei tão depressa que amarrotasse as calças. Não, que elas eram bonitas! Mirava-as, fugia aos encontros, ao lixo da rua...

Na rua encontrei uma companhia do batalhão de fuzileiros, tambor à frente, rufando. Não podia ouvir isto quieto. Os soldados vinham batendo o pé rápido, igual, direita, esquerda, ao som do rufo; vinham, passaram por mim, e foram andando. Eu senti um comichão nos pés, e tive ímpeto de ir atrás deles. Já lhes disse: o dia estava lindo, e depois o tambor... Olhei para um e outro lado; afinal, não sei como foi, entrei a marchar também ao som do rufo, creio que cantarolando alguma coisa: *Rato na Casaca*... Não fui à escola, acompanhei os fuzileiros, depois enfiei pela Saúde, e acabei a manhã na Praia da Gamboa. Voltei para casa com as calças enxovalhadas, sem pratinha no bolso nem ressentimento na alma. E contudo a pratinha era bonita e foram eles, Raimundo e Curvelo, que me deram o primeiro conhecimento, um da corrupção, outro da delação; mas o diabo do tambor...

> Os gritos da vítima, antes da lenta e derradeira luta e durante a luta, continuavam a repercutir dentro de mim, e o ar, para onde quer que me voltasse, aparecia recortado de convulsões.
>
> [*O narrador-personagem*]

O ENFERMEIRO

[*VÁRIAS HISTÓRIAS*]

Parece-lhe então que o que se deu comigo em 1860 pode entrar numa página de livro? Vá que seja, com a condição única de que não há de divulgar nada antes da minha morte. Não esperará muito, pode ser que oito dias, se não for menos; estou desenganado.

Olhe, eu podia mesmo contar-lhe a minha vida inteira, em que há outras coisas interessantes, mas para isso era preciso tempo, ânimo e papel, e eu só tenho papel; o ânimo é frouxo, e o tempo assemelha-se à lamparina de madrugada. Não tarda o sol do outro dia, um sol dos diabos, impenetrável como a vida. Adeus, meu caro senhor, leia isto e queira-me bem; perdoe-me o que lhe parecer mau, e não maltrate muito a arruda, se lhe não cheira a rosas. Pediu-me um documento humano, ei-lo aqui. Não me peça também o império do Grão-Mogol, nem a fotografia dos Macabeus; peça, porém, os meus sapatos de defunto e não os dou a ninguém mais.

Já sabe que foi em 1860. No ano anterior, ali pelo mês de agosto, tendo eu quarenta e dois anos, fiz-me teólogo, — quero dizer, copiava os estudos de teologia de um padre de Niterói, antigo companheiro de colégio, que assim me dava, delicadamente, casa, cama e mesa. Naquele mês de agosto de 1859, recebeu ele uma carta de um vigário de certa vila do interior perguntando se conhecia pessoa entendida, discreta e paciente, que quisesse ir servir de enfermeiro ao coronel Felisberto, mediante um bom ordenado. O padre falou-me, aceitei com ambas as mãos, estava já enfarado de copiar citações latinas e fórmulas eclesiásticas. Vim à Corte despedir-me de um irmão, e segui para a vila.

Chegando à vila, tive más notícias do coronel. Era homem insuportável, estúrdio, exigente, ninguém o aturava, nem os próprios amigos. Gastava mais enfermeiros que remédios. A dois deles quebrou a cara. Respondi que não tinha medo de gente sã, menos ainda de doentes; e depois de entender-me com o vigário, que me confirmou as notícias recebidas, e me recomendou mansidão e caridade, segui para a residência do coronel.

Achei-o na varanda da casa estirado numa cadeira, bufando muito. Não me recebeu mal. Começou por não dizer nada; pôs em mim dois olhos de gato que observa; depois, uma espécie de riso maligno alumiou-lhe as feições, que eram duras. Afinal, disse-me que nenhum dos enfermeiros que tivera prestava para nada, dormiam muito, eram respondões e andavam ao faro das escravas; dois eram até gatunos!

— Você é gatuno?

— Não, senhor.

Em seguida, perguntou-me pelo nome: disse-lho e ele fez um gesto de espanto. Colombo? Não, senhor: Procópio José Gomes Valongo. Valongo? Achou que não era nome de gente, e propôs chamar-me tão somente Procópio, ao que respondi que estaria pelo que fosse de seu agrado. Conto-lhe esta particularidade, não só porque me parece pintá-lo bem, como porque a minha resposta deu de mim a melhor ideia ao coronel. Ele mesmo o declarou ao vigário, acrescentando que eu era o mais simpático dos enfermeiros que tivera. A verdade é que vivemos uma lua de mel de sete dias.

No oitavo dia, entrei na vida dos meus predecessores, uma vida de cão, não dormir, não pensar em mais nada, recolher injúrias, e, às vezes, rir delas, com um ar de resignação e conformidade; reparei que era um modo de lhe fazer corte. Tudo impertinências da moléstia e do temperamento. A moléstia era um rosário delas, padecia de aneurisma, de reumatismo e de três ou quatro afecções menores. Tinha perto de sessenta anos, e desde os cinco toda a gente lhe fazia a vontade. Se fosse só rabugento, vá; mas ele era também mau, deleitava-se com a dor e a humilhação dos outros. No fim de três meses estava farto de o aturar; determinei vir embora; só esperei ocasião.

Não tardou a ocasião. Um dia, como lhe não desse a tempo uma fomentação, pegou da bengala e atirou-me dois ou três golpes. Não era preciso mais; despedi-me imediatamente, e fui aprontar a mala. Ele foi ter comigo, ao quarto, pediu-me que não valia a pena zangar-se por uma rabugice de velho. Instou tanto que fiquei.

— Estou na dependura, Procópio, dizia-me ele à noite; não posso viver muito tempo. Estou aqui, estou na cova. Você há de ir ao meu enterro, Procópio; não o dispenso por nada. Há de ir, há de rezar ao pé da minha sepultura. Se não for, acrescentou rindo, eu voltarei de noite para lhe puxar as pernas. Você crê em almas de outro mundo, Procópio?

— Qual o quê!

— E por que é que não há de crer, seu burro?, redarguiu vivamente, arregalando os olhos.

Eram assim as pazes; imagine a guerra. Coibiu-se das bengaladas; mas as injúrias ficaram as mesmas, se não piores. Eu, com o tempo, fui calejando, e não dava mais por nada; era burro, camelo, pedaço d'asno, idiota, moleirão, era tudo. Nem, ao menos, havia mais gente que recolhesse uma parte desses nomes. Não tinha parentes; tinha um sobrinho que morreu tísico, em fins de maio ou princípios de julho, em Minas. Os amigos iam por lá às vezes aprová-lo, aplaudi-lo, e nada mais; cinco, dez minutos de visita. Restava eu; era eu sozinho para um dicionário inteiro. Mais de uma vez resolvi sair; mas instado pelo vigário, ia ficando.

Não só as relações foram-se tornando melindrosas, mas eu estava ansioso por tornar à Corte. Aos quarenta e dois anos não é que havia de acostumar-me à reclusão constante, ao pé de um doente bravio, no interior. Para avaliar o meu isolamento, basta saber que eu nem lia os jornais; salvo alguma notícia mais importante que levavam ao coronel, eu nada sabia do resto do mundo. Entendi, portanto, voltar para a Corte, na primeira ocasião, ainda que tivesse de brigar com o vigário. Bom é dizer (visto que faço uma confissão geral) que, nada gastando e tendo guardado integralmente os ordenados, estava ansioso por vir dissipá-los aqui.

Era provável que a ocasião aparecesse. O coronel estava pior, fez testamento, descompondo o tabelião, quase tanto como a mim. O trato era mais duro, os breves lapsos de sossego e brandura faziam-se raros. Já por esse tempo tinha eu perdido a escassa dose de piedade que me fazia esquecer os excessos do doente; trazia dentro de mim um fermento de ódio e aversão. No princípio de agosto resolvi definitivamente sair; o vigário e o médico, aceitando-me as razões, pediram-me que ficasse algum tempo mais. Concedi-lhes um mês; no fim de um mês viria embora, qualquer que fosse o estado do doente. O vigário tratou de procurar-me substituto.

Vai ver o que aconteceu. Na noite de vinte e quatro de agosto, o coronel teve um acesso de raiva, atropelou-me, disse-me muito nome cru, ameaçou-me de um tiro, e acabou atirando-me um prato de mingau, que achou frio, o prato foi cair na parede onde se fez em pedaços.

— Hás de pagá-lo, ladrão!, bradou ele.

Resmungou ainda muito tempo. Às onze horas passou pelo sono. Enquanto ele dormia, saquei um livro do bolso, um velho romance de d'Arlincourt, traduzido, que lá achei, e pus-me a lê-lo, no mesmo quarto, à pequena distância da cama; tinha de acordá-lo à meia-noite para lhe dar o remédio. Ou fosse de cansaço, ou do livro, antes de chegar ao fim da segunda página adormeci também. Acordei aos gritos do coronel, e levantei-me estremunhado. Ele, que parecia delirar, continuou nos mesmos gritos, e acabou por lançar mão da moringa e arremessá-la contra mim. Não tive tempo de desviar-me; a moringa bateu-me na face esquerda, e tal foi a dor que não vi mais nada; atirei-me ao doente, pus-lhe as mãos ao pescoço, lutamos, e esganei-o.

Quando percebi que o doente expirava, recuei aterrado, e dei um grito; mas ninguém me ouviu. Voltei à cama, agitei-o para chamá-lo à vida, era tarde; arrebentara o aneurisma, e o coronel morreu. Passei à sala contígua, e durante duas horas não ousei voltar ao quarto. Não posso mesmo dizer tudo o que passei, durante esse tempo. Era um atordoamento, um delírio vago e estúpido. Parecia-me que as paredes tinham vultos; escutava umas vozes surdas. Os gritos da vítima, antes da luta, continuavam a repercutir dentro de mim, e o ar, para onde quer que me voltasse, parecia recortado de convulsões. Não creia que esteja fazendo imagens nem estilo; digo-lhe que eu ouvia distintamente umas vozes que me bradavam: assassino! assassino!

Tudo o mais estava calado. O mesmo som do relógio, lento, igual e seco, sublinhava o silêncio e a solidão. Colava a orelha à porta do quarto na esperança de ouvir um gemido, uma palavra, uma injúria, qualquer coisa que significasse a vida, e me restituísse a paz à consciência. Estaria pronto a apanhar das mãos do coronel, dez, vinte, cem vezes. Mas nada, nada; tudo calado. Voltava a andar à toa, na sala, sentava-me, punha as mãos na cabeça; arrependia-me de ter vindo. — "Maldita a hora em que aceitei semelhante coisa!", exclamava. E descompunha o padre de Niterói, o médico, o vigário, os que me arranjaram um lugar, e os que me pediram para ficar mais algum tempo. Agarrava-me à cumplicidade dos outros homens.

Como o silêncio acabasse por aterrar-me, abri uma das janelas, para escutar o som do vento, se ventasse. Não ventava. A noite ia tranquila, as estrelas fulguravam, com a indiferença de pessoas que tiram o chapéu a um enterro que passa, e continuam a falar de outra coisa. Encostei-me ali por algum tempo, fitando a noite, deixando-me ir a uma recapitulação da vida, a ver se descansava da dor presente. Só então posso dizer que pensei claramente no castigo. Achei-me com um crime às costas e vi a punição certa. Aqui o temor complicou o remorso. Senti que os cabelos me ficavam de pé. Minutos depois, vi três ou quatro vultos de pessoas, no terreiro espiando, com um ar de emboscada; recuei, os vultos esvaíram-se no ar; era uma alucinação.

Antes do alvorecer curei a contusão da face. Só então ousei voltar ao quarto. Recuei duas vezes, mas era preciso e entrei; ainda assim, não cheguei logo à cama. Tremiam-me as pernas, o coração batia-me; cheguei a pensar na fuga; mas era confessar o crime, e, ao contrário, urgia fazer desaparecer os vestígios dele. Fui até a cama; vi o cadáver, com os olhos arregalados e a boca aberta, como deixando passar a eterna palavra dos séculos: "Caim, que fizeste de teu irmão?". Vi no pescoço o sinal das minhas unhas; abotoei alto a camisa e cheguei ao queixo a ponta do lençol. Em seguida, chamei um escravo, disse-lhe que o coronel amanhecera morto; mandei recado ao vigário e ao médico.

A primeira ideia foi retirar-me logo cedo, a pretexto de ter meu irmão doente, e, na verdade, recebera carta dele, alguns dias antes, dizendo-me que se sentia mal. Mas adverti que a retirada imediata poderia fazer despertar suspeitas, e fiquei. Eu mesmo amortalhei o cadáver, com o auxílio de um preto velho e míope. Não saí da sala mortuária; tinha medo de que descobrissem alguma coisa. Queria ver no rosto dos outros se desconfiavam; mas não ousava fitar ninguém. Tudo me dava impaciência: os passos de ladrão com que entravam na sala, os cochichos, as cerimônias e as rezas do vigário. Vindo a hora, fechei o caixão, com as mãos trêmulas, tão trêmulas que uma pessoa, que reparou nelas, disse a outra com piedade:

— Coitado do Procópio! apesar do que padeceu está muito sentido.

Pareceu-me ironia; estava ansioso por ver tudo acabado. Saímos à rua. A passagem da meia escuridão da casa para a claridade da rua deu-me grande abalo; receei que fosse então impossível ocultar o crime. Meti os olhos no chão, e fui andando. Quando tudo acabou, respirei. Estava em paz com os homens. Não o estava com a consciência, e as primeiras noites foram naturalmente de desassossego e aflição. Não é preciso dizer que vim logo para o Rio de Janeiro, nem que vivi aqui aterrado, embora longe do crime; não ria, falava pouco, mal comia, tinha alucinações, pesadelos...

— Deixa lá o outro que morreu, diziam-me. Não é caso para tanta melancolia.

E eu aproveitava a ilusão, fazendo muitos elogios ao morto chamando-lhe boa criatura, impertinente, é verdade, mas um coração de ouro. E elogiando, convencia-me também, ao menos por alguns instantes. Outro fenômeno interessante, e que talvez lhe possa aproveitar, é que, não sendo religioso, mandei dizer uma missa pelo eterno descanso do coronel, na igreja do Sacramento. Não fiz convites, não disse nada a ninguém; fui ouvi-la, sozinho, e estive de joelhos todo o tempo, persignando-me a miúdo. Dobrei a espórtula do padre, e distribuí esmolas à porta, tudo por intenção do finado. Não queria embair os homens; a prova é que fui só. Para completar este ponto, acrescentarei que nunca aludia ao coronel, que não dissesse: "Deus lhe fale n'alma!". E contava dele algumas anedotas alegres, rompantes engraçados...

Sete dias depois de chegar ao Rio de Janeiro, recebi a carta do vigário, que lhe mostrei, dizendo-me que fora achado o testamento do coronel, e que eu era o herdeiro universal. Imagine o meu pasmo. Pareceu-me que lia mal, fui a meu irmão, fui aos amigos; todos leram a mesma coisa. Estava escrito; era eu o herdeiro universal do coronel. Cheguei a supor que fosse uma cilada; mas adverti logo que havia outros meios de capturar-me, se o crime estivesse descoberto. Demais, eu conhecia a probidade do vigário, que não se prestaria a ser instrumento. Reli a carta, cinco, dez, muitas vezes; lá estava a notícia.

— Quanto tinha ele?, perguntava-me meu irmão.

— Não sei, mas era rico.

— Realmente, provou que era teu amigo.

— Era... era...

Assim por uma ironia da sorte, os bens do coronel vinham parar às minhas mãos. Cogitei em recusar a herança. Parecia-me odioso receber um vintém do tal espólio; era pior do que fazer-me esbirro alugado. Pensei nisso três dias, e esbarrava sempre na consideração de que a recusa podia fazer desconfiar alguma coisa. No fim dos três dias, assentei num meio-termo; receberia a herança e dá-la-ia toda, aos bocados e às escondidas. Não eram só escrúpulos; era também o modo de resgatar o crime por um ato de virtude; pareceu-me que ficava assim de contas saldas.

Preparei-me e segui para a vila. Em caminho, à proporção que me ia aproximando, recordava o triste sucesso; as cercanias da vila tinham um aspecto de tragédia, e a sombra do coronel parecia-me surgir de cada lado. A imaginação ia reproduzindo as palavras, os gestos, toda a noite horrenda do crime...

Crime ou luta? Realmente, foi uma luta em que eu, atacado, defendi-me, e na defesa... Foi uma luta, uma luta desgraçada, uma fatalidade. Fixei-me nessa ideia. E balanceava os agravos, punha no ativo as pancadas, as injúrias... Não era culpa do coronel, bem o sabia, era da moléstia, que o tornava assim rabugento e até mau... Mas eu perdoava tudo, tudo... O pior foi a fatalidade daquela noite... Considerei também que o coronel não podia viver muito mais; estava por pouco; ele mesmo o sentia e dizia. Viveria quanto? Duas semanas, ou uma; pode ser até que menos. Já não era vida, era um molambo de vida, se isto mesmo se podia chamar ao padecer contínuo do pobre homem... E quem sabe mesmo se a luta e a morte não foram apenas coincidentes? Podia ser, era até o mais provável; não foi outra coisa. Fixei-me também nessa ideia...

Perto da vila apertou-se-me o coração, e quis recuar; mas dominei-me e fui. Receberam-me com parabéns. O vigário disse-me as disposições do testamento, os legados pios e de caminho ia louvando a mansidão cristã e o zelo com que eu servira ao coronel, que, apesar de áspero e duro, soube ser grato.

— Sem dúvida, dizia eu olhando para outra parte.

Estava atordoado. Toda a gente me elogiava a dedicação e a paciência. As primeiras necessidades do inventário detiveram-me algum tempo na vila. Constituí advogado; as coisas correram placidamente. Durante esse tempo, falava muita vez do coronel. Vinham contar-me coisas dele, mas sem a moderação do padre; eu defendia-o, apontava algumas virtudes, era austero...

— Qual austero! Já morreu, acabou; mas era o diabo.

E referiam-me casos duros, ações perversas, algumas extraordinárias. Quer que lhe diga? Eu, a princípio, ia ouvindo cheio de curiosidade; depois, entrou-me no coração um singular prazer, que eu, sinceramente, buscava expelir. E defendia o coronel, explicava-o, atribuía alguma coisa às rivalidades locais; confessava, sim, que era um pouco violento... Um pouco? Era uma cobra assanhada, interrompia-me o barbeiro; e todos, o coletor, o boticário, o escrivão, todos diziam a mesma coisa; e vinham outras anedotas, vinha toda a vida do defunto. Os velhos lembravam-se das crueldades dele, em menino. E o prazer íntimo, calado, insidioso, crescia dentro de mim, espécie de tênia moral, que por mais que a arrancasse aos pedaços, recompunha-se logo e ia ficando.

As obrigações do inventário distraíram-me; e por outro lado a opinião da vila era tão contrária ao coronel, que a vista dos lugares foi perdendo para mim a feição tenebrosa que a princípio achei neles. Entrando na posse da herança, converti-a em títulos e dinheiro. Eram então passados muitos meses, e a ideia de distribuí-la toda em esmolas e donativos pios não me dominou como da primeira vez; achei mesmo que era afetação. Restringi o plano primitivo: distribuí alguma coisa aos pobres, dei à matriz da vila uns paramentos novos, fiz uma esmola à Santa Casa da Misericórdia etc.: ao todo trinta e dois contos. Mandei também levantar um túmulo ao coronel, todo de mármore, obra de um napolitano, que aqui esteve até 1866, e foi morrer, creio eu, no Paraguai.

Os anos foram andando, a memória tornou-se cinzenta e desmaiada. Penso às vezes no coronel, mas sem os terrores dos primeiros dias. Todos os médicos a quem contei as moléstias dele foram acordes em que a morte era certa, e só se admiravam de ter resistido tanto tempo. Pode ser que eu, involuntariamente, exagerasse a descrição que então lhe fiz; mas a verdade é que ele devia morrer, ainda que não fosse aquela fatalidade...

Adeus, meu caro senhor. Se achar que esses apontamentos valem alguma coisa, pague-me também com um túmulo de mármore, ao qual dará por epitáfio esta emenda que faço aqui ao divino sermão da montanha: "Bem-aventurados os que possuem, porque eles serão consolados.".

> Ele respondia a tudo com um sorriso
> satisfeito e discreto, um sorriso de pessoa
> que viveu uma grande noite.
>
> [*O narrador crudelissimamente irônico*]

NOITE DE ALMIRANTE

[*HISTÓRIAS SEM DATA*]

Deolindo Venta-Grande (era uma alcunha de bordo) saiu do arsenal de marinha e enfiou pela rua de Bragança. Batiam três horas da tarde. Era a fina flor dos marujos e, de mais, levava um grande ar de felicidade nos olhos. A corveta dele voltou de uma longa viagem de instrução, e Deolindo veio à terra tão depressa alcançou licença. Os companheiros disseram-lhe, rindo:

— Ah! Venta-Grande! Que noite de almirante vai você passar! ceia, viola e os braços de Genoveva. Colozinho de Genoveva...

Deolindo sorriu. Era assim mesmo, uma noite de almirante, como eles dizem, uma dessas grandes noites de almirante que o esperava em terra. Começara a paixão três meses antes de sair a corveta. Chamava-se Genoveva, caboclinha de vinte anos, esperta, olho negro e atrevido. Encontraram-se em casa de terceiro e ficaram morrendo um pelo outro, a tal ponto que estiveram prestes a dar uma cabeçada, ele deixaria o serviço e ela o acompanharia para a vila mais recôndita do interior.

A velha Inácia, que morava com ela, dissuadiu-os disso; Deolindo não teve remédio senão seguir em viagem de instrução. Eram oito ou dez meses de ausência. Como fiança recíproca, entenderam dever fazer um juramento de fidelidade.

— Juro por Deus que está no céu. E você?

— Eu também.

— Diz direito.

— Juro por Deus que está no céu; a luz me falte na hora da morte.

Estava celebrado o contrato. Não havia descrer da sinceridade de ambos; ela chorava doidamente, ele mordia o beiço para dissimular. Afinal separaram-se, Genoveva foi ver sair a corveta e voltou para casa com um tal aperto no coração que parecia que "lhe ia dar uma coisa". Não lhe deu nada, felizmente; os dias foram passando, as semanas, os meses, dez meses, ao cabo dos quais a corveta tornou e Deolindo com ela.

Lá vai ele agora, pela rua de Bragança, Prainha e Saúde, até ao princípio da Gamboa, onde mora Genoveva. A casa é uma rotulazinha escura, portal rachado do sol, passando o Cemitério dos Ingleses; lá deve estar Genoveva, debruçada à janela, esperando por ele. Deolindo prepara uma palavra que lhe diga. Já formulou esta: "Jurei e cumpri", mas procura outra melhor. Ao mesmo tempo lembra as mulheres que viu por esse mundo de Cristo, italianas, marselhesas ou turcas, muitas delas bonitas, ou que lhe pareciam tais. Concorda que nem todas seriam para os beiços dele, mas algumas eram, e nem por isso fez caso de nenhuma. Só pensava em Genoveva. A mesma casinha dela, tão pequenina, e a mobília de pé quebrado, tudo velho e pouco, isso mesmo lhe lembrava diante dos palácios de outras terras. Foi à custa de muita economia que comprou em Trieste um par de brincos, que leva agora no bolso com algumas bugigangas. E ela que lhe guardaria? Pode ser que um lenço marcado com o nome dele e uma âncora na ponta, porque ela sabia marcar muito bem. Nisto chegou à Gamboa, passou o cemitério e deu com a casa fechada. Bateu, falou-lhe uma voz conhecida, a da velha Inácia, que veio abrir-lhe a porta com grandes exclamações de prazer. Deolindo, impaciente, perguntou por Genoveva.

— Não me fale nessa maluca, arremeteu a velha. Estou bem satisfeita com o conselho que lhe dei. Olhe lá se fugisse. Estava agora como o lindo amor.

— Mas que foi? que foi?

A velha disse-lhe que descansasse, que não era nada, uma dessas coisas que aparecem na vida; não valia a pena zangar-se. Genoveva andava com a cabeça virada...

— Mas virada por quê?

— Está com um mascate, José Diogo. Conheceu José Diogo, mascate de fazendas? Está com ele. Não imagina a paixão que eles têm um pelo outro. Ela então anda maluca. Foi o motivo da nossa briga. José Diogo não me saía da porta; eram conversas e mais conversas, até que eu um dia disse que não queria a minha casa difamada. Ah! meu pai do céu! foi um dia de juízo. Genoveva investiu para mim com uns olhos deste tamanho, dizendo que nunca difamou ninguém e não precisava de esmolas. — Que esmolas, Genoveva? O que digo é que não quero esses cochichos à porta, desde as ave-marias... Dois dias depois estava mudada e brigada comigo.

— Onde mora ela?

— Na praia Formosa, antes de chegar à pedreira, uma rótula pintada de novo.

Deolindo não quis ouvir mais nada. A velha Inácia, um tanto arrependida, ainda lhe deu avisos de prudência; mas ele não os escutou e foi andando. Deixo de notar o que pensou em todo o caminho; não pensou nada. As ideias marinhavam-lhe no cérebro, como em hora de temporal, no meio de uma confusão de ventos e apitos. Entre elas rutilou a faca de bordo, ensanguentada e vingadora. Tinha passado a Gamboa, o Saco do Alferes, entrara na praia Formosa. Não sabia o número da casa, mas era perto da pedreira, pintada de novo, e com auxílio da vizinhança poderia achá-la. Não contou com o acaso que pegou de Genoveva e fê-la sentar à janela, cosendo, no momento em que Deolindo ia passando. Ele conheceu-a e parou; ela, vendo o vulto de um homem, levantou os olhos e deu com o marujo.

— Que é isso?, exclamou espantada. Quando chegou? Entre, seu Deolindo.

E, levantando-se, abriu a rótula e fê-lo entrar. Qualquer outro homem ficaria alvoroçado de esperanças, tão francas eram as maneiras da rapariga; podia ser que a velha se enganasse ou mentisse; podia ser mesmo que a cantiga do mascate estivesse acabada. Tudo isso lhe passou pela cabeça, sem a forma precisa do raciocínio ou da reflexão, mas em tumulto e rápido. Genoveva deixou a porta aberta, fê-lo sentar-se, pediu-lhe notícias da viagem e achou-o mais gordo; nenhuma comoção nem intimidade. Deolindo perdeu a última esperança. Em falta de faca, bastavam-lhe as mãos para estrangular Genoveva, que era um pedacinho de gente, e durante os primeiros minutos não pensou em outra coisa.

— Sei tudo, disse ele.

— Quem lhe contou?

Deolindo levantou os ombros.

— Fosse quem fosse, tornou ela, disseram-lhe que eu gostava muito de um moço?

— Disseram.

— Disseram a verdade.

Deolindo chegou a ter um ímpeto; ela fê-lo parar só com a ação dos olhos. Em seguida disse que, se lhe abrira a porta, é porque contava que era homem de juízo. Contou-lhe então tudo, as saudades que curtira, as propostas do mascate, as suas recusas, até que um dia, sem saber como, amanhecera gostando dele.

— Pode crer que pensei muito e muito em você. Sinhá Inácia que lhe diga se não chorei muito... Mas o coração mudou... Mudou... Conto-lhe tudo isto, como se estivesse diante do padre, concluiu sorrindo.

Não sorria de escárnio. A expressão das palavras é que era uma mescla de candura e cinismo, de insolência e simplicidade, que desisto de definir melhor. Creio até que insolência e cinismo são mal aplicados. Genoveva não se defendia de um erro ou de um perjúrio; não se defendia de nada; faltava-lhe o padrão moral das ações. O que dizia, em resumo, é que era melhor não ter mudado, dava-se bem com a afeição do Deolindo, a prova é que quis fugir com ele; mas, uma vez que o mascate venceu o marujo, a razão era do mascate, e cumpria declará-lo. Que vos parece? O pobre marujo citava o juramento de despedida, como uma obrigação eterna, diante da qual consentira em não fugir e embarcar: "Juro por Deus que está no céu; a luz me falte na hora da morte". Se embarcou, foi porque ela lhe jurou isso. Com essas palavras é que andou, viajou, esperou e tornou; foram elas que lhe deram a força de viver. Juro por Deus que está no céu; a luz me falte na hora da morte...

— Pois, sim, Deolindo, era verdade. Quando jurei, era verdade. Tanto era verdade que eu queria fugir com você para o sertão. Só Deus sabe se era verdade! Mas vieram outras coisas... Veio este moço e eu comecei a gostar dele...

— Mas a gente jura é para isso mesmo; é para não gostar de mais ninguém...

— Deixa disso, Deolindo. Então você só se lembrou de mim? Deixa de partes...

— A que horas volta José Diogo?

— Não volta hoje.

— Não?

— Não volta; está lá para os lados de Guaratiba com a caixa; deve voltar sexta-feira ou sábado... E por que é que você quer saber? Que mal lhe fez ele?

Pode ser que qualquer outra mulher tivesse igual palavra; poucas lhe dariam uma expressão tão cândida, não de propósito, mas involuntariamente. Vede que estamos aqui muito próximos da natureza. Que mal lhe fez ele? Que mal lhe fez esta pedra que caiu de cima? Qualquer mestre de física lhe explicaria a queda das pedras. Deolindo declarou, com um gesto de desespero, que queria matá-lo. Genoveva olhou para ele com desprezo, sorriu de leve e deu um muxoxo; e, como ele lhe falasse de ingratidão e perjúrio, não pôde disfarçar o pasmo. Que perjúrio? que ingratidão? Já lhe tinha dito e repetia que quando jurou era verdade. Nossa Senhora, que ali estava, em cima da cômoda, sabia se era verdade ou não. Era assim que lhe pagava o que padeceu? E ele que tanto enchia a boca de fidelidade, tinha-se lembrado dela por onde andou?

A resposta dele foi meter a mão no bolso e tirar o pacote que lhe trazia. Ela abriu-o, aventou as bugigangas, uma por uma, e por fim deu com os brincos. Não eram nem poderiam ser ricos; eram mesmo de mau gosto, mas faziam uma vista de todos os diabos. Genoveva pegou deles, contente, deslumbrada, mirou-os por um lado e outro, perto e longe dos olhos, e afinal enfiou-os nas orelhas; depois foi ao espelho de pataca, suspenso na parede, entre a janela e a rótula, para ver o efeito que lhe faziam. Recuou, aproximou-se, voltou a cabeça da direita para a esquerda e da esquerda para a direita.

— Sim senhor, muito bonitos, disse ela, fazendo uma grande mesura de agradecimento. Onde é que comprou?

Creio que ele não respondeu nada, nem teria tempo para isso, porque ela disparou mais duas ou três perguntas, uma atrás da outra, tão confusa estava de receber um mimo a troco de um esquecimento. Confusão de cinco ou quatro minutos; pode ser que dois. Não tardou que tirasse os brincos, e os contemplasse e pusesse na caixinha em cima da mesa rendonda que estava no meio da sala. Ele pela sua parte começou a crer que, assim como a perdeu, estando ausente, assim o outro, ausente, podia também perdê-la; e, provavelmente, ela não lhe jurara nada.

— Brincando, brincando, é noite, disse Genoveva.

Com efeito, a noite ia caindo rapidamente. Já não podiam ver o hospital dos Lázaros e mal distinguiam a ilha dos Melões; as mesmas lanchas e canoas, postas em seco, defronte da casa, confundiam-se com a terra e o lodo da praia. Genoveva acendeu uma vela. Depois foi sentar-se na soleira da porta e pediu-lhe que contasse alguma coisa das terras por onde andara. Deolindo recusou a princípio; disse que ia embora, levantou-se e deu alguns passos na sala. Mas o demônio da esperança mordia e babujava o coração do pobre-diabo, e ele voltou a sentar-se, para dizer duas ou três anedotas de bordo. Genoveva escutava com atenção. Interrompidos por uma mulher da vizinhança, que ali veio, Genoveva fê-la sentar-se também para ouvir "as bonitas histórias que o Senhor Deolindo estava contando". Não houve outra apresentação. A grande dama que prolonga a vigília para concluir a leitura de um livro ou de um capítulo não vive mais intimamente a vida dos personagens do que a antiga amante do marujo vivia as cenas que ele ia contando, tão livremente interessada e presa, como se entre ambos não houvesse mais que uma narração de episódios. Que importa à grande dama o autor do livro? Que importava a esta rapariga o contador dos episódios?

A esperança, entretanto, começava a desampará-lo e ele levantou-se definitivamente para sair. Genoveva não quis deixá-lo sair antes que a amiga visse os brincos, e foi mostrar-lhos com grandes encarecimentos. A outra ficou encantada, elogiou-os muito, perguntou se os comprara em França e pediu a Genoveva que os pusesse.

— Realmente, são muito bonitos.

Quero crer que o próprio marujo concordou com essa opinião. Gostou de os ver, achou que pareciam feitos para ela e, durante alguns segundos, saboreou o prazer exclusivo e superfino de haver dado um bom presente; mas foram só alguns segundos.

Como ele se despedisse, Genoveva acompanhou-o até a porta para lhe agradecer ainda uma vez o mimo, e provavelmente dizer-lhe algumas coisas meigas e inúteis. A amiga, que deixara ficar na sala, apenas lhe ouviu esta palavra: "Deixa disso, Deolindo" e esta outra do marinheiro: "Você verá". Não pôde ouvir o resto, que não passou de um sussurro.

Deolindo seguiu, praia fora, cabisbaixo e lento, não já o rapaz impetuoso da tarde, mas com um ar velho e triste, ou, para usar outra metáfora de marujo, como um homem "que vai do meio caminho para terra". Genoveva entrou logo depois, alegre e barulhenta. Contou à outra a anedota dos seus amores marítimos, gabou muito o gênio do Deolindo e os seus bonitos modos; a amiga declarou achá-lo grandemente simpático.

— Muito bom rapaz, insistiu Genoveva. Sabe o que ele me disse agora?

— Que foi?

— Que vai matar-se.

— Jesus!

— Qual o quê! Não se mata, não. Deolindo é assim mesmo; diz as coisas, mas não faz. Você verá que não se mata. Coitado, são ciúmes. Mas os brincos são muito engraçados.

— Eu aqui ainda não vi destes.

— Nem eu, concordou Genoveva, examinando-se à luz. Depois guardou-os e convidou a outra a coser. — Vamos coser um bocadinho, quero acabar o meu corpinho azul...

A verdade é que o marinheiro não se matou. No dia seguinte, alguns dos companheiros bateram-lhe no ombro, cumprimentando-o pela noite de almirante, e pediram-lhe notícias de Genoveva, se estava mais bonita, se chorara muito na ausência etc. Ele respondia a tudo com um sorriso satisfeito e discreto, um sorriso de pessoa que viveu uma grande noite. Parece que teve vergonha da realidade e preferiu mentir.

Há muitos modos de afirmar; há um só de negar tudo.

[*O diabo, planejador da igreja que leva seu nome, neste conto*]

A IGREJA DO DIABO

[*HISTÓRIAS SEM DATA*]

CAPÍTULO I

De uma ideia mirífica

Conta um velho manuscrito beneditino que o Diabo, em certo dia, teve a ideia de fundar uma igreja. Embora os seus lucros fossem contínuos e grandes, sentia-se humilhado com o papel avulso que exercia desde séculos, sem organização, sem regras, sem cânones, sem ritual, sem nada. Vivia, por assim dizer, dos remanescentes divinos, dos descuidos e obséquios humanos. Nada fixo, nada regular. Por que não teria ele a sua igreja? Uma igreja do Diabo era o meio eficaz de combater as outras religiões, e destruí-las de uma vez.

— Vá, pois, uma igreja, concluiu ele. Escritura contra Escritura, breviário contra breviário. Terei a minha missa, com vinho e pão à farta, as minhas prédicas, bulas, novenas e todo o demais aparelho eclesiástico. O meu credo será o núcleo universal dos espíritos, a minha igreja uma tenda de Abraão. E, depois, enquanto as outras religiões se combatem e se dividem, a minha igreja será única; não acharei diante de mim, nem Maomé, nem Lutero. Há muitos modos de afirmar; há só um de negar tudo.

Dizendo isto, o Diabo sacudiu a cabeça e estendeu os braços, com um gesto magnífico e varonil. Em seguida, lembrou-se de ir ter com Deus para comunicar-lhe a ideia, e desafiá-lo; levantou os olhos, acesos de ódio, ásperos de vingança, e disse consigo: — Vamos, é tempo. E rápido, batendo as asas, com tal estrondo que abalou todas as províncias do abismo, arrancou da sombra para o infinito azul.

CAPÍTULO II

Entre Deus e o Diabo

Deus recolhia um ancião, quando o Diabo chegou ao céu. Os serafins que engrinaldavam o recém-chegado detiveram-se logo, e o Diabo deixou-se estar à entrada com os olhos no Senhor.

— Que me queres tu?, perguntou este.

— Não venho pelo vosso servo Fausto, respondeu o Diabo, rindo, mas por todos os Faustos do século e dos séculos.

— Explica-te.

— Senhor, a explicação é fácil; mas permiti que vos diga: recolhei primeiro esse bom velho; dai-lhe o melhor lugar, mandai que as mais afinadas cítaras e alaúdes o recebam com os mais divinos coros...

— Sabes o que ele fez?, perguntou o Senhor, com os olhos cheios de doçura.

— Não, mas provavelmente é dos últimos que virão ter convosco. Não tarda muito que o céu fique semelhante a uma casa vazia, por causa do preço, que é alto. Vou edificar uma hospedaria barata; em duas palavras, vou fundar uma igreja. Estou cansado da minha desorganização, do meu reinado casual e adventício. É tempo de obter a vitória final e completa. E então vim dizer-vos isto, com lealdade, para que me não acuseis de dissimulação... Boa ideia, não vos parece?

— Vieste dizê-la, não legitimá-la, advertiu o Senhor.

— Tendes razão, acudiu o Diabo; mas o amor-próprio gosta de ouvir o aplauso dos mestres. Verdade é que neste caso seria o aplauso de um mestre vencido, e uma tal exigência... Senhor, desço à terra; vou lançar a minha pedra fundamental.

— Vai.

— Quereis que venha anunciar-vos o remate da obra?

— Não é preciso; basta que me digas desde já por que motivo, cansado há tanto da tua desorganização, só agora pensaste em fundar uma igreja.

O Diabo sorriu com certo ar de escárnio e triunfo. Tinha alguma ideia cruel no espírito, algum reparo picante no alforje da memória, qualquer coisa que, nesse breve instante da eternidade, o fazia crer superior ao próprio Deus. Mas recolheu o riso, e disse:

— Só agora concluí uma observação, começada desde alguns séculos, e é que as virtudes, filhas do céu, são em grande número comparáveis a rainhas, cujo manto de veludo rematasse em franjas de algodão. Ora, eu proponho-me a puxá-las por essa franja, e trazê-las todas para a minha igreja; atrás delas virão as de seda pura...

— Velho retórico!, murmurou o Senhor.

— Olhai bem. Muitos corpos que ajoelham aos vossos pés, nos templos do mundo, trazem as anquinhas da sala e da rua, os rostos tingem-se do mesmo pó, os lenços cheiram aos mesmos cheiros, as pupilas centelham de curiosidade e devoção entre o livro santo e o bigode do pecado. Vede o ardor, — a indiferença, ao menos, — com que esse cavalheiro põe em letras públicas os benefícios que liberalmente espalha, — ou sejam roupas ou botas; ou moedas, ou quaisquer dessas matérias necessárias à vida... Mas não quero parecer que me detenho em coisas miúdas; não falo, por exemplo, da placidez com que este juiz de irmandade, nas procissões, carrega piedosamente ao peito o vosso amor e uma comenda... Vou a negócios mais altos...

Nisto os serafins agitaram as asas pesadas de fastio e sono. Miguel e Gabriel fitaram no Senhor um olhar de súplica. Deus interrompeu o Diabo.

— Tu és vulgar, que é o pior que pode acontecer a um espírito da tua espécie, replicou-lhe o Senhor. Tudo o que dizes ou digas está dito e redito pelos moralistas do mundo. É assunto gasto; e se não tens força, nem originalidade para renovar um assunto gasto, melhor é que te cales e te retires. Olha; todas as minhas legiões mostram no rosto os sinais vivos do tédio que lhes dás. Esse mesmo ancião parece enjoado; e sabes tu o que ele fez?

— Já vos disse que não.

— Depois de uma vida honesta, teve uma morte sublime. Colhido em um naufrágio, ia salvar-se numa tábua; mas viu um casal de noivos, na flor da vida, que se debatiam já com a morte; deu-lhes a tábua de salvação e mergulhou na eternidade. Nenhum público: a água e o céu por cima. Onde achas aí a franja de algodão?

— Senhor, eu sou, como sabeis, o espírito que nega.

— Negas esta morte?

— Nego tudo. A misantropia pode tomar aspecto de caridade; deixar a vida aos outros, para um misantropo, é realmente aborrecê-los...

— Retórico e sutil!, exclamou o Senhor. Vai, vai, funda a tua igreja; chama todas as virtudes, recolhe todas as franjas, convoca todos os homens... Mas, vai! vai!

Debalde o Diabo tentou proferir alguma coisa mais. Deus impusera-lhe silêncio; os serafins, a um sinal divino, encheram o céu com as harmonias de seus cânticos. O Diabo sentiu, de repente, que se achava no ar; dobrou as asas, e, como um raio, caiu na terra.

CAPÍTULO III

A boa-nova aos homens

Uma vez na terra, o Diabo não perdeu um minuto. Deu-se pressa em enfiar a cogula benedictina, como hábito de boa fama, e entrou a espalhar uma doutrina nova e extraordinária, com uma voz que reboava nas entranhas do século. Ele prometia aos seus discípulos e fiéis as delícias da terra, todas as glórias, os deleites mais íntimos. Confessava que era o Diabo; mas confessava-o para retificar a noção que os homens tinham dele e desmentir as histórias que a seu respeito contavam as velhas beatas.

— Sim, sou o Diabo, repetia ele; não o Diabo das noites sulfúreas, dos contos soníferos, terror das crianças, mas o Diabo verdadeiro e único, o próprio gênio da natureza, a que se deu aquele nome para arredá-lo do coração dos homens. Vede-me gentil e airoso. Sou o vosso verdadeiro pai. Vamos lá: tomai daquele nome, inventado para meu desdouro, fazei dele um troféu e um lábaro, e eu vos darei tudo, tudo, tudo, tudo, tudo, tudo...

Era assim que falava, a princípio, para excitar o entusiasmo, espertar os indiferentes, congregar, em suma, as multidões ao pé de si. E elas vieram; e logo que vieram, o Diabo passou a definir a doutrina. A doutrina era a que podia ser na boca de um espírito de negação. Isso quanto à substância, porque, acerca da forma, era umas vezes sutil, outras cínica e deslavada.

165

Clamava ele que as virtudes aceitas deviam ser substituídas por outras, que eram as naturais e legítimas. A soberba, a luxúria, a preguiça foram reabilitadas, e assim também a avareza, que declarou não ser mais do que a mãe da economia, com a diferença que a mãe era robusta, e a filha uma esgalgada. A ira tinha a melhor defesa na existência de Homero; sem o furor de Aquiles, não haveria a *Ilíada*: "Musa, canta a cólera de Aquiles, filho de Peleu...". O mesmo disse da gula, que produziu as melhores páginas de Rabelais, e muitos bons versos do *Hissope*; virtude tão superior, que ninguém se lembra das batalhas de Lúculo, mas das suas ceias; foi a gula que realmente o fez imortal. Mas, ainda pondo de lado essas razões de ordem literária ou histórica, para só mostrar o valor intrínseco daquela virtude, quem negaria que era muito melhor sentir na boca e no ventre os bons manjares, em grande cópia, do que os maus bocados, ou a saliva do jejum? Pela sua parte o Diabo prometia substituir a vinha do Senhor, expressão metafórica, pela vinha do Diabo, locução direta e verdadeira, pois não faltaria nunca aos seus com o fruto das mais belas cepas do mundo. Quanto à inveja, pregou friamente que era a virtude principal, origem de prosperidades infinitas; virtude preciosa, que chegava a suprir todas as outras, e ao próprio talento.

As turbas corriam atrás dele entusiasmadas. O Diabo incutia-lhes, a grandes golpes de eloquência, toda a nova ordem das coisas, trocando a noção delas, fazendo amar as perversas e detestar as sãs.

Nada mais curioso, por exemplo, do que a definição que ele dava da fraude. Chamava-lhe o braço esquerdo do homem; o braço direito era a força; e concluía: Muitos homens são canhotos, eis tudo. Ora, ele não exigia que todos fossem canhotos; não era exclusivista. Que uns fossem canhotos, outros destros; aceitava a todos, menos os que não fossem nada. A demonstração, porém, mais rigorosa e profunda foi a venalidade. Um casuísta do tempo chegou a confessar que era um monumento de lógica. A venalidade, disse o Diabo, era o exercício de um direito superior a todos os direitos. Se tu podes vender a tua casa, o teu boi, o teu sapato, o teu chapéu, coisas que são tuas por uma razão jurídica e legal, mas que, em todo caso, estão fora de ti, como é que não podes vender a tua opinião, o teu voto, a tua palavra, a tua fé, coisas que são mais do que tuas, porque são a tua própria consciência, isto é, tu mesmo? Negá-lo é cair no absurdo e no contraditório. Pois não há mulheres que vendem os cabelos? não pode um homem vender uma parte do seu sangue para transfundi-lo a outro anêmico? e o sangue e os cabelos, partes físicas, terão um privilégio que se nega ao caráter, à porção moral do homem? Demonstrado assim o princípio, o Diabo não se demorou em expor as vantagens de ordem temporal ou pecuniária; depois, mostrou ainda que, à vista do preconceito social, conviria dissimular o exercício de um direito tão legítimo, o que era exercer ao mesmo tempo a venalidade e a hipocricia, isto é, merecer duplicadamente.

E descia, e subia, examinava tudo, retificava tudo. Está claro que combateu o perdão das injúrias e outras máximas de brandura e cordialidade. Não proibiu formalmente a calúnia gratuita, mas induziu a exercê-la mediante retribuição, ou pecuniária, ou de outra espécie; nos casos, porém, em que ela fosse uma expansão imperiosa da força imaginativa, e nada mais, proibia receber nenhum salário, pois equivalia a fazer pagar a transpiração. Todas as formas de respeito foram condenadas por ele, como elementos possíveis de um certo decoro social e pessoal; salva, todavia, a única exceção do interesse. Mas essa mesma exceção foi logo eliminada, pela consideração de que o interesse, convertendo o respeito em simples adulação, era este o sentimento aplicado e não aquele.

Para rematar a obra, entendeu o Diabo que lhe cumpria cortar por toda a solidariedade humana. Com efeito, o amor do próximo era um obstáculo grave à nova instituição. Ele mostrou que essa regra era uma simples invenção de parasitas e negociantes insolváveis; não se devia dar ao próximo senão indiferença; em algun casos, ódio ou desprezo. Chegou mesmo à demonstração de que a noção de próximo era errada, e citava esta frase de um padre de Nápoles, aquele fino e letrado Galiani, que escrevia a uma das marquesas do antigo regime: "Leve a breca o próximo! Não há próximo!". A única hipótese em que ele permitia amar ao próximo era quando se tratasse de amar as damas alheias, porque essa espécie de amor tinha a particularidade de não ser outra coisa mais do que o amor do indivíduo a si mesmo. E como alguns discípulos achassem que uma tal explicação, por metafísica, escapava à compreensão das turbas, o Diabo recorreu a um apólogo: — Cem pessoas tomam ações de um banco, para as operações comuns; mas cada acionista não cuida realmente senão nos seus dividendos: é o que acontece aos adúlteros. Este apólogo foi incluído no livro da sabedoria.

CAPÍTULO IV

Franjas e franjas

A previsão do Diabo verificou-se. Todas as virtudes cuja capa de veludo acabava em franja de algodão, uma vez puxadas pela franja, deitavam a capa às urtigas e vinham alistar-se na igreja nova. Atrás foram chegando as outras, e o tempo abençoou a instituição. A igreja fundara-se; a doutrina propagava--se; não havia uma região do globo que não a conhecesse, uma língua que não a traduzisse, uma raça que não a amasse. O Diabo alçou brados de triunfo.

Um dia, porém, longos anos depois, notou o Diabo que muitos dos seus fiéis, às escondidas, praticavam as antigas virtudes. Não as praticavam todas, nem integralmente, mas algumas, por partes, e, como digo, às ocultas. Certos glutões recolhiam-se a comer frugalmente três ou quatro vezes por ano, justamente em dias de preceito católico; muitos avaros davam esmolas, à noite, ou nas ruas mal povoadas; vários dilapidadores do erário restituíam-lhe pequenas quantias; os fraudulentos falavam, uma ou outra vez, com o coração nas mãos, mas com o mesmo rosto dissimulado, para fazer crer que estavam embaçando os outros.

A descoberta assombrou o Diabo. Meteu-se a conhecer mais diretamente o mal, e viu que lavrava muito. Alguns casos eram até incompreensíveis, como o de um droguista do Levante, que envenenara longamente uma geração inteira, e, com o produto das drogas, socorria os filhos das vítimas. No Cairo achou um perfeito ladrão de camelos, que tapava a cara para ir às mesquitas. O Diabo deu com ele à entrada de uma, lançou-lhe em rosto o procedimento; ele negou, dizendo que ia ali roubar o camelo de um *drogman*; roubou-o, com efeito, à vista do Diabo e foi dá-lo de presente a um muezim, que rezou por ele a Alá. O manuscrito beneditino cita muitas outras descobertas extraordinárias, entre elas esta, que desorientou completamente o Diabo. Um dos seus melhores apóstolos era um calabrês, varão de cinquenta anos, insigne falsificador de documentos, que possuía uma bela casa na campanha romana, telas, estátuas, biblioteca etc. Era a fraude em pessoa; chegava a meter-se na cama para não confessar que estava são. Pois esse homem, não só não furtava ao jogo, como ainda dava gratificações aos criados. Tendo

168

angariado a amizade de um cônego, ia todas as semanas confessar-se com ele, numa capela solitária; e, conquanto não lhe desvendasse nenhuma das suas ações secretas, benzia-se duas vezes, ao ajoelhar-se, e ao levantar-se. O Diabo mal pôde crer tamanha aleivosia. Mas não havia que duvidar; o caso era verdadeiro.

Não se deteve um instante. O pasmo não lhe deu tempo de refletir, comparar e concluir do espetáculo presente alguma coisa análoga ao passado. Voou de novo ao céu, trêmulo de raiva, ansioso de conhecer a causa secreta de tão singular fenômeno. Deus ouviu-o com infinita complacência; não o interrompeu, não o repreendeu, não triunfou, sequer, daquela agonia satânica. Pôs os olhos nele, e disse-lhe:

— Que queres tu, meu pobre Diabo? As capas de algodão têm agora franjas de seda, como as de veludo tiveram franjas de algodão. Que queres tu? É a eterna contradição humana.

Assim vai o mundo. Assim se fazem algumas reputações más, e, o que parece absurdo, algumas boas.

[*O narrador*]

A SENHORA DO GALVÃO

[*HISTÓRIAS SEM DATA*]

Começaram a rosnar dos amores deste advogado com a viúva do brigadeiro, quando eles não tinham ainda passado dos primeiros obséquios. Assim vai o mundo. Assim se fazem algumas reputações más, e, o que parece absurdo, algumas boas. Com efeito, há vidas que só têm prólogo; mas toda a gente fala do grande livro que se lhe segue, e o autor morre com as folhas em branco. No presente caso, as folhas escreveram-se, formando todas um grosso volume de trezentas páginas compactas, sem contar as notas. Estas foram postas no fim, não para esclarecer, mas para recordar os capítulos passados; tal é o método nesses livros de colaboração. Mas a verdade é que eles apenas combinavam no plano, quando a mulher do advogado recebeu este bilhete anônimo:

> "*Não é possível que a senhora se deixe embair mais tempo, tão escandalosamente, por uma de suas amigas, que se console da viuvez, seduzindo os maridos alheios, quando bastava conservar os cachos...*"

Que cachos? Maria Olímpia não perguntou que cachos eram; eram da viúva do brigadeiro, que os trazia por gosto, e não por moda. Creio que isto se passou em 1853. Maria Olímpia leu e releu o bilhete; examinou a letra, que lhe pareceu de mulher e disfarçada, e percorreu mentalmente a primeira linha das suas amigas, a ver se descobria a autora. Não descobriu nada, dobrou o papel e fitou o tapete do chão, caindo-lhe os olhos justamente no ponto do desenho em que dois pombinhos ensinavam um ao outro a maneira de fazer de dois bicos um bico. Há dessas ironias do acaso, que dão vontade de destruir o universo. Afinal meteu o bilhete no bolso do vestido, e encarou a mucama, que esperava por ela, e que lhe perguntou:

— Nhanhã não quer mais ver o xale?

Maria Olímpia pegou no xale, que a mucama lhe dava e foi pô-lo aos ombros, defronte do espelho. Achou que lhe ficava bem, muito melhor que à viúva. Cotejou as suas graças com as da outra. Nem os olhos nem a boca eram comparáveis; a viúva tinha os ombros estreitinhos, a cabeça grande, e o andar feio. Era alta; mas que tinha ser alta? E os trinta e cinco anos de idade, mais nove que ela? Enquanto fazia essas reflexões, ia compondo, pregando e despregando o xale.

— Este parece melhor que o outro, aventurou a mucama.

— Não sei..., disse a senhora, chegando-se mais para a janela, com os dois nas mãos.

— Bota o outro, nhanhã.

A nhanhã obedeceu. Experimentou cinco xales dos dez que ali estavam, em caixas, vindos de uma loja da rua da Ajuda. Concluiu que os dois primeiros eram os melhores; mas aqui surgiu uma complicação, — mínima, realmente, — mas tão sutil e profunda na solução, que não vacilo em recomendá-la aos nossos pensadores de 1906. A questão era saber qual dos dois xales escolheria, uma vez que o marido, recente advogado, pedia-lhe que fosse econômica. Contemplava-os alternadamente, e ora preferia um, ora outro. De repente, lembrou-lhe a aleivosia do marido, a necessidade de mortificá-lo, mostrar-lhe que não era peteca de ninguém, nem maltrapilha; e, de raiva, comprou ambos os xales.

Ao bater das quatro horas (era a hora do marido) nada de marido. Nem às quatro, nem às quatro e meia. Maria Olímpia imaginava uma porção de coisas aborrecidas, ia à janela, tornava a entrar, temia um desastre ou doença repentina; pensou também que fosse uma sessão do júri. Cinco horas, e nada. Os cachos da viúva também negrejavam diante dela, entre a doença e o júri, com uns tons de azul-ferrete, que era provavelmente a cor do diabo. Realmente era para exaurir a paciência de uma moça de vinte e seis anos. Vinte e seis anos; não tinha mais. Era filha de um deputado do tempo da

Regência, que a deixou menina; e foi uma tia que a educou com muita distinção. A tia não a levou muito a bailes e espetáculos. Era religiosa, conduziu-a primeiro à igreja. Maria Olímpia tinha a vocação da vida exterior, e, nas procissões e missas cantadas, gostava principalmente do rumor, da pompa; a devoção era sincera, tíbia e distraída. A primeira coisa que ela via na tribuna das igrejas era a si mesma. Tinha um gosto particular em olhar de cima para baixo, fitar a multidão das mulheres ajoelhadas ou sentadas, e os rapazes, que, por baixo do coro ou nas portas laterais, temperavam com atitudes namoradas as cerimônias latinas. Não entendia os sermões; o resto, porém, orquestra, canto, flores, luzes, sanefas, ouros, gentes, tudo exercia nela um singular feitiço. Magra devoção, que escasseou ainda mais com o primeiro espetáculo e o primeiro baile. Não alcançou a Candiani, mas ouviu a Ida Edelvira, dançou à larga, e ganhou fama de elegante.

Eram cinco horas e meia, quando o Galvão chegou. Maria Olímpia, que então passeava na sala, tão depressa lhe ouviu os pés, fez o que faria qualquer outra senhora na mesma situação: pegou de um jornal de modas, e sentou-se, lendo, com um grande ar de pouco caso. Galvão entrou, ofegante, risonho, cheio de carinhos, perguntando-lhe se estava zangada, e jurando que tinha um motivo para a demora, um motivo que ela havia de agradecer, se soubesse...

— Não é preciso, interrompeu ela friamente.

Levantou-se; foram jantar. Falaram pouco; ela menos que ele, mas em todo o caso, sem parecer magoada. Pode ser que entrasse a duvidar da carta anônima; pode ser também que os dois xales lhe pesassem na consciência. No fim do jantar, Galvão explicou a demora; tinha ido, a pé, ao teatro Provisório, comprar um camarote para essa noite: davam os *Lombardos*. De lá, na volta, foi encomendar um carro...

— Os *Lombardos*?, interrompeu Maria Olímpia.

— Sim: canta o Laboceta, canta o Jacobson; há bailado. Você nunca ouviu os *Lombardos*?

— Nunca.

— E aí está por que me demorei. Que é que você merecia agora? Merecia que lhe cortasse a ponta desse narizinho arrebitado...

Como ele acompanhasse o dito com um gesto, ela recuou a cabeça; depois acabou de tomar o café. Tenhamos pena da alma desta moça. Os primeiros acordes dos *Lombardos* ecoavam nela, enquanto a carta anônima lhe trazia uma nota lúgubre, espécie de réquiem. E por que é que a carta não seria uma calúnia? Naturalmente não era outra coisa: alguma invenção de inimigas, ou para afligi-la, ou para fazê-los brigar. Era isto mesmo. Entretanto, uma vez que estava avisada, não os perderia de vista. Aqui acudiu-lhe uma ideia: consultou o marido se mandaria convidar a viúva.

— Não, respondeu ele; o carro só tem dois lugares, e eu não hei de ir na boleia.

Maria Olímpia sorriu de contente, e levantou-se. Há muito tempo que tinha vontade de ouvir os *Lombardos*. Vamos aos *Lombardos*! Trá, lá, lá, lá... Meia hora depois foi vestir-se. Galvão, quando a viu, pronta, daí a pouco, ficou encantado. "Minha mulher é linda" pensou ele; e fez um gesto para estreitá-la ao peito; mas a mulher recuou, pedindo-lhe que não a amarrotasse. E, como ele, por umas veleidades de camareiro, pretendeu consertar-lhe a pluma do cabelo, ela disse-lhe enfastiada:

— Deixa, Eduardo! Já veio o carro?

Entraram no carro e seguiram para o teatro. Quem é que estava no camarote contíguo ao deles? Justamente a viúva e a mãe. Esta coincidência, filha do acaso, podia fazer crer algum ajuste prévio. Maria Olímpia chegou a suspeitá-lo; mas a sensação da entrada não lhe deu tempo de examinar a suspeita. Toda a sala voltara-se para vê-la, e ela bebeu, a tragos demorados, o leite da admiração pública. De mais, o marido teve a inspiração maquiavélica de lhe dizer ao ouvido: "Antes a mandasses convidar; ficava-nos devendo o favor". Qualquer suspeita cairia diante desta palavra. Contudo, ela cuidou de os não perder de vista, — e renovou a resolução de cinco em cinco minutos, durante meia hora, até que, não podendo fixar a atenção, deixou-a nadar. Lá vai ela, inquieta, vai direito ao clarão das luzes, ao esplendor dos vestuários, um pouco à ópera, como pedindo a todas as coisas alguma sensação deleitosa em que se espreguice uma alma fria e pessoal. E volta depois à própria dona, ao seu leque, às suas luvas, os adornos do vestido, realmente magníficos. Nos intervalos, conversando com a viúva, Maria Olímpia tinha a voz e os gestos do costume, sem cálculo, sem esforço, sem sentimento, esquecida da carta. Justamente nos intervalos é que o marido, com uma discrição rara entre os filhos dos homens, ia para os corredores ou para o saguão pedir notícias do ministério.

Juntas saíram do camarote, no fim, e atravessaram os corredores. A modéstia com que a viúva trajava podia realçar a magnificência da amiga. As feições, porém, não eram o que esta afirmou, quando ensaiava os xales de manhã. Não, senhor; eram engraçadas, e tinham um certo pico original. Os ombros proporcionais e bonitos. Não contava trinta e cinco anos, mas trinta e um; nasceu em 1822, na véspera da Independência, tanto que o pai, por brincadeira, entrou a chamá-la Ipiranga, e ficou-lhe esta alcunha entre as amigas. De mais, lá estavam em Santa Rita o assentamento de batismo.

Uma semana depois, recebeu Maria Olímpia outra carta anônima. Era mais longa e explícita. Vieram outras, uma por semana, durante três meses. Maria Olímpia leu as primeiras com algum aborrecimento; as seguintes foram calejando a sensibilidade. Não havia dúvida que o marido demorava-se fora, muitas vezes, ao contrário do que fazia d'antes, ou saía à noite e regressava tarde; mas, segundo dizia, gastava o tempo no Wallerstein ou no Bernardo, em palestras políticas. E isto era verdade, uma verdade de cinco a dez minutos, o tempo necessário para recolher alguma anedota ou novidade, que pudesse repetir em casa, à laia de documento. Dali seguia para o largo de São Francisco, e metia-se no ônibus.

Tudo era verdade. E, contudo, ela continuava a não crer nas cartas. Ultimamente, não se dava mais ao trabalho de as refutar consigo; lia-as uma só vez, e rasgava-as. Com o tempo foram surgindo alguns indícios menos vagos, pouco a pouco, ao modo do aparecimento da terra aos navegantes; mas este Colombo teimava em não crer na América. Negava o que via; não podendo negá-lo, interpretava-o; depois recordava algum caso de alucinação, uma anedota de aparências ilusórias, e nesse travesseiro cômodo e mole punha a cabeça e dormia. Já então, prosperando-lhe o escritório, dava o Galvão partidas e jantares, iam a bailes, teatros, corridas de cavalos. Maria Olímpia vivia alegre, radiante; começava a ser um dos nomes da moda. E andava muita vez com a viúva, a despeito das cartas, a tal ponto que uma destas lhe dizia: "Parece que é melhor não escrever mais, uma vez que a senhora se regala numa comborçaria de mau gosto". Que era comborçaria? Maria Olímpia quis perguntá-lo ao marido, mas esqueceu o termo, e não pensou mais nisso.

Entretanto, constou ao marido que a mulher recebia cartas pelo correio. Cartas de quem? Esta notícia foi um golpe duro e inesperado. Galvão examinou de memória as pessoas que lhe frequentavam a casa, as que podiam encontrá-la em teatros ou bailes, e achou muitas figuras verossímeis. Em verdade, não lhe faltavam adoradores.

— Cartas de quem?, repetia ele mordendo o beiço e franzindo a testa.

Durante sete dias passou uma vida inquieta e aborrecida, espiando a mulher e gastando em casa grande parte do tempo. No oitavo dia, veio uma carta.

— Para mim?, disse ele vivamente.

— Não; é para mim, respondeu Maria Olímpia, lendo o sobrescrito; parece letra de Mariana ou de Lulu Fontoura...

Não queria lê-la; mas o marido disse que a lesse; podia ser alguma notícia grave. Maria Olímpia leu a carta e dobrou-a, sorrindo; ia guardá-la, quando o marido desejou ver o que era.

— Você sorriu, disse ele gracejando; há de ser algum epigrama comigo.

— Qual! é um negócio de moldes.

— Mas deixa ver.

— Para quê, Eduardo?

— Que tem? Você, que não quer mostrar, por algum motivo há de ser. Dê cá.

Já não sorria; tinha a voz trêmula. Ela ainda recusou a carta, uma, duas, três vezes. Teve mesmo ideia de rasgá-la, mas era pior, e não conseguiria fazê-lo até o fim. Realmente, era uma situação original. Quando ela viu que não tinha remédio, determinou ceder. Que melhor ocasião para ler no rosto dele a expressão da verdade? A carta era das mais explícitas; falava da viúva em termos crus. Maria Olímpia entregou-lha.

— Não queria mostrar esta, disse-lhe ela primeiro, como não mostrei outras que tenho recebido e botado fora; são tolices, intrigas, que andam fazendo para... Leia, leia a carta.

Galvão abriu a carta e deitou-lhe os olhos ávidos. Ela enterrou a cabeça na cintura, para ver de perto a franja do vestido. Não o viu empalidecer. Quando ele, depois de alguns minutos, proferiu duas ou três palavras, tinha já a fisionomia composta e um esboço de sorriso. Mas a mulher, que o não adivinhava, respondeu ainda de cabeça baixa; só a levantou daí a três ou quatro minutos, e não para fitá-lo de uma vez, mas aos pedaços, como se temesse descobrir-lhe nos olhos a confirmação do anônimo. Vendo-lhe, ao contrário, um sorriso, achou que era o da inocência, e falou de outra coisa.

Redobraram as cautelas do marido; parece também que ele não pôde esquivar-se a um tal ou qual sentimento de admiração para com a mulher. Pela sua parte, a viúva, tendo notícia das cartas, sentiu-se envergonhada; mas reagiu depressa, e requintou de maneiras afetuosas com a amiga.

Na segunda ou terceira semana de agosto, Galvão fez-se sócio do Cassino Fluminense. Era um dos sonhos da mulher. A seis de setembro fazia anos a viúva, como sabemos. Na véspera, foi Maria Olímpia (com a tia, que chegara de fora) comprar-lhe um mimo: era uso entre elas. Comprou-lhe um anel. Viu na mesma casa uma joia engraçada, uma meia-lua de diamantes para o cabelo, emblema de Diana, que lhe iria muito bem sobre a testa. De Maomé que fosse; todo o emblema de diamantes é cristão. Maria Olímpia pensou naturalmente na primeira noite do Cassino; e a tia, vendo-lhe o desejo, quis comprar a joia, mas era tarde, estava vendida.

Veio a noite do baile. Maria Olímpia subiu comovida as escadas do Cassino. Pessoas que a conheceram naquele tempo dizem que o que ela achava na vida exterior era a sensação de uma grande carícia pública, à distância; era a sua maneira de ser amada. Entrando no Cassino, ia recolher nova cópia de admirações, e não se enganou, porque elas vieram, e de fina casta.

Foi pelas dez horas e meia que a viúva ali apareceu. Estava realmente bela, trajada a primor, tendo na cabeça a meia-lua de diamantes. Ficava-lhe bem o diabo da joia, com as duas pontas para cima, emergindo do cabelo negro. Toda a gente admirou sempre a viúva naquele salão. Tinha muitas amigas, mais ou menos íntimas, não poucos adoradores, e possuía um gênero de espírito que espertava com as grandes luzes. Certo secretário de legação não cessava de a recomendar aos diplomatas novos: *"Causez avec Mme. Tavares; c'est adorable!"*. Assim era nas outras noites; assim foi nesta.

— Hoje quase não tenho tido tempo de estar com você, disse ela a Maria Olímpia, perto de meia-noite.

— Naturalmente, disse a outra abrindo e fechando o leque; e, depois de umedecer os lábios, como para chamar a eles todo o veneno que tinha no coração: — Ipiranga, você está hoje uma viúva deliciosa... Vem seduzir mais algum marido?

A viúva empalideceu, e não pôde dizer nada. Maria Olímpia, acrescentou, com os olhos, alguma coisa que a humilhasse bem, que lhe respingasse lama no triunfo. Já no resto da noite falaram pouco; três dias depois romperam para nunca mais.

Foi então que ela, sem saber que traduzia Hamlet em vulgar, disse-lhe que havia muita coisa misteriosa e verdadeira neste mundo.

[*O narrador*]

A CARTOMANTE

[*Várias histórias*]

Hamlet observa a Horácio que há mais coisas no céu e na terra do que sonha a nossa filosofia. Era a mesma explicação que dava a bela Rita ao moço Camilo, numa sexta-feira de novembro de 1869, quando este ria dela, por ter ido na véspera consultar uma cartomante; a diferença é que o fazia por outras palavras.

— Ria, ria. Os homens são assim; não acreditam em nada. Pois saiba que fui, e que ela adivinhou o motivo da consulta, antes mesmo que eu lhe dissesse o que era. Apenas começou o botar as cartas, disse-me: "A senhora gosta de uma pessoa...". Confessei que sim, e então ela continuou a botar as cartas, combinou-as, e no fim declarou-me que eu tinha medo de que você me esquecesse, mas que não era verdade...

— Errou!, interrompeu Camilo, rindo.

— Não diga isso, Camilo. Se você soubesse como eu tenho andado, por sua causa. Você sabe; já lhe disse. Não ria de mim, não ria...

Camilo pegou-lhe nas mãos, e olhou para ela sério e fixo. Jurou que lhe queria muito, que os seus sustos pareciam de criança; em todo o caso, quando tivesse algum receio, a melhor cartomante era ele mesmo. Depois, repreendeu-a; disse-lhe que era imprudente andar por essas casas. Vilela podia sabê-lo, e depois...

— Qual saber! tive muita cautela, ao entrar na casa.

— Onde é a casa?

— Aqui perto, na rua da Guarda Velha; não passava ninguém nessa ocasião. Descansa; eu não sou maluca.

Camilo riu outra vez:

— Tu crês deveras nessas coisas?, perguntou-lhe.

Foi então que ela, sem saber que traduzia Hamlet em vulgar, disse-lhe que havia muita coisa misteriosa e verdadeira neste mundo. Se ele não acreditava, paciência; mas o certo é que a cartomante adivinhara tudo. Que mais? A prova é que ela agora estava tranquila e satisfeita.

Cuido que ele ia falar, mas reprimiu-se. Não queria arrancar-lhe as ilusões. Também ele, em criança, e ainda depois, foi supersticioso, teve um arsenal inteiro de crendices, que a mãe lhe incutiu e que aos vinte anos desapareceram. No dia em que deixou cair toda essa vegetação parasita, e ficou só o tronco da religião, ele, como tivesse recebido da mãe ambos os ensinos, envolveu-os na mesma dúvida, e logo depois em uma só negação total. Camilo não acreditava em nada. Por quê? Não poderia dizê-lo, não possuía um só argumento; limitava-se a negar tudo. E digo mal, porque negar é ainda afirmar, e ele não formulava a incredulidade; diante do mistério, contentou-se em levantar os ombros, e foi andando.

Separaram-se contentes, ele ainda mais que ela. Rita estava certa de ser amada; Camilo, não só o estava, mas via-a estremecer e arriscar-se por ele, correr às cartomantes, e, por mais que a repreendesse, não podia deixar de sentir-se lisonjeado. A casa do encontro era na antiga rua dos Barbonos, onde morava uma comprovinciana de Rita. Esta desceu, pela rua das Mangueiras, na direção de Botafogo, onde residia; Camilo desceu pela da Guarda Velha, olhando de passagem para a casa da cartomante.

Vilela, Camilo e Rita, três nomes, uma aventura, e nenhuma explicação das origens. Vamos a ela. Os dois primeiros eram amigos de infância. Vilela seguiu a carreira de magistrado. Camilo entrou no funcionalismo, contra a vontade do pai, que queria vê-lo médico; mas o pai morreu, e Camilo preferiu não ser nada, até que a mãe lhe arranjou um empregou público. No princípio de 1869, voltou Vilela da província, onde casara com uma dama formosa e tonta; abandonou a magistratura e veio abrir banca de advogado. Camilo arranjou-lhe casa para os lados de Botafogo, e foi a bordo recebê-lo.

— É o senhor?, exclamou Rita, estendendo-lhe a mão. Não imagina como meu marido é seu amigo; falava sempre do senhor.

Camilo e Vilela olharam-se com ternura. Eram amigos deveras. Depois, Camilo confessou de si para si que a mulher do Vilela não desmentia as cartas do marido. Realmente, era graciosa e viva nos gestos, olhos cálidos, boca fina e interrogativa. Era um pouco mais velha que ambos: contava trinta anos, Vilela vinte e nove e Camilo vinte e seis. Entretanto, o porte grave de Vilela fazia-o parecer mais velho que a mulher, enquanto Camilo era um ingênuo na vida moral e prática. Faltava-lhe tanto a ação do tempo, como os óculos de cristal, que a natureza põe no berço de alguns para adiantar os anos. Nem experiência, nem intuição.

Uniram-se os três. Convivência trouxe intimidade. Pouco depois morreu a mãe de Camilo, e nesse desastre, que o foi, os dois mostraram-se grandes amigos dele. Vilela cuidou do enterro, dos sufrágios e do inventário; Rita tratou especialmente do coração, e ninguém o faria melhor.

Como daí chegaram ao amor, não o soube ele nunca. A verdade é que gostava de passar as horas ao lado dela; era a sua enfermeira moral, quase uma irmã, mas principalmente era mulher e bonita. *Odor di femina*: eis o que ele aspirava nela, e em volta dela, para incorporá-lo em si próprio. Liam os mesmos livros, iam juntos a teatros e passeios. Camilo ensinou-lhe as damas e o xadrez e jogavam às noites; — ela mal, — ele, para lhe ser agradável, pouco menos mal. Até aí as coisas. Agora a ação da pessoa, os olhos teimosos de Rita, que procuravam muita vez os dele, que os consultavam antes de o fazer ao marido, as mãos frias, as atitudes insólitas. Um dia, fazendo ele anos, recebeu de Vilela uma rica bengala de presente, e de Rita apenas um cartão com um vulgar cumprimento a lápis, e foi então que ele pôde ler no próprio coração; não conseguia arrancar os olhos do bilhetinho. Palavras vulgares; mas há vulgaridades sublimes, ou, pelo menos, deleitosas. A velha caleça de praça, em que pela primeira vez passeaste com a mulher amada, fechadinhos ambos, vale o carro de Apolo. Assim é o homem, assim são as coisas que o cercam.

Camilo quis sinceramente fugir, mas já não pôde. Rita como uma serpente foi-se acercando dele, envolveu-o todo, fez-lhe estalar os ossos num espasmo, e pingou-lhe o veneno na boca. Ele ficou atordoado e subjugado.

Vexame, sustos, remorsos, desejos, tudo sentiu de mistura; mas a batalha foi curta e a vitória delirante. Adeus, escrúpulos! Não tardou que o sapato se acomodasse ao pé, e aí foram ambos, estrada fora, braços dados, pisando folgadamente por cima de ervas e pedregulhos, sem padecer nada mais que algumas saudades, quando estavam ausentes um do outro. A confiança e estima de Vilela continuavam a ser as mesmas.

Um dia, porém, recebeu Camilo uma carta anônima, que lhe chamava imoral e pérfido, e dizia que a aventura era sabida de todos. Camilo teve medo, e, para desviar as suspeitas, começou a rarear as visitas à casa de Vilela. Este notou-lhe as ausências. Camilo respondeu que o motivo era uma paixão frívola de rapaz. Candura gerou astúcia. As ausências prolongaram--se, e as visitas cessaram inteiramente. Pode ser que entrasse também nisso um pouco de amor-próprio, uma intenção de diminuir os obstáculos do mari-do, para tornar menos dura a aleivosia do ato.

Foi por esse tempo que Rita, desconfiada e medrosa, correu à carto-mante para consultá-la sobre a verdadeira causa do procedimento de Camilo. Vimos que a cartomante restituiu-lhe a confiança, e que o rapaz repreendeu--a por ter feito o que fez. Correram ainda algumas semanas. Camilo recebeu mais duas ou três cartas anônimas, tão apaixonadas, que não podiam ser advertência da virtude, mas despeito de algum pretendente; tal foi a opinião de Rita, que, por outras palavras mal compostas, formulou este pensamento: — a virtude é preguiçosa e avara, não gasta tempo nem papel; só o interesse é ativo e pródigo.

Nem por isso Camilo ficou mais sossegado; temia que o anônimo fosse ter com Vilela, e a catástrofe viria então sem remédio. Rita concordou que era possível.

— Bem, disse ela; eu levo os sobrescritos para comparar a letra com a das cartas que lá aparecerem; se alguma for igual, guardo-a e rasgo-a...

Nenhuma apareceu; mas daí a algum tempo Vilela começou a mostrar--se sombrio, falando pouco, como desconfiado. Rita deu-se pressa em dizê-lo ao outro, e sobre isso deliberaram. A opinião dela é que Camilo devia tornar à casa deles, tatear o marido, e pode ser até que lhe ouvisse a confidência de algum negócio particular. Camilo divergia; aparecer depois de tantos meses era confirmar a suspeita ou denúncia. Mais valia acautelarem-se, sacrificando-se por algumas semanas. Combinaram os meios de se corresponderem, em caso de necessidade, e separaram-se com lágrimas.

No dia seguinte, estando na repartição, recebeu Camilo este bilhete de Vilela: "Vem já, já, à nossa casa; preciso falar-te sem demora." Era mais de meio-dia. Camilo saiu logo; na rua, advertiu que teria sido mais natural chamá-lo ao escritório; por que em casa? Tudo indicava matéria especial, e a letra, fosse realidade ou ilusão, afigurou-se-lhe trêmula. Ele combinou todas essas coisas com a notícia da véspera.

— Vem já, já, à nossa casa; preciso falar-te sem demora — repetia ele com os olhos no papel.

Imaginariamente, viu a ponta da orelha de um drama, Rita subjugada e lacrimosa, Vilela indignado, pegando da pena e escrevendo o bilhete, certo de que ele acudiria, e esperando-o para matá-lo. Camilo estremeceu, tinha medo: depois sorriu amarelo, e em todo caso repugnava-lhe a ideia de recuar, e foi andando. De caminho, lembrou-se de ir a casa; podia achar algum recado de Rita, que lhe explicasse tudo. Não achou nada, nem ninguém. Voltou à rua, e a ideia de estarem descobertos parecia-lhe cada vez mais verossímil; era natural uma denúncia anônima, até da própria pessoa que o ameaçara antes; podia ser que Vilela conhecesse agora tudo. A mesma suspensão das suas visitas, sem motivo aparente, apenas com um pretexto fútil, viria confirmar o resto.

Camilo ia andando inquieto e nervoso. Não relia o bilhete, mas as palavras estavam decoradas, diante dos olhos, fixas; ou então, — o que era ainda pior, — eram-lhe murmuradas ao ouvido, com a própria voz de Vilela. "Vem já, já à nossa casa; preciso falar-te sem demora." Ditas assim, pela voz do outro, tinham um tom de mistério e ameaça. Vem, já, já, para quê? Era perto de uma hora da tarde. A comoção crescia de minuto a minuto. Tanto imaginou o que se iria passar, que chegou a crê-lo e vê-lo. Positivamente, tinha medo. Entrou a cogitar em ir armado, considerando que, se nada houvesse, nada perdia, e a precaução era útil. Logo depois rejeitava a ideia, vexado de si mesmo, e seguia, picando o passo, na direção do largo da Carioca, para entrar num tílburi. Chegou, entrou e mandou seguir a trote largo.

— Quanto antes, melhor, pensou ele; não posso estar assim...

Mas o mesmo trote do cavalo veio agravar-lhe a comoção. O tempo voava, e ele não tardaria a entestar com o perigo. Quase no fim da rua da

Guarda Velha, o tílburi teve de parar; a rua estava atravancada com uma carroça, que caíra. Camilo, em si mesmo, estimou o obstáculo, e esperou. No fim de cinco minutos, reparou que ao lado, à esquerda, ao pé do tílburi, ficava a casa da cartomante, a quem Rita consultara uma vez, e nunca ele desejou tanto crer na lição das cartas. Olhou, viu as janelas fechadas, quando todas as outras estavam abertas e pejadas de curiosos do incidente da rua. Dir-se-ia a morada do indiferente Destino.

Camilo reclinou-se no tílburi, para não ver nada. A agitação dele era grande, extraordinária, e do fundo das camadas morais emergiam alguns fantasmas de outro tempo, as velhas crenças, as superstições antigas. O cocheiro propôs-lhe voltar à primeira travessa, e ir por outro caminho; ele respondeu que não, que esperasse. E inclinava-se para fitar a casa... Depois fez um gesto incrédulo: era a ideia de ouvir a cartomante, que lhe passava ao longe, muito longe, com vastas asas cinzentas; desapareceu, reapareceu, e tornou a esvair-se no cérebro; mas daí a pouco moveu outra vez as asas, mais perto, fazendo uns giros concêntricos... Na rua, gritavam os homens, safando a carroça:

— Anda! agora! empurra! vá! vá!

Daí a pouco estaria removido o obstáculo. Camilo fechava os olhos, pensava em outras coisas; mas a voz do marido sussurrava-lhe às orelhas as palavras da carta: "Vem, já, já...". E ele via as contorções do drama e tremia. A casa olhava para ele. As pernas queriam descer e entrar... Camilo achou-se diante de um longo véu opaco... pensou rapidamente no inexplicável de tantas coisas. A voz da mãe repetia-lhe uma porção de casos extraordinários; e a mesma frase do príncipe de Dinamarca reboava-lhe dentro: "Há mais coisas no céu e na terra do que sonha a filosofia...". Que perdia ele, se...?

Deu por si na calçada, ao pé da porta; disse ao cocheiro que esperasse, e rápido enfiou pelo corredor, e subiu a escada. A luz era pouca, os degraus comidos dos pés, o corrimão pegajoso; mas ele não viu nem sentiu nada. Trepou e bateu. Não aparecendo ninguém, teve ideia de descer; mas era tarde, a curiosidade fustigava-lhe o sangue, as fontes latejavam-lhe; ele tornou a bater uma, duas, três pancadas. Veio uma mulher; era a cartomante. Camilo disse que ia consultá-la, ela fê-lo entrar. Dali subiram ao sótão, por uma escada ainda pior que a primeira e mais escura. Em cima, havia uma salinha, mal alumiada por uma janela, que dava para o telhado dos fundos. Velhos trastes, paredes sombrias, um ar de pobreza, que antes aumentava do que destruía o prestígio.

A cartomante fê-lo sentar diante da mesa, e sentou-se do lado oposto, com as costas para a janela, de maneira que a pouca luz de fora batia em cheio no rosto de Camilo. Abriu uma gaveta e tirou um baralho de cartas compridas e enxovalhadas. Enquanto as baralhava, rapidamente, olhava para ele, não de rosto, mas por baixo dos olhos. Era uma mulher de quarenta anos, italiana, morena e magra, com grandes olhos sonsos e agudos. Voltou três cartas sobre a mesa, e disse-lhe:

— Vejamos primeiro o que é que o traz aqui. O senhor tem um grande susto...

Camilo, maravilhado, fez um gesto afirmativo.

— E quer saber, continuou ela, se lhe acontecerá alguma coisa ou não...

— A mim e a ela, explicou vivamente ele.

A cartomante não sorriu; disse-lhe só que esperasse. Rápido pegou outra vez das cartas e baralhou-as, com os longos dedos finos, de unhas descuradas; baralhou-as bem, transpôs os maços, uma, duas, três vezes; depois começou a estendê-las. Camilo tinha os olhos nela, curioso e ansioso.

— As cartas dizem-me...

Camilo inclinou-se para beber uma a uma as palavras. Então ela declarou-lhe que não tivesse medo de nada. Nada aconteceria nem a um nem a outro; ele, o terceiro, ignorava tudo. Não obstante, era indispensável muita cautela; ferviam invejas e despeitos. Falou-lhe do amor que os ligava, da beleza de Rita... Camilo estava deslumbrado. A cartomante acabou, recolheu as cartas e fechou-as na gaveta.

— A senhora restituiu-me a paz ao espírito, disse ele estendendo a mão por cima da mesa e apertando a da cartomante.

Esta levantou-se, rindo.

— Vá, disse ela; vá, *ragazzo innamorato*...

E de pé, com o dedo indicador, tocou-lhe na testa. Camilo estremeceu, como se fosse a mão da própria sibila, e levantou-se também. A cartomante foi à cômoda, sobre a qual estava um prato com passas, tirou um cacho destas, começou a despencá-las e comê-las, mostrando duas fileiras de dentes que desmentiam as unhas. Nessa mesma ação comum, a mulher tinha um ar particular. Camilo, ansioso por sair, não sabia como pagasse; ignorava o preço.

— Passas custam dinheiro, disse ele afinal, tirando a carteira. Quantas quer mandar buscar?

Camilo tirou uma nota de dez mil-réis, e deu-lha. Os olhos da cartomante fuzilaram. O preço usual era dois mil-réis.

— Vejo bem que o senhor gosta muito dela... E faz bem; ela gosta muito do senhor. Vá, vá tranquilo. Olhe a escada, é escura; ponha o chapéu...

A cartomante tinha já guardado a nota na algibeira, e descia com ele, falando, com um leve sotaque. Camilo despediu-se dela embaixo, e desceu a escada que levava à rua, enquanto a cartomante, alegre com a paga, tornava acima, cantarolando uma barcarola. Camilo achou o tílburi esperando; a rua estava livre. Entrou e seguiu a trote largo.

Tudo lhe parecia agora melhor, as outras coisas traziam outro aspecto, o céu estava límpido e as caras joviais. Chegou a rir dos seus receios, que chamou pueris; recordou os termos da carta de Vilela e reconheceu que eram íntimos e familiares. Onde é que ele lhe descobrira a ameaça? Advertiu que eram urgentes, e que fizera mal em demorar-se tanto; podia ser algum negócio grave e gravíssimo.

— Vamos, vamos depressa, repetia ele ao cocheiro.

E consigo, para explicar a demora ao amigo, engenhou qualquer coisa; parece que formou também o plano de aproveitar o incidente para tornar à antiga assiduidade... De volta com os planos, reboavam-lhe na alma as palavras da cartomante. Em verdade, ela adivinhara o objeto da consulta, o estado dele, a existência de um terceiro; por que não adivinharia o resto? O presente que se ignora vale o futuro. Era assim, lentas e contínuas, que as velhas crenças do rapaz iam tornando ao de cima, e o mistério empolgava-o com as unhas de ferro. Às vezes queria rir, e ria de si mesmo, algo vexado; mas a mulher, as cartas, as palavras secas afirmativas, a exortação — Vá, vá, *ragazzo innamorato*; e no fim, ao longe, a barcarola da despedida, lenta e graciosa, tais eram os elementos recentes, que formavam, com os antigos, uma fé nova e vivaz.

A verdade é que o coração ia alegre e impaciente, pensando nas horas felizes de outrora e nas que haviam de vir. Ao passar pela Glória, Camilo olhou para o mar, estendeu os olhos para fora, até onde a água e o céu dão um abraço infinito, e teve assim uma sensação do futuro, longo, longo, interminável.

Daí a pouco chegou à casa de Vilela. Apeou-se, empurrou a porta de ferro do jardim e entrou. A casa estava silenciosa. Subiu os seis degraus de pedra, e mal teve tempo de bater, a porta abriu-se, e apareceu-lhe Vilela.

— Desculpa, não pude vir mais cedo; que há?

Vilela não lhe respondeu; tinha as feições decompostas; fez-lhe sinal, e foram para uma saleta interior. Entrando, Camilo não pôde sufocar um grito de terror: — ao fundo, sobre o canapé, estava Rita morta e ensanguentada. Vilela pegou-o pela gola, e, com dois tiros de revólver, estirou-o morto no chão.

O beijo rebentou em soluços, e os olhos não puderam conter as lágrimas, que vieram em borbotões, lágrimas de amor calado, e irremediável desespero.

[*O narrador*]

A CAUSA SECRETA

[*VÁRIAS HISTÓRIAS*]

Garcia, em pé, mirava e estalava as unhas; Fortunato, na cadeira de balanço, olhava para o teto; Maria Luísa, perto da janela, concluía um trabalho de agulha. Havia já cinco minutos que nenhum deles dizia nada. Tinham falado do dia, que estivera excelente, — de Catumbi, onde morava o casal Fortunato, e de uma casa de saúde, que adiante se explicará. Como os três personagens aqui presentes estão agora mortos e enterrados, tempo é de contar a história sem rebuço.

Tinham falado também de outra coisa, além daquelas três, coisa tão feia e grave, que não lhes deixou muito gosto para tratar do dia, do bairro e da casa de saúde. Toda a conversação a este respeito foi constrangida. Agora mesmo, os dedos de Maria Luísa parecem ainda trêmulos, ao passo que há no rosto de Garcia uma expressão de severidade, que lhe não é habitual. Em verdade, o que se passou foi de tal natureza, que para fazê-lo entender, é preciso remontar à origem da situação.

Garcia tinha-se formado em medicina, no ano anterior, 1861. No de 1860, estando ainda na Escola, encontrou-se com Fortunato, pela primeira vez, à porta da Santa Casa; entrava, quando o outro saía. Fez-lhe impressão a figura; mas, ainda assim, tê-la-ia esquecido, se não fosse o segundo encontro, poucos dias depois. Morava na rua de D. Manoel. Uma de suas raras distrações era ir ao teatro de S. Januário, que ficava perto, entre essa rua e a praia; ia uma ou duas vezes por mês, e nunca achava acima de quarenta pessoas. Só os mais intrépidos ousavam estender os passos até aquele recanto da cidade. Uma noite, estando nas cadeiras, apareceu ali Fortunato, e sentou-se ao pé dele.

A peça era um dramalhão, cosido a facadas, ouriçado de imprecações e remorsos; mas Fortunato ouviu-a com singular interesse. Nos lances dolorosos, a atenção dele redobrava, os olhos iam avidamente de um personagem a outro, a tal ponto que o estudante suspeitou haver reminiscências pessoais do vizinho. No fim do drama, veio uma farsa; mas Fortunato não esperou por ela e saiu; Garcia saiu atrás dele. Fortunato foi pelo beco do Cotovelo, rua de S. José, até o largo da Carioca. Ia devagar, cabisbaixo, parando às vezes, para dar uma bengalada em algum cão que dormia; o cão ficava ganindo e ele ia andando. No largo da Carioca entrou num tílburi, e seguiu para os lados da praça da Constituição. Garcia voltou para casa sem saber mais nada.

Decorreram algumas semanas. Uma noite, eram nove horas, estava em casa, quando ouviu rumor de vozes na escada; desceu logo do sótão, onde morava, ao primeiro andar, onde vivia um empregado do arsenal de guerra. Era este que alguns homens conduziam, escada acima, ensanguentado. O preto que o servia acudiu a abrir a porta; o homem gemia, as vozes eram confusas, a luz pouca. Deposto o ferido na cama, Garcia disse que era preciso chamar um médico.

— Já aí vem um, acudiu alguém.

Garcia olhou: era o próprio homem da Santa Casa e do teatro. Imaginou que seria parente ou amigo do ferido; mas, rejeitou a suposição, desde que lhe ouvira perguntar se este tinha família ou pessoa próxima. Disse-lhe o preto que não e ele assumiu a direção do serviço, pediu às pessoas estranhas que se retirassem, pagou os carregadores, e deu as primeiras ordens. Sabendo que o Garcia era vizinho e estudante de medicina pediu-lhe que ficasse para ajudar o médico. Em seguida contou o que se passara.

— Foi uma malta de capoeiras. Eu vinha do quartel de Moura, onde fui visitar um primo, quando ouvi um barulho muito grande, e logo depois um ajuntamento. Parece que eles feriram também a um sujeito que passava, e que entrou por um daqueles becos; mas eu só vi a este senhor, que atravessava a rua no momento em que um dos capoeiras, roçando por ele, meteu-lhe o punhal. Não caiu logo; disse onde morava, e, como era a dois passos, achei melhor trazê-lo.

— Conhecia-o antes?, perguntou Garcia.

— Não, nunca o vi. Quem é?

— É um bom homem, empregado no arsenal de guerra. Chama-se Gouveia.

— Não sei quem é.

Médico e subdelegado vieram daí a pouco; fez-se o curativo, e tomaram-se as informações. O desconhecido declarou chamar-se Fortunato Gomes da Silveira, ser capitalista, solteiro, morador em Catumbi. A ferida foi reconhecida grave. Durante o curativo, ajudado pelo estudante, Fortunato serviu de criado, segurando a bacia, a vela, os panos, sem perturbar nada, olhando friamente para o ferido, que gemia muito. No fim, entendeu-se particularmente com o médico, acompanhou-o até o patamar da escada, e reiterou ao subdelegado a declaração de estar pronto a auxiliar as pesquisas da polícia. Os dois saíram, ele e o estudante ficaram no quarto.

Garcia estava atônito. Olhou para ele, viu-o sentar-se tranquilamente, estirar as pernas, meter as mãos nas algibeiras das calças, e fitar os olhos do ferido. Os olhos eram claros, cor de chumbo, moviam-se devagar, e tinham a expressão dura, seca e fria. Cara magra e pálida; uma tira estreita de barba, por baixo do queixo, e de uma têmpora, outra, curta, ruiva e rara. Teria quarenta anos. De quando em quando, voltava-se para o estudante, e perguntava alguma coisa acerca do ferido; mas tornava logo a olhar para ele, enquanto o rapaz lhe dava a resposta. A sensação que o estudante recebia era de repulsa ao mesmo tempo que de curiosidade; não podia negar que estava assistindo a um ato de rara dedicação, e se era desinteressado como parecia, não havia mais que aceitar o coração humano como um poço de mistérios.

Fortunato saiu pouco antes de uma hora; voltou nos dias seguintes, mas a cura fez-se depressa, e, antes de concluída, desapareceu sem dizer ao obsequiado onde morava. Foi o estudante que lhe deu as indicações do nome, rua e número.

— Vou agradecer-lhe a esmola que me fez, logo que possa sair, disse o convalescente.

Correu a Catumbi daí a seis dias. Fortunato recebeu-o constrangido, ouviu impaciente as palavras de agradecimento, deu-lhe uma resposta enfastiada e acabou batendo com as borlas do chambre no joelho. Gouveia, defronte dele, sentado e calado, alisava o chapéu com os dedos, levantando os olhos de quando em quando, sem achar mais nada que dizer. No fim de dez minutos, pediu licença para sair, e saiu.

— Cuidado com os capoeiras!, disse-lhe o dono da casa, rindo-se.

O pobre-diabo saiu de lá mortificado, humilhado, mastigando a custo o desdém, forcejando por esquecê-lo, explicá-lo ou perdoá-lo, para que no coração só ficasse a memória do benefício; mas o esforço era vão. O ressentimento, hóspede novo e exclusivo, entrou e pôs fora o benefício, de tal modo que o desgraçado não teve mais que trepar à cabeça e refugiar-se ali como uma simples ideia. Foi assim que o próprio benfeitor insinuou a este homem o sentimento da ingratidão.

Tudo isso assombrou o Garcia. Este moço possuía, em germe, a faculdade de decifrar os homens, de decompor os caracteres, tinha o amor da análise, e sentia o regalo, que dizia ser supremo, de penetrar muitas camadas morais, até apalpar o segredo de um organismo. Picado de curiosidade, lembrou-se de ir ter com o homem de Catumbi, mas advertiu que nem recebera dele o oferecimento formal da casa. Quando menos, era-lhe preciso um pretexto, e não achou nenhum.

Tempos depois, estando já formado, e morando na rua de Mata-Cavalos, perto da do Conde, encontrou Fortunato em uma gôndola, encontrou-o ainda outras vezes, e a frequência trouxe a familiaridade. Um dia Fortunato convidou-o a ir visitá-lo ali perto, em Catumbi.

— Sabe que estou casado?

— Não sabia.

— Casei-me há quatro meses, podia dizer quatro dias. Vá jantar conosco domingo.

— Domingo?

— Não esteja forjando desculpas; não admito desculpas. Vá domingo.

Garcia foi lá domingo. Fortunato deu-lhe um bom jantar, bons charutos e boa palestra, em companhia da senhora, que era interessante. A figura dele não mudara; os olhos eram as mesmas chapas de estanho, duras e frias; as outras feições não eram mais atraentes que dantes. Os obséquios, porém, se não resgatavam a natureza, davam alguma compensação, e não era pouco. Maria Luísa é que possuía ambos os feitiços, pessoa e modos. Era esbelta, airosa, olhos meigos e submissos; tinha vinte e cinco anos e parecia não passar de dezenove. Garcia, à segunda vez que lá foi, percebeu que entre eles havia alguma dissonância de caracteres, pouca ou nenhuma afinidade moral, e da parte da mulher para com o marido uns modos que transcendiam o respeito e confinavam na resignação e no temor. Um dia, estando os três juntos, perguntou Garcia a Maria Luísa se tivera notícia das circunstâncias em que ele conhecera o marido.

— Não, respondeu a moça.

— Vai ouvir uma ação bonita.

— Não vale a pena, interrompeu Fortunato.

— A senhora vai ver se vale a pena, insistiu o médico.

Contou o caso da rua de D. Manoel. A moça ouviu-o espantada. Insensivelmente estendeu a mão e apertou o pulso ao marido, risonha e agradecida, como se acabasse de descobrir-lhe o coração. Fortunato sacudia os ombros, mas não ouvia com indiferença. No fim contou ele próprio a visita que o ferido lhe fez, com todos os pormenores da figura, dos gestos, das palavras, atadas, dos silêncios, em suma, um estúrdio. E ria muito ao contá-la. Não era o riso da dobrez. A dobrez é evasiva e oblíqua; o riso dele era jovial e franco.

— Singular homem!, pensou Garcia.

Maria Luísa ficou desconsolada com a zombaria do marido, mas o médico restituiu-lhe a satisfação anterior, voltando a referir a dedicação deste e as suas raras qualidades de enfermeiro; tão bom enfermeiro, concluiu ele, que, se algum dia fundar uma casa de saúde, irei convidá-lo.

— Valeu?, perguntou Fortunato.

— Valeu o quê?

— Vamos fundar uma casa de saúde?

— Não valeu nada; estou brincando.

— Podia-se fazer alguma coisa; e para o senhor, que começa a clínica, acho que seria bem bom. Tenho justamente uma casa que vai vagar, e serve.

Garcia recusou nesse e no dia seguinte; mas a ideia tinha-se metido na cabeça ao outro, e não foi possível recuar mais. Na verdade, era uma boa estreia para ele, e podia vir a ser um bom negócio para ambos. Aceitou finalmente, daí a dias, e foi uma desilusão para Maria Luísa. Criatura nervosa e frágil, padecia só com a ideia de que o marido tivesse de viver em contato com enfermidades humanas, mas não ousou opor-se-lhe, e curvou a cabeça. O plano fez-se e cumpriu-se depressa. Verdade é que Fortunato não curou de mais nada, nem então, nem depois. Aberta a casa, foi ele o próprio administrador e chefe de enfermeiros, examinava tudo, ordenava tudo, compras e caldos, drogas e contas.

Garcia pôde então observar que a dedicação ao ferido da rua D. Manoel não era um caso fortuito, mas assentava na própria natureza deste homem. Via-o servir como nenhum dos fâmulos. Não recuava diante de nada, não conhecia moléstia aflitiva ou repelente, e estava sempre pronto para tudo, a qualquer hora do dia ou da noite. Toda a gente pasmava e aplaudia. Fortunato estudava, acompanhava as operações, e nenhum outro curava os cáusticos. "Tenho muita fé nos cáusticos", dizia ele.

A comunhão dos interesses apertou os laços da intimidade. Garcia tornou-se familiar na casa; ali jantava quase todos os dias, ali observava a pessoa e a vida de Maria Luísa, cuja solidão moral era evidente. E a solidão como que lhe duplicava o encanto. Garcia começou a sentir que alguma coisa o agitava, quando ela aparecia, quando falava, quando trabalhava, calada, ao canto da janela, ou tocava ao piano umas músicas tristes. Manso e manso, entrou-lhe o amor no coração. Quando deu por ele, quis expeli-lo para que entre ele e Fortunato não houvesse outro laço que o da amizade; mas não pôde. Pôde apenas trancá-lo; Maria Luísa compreendeu ambas as coisas, a afeição e o silêncio, mas não se deu por achada.

No começo de outubro deu-se um incidente que desvendou ainda mais aos olhos do médico a situação da moça. Fortunato metera-se a estudar anatomia e fisiologia, e ocupava-se nas horas vagas em rasgar e envenenar gatos e cães. Como os guinchos dos animais atordoavam os doentes, mudou o laboratório para casa, e a mulher, compleição nervosa, teve de os sofrer. Um dia, porém, não podendo mais, foi ter com o médico e pediu-lhe que, como coisa sua, alcançasse do marido a cessação de tais experiências.

— Mas a senhora mesma...

Maria Luísa acudiu, sorrindo:

— Ele naturalmente achará que sou criança. O que eu queria é que o senhor, como médico, lhe dissesse que isso me faz mal; e creia que faz...

Garcia alcançou prontamente que o outro acabasse com tais estudos. Se os foi fazer em outra parte, ninguém o soube, mas pode ser que sim. Maria Luísa agradeceu ao médico, tanto por ela como pelos animais, que não podia ver padecer. Tossia de quando em quando; Garcia perguntou-lhe se tinha alguma coisa, ela respondeu que nada.

— Deixe ver o pulso.

— Não tenho nada.

Não deu o pulso, e retirou-se. Garcia ficou apreensivo. Cuidava, ao contrário, que ela podia ter alguma coisa, que era preciso observá-la e avisar o marido em tempo.

Dois dias depois, — exatamente o dia em que os vemos agora —, Garcia foi lá jantar. Na sala disseram-lhe que Fortunato estava no gabinete, e ele caminhou para ali; ia chegando à porta, no momento em que Maria Luísa saía aflita.

— Que é?, perguntou-lhe.

— O rato! o rato!, exclamou a moça sufocada e afastando-se.

Garcia lembrou-se que, na véspera, ouvira o Fortunato queixar-se de um rato, que lhe levara um papel importante; mas estava longe de esperar o que viu. Viu Fortunato sentado à mesa, que havia no centro do gabinete, e sobre a qual pusera um prato com espírito de vinho. O líquido flamejava. Entre o polegar e o índice da mão esquerda segurava um barbante, de cuja ponta pendia o rato atado pela cauda. Na direita tinha uma tesoura. No momento em que o Garcia entrou, Fortunato cortava ao rato uma das patas; em seguida desceu o infeliz até a chama, rápido, para não matá-lo, e dispôs-se a fazer o mesmo à terceira, pois já lhe havia cortado a primeira. Garcia estacou horrorizado.

— Mate-o logo!, disse-lhe.

— Já vai.

E com um sorriso único, reflexo de alma satisfeita, alguma coisa que traduzia a delícia íntima das sensações supremas, Fortunato cortou a terceira pata ao rato, e fez pela terceira vez o mesmo movimento até a chama. O miserável estorcia-se, guinchando, ensanguentado, chamuscado, e não acabava de morrer. Garcia desviou os olhos, depois voltou-os novamente, e estendeu a mão para impedir que o suplício continuasse, mas não chegou a fazê-lo, porque o diabo do homem impunha medo, com toda aquela serenidade radiosa da fisionomia. Faltava cortar a última pata; Fortunato cortou-a muito devagar, acompanhando a tesoura com os olhos; a pata caiu, e ele ficou olhando para o rato meio cadáver. Ao descê-lo pela quarta vez, até a chama, deu ainda mais rapidez ao gesto, para salvar, se pudesse, alguns farrapos de vida.

Garcia, defronte, conseguira dominar a repugnância do espetáculo para fixar a cara do homem. Nem raiva, nem ódio; tão somente um vasto prazer, quieto e profundo, como daria a outro a audição de uma bela sonata ou a vista de uma estátua divina, alguma coisa parecida com a pura sensação estética. Pareceu-lhe, e era verdade, que Fortunato havia-o inteiramente esquecido. Isto posto, não estaria fingindo, e devia ser aquilo mesmo. A chama ia morrendo, o rato podia ser que tivesse ainda um resíduo de vida, sombra de sombra; Fortunato aproveitou-o para cortar-lhe o focinho e pela última vez chegar a carne ao fogo. Afinal deixou cair o cadáver no prato, e arredou de si toda essa mistura de chamusco e sangue.

Ao levantar-se deu com o médico e teve um sobressalto. Então, mostrou-se enraivecido contra o animal, que lhe comera o papel; mas a cólera evidentemente era fingida.

— Castiga sem raiva, pensou o médico, pela necessidade de achar uma sensação de prazer, que só a dor alheia lhe pode dar: é o segredo deste homem.

Fortunato encareceu a importância do papel, a perda que lhe trazia, perda de tempo, é certo, mas o tempo agora era-lhe preciosíssimo. Garcia ouvia só, sem dizer nada, nem lhe dar crédito. Relembrava os atos dele, graves e leves, achava a mesma explicação para todos. Era a mesma troca das teclas da sensibilidade, um diletantismo *sui generis*, uma redução de Calígula.

Quando Maria Luísa voltou ao gabinete, daí a pouco, o marido foi ter com ela, rindo, pegou-lhe nas mãos e falou-lhe mansamente:

— Fracalhona!

E voltando-se para o médico:

— Há de crer que quase desmaiou?

Maria Luísa defendeu-se a medo, disse que era nervosa e mulher; depois foi sentar-se à janela com as suas lãs e agulhas, e os dedos ainda trêmulos, tal qual a vimos no começo desta história. Hão de lembrar-se que, depois de terem falado de outras coisas, ficaram calados os três, o marido sentado e olhando para o teto, o médico estalando as unhas. Pouco depois foram jantar; mas o jantar não foi alegre. Maria Luísa cismava e tossia; o médico indagava de si mesmo se ela não estaria exposta a algum excesso na companhia de tal homem. Era apenas possível; mas o amor trocou-lhe a possibilidade em certeza; tremeu por ela e cuidou de os vigiar.

Ela tossia, tossia, e não se passou muito tempo que a moléstia não tirasse a máscara. Era a tísica, velha dama insaciável, que chupa a vida toda, até deixar um bagaço de ossos. Fortunato recebeu a notícia como um golpe; amava deveras a mulher, a seu modo, estava acostumado com ela, custava-lhe perdê-la. Não poupou esforços, médicos, remédios, ares, todos os recursos e todos os paliativos. Mas foi tudo vão. A doença era mortal.

Nos últimos dias, em presença dos tormentos supremos da moça, a índole do marido subjugou qualquer outra afeição. Não a deixou mais; fitou o olho baço e frio naquela decomposição lenta e dolorosa da vida, bebeu uma a uma as aflições da bela criatura, agora magra e transparente, devorada de febre e minada de morte. Egoísmo aspérrimo, faminto de sensações, não lhe perdoou um só minuto de agonia, nem lhos pagou com uma só lágrima, pública ou íntima. Só quando ela expirou, é que ele ficou aturdido. Voltando a si, viu que estava outra vez só.

De noite, indo repousar uma parenta de Maria Luísa, que a ajudara a morrer, ficaram na sala Fortunato e Garcia, velando o cadáver, ambos pensativos; mas o próprio marido estava fatigado, o médico disse-lhe que repousasse um pouco.

— Vá descansar, passe pelo sono uma hora ou duas: eu irei depois. Fortunato saiu, foi deitar-se no sofá da saleta contígua, e adormeceu logo. Vinte minutos depois acordou, quis dormir outra vez, cochilou alguns minutos, até que se levantou e voltou à sala. Caminhava nas pontas dos pés para não acordar a parenta, que dormia perto. Chegando à porta, estacou assombrado.

Garcia tinha-se chegado ao cadáver, levantara o lenço e contemplara por alguns instantes as feições defuntas. Depois, como se a morte espiritualizasse tudo, inclinou-se e beijou-o na testa. Foi nesse momento que Fortunato chegou à porta. Estacou assombrado; não podia ser o beijo da amizade, podia ser o epílogo de um livro adúltero. Não tinha ciúmes, note-se; a natureza compô-lo de maneira que lhe não deu ciúmes nem inveja, mas dera-lhe vaidade, que não é menos cativa ao ressentimento. Olhou assombrado, mordendo os beiços.

Entretanto, Garcia inclinou-se ainda para beijar outra vez o cadáver; mas então não pôde mais. O beijo rebentou em soluços, e os olhos não puderam conter as lágrimas, que vieram em borbotões, lágrimas de amor calado, e irremediável desespero. Fortunato, à porta, onde ficara, saboreou tranquilo essa explosão de dor moral que foi longa, muito longa, deliciosamente longa.

Percebeu que sim, que era amada e temida, amor adolescente e virgem, retido pelos liames sociais e por um sentimento de inferioridade que o impedia de reconhecer-se a si mesmo.

[Esclarecimento do narrador; sobre os sentimentos de D. Severina]

UNS BRAÇOS

[VÁRIAS HISTÓRIAS]

Inácio estremeceu, ouvindo os gritos do solicitador, recebeu o prato que este lhe apresentava e tratou de comer, debaixo de uma trovoada de nomes, malandro, cabeça de vento, estúpido, maluco.

— Onde anda que nunca ouve o que lhe digo? Hei de contar tudo a seu pai, para que lhe sacuda a preguiça do corpo com uma boa vara de marmelo, ou um pau; sim, ainda pode apanhar, não pense que não. Estúpido! Maluco!

— Olhe que lá fora é isto mesmo que você vê aqui, continuou, voltando-se para D. Severina, senhora que vivia com ele maritalmente, há anos. Confunde-me os papéis todos, erra as casas, vai a um escrivão em vez de ir a outro, troca os advogados: é o diabo! É o tal sono pesado e contínuo. De manhã é o que se vê; primeiro que acorde é preciso quebrar-lhe os ossos... Deixe; amanhã hei de acordá-lo a pau de vassoura!

D. Severina tocou-lhe no pé, como pedindo que acabasse, Borges espeitorou ainda alguns impropérios, e ficou em paz com Deus e os homens.

Não digo que ficou em paz com os meninos, porque o nosso Inácio não era propriamente menino. Tinha quinze anos feitos e benfeitos. Cabeça inculta, mas bela, olhos de rapaz que sonha, que adivinha, que indaga, que quer saber e não acaba de saber nada. Tudo isso posto sobre um corpo não destituído de graça, ainda que malvestido. O pai é barbeiro na Cidade Nova, e pô-lo de agente, escrevente, ou que quer que era, do solicitador Borges, com esperança de vê-lo no foro, porque lhe parecia que os procuradores de causas ganhavam muito. Passava-se isto na rua da Lapa, em 1870.

Durante alguns minutos não se ouviu mais que o tinir dos talheres e o ruído da mastigação. Borges abarrotava-se de alface e vaca; interrompia-se para virgular a oração com um golpe de vinho e continuava logo calado.

Inácio ia comendo devagarinho, não ousando levantar os olhos do prato, nem para colocá-los onde eles estavam no momento em que o terrível Borges o descompôs. Verdade é que seria agora muito arriscado. Nunca ele pôs os olhos nos braços de D. Severina que se não esquecesse de si e de tudo.

Também a culpa era antes de D. Severina em trazê-los assim nus, constantemente. Usava mangas curtas em todos os vestidos de casa, meio palmo abaixo do ombro; dali em diante ficavam-lhe os braços à mostra. Na verdade, eram belos e cheios, em harmonia com a dona, que era antes grossa que fina, e não perdiam a cor nem a maciez por viverem ao ar; mas é justo explicar que ela os não trazia assim por faceira, senão porque já gastara todos os vestidos de mangas compridas. De pé, era muito vistosa; andando, tinha meneios engraçados; ele, entretanto, quase que só a via à mesa, onde, além dos braços, mal poderia mirar-lhe o busto. Não se pode dizer que era bonita; mas também não era feia. Nenhum adorno; o próprio penteado consta de mui pouco; alisou os cabelos, apanhou-os, atou-os e fixou-os no alto da cabeça com o pente de tartaruga que a mãe lhe deixou. Ao pescoço, um lenço escuro; nas orelhas, nada. Tudo isso com vinte e sete anos floridos e sólidos.

Acabaram de jantar. Borges, vindo o café, tirou quatro charutos da algibeira, comparou-os, apertou-os entre os dedos, escolheu um e guardou os restantes. Aceso o charuto, fincou os cotovelos na mesa e falou a D. Severina de trinta mil coisas que não interessavam nada ao nosso Inácio; mas enquanto falava, não o descompunha e ele podia devanear à larga.

Inácio demorou o café o mais que pôde. Entre um e outro gole, alisava a toalha, arrancava dos dedos pedacinhos de pele imaginários, ou passava os olhos pelos quadros da sala de jantar, que eram dois, um S. Pedro e um S. João, registros trazidos de festas e encaxilhados em casa. Vá que disfarçasse com S. João, cuja cabeça moça alegra as imaginações católicas; mas com o austero S. Pedro era demais. A única defesa do moço Inácio é que ele não via nem um nem outro; passava os olhos por ali como por nada. Via só os braços de D. Severina, — ou porque sorrateiramente olhasse para eles, ou porque andasse com eles impressos na memória.

— Homem, você não acaba mais?, bradou de repente o solicitador.

Não havia remédio; Inácio bebeu a última gota, já fria, e retirou-se, como de costume, para o seu quarto, nos fundos da casa. Entrando, fez um gesto de zanga e desespero e foi depois encostar-se a uma das duas janelas que davam para o mar. Cinco minutos depois, a vista das águas próximas e das montanhas ao longe restituía-lhe o sentimento confuso, vago, inquieto, que lhe doía e fazia bem, alguma coisa que deve sentir a planta, quando abotoa a primeira flor. Tinha vontade de ir embora e de ficar. Havia cinco semanas que ali morava, e a vida era sempre a mesma, sair de manhã com o Borges, andar por audiências e cartórios, correndo, levando papéis ao selo, ao distribuidor, aos escrivães, aos oficiais de justiça. Voltava à tarde, jantava e recolhia-se ao quarto, até a hora da ceia; ceava e ia dormir. Borges não lhe dava intimidade na família, que se compunha apenas de D. Severina, nem Inácio a via mais de três vezes por dia durante as refeições. Cinco semanas de solidão, de trabalho sem gosto, longe da mãe e das irmãs; cinco semanas de silêncio, porque ele só falava uma ou outra vez na rua; em casa, nada.

— Deixe estar, pensou ele um dia, fujo daqui e não volto mais.

Não foi; sentiu-se agarrado e acorrentado pelos braços de D. Severina. Nunca vira outros tão bonitos e tão frescos. A educação que tivera não lhe permitia encará-los logo abertamente, parece até que a princípio afastava os olhos, vexado. Encarou-os pouco a pouco, ao ver que eles não tinham outras mangas, e assim os foi descobrindo, mirando e amando. No fim de três semanas eram eles, moralmente falando, as suas tendas de repouso. Aguentava toda a trabalheira de fora, toda a melancolia da solidão e do silêncio, toda a grosseria do patrão, pela única paga de ver, três vezes por dia, o famoso par de braços.

Naquele dia, enquanto a noite ia caindo e Inácio estirava-se na rede (não tinha ali outra cama), D. Severina, na sala da frente, recapitulava o episódio do jantar e, pela primeira vez, desconfiou alguma coisa. Rejeitou a ideia logo, uma criança! Mas há ideias que são da família das moscas teimosas: por mais que a gente as sacuda, elas tornam e pousam. Criança? Tinha quinze anos; e ela advertiu que entre o nariz e a boca do rapaz havia um princípio de rascunho de buço. Que admira que começasse a amar? E não era ela bonita? Esta outra ideia não foi rejeitada, antes afagada e beijada. E recordou então os modos dele, os esquecimentos, as distrações, e mais um incidente, e mais outro, tudo eram sintomas, e concluiu que sim.

— Que é que você tem?, disse-lhe o solicitador, estirado no canapé, ao cabo de alguns minutos de pausa.

— Não tenho nada.

— Nada? Parece que cá em casa anda tudo dormindo! Deixem estar, que eu sei de um bom remédio para tirar o sono aos dorminhocos...

E foi por ali, no mesmo tom zangado, fuzilando ameaças, mas realmente incapaz de as cumprir, pois era antes grosseiro que mau. D. Severina interrompia-o que não, que era engano, não estava dormindo, estava pensando na comadre Fortunata. Não a visitavam desde o Natal; por que não iriam lá uma daquelas noites? Borges redarguia que andava cansado, trabalhava como um negro, não estava para visitas de parola; e descompôs a comadre, descompôs o compadre, descompôs o afilhado, que não ia ao colégio, com dez anos! Ele, Borges, com dez anos, já sabia ler, escrever e contar, não muito bem, é certo, mas sabia. Dez anos! Havia de ter um bonito fim: — vadio, e o côvado e meio nas costas. A tarimba é que viria ensiná-lo.

D. Severina apaziguava-o com desculpas, a pobreza da comadre, o caiporismo do compadre, e fazia-lhe carinhos, a medo, que eles podiam irritá-lo mais. A noite caíra de todo; ela ouviu o *tlic* do lampião de gás da rua, que acabavam de acender, e viu o clarão dele nas janelas da casa fronteira. Borges, cansado do dia, pois era realmente um trabalhador de primeira ordem, foi fechando os olhos e pegando no sono, e deixou-a só na sala, às escuras, consigo e com a descoberta que acabava de fazer.

Tudo parecia dizer à dama que era verdade; mas essa verdade, desfeita a impressão do assombro, trouxe-lhe uma complicação moral, que ela só conheceu pelos efeitos, não achando meio de discernir o que era. Não podia entender-se nem equilibrar-se, chegou a pensar em dizer tudo ao solicitador, e ele que mandasse embora o fedelho. Mas que era tudo? Aqui estacou: realmente, não havia mais que suposição, coincidência e possivelmente ilusão. Não, não, ilusão não era. E logo recolhia os indícios vagos, as atitudes do mocinho, o acanhamento, as distrações, para rejeitar a ideia de estar enganada. Daí a pouco (capciosa natureza!) refletindo que seria mau acusá-lo sem fundamento, admitiu que se iludisse, para o único fim de observá-lo melhor e averiguar bem a realidade das coisas.

Já nessa noite, D. Severina mirava por baixo dos olhos os gestos de Inácio; não chegou a achar nada, porque o tempo do chá era curto e o rapazinho não tirou os olhos da xícara. No dia seguinte pôde observar melhor, e nos outros otimamente. Percebeu que sim, que era amada e temida, amor adolescente e virgem, retido pelos liames sociais e por um sentimento de inferioridade que o impedia de reconhecer-se a si mesmo. D. Severina compreendeu que não havia recear nenhum desacato, e concluiu que o melhor era não dizer nada ao solicitador; poupava-lhe um desgosto, e outro à pobre criança. Já se persuadia bem que ele era criança, e assentou de o tratar tão secamente como até ali, ou ainda mais. E assim fez; Inácio começou a sentir que ela fugia-lhe com os olhos, ou falava-lhe áspero, quase tanto como o próprio Borges. De outras vezes, é verdade que o tom da voz saía brando e até meigo, muito meigo; assim como o olhar, geralmente esquivo, tanto errava por outras partes, que, para descansar, vinha pousar na cabeça dele; mas tudo isso era curto.

— Vou-me embora, repetia ele na rua como nos primeiros dias.

Chegava a casa e não se ia embora. Os braços de D. Severina fechavam-lhe um parênteses no meio do longo e fastidioso período da vida que levava, e essa oração intercalada trazia uma ideia original e profunda, inventada pelo céu unicamente para ele. Deixava-se estar e ia andando. Afinal, porém, teve de sair, e para nunca mais; eis aqui como e por quê.

D. Severina tratava-o desde alguns dias com benignidade. A rudeza da voz parecia acabada, e havia mais do que brandura, havia desvelo e carinho. Um dia recomendava-lhe que não apanhasse ar, outro que não bebesse água fria depois do café quente, conselhos, lembranças, cuidados de amiga e mãe, que lhe lançaram na alma ainda maior inquietação e confusão. Inácio chegou ao extremo de confiança de rir à mesa, coisa que jamais fizera; e o solicitador não o tratou mal dessa vez, porque era ele que contava um caso engraçado, e ninguém pune a outro pelo aplauso que recebe. Foi então que D. Severina viu que a boca do mocinho, graciosa estando calada, não o era menos quando ria.

A agitação de Inácio ia crescendo, sem que ele pudesse acalmar-se nem entender-se. Não estava bem em parte nenhuma. Acordava de noite, pensando em D. Severina. Na rua, trocava de esquinas, errava as portas, muito mais que dantes, e não via mulher, ao longe ou ao perto, que lha não trouxesse à memória. Ao entrar no corredor da casa, voltando do trabalho, sentia sempre algum alvoroço, às vezes grande, quando dava com ela no topo da escada, olhando através das grades de pau da cancela, como tendo acudido a ver quem era.

Um domingo, — nunca ele esqueceu esse domingo, — estava só no quarto, à janela, virado para o mar, que lhe falava a mesma linguagem obscura e nova de D. Severina. Divertia-se em olhar para as gaivotas, que faziam grandes giros no ar, ou pairavam em cima d'água, ou avoaçavam somente. O dia estava lindíssimo. Não era só um domingo cristão; era um imenso domingo universal.

Inácio passava-os todos ali no quarto ou à janela, ou relendo um dos três folhetos que trouxera consigo, contos de outros tempos, comprados a tostão, debaixo do passadiço do largo do Paço. Eram duas horas da tarde. Estava cansado, dormira mal à noite, depois de haver andado muito na véspera; estirou-se na rede, pegou em um dos folhetos, a *Princesa Magalona*, e começou a ler. Nunca pôde entender por que é que todas as heroínas dessas velhas histórias tinham a mesma cara e talhe de D. Severina, mas a verdade é que os tinham. Ao cabo de meia hora, deixou cair o folheto e pôs os olhos na parede, donde, cinco minutos depois, viu sair a dama dos seus cuidados. O natural era que se espantasse; mas não se espantou. Embora com as pálpebras cerradas, viu-a desprender-se de todo, parar, sorrir e andar para a rede. Era ela mesma; eram os seus mesmos braços.

É certo, porém, que D. Severina tanto não podia sair da parede, dado que houvesse ali porta ou rasgão, que estava justamente na sala da frente ouvindo os passos do solicitador que descia as escadas. Ouviu-o descer; foi à janela vê-lo sair e só se recolheu quando ele se perdeu ao longe, no caminho da rua das Mangueiras. Então entrou e foi sentar-se no canapé. Parecia fora do natural, inquieta, quase maluca; levantando-se, foi pegar na jarra que estava em cima do aparador e deixou-a no mesmo lugar; depois caminhou até a porta, deteve-se e voltou, ao que parece, sem plano. Sentou-se outra vez, cinco ou dez minutos. De repente, lembrou-se que Inácio comera pouco ao almoço e tinha o ar abatido, e advertiu que podia estar doente; podia ser até que estivesse muito mal.

Saiu da sala, atravessou rasgadamente o corredor e foi até o quarto do mocinho, cuja porta achou escancarada. D. Severina parou, espiou, deu com

201

ele na rede, dormindo, com o braço para fora e o folheto caído no chão. A cabeça inclinava-se um pouco do lado da porta, deixando ver os olhos fechados, os cabelos revoltos e um grande ar de riso e de beatitude.

D. Severina sentiu bater-lhe o coração com veemência e recuou. Sonhara de noite com ele; pode ser que ele estivesse sonhando com ela. Desde madrugada que a figura do mocinho andava-lhe diante dos olhos como uma tentação diabólica. Recuou ainda, depois voltou, olhou dois, três, cinco minutos, ou mais. Parece que o sono dava à adolescência de Inácio uma expressão mais acentuada, quase feminina, quase pueril. "Uma criança!", disse ela a si mesma, naquela língua sem palavras que todos trazemos conosco. E esta ideia abateu-lhe o alvoroço do sangue e dissipou-lhe em parte a turvação dos sentidos.

— Uma criança!

E mirou-o lentamente, fartou-se de vê-lo, com a cabeça inclinado, o braço caído; mas, ao mesmo tempo que o achava criança, achava-o bonito, muito mais bonito que acordado, e uma dessas ideias corrigia ou corrompia a outra. De repente estremeceu e recuou assustada: ouvira um ruído ao pé, na saleta do engomado; foi ver, era um gato que deitara uma tigela ao chão. Voltando devagarinho a espiá-lo, viu que dormia profundamente. Tinha o sono duro a criança! O rumor que a abalava tanto não o fez sequer mudar de posição. E ela continuou a vê-lo dormir, — dormir e talvez sonhar.

Que não possamos ver os sonhos uns dos outros! D. Severina ter-se-ia visto a si mesma na imaginação do rapaz; ter-se-ia visto diante da rede, risonha e parada; depois inclinar-se, pegar-lhe nas mãos, levá-las ao peito, cruzando ali os braços, os famosos braços. Inácio, namorado deles, ainda assim ouvia as palavras dela, que eram lindas, cálidas, principalmente novas, — ou, pelo menos, pertenciam a algum idioma que ele não conhecia, posto que o entendesse. Duas, três e quatro vezes a figura esvaía-se, para tornar logo, vindo do mar ou de outra parte, entre gaivotas, ou atravessando o corredor, com toda a graça robusta de que era capaz. E tornando, inclinava-se, pegava-lhe outra vez das mãos e cruzava ao peito os braços, até que, inclinando-se, ainda mais, muito mais, abrochou os lábios e deixou-lhe um beijo na boca.

Aqui o sonho coincidiu com a realidade, e as mesmas bocas uniram-se na imaginação e fora dela. A diferença é que a visão não recuou, e a pessoa real tão depressa cumprira o gesto, como fugiu até a porta, vexada e medrosa. Daí passou à sala da frente, aturdida do que fizera, sem olhar fixamente para nada. Afiava o ouvido, ia até o fim do corredor, a ver se escutava algum rumor que lhe dissesse que ele acordara; e só depois de muito tempo é que o medo foi passando. Na verdade, a criança tinha o sono duro: nada lhe abria os olhos, nem os fracassos contíguos, nem os beijos de verdade. Mas, se o medo foi passando, o vexame ficou e cresceu. D. Severina não acabava de crer que fizesse aquilo; parece que embrulhara os seus desejos na ideia de que era uma criança namorada que ali estava sem consciência nem imputação; e, meio mãe, meio amiga, inclinara-se e beijara-o. Fosse como fosse, estava confusa, irritada, aborrecida, mal consigo e mal com ele. O medo de que ele podia estar fingindo que dormia apontou-lhe na alma e deu-lhe um calafrio.

Mas a verdade é que dormiu ainda muito, e só acordou para jantar. Sentou-se à mesa lépido. Conquanto achasse D. Severina calada e severa e o solicitador tão ríspido como nos outros dias, nem a rispidez de um, nem a severidade da outra podiam dissipar-lhe a visão graciosa que ainda trazia consigo, ou amortecer-lhe a visão do beijo. Não reparou que D. Severina tinha um xale que lhe cobria os braços; reparou depois, na segunda-feira, e na terça-feira, também e até sábado, que foi o dia em que Borges mandou dizer ao pai que não podia ficar com ele; e não o fez zangado, porque o tratou relativamente bem e ainda lhe disse à saída:

— Quando precisar de mim para alguma coisa, procure-me.

— Sim, senhor. A Sra. D. Severina...

— Está lá para o quarto, com muita dor de cabeça. Venha amanhã ou depois despedir-se dela.

Inácio saiu sem entender nada. Não entendia a despedida, nem a completa mudança de D. Severina, em relação a ele, nem o xale, nem nada. Estava tão bem! falava-lhe com tanta amizade! Como é que, de repente... Tanto pensou que acabou supondo de sua parte algum olhar indiscreto, alguma distração que a ofendera; não era outra coisa; e daqui a cara fechada e o xale que cobria os braços tão bonitos... Não importa; levava consigo o sabor do sonho. E através dos anos, por meio de outros amores, mais efetivos e longos, nenhuma sensação achou nunca igual à daquele domingo, na rua da Lapa, quando ele tinha quinze anos. Ele mesmo exclama às vezes, sem saber que se engana.

— E foi um sonho! um simples sonho.

Magra embora, tinha não sei que balanço no andar, como quem lhe custa levar o corpo; essa feição nunca me pareceu tão distinta como naquela noite.

[*O narrador-personagem*]

MISSA DO GALO

[*Páginas recolhidas*]

Nunca pude entender a conversação que tive com uma senhora, há muitos anos, contava eu dezessete, ela trinta. Era noite de Natal. Havendo ajustado com um vizinho irmos à missa do galo, preferi não dormir; combinei que eu iria acordá-lo à meia-noite.

A casa em que eu estava hospedado era a do escrivão Meneses, que fora casado, em primeiras núpcias, com uma de minhas primas. A segunda mulher, Conceição, e a mãe desta acolheram-me bem, quando vim de Mangaratiba para o Rio de Janeiro, meses antes, a estudar preparatórios. Vivia tranquilo, naquela casa assobradada da rua do Senado, com os meus livros, poucas relações, alguns passeios. A família era pequena, o escrivão, a mulher, a sogra e duas escravas. Costumes velhos. Às dez horas da noite toda a gente estava nos quartos; às dez e meia a casa dormia. Nunca tinha ido ao teatro, e mais de uma vez, ouvindo dizer ao Meneses que ia ao teatro, pedi-lhe que me levasse consigo. Nessas ocasiões a sogra fazia uma careta, e as escravas riam à socapa; ele não respondia, vestia-se, saía e só tornava na manhã seguinte. Mais tarde é que eu soube que o teatro era um eufemismo em ação. Meneses trazia amores com uma senhora, separada do marido, e dormia fora de casa uma vez por semana. Conceição padecera, a princípio, com a existência da comborça; mas, afinal, resignara-se, acostumara-se, e acabou achando que era muito direito.

Boa Conceição! Chamavam-lhe "a santa", e fazia jus ao título, tão facilmente suportava os esquecimentos do marido. Em verdade, era um temperamento moderado, sem extremos, nem grandes lágrimas, nem grandes risos. No capítulo de que trato, dava para maometana; aceitaria um harém, com as aparências salvas. Deus me perdoe, se a julgo mal. Tudo nela era atenuado e passivo. O próprio rosto era mediano, nem bonito nem feio. Era o que chamamos uma pessoa simpática. Não dizia mal de ninguém, perdoava tudo. Não sabia odiar; pode ser até que não soubesse amar.

Naquela noite de Natal foi o escrivão ao teatro. Era pelos anos de 1861 ou 1862. Eu já devia estar em Mangaratiba, em férias; mas fiquei até o Natal para ver "a missa do galo na Corte". A família recolheu-se à hora do costume; eu meti-me na sala da frente, vestido e pronto. Dali passaria ao corredor da entrada e sairia sem acordar ninguém. Tinha três chaves a porta; uma estava com o escrivão, eu levaria outra, a terceira ficava em casa.

— Mas, Sr. Nogueira, que fará você todo esse tempo?, perguntou-me a mãe de Conceição.

— Leio, D. Inácia.

Tinha comigo um romance, *Os três mosqueteiros*, velha tradução creio do *Jornal do Commercio*. Sentei-me à mesa que havia no centro da sala, e à luz de um candeeiro de querosene, enquanto a casa dormia, trepei ainda uma vez ao cavalo magro de D'Artagnan e fui-me às aventuras. Dentro em pouco estava completamente ébrio de Dumas. Os minutos voavam, ao contrário do que costumam fazer, quando são de espera; ouvi bater onze horas, mas quase sem dar por elas, um acaso. Entretanto, um pequeno rumor que ouvi dentro veio acordar-me da leitura. Eram uns passos no corredor que ia da sala de visitas à de jantar; levantei a cabeça; logo depois vi assomar à porta da sala o vulto de Conceição.

— Ainda não foi?, perguntou ela.

— Não fui; parece que ainda não é meia-noite.

— Que paciência!

Conceição entrou na sala, arrastando as chinelinhas da alcova. Vestia um roupão branco, mal apanhado na cintura. Sendo magra, tinha um ar de visão romântica, não disparatada com o meu livro de aventura. Fechei o livro; ela foi sentar-se na cadeira que ficava defronte de mim, perto do canapé. Como eu lhe perguntasse se a havia acordado, sem querer, fazendo barulho, respondeu com presteza:

— Não! qual! Acordei por acordar.

Fitei-a um pouco e duvidei da afirmativa. Os olhos não eram de pessoa que acabasse de dormir; pareciam não ter ainda pegado no sono. Essa observação, porém, que valeria alguma coisa em outro espírito, depressa a botei fora, sem advertir que talvez não dormisse justamente por minha causa, e mentisse para me não afligir ou aborrecer. Já disse que ela era boa, muito boa.

— Mas a hora já há de estar próxima, disse eu.

— Que paciência a sua de esperar acordado, enquanto o vizinho dorme! E esperar sozinho! Não tem medo de almas do outro mundo? Eu cuidei que se assustasse quando me viu.

— Quando ouvi os passos estranhei; mas a senhora apareceu logo.

— Que é que estava lendo? Não diga, já sei, é o romance dos *Mosqueteiros*.

— Justamente; é muito bonito.

— Gosta de romances?

— Gosto.

— Já leu a *Moreninha*?

— Do Dr. Macedo? Tenho lá em Mangaratiba.

— Eu gosto muito de romances, mas leio pouco, por falta de tempo. Que romances é que você tem lido?

Comecei a dizer-lhe os nomes de alguns. Conceição ouvia-me com a cabeça reclinada no espaldar, enfiando os olhos por entre as pálpebras meio cerradas, sem os tirar de mim. De vez em quando passava a língua pelos beiços, para umedecê-los. Quando acabei de falar, não me disse nada; ficamos assim alguns segundos. Em seguida, vi-a endireitar a cabeça, cruzar os dedos e sobre eles pousar o queixo, tendo os cotovelos nos braços da cadeira, tudo sem desviar de mim os grandes olhos espertos.

"Talvez esteja aborrecida", pensei eu.

E logo alto:

— D. Conceição, creio que vão sendo horas, e eu...

— Não, não, ainda é cedo. Vi agora mesmo o relógio, são onze e meia. Tem tempo. Você, perdendo a noite, é capaz de não dormir de dia?

— Já tenho feito isso.

— Eu, não; perdendo uma noite, no outro dia estou que não posso, e, meia hora que seja, hei de passar pelo sono. Mas também estou ficando velha.

— Que velha o quê, D. Conceição?

Tal foi o calor da minha palavra que a fez sorrir. De costume tinha os gestos demorados e as atitudes tranquilas; agora, porém, ergueu-se rapidamente, passou para o outro lado da sala e deu alguns passos, entre a janela da rua e a porta do gabinete do marido. Assim, com o desalinho honesto que trazia, dava-me uma impressão singular. Magra embora, tinha não sei que balanço no andar, como quem lhe custa levar o corpo; essa feição nunca me pareceu tão distinta como naquela noite. Parava algumas vezes, examinando um trecho de cortina ou consertando a posição de algum objeto no aparador; afinal deteve--se, ante mim, com a mesa de permeio. Estreito era o círculo das suas ideias; tornou ao espanto de me ver esperar acordado; eu repeti-lhe o que ela sabia, isto é, que nunca ouvira missa do galo na Corte, e não queria perdê-la.

— É a mesma missa da roça; todas as missas se parecem.

— Acredito; mas aqui há de haver mais luxo e mais gente também. Olhe, a semana santa na Corte é mais bonita que na roça. S. João não digo, nem Santo Antônio...

Pouco a pouco, tinha-se reclinado; fincara os cotovelos no mármore da mesa e metera o rosto entre as mãos espalmadas. Não estando abotoadas as mangas, caíram naturalmente, e eu vi-lhe metade dos braços, muito claros, e menos magros do que se poderia supor. A vista não era nova para mim, posto também não fosse comum; naquele momento, porém, a impressão que tive foi grande. As veias eram tão azuis, que apesar da pouca claridade, podia contá-las do meu lugar. A presença de Conceição espertara-me ainda mais que o livro. Continuei a dizer o que pensava das festas da roça e da cidade, e de outras coisas que me iam vindo à boca. Falava emendando os assuntos, sem saber por que, variando deles ou tornando aos primeiros, e rindo para fazê-la sorrir e ver-lhe os dentes que luziam de brancos, todos iguaizinhos. Os olhos dela não eram bem negros, mas escuros; o nariz, seco e longo, um tantinho curvo, dava-lhe ao rosto um ar interrogativo. Quando eu alteava um pouco a voz, ela reprimia-me:

— Mais baixo! mamãe pode acordar.

E não saía daquela posição, que me enchia de gozo, tão perto ficavam as nossas caras. Realmente, não era preciso falar alto para ser ouvido; cochichávamos os dois, eu mais que ela, porque falava mais; ela, às vezes, ficava séria, muito séria, com a testa um pouco franzida. Afinal, cansou; trocou de atitude e de lugar. Deu volta à mesa e veio sentar-se do meu lado, no canapé. Voltei-me, e pude ver, a furto, o bico das chinelas; mas foi só o tempo que ela gastou em sentar-se, o roupão era comprido e cobriu-as logo. Recordo-me que eram pretas. Conceição disse baixinho:

— Mamãe está longe, mas tem o sono muito leve; se acordasse agora, coitada, tão cedo não pegava no sono.

— Eu também sou assim.

— O quê?, perguntou ela inclinando o corpo, para ouvir melhor.

Fui sentar-me na cadeira que ficava ao lado do canapé e repeti-lhe a palavra. Riu-se da coincidência; também ela tinha o sono leve; éramos três sonos leves.

— Há ocasiões em que sou como mamãe; acordando, custa-me dormir outra vez, rolo na cama, à toa, levanto-me, acendo vela, passeio, torno a deitar-me e nada.

— Foi o que lhe aconteceu hoje.

— Não, não, atalhou ela.

Não entendi a negativa; ela pode ser que também não a entendesse. Pegou das pontas do cinto e bateu com elas sobre os joelhos, isto é, o joelho direito, porque acabava de cruzar as pernas. Depois referiu uma história de sonhos, e afirmou-me que só tivera um pesadelo, em criança. Quis saber se eu os tinha. A conversa reatou-se assim lentamente, longamente, sem que eu desse pela hora nem pela missa. Quando eu acabava uma narração ou uma explicação, ela inventava outra pergunta ou outra matéria, e eu pegava novamente na palavra. De quando em quando, reprimia-me:

— Mas baixo, mais baixo...

Havia também umas pausas. Duas outras vezes, parece-me que a via dormir; mas os olhos, cerrados por um instante, abriam-se logo sem sono nem fadiga, como se ela os houvesse fechado para ver melhor. Uma dessas vezes creio que deu por mim embebido na sua pessoa, e lembra-me que os tornou a fechar, não sei se apressada ou vagarosamente. Há impressões dessa noite que me parecem truncadas ou confusas. Contradigo-me, atrapalho-me. Uma das que ainda tenho frescas é que, em certa ocasião, ela, que era apenas simpática, ficou linda, ficou lindíssima. Estava de pé, os braços cruzados; eu, em respeito a ela, quis levantar-me; não consentiu, pôs uma das mãos no meu ombro, e obrigou-me a estar sentado. Cuidei que ia dizer alguma coisa; mas estremeceu, como se tivesse um arrepio de frio, voltou as costas e foi sentar-se na cadeira, onde me achara lendo. Dali relanceou a vista pelo espelho, que ficava por cima do canapé, falou de duas gravuras que pendiam da parede.

— Estes quadros estão velhos. Já pedi a Chiquinho para comprar outros.

Chiquinho era o marido. Os quadros falavam do principal negócio deste homem. Um representava "Cleópatra"; não me recordo o assunto do outro, mas eram mulheres. Vulgares ambos; naquele tempo não me pareciam feios.

— São bonitos, disse eu.

— Bonitos são; mas estão manchados. E depois, francamente, eu preferia duas imagens, duas santas. Estas são mais próprias para sala de rapaz ou de barbeiro.

— De barbeiro? A senhora nunca foi a casa de barbeiro.

— Mas imagino que os fregueses, enquanto esperam, falam de moças e namoros, e naturalmente o dono da casa alegra a vista deles com figuras bonitas. Em casa de família é que não acho próprio. É o que eu penso; mas eu penso muita coisa assim esquisita. Seja o que for, não gosto dos quadros. Eu tenho uma Nossa Senhora da Conceição, minha madrinha, muito bonita; mas é de escultura, não se pode pôr na parede, nem eu quero. Está no meu oratório.

A ideia do oratório trouxe-me a da missa, lembrou-me que podia ser tarde e quis dizê-lo. Penso que cheguei a abrir a boca, mas logo a fechei para ouvir o que ela contava, com doçura, com graça, com tal moleza que trazia preguiça à minha alma e fazia esquecer a missa e a igreja. Falava das suas devoções de menina e moça. Em seguida referia umas anedotas de baile, uns casos de passeio, reminiscências de Paquetá, tudo de mistura, quase sem interrupção. Quando cansou do passado, falou do presente, dos negócios da casa, das canseiras de família, que lhe diziam ser muitas, antes de casar, mas não eram nada. Não me contou, mas eu sabia que casara aos vinte e sete anos.

Já agora não trocava de lugar, como a princípio, e quase não saíra da mesma atitude. Não tinha os grandes olhos compridos, e entrou a olhar à toa para as paredes.

— Precisamos mudar o papel da sala, disse daí a pouco, como se falasse consigo.

Concordei, para dizer alguma coisa, para sair da espécie de sono magnético, ou o que quer que era que me tolhia a língua e os sentidos. Queria e não queria acabar a conversação; fazia esforço para arredar os olhos dela, e arredava-os por um sentimento de respeito; mas a ideia de parecer que era aborrecimento, quando não era, levava-me os olhos outra vez para Conceição. A conversa ia morrendo. Na rua, o silêncio era completo.

Chegamos a ficar por algum tempo, — não posso dizer quanto, — inteiramente calados. O rumor único e escasso era um roer de camundongo no gabinete, que me acordou daquela espécie de sonolência; quis falar dele, mas não achei modo. Conceição parecia estar devaneando. Subitamente, ouvi uma pancada na janela, do lado de fora, e uma voz que bradava: "Missa do galo! Missa do galo!"

— Aí está o companheiro, disse ela levantando-se. Tem graça; você é que ficou de ir acordá-lo, ele é que vem acordar você. Vá, que hão de ser horas; adeus.

— Já serão horas?, perguntei.

— Naturalmente.

— Missa do galo!, repetiram de fora, batendo.

— Vá, vá, não se faça esperar. A culpa foi minha. Adeus, até amanhã.

E com o mesmo balanço do corpo, Conceição enfiou pelo corredor dentro, pisando mansinho. Saí à rua e achei o vizinho que esperava. Guiamos dali para a igreja. Durante a missa, a figura de Conceição interpôs-se mais de uma vez, entre mim e o padre; fique isto à conta dos meus dezessete anos. Na manhã seguinte, ao almoço, falei da missa do galo e da gente que estava na igreja sem excitar a curiosidade de Conceição. Durante o dia, achei-a como sempre, natural, benigna, sem nada que fizesse lembrar a conversação da véspera. Pelo Ano-Bom fui para Mangaratiba. Quando tornei ao Rio de Janeiro, em março, o escrivão tinha morrido de apoplexia. Conceição morava no Engenho Novo, mas nem a visitei nem a encontrei. Ouvi mais tarde que casara com o escrevente juramentado do marido.

Honesta, mas namoradeira. O termo é cru, e não há tempo de compor outro mais brando. Namorava a torto e a direito, por uma necessidade natural, um costume de solteira. Era o troco do miúdo do amor, que ela distribuía a todos os pobres que lhe batiam à porta: — um níquel a um, outro a outro; nunca uma nota de cinco mil-réis, menos ainda uma apólice.

[*O narrador a propósito da personagem Sofia*]

CAPÍTULO DOS CHAPÉUS

Géronte – Dans quel chapitre, s'il vous plaît?
Sganarelle – Dans le chapitre des chapeaux.
[Molière]

[*Histórias sem data*]

Musa, canta o despeito de Mariana, esposa do bacharel Conrado Seabra naquela manhã de abril de 1879. Qual a causa de tamanho alvoroço? Um simples chapéu, leve, não deselegante, um chapéu baixo. Conrado, advogado, com escritório na rua da Quitanda, trazia-o todos os dias à cidade, ia com ele às audiências; só não o levava às recepções, teatro lírico, enterros e visitas de cerimônia. No mais era constante, e isto desde cinco ou seis anos, que tantos eram os do casamento. Ora, naquela singular manhã de abril, acabado o almoço, Conrado começou a enrolar um cigarro, e Mariana anunciou sorrindo que ia pedir-lhe uma cousa.

— Que é meu anjo?

— Você é capaz de fazer-me um sacrifício?

— Dez, vinte...

— Pois então não vá mais à cidade com aquele chapéu.

— Por quê? É feio?

— Não digo que seja feio, mas é cá para fora, para andar na vizinhança, à tarde ou à noite, mas na cidade, um advogado, não me parece que...

— Que tolice, iaiá!

— Pois sim, mas faz-me este favor, faz?

Conrado riscou um fósforo, acendeu o cigarro, e fez-lhe um gesto de gracejo, para desconversar; mas a mulher teimou. A teima, a princípio frouxa a súplice, tornou-se logo imperiosa e áspera. Conrado ficou espantado. Conhecia a mulher; era, de ordinário, uma criatura passiva, meiga, de uma plasticidade de encomenda, capaz de usar com a mesma divina indiferença tanto um dilema régio como uma touca. A prova é que, tendo tido uma vida de andarilha nos últimos dois anos de solteira, tão depressa casou como se afez aos hábitos quietos. Saía às vezes, e a maior parte delas por instâncias do próprio consorte; mas só estava comodamente em casa. Móveis, cortinas, ordenatos supriam-lhe os filhos; tinha-lhes um amor de mãe; e tal era a concordância da pessoa com o meio, que ela saboreava os trastes na posição ocupada, as cortinas com as dobras do costume, e assim o resto. Uma das três janelas, por exemplo, que davam para a rua vivia sempre meio aberta; nunca era outra. Nem o gabinete do marido escapava às exigências monótonas da mulher, que mantinha sem alteração a desordem dos livros, e até chegava a restaurá-la. Os hábitos mentais seguiam a mesma uniformidade. Mariana dispunha de mui poucas noções, e nunca lera senão os mesmos livros: — a *Moreninha* de Macedo, sete vezes; *Ivanhoe* e *O Pirata* de Walter Scott, dez vezes; o *Mot de l'énigme*, de Madame Craven, onze vezes.

Isto posto, como explicar o caso do chapéu? Na véspera, à noite enquanto o marido fora a uma sessão do Instituto da Ordem dos Advogados, o pai de Mariana veio à casa deles. Era um bom velho, magro, pausado, ex-funcionário público, ralado de saudades do tempo em que os empregados iam de casaca para as suas repartições. Casaca era o que ele, ainda agora, levava aos enterros, não pela razão que o leitor suspeita, a solenidade da morte ou a gravidade da despedida última, mas por esta menos filosófica, por ser um costume antigo. Não dava outra, nem da casaca nos enterros, nem do jantar às duas horas, nem de vinte usos mais. E tão aferrado aos hábitos, que no aniversário do casamento da filha, ia para lá às seis horas da tarde, jantado e digerido, via comer, e no fim aceitava um pouco de doce, um cálice de vinho e café. Tal era o sogro de Conrado; como supor que ele aprovasse o chapéu baixo do genro? Suportava-o calado, em atenção às qualidades da pessoa; nada mais. Acontecera-lhe, porém, naquele dia, vê-lo de relance na rua, de palestra com outros chapéus altos de homens públicos, e nunca lhe pareceu tão torpe. De noite, encontrando a filha sozinha, abriu-lhe o coração; pintou-lhe o chapéu baixo como a abominação das abominações, e instou com ela para que o fizesse desterrar.

Conrado ignorava essa circunstância, origem do pedido. Conhecendo a docilidade da mulher, não entendeu a resistência, e, porque era autoritário, e voluntarioso, a teima veio irritá-lo profundamente. Conteve-se ainda assim; preferiu mofar do caso; falou-lhe com tal ironia e desdém que a pobre dama sentiu-se humilhada. Mariana quis levantar-se duas vezes; ele obrigou-a a ficar, a primeira pegando-lhe levemente no pulso, a segunda subjugando-a com o olhar. E dizia sorrindo:

— Olhe, iaiá, tenho uma razão filosófica para não fazer o que você me pede. Nunca lhe disse isto; mas já agora confio-lhe tudo.

Mariana mordia o lábio, sem dizer mais nada; pegou de uma faca, e entrou a bater com ela devagarinho para fazer alguma cousa; mas, nem isso mesmo consentiu o marido, que lhe tirou a faca delicadamente, e continuou:

— A escolha do chapéu não é uma ação indiferente, como você pode supor; é regida por um princípio metafísico. Não cuide que quem compra um chapéu exerce uma ação voluntária e livre; a verdade é que obedece a um determinismo obscuro. A ilusão da liberdade existe arraigada nos compradores, e é mantida pelos chapeleiros que, ao verem um freguês ensaiar trinta ou quarenta chapéus, e sair sem comprar nenhum, imaginam que ele está procurando livremente uma combinação elegante. O princípio metafísico é este: — o chapéu é a integração do homem, um prolongamento da cabeça, um complemento decretado *ab eterno*; ninguém o pode trocar sem mutilação. É uma questão profunda que ainda não ocorreu a ninguém. Os sábios têm estudado tudo desde o astro até o verme, ou, para exemplificar bibliograficamente, desde Laplace... Você nunca leu Laplace? desde Laplace e a *Mecânica Celeste* até Darwim e o seu curioso livro das *Minhocas*, e, entretanto, não se lembraram ainda de parar diante do chapéu e estudá-lo por todos os lados.

Ninguém advertiu que há uma metafísica do chapéu. Talvez eu escreva uma memória a este respeito. São nove horas e três quartos. Não tenho tempo de dizer mais nada; mas você reflita consigo, e verá... Quem sabe? pode ser até que nem mesmo o chapéu seja complemento do homem mas o homem do chapéu...

Mariana venceu-se afinal, e deixou a mesa. Não entendera nada daquela nomenclatura áspera nem da singular teoria; mas sentiu que era um sarcasmo, e, dentro de si, chorava de vergonha. O marido subiu para vestir-se; desceu daí a alguns minutos, e parou diante dela com o famoso chapéu na cabeça. Mariana achou-lho, na verdade, torpe, ordinário, vulgar, nada sério. Conrado despediu-se cerimoniosamente e saiu.

A irritação da dama tinha afrouxado muito; mas o sentimento de humilhação subsistia. Mariana não chorou, não clamou, como supunha, que ia fazer; mas, consigo mesma, recordou a simplicidade do pedido, os sarcasmos de Conrado, e, posto reconhecesse que fora um pouco exigente, não achava justificação para tais excessos. Ia de um lado para outro, sem poder parar; foi à sala de visitas, chegou à janela meia aberta, viu ainda o marido, na rua, à espera do *bond*, de costas para casa, com o eterno e torpíssimo chapéu na cabeça. Mariana sentiu-se tomada de ódio contra essa peça ridícula; não compreendia como pudera suportá-la por tantos anos. E relembrava os anos, pensava na docilidade dos seus modos, na aquiescência a todas as vontades e caprichos do marido, e perguntava a si mesma se não seria essa justamente a causa do excesso daquela manhã. Chamava-se tola, moleirona; se tivesse feito como tantas outras, a Clara e a Sofia, por exemplo, que tratavam os maridos como eles deviam ser tratados, não lhe aconteceria nem metade, nem uma sombra do que lhe aconteceu. De reflexão em reflexão, chegou à ideia de sair. Vestiu-se, e foi à casa da Sofia, uma antiga companheira de colégio, com o fim de espairecer, não de lhe contar nada.

Sofia tinha trinta anos, mais dois que Mariana. Era alta, forte, muito senhora de si. Recebeu a amiga com as festas do costume; e, posto que esta lhe não dissesse nada, adivinhou que trazia um desgosto e grande. Adeus, planos de Mariana! Daí a vinte minutos contava-lhe tudo. Sofia riu dela, sacudiu os ombros; disse-lhe que a culpa não era do marido.

— Bem sei, é minha, concordava Mariana.

— Não seja, tola, iaiá! Você tem sido muito mole com ele. Mas seja forte uma vez; não faça caso, não lhe fale tão cedo; e se ele vier fazer as pazes, diga-lhe que mude primeiro de chapéu.

— Veja você, uma cousa de nada...

— No fim de contas, ele tem muita razão; tanta como outros. Olhe a pamonha da Beatriz; não foi agora para a roça, só porque o marido implicou com um inglês que costumava passar a cavalo de tarde? Coitado do inglês! Naturalmente nem deu pela falta. A gente pode viver bem com seu marido, respeitando-se, não indo contra os desejos um do outro, sem pirraças, nem despotismo. Olhe; eu cá vivo muito bem com o meu Ricardo, temos muita harmonia. Não lhe peço uma cousa que ele me não faça logo; mesmo quando não tem vontade nenhuma, basta que eu feche a cara obedece logo. Não era ele que teimaria assim por causa de um chapéu! Tinha que ver! Pois não! Onde iria ele parar! Mudava de chapéu, quer quisesse, quer não.

Mariana ouvia com inveja essa bela definição do sossego conjugal. A rebelião de Eva embocava nela os seus clarins; e o contato da amiga dava-lhe um prurido de independência e vontade. Para completar a situação, esta Sofia não era só muito senhora de si, mas também dos outros; tinha olhos para todos os ingleses, a cavalo ou a pé. Honesta, mas namoradeira; o termo é cru, e não há tempo de compor outro mais brando. Namorava a torto e a direito, por uma necessidade natural, um costume de solteira. Era o troco miúdo do amor, que ela distribuía a todos os pobres que lhe batiam à porta: — um níquel a um, outro a outro; nunca uma nota de cinco mil-réis, menos ainda uma apólice. Ora este sentimento caritativo induziu-a a propor à amiga que fosse passear, ver as lojas, contemplar a vista de outros chapéus bonitos e graves. Mariana aceitou; um certo demônio soprava nela as fúrias da vingança. Demais, a amiga tinha o dom de fascinar, virtude de Bonaparte, e não lhe deu tempo de refletir. Pois sim, iria, estava cansada de viver cativa. Também queria gozar um pouco etc. etc.

Enquanto Sofia foi vestir-se, Mariana deixou-se estar na sala, irrequieta e contente consigo mesma. Planeou a vida de toda aquela semana, marcando os dias e horas de cada cousa, como numa viagem oficial. Levantava-se, sentava-se, ia à janela, à espera da amiga.

— Sofia parece que morreu, dizia de quando em quando.

De uma das vezes que foi à janela, viu passar um rapaz a cavalo. Não era inglês, mas lembrou-lhe a outra, que o marido levou para a roça, desconfiado de um inglês, e sentiu crescer-lhe o ódio contra a raça masculina, — com exceção, talvez, dos rapazes a cavalo. Na verdade, aquele era afetado demais; esticava a perna no estribo com evidente vaidade das botas, dobrava a mão na cintura, com um ar de figurino. Mariana notou-lhe esses dois defeitos, mas achou que o chapéu resgatava-os; não que fosse um chapéu alto, era baixo, mas próprio do aparelho equestre. Não cobria a cabeça de um advogado indo gravemente para o escritório, mas a de um homem que espairecia ou matava o tempo.

Os tacões de Sofia desceram a escada, compassadamente. Pronta! disse ela daí a pouco, ao entrar na sala. Realmente, estava bonita. Já sabemos que era alta. O chapéu aumentava-lhe o ar senhoril; e um diabo de vestido de seda preta, arredondando-lhe as formas do busto, fazia-a ainda mais vistosa. Ao pé dela, a figura de Mariana desaparecia um pouco. Era preciso atentar primeiro nesta para ver que possuía feições mui graciosas, uns olhos lindos, muita e natural elegância. O pior é que a outra dominava desde logo; e onde houvesse pouco tempo de as ver, tomava-o Sofia para si. Este reparo seria incompleto, se eu não acrescentasse que Sofia tinha consciência da superioridade, e que apreciava por isso mesmo as belezas do gênero Mariana, menos derramadas e aparentes. Se é um defeito, não me compete emendá-lo.

— Onde vamos nós?, perguntou Mariana.

— Que tolice! vamos passear à cidade... Agora me lembro, vou tirar o retrato, depois vou ao dentista. Não; primeiro vamos ao dentista. Você não precisa de ir ao dentista?

— Não.

— Nem tirar o retrato?

— Já tenho muitos. E para quê? para dá-lo "àquele senhor"?

Sofia compreendeu que o ressentimento da amiga persistia, e, durante o caminho, tratou de lhe pôr um ou dois bagos mais de pimenta. Disse-lhe que, embora fosse difícil, ainda era tempo de libertar-se. E ensinava-lhe um método para subtrair-se à tirania. Não convinha ir logo de um salto, mas devagar, com segurança, de maneira que ele desse por si quando ela lhe pusesse o pé no pescoço. Obra de algumas semanas, três a quatro, não mais. Ela, Sofia, estava pronta a ajudá-la. E repetia-lhe que não fosse mole, que não era escrava de ninguém etc. Mariana ia cantando dentro do coração a marselhesa do matrimônio.

Chegaram à rua do Ouvidor. Era pouco mais do meio-dia. Muita gente, andando ou parada, o movimento do costume. Mariana sentiu-se um pouco atordoada, como sempre lhe acontecia. A uniformidade e a placidez, que eram o fundo do seu caráter e da sua vida, receberam daquela agitação os repelões do costume. Ela mal podia andar por entre os grupos, menos ainda sabia onde fixasse os olhos, tal era a confusão das gentes, tal era a variedade das lojas. Conchegava-se muito à amiga, e, sem reparar que tinham passado a casa do dentista, ia ansiosa de lá entrar. Era um repouso; era alguma cousa melhor do que o tumulto.

— Esta rua do Ouvidor!, ia dizendo.

— Sim?, respondia Sofia, voltando a cabeça para ela e os olhos para um rapaz que estava na outra calçada.

Sofia, prática daqueles mares, transpunha, rasgava ou contornava as gentes com muita perícia e tranquilidade. A figura impunha; os que a conheciam gostavam de vê-la outra vez; os que não a conheciam paravam ou voltavam-se para admirar-lhe o garbo. E a boa senhora, cheia de caridade, derramava os olhos à direita e à esquerda, sem grande escândalo, porque Mariana servia a coonestar os movimentos. Nada dizia seguidamente; parece até que mal ouvia as respostas da outra; mas falava de tudo, de outras damas, que iam ou vinham, de uma loja, de um chapéu... Justamente os chapéus — de senhora ou de homem, — abundavam naquela primeira hora da rua do Ouvidor.

— Olha este, dizia-lhe Sofia.

E Mariana acudia a vê-los, femininos ou masculinos, sem saber onde ficar, porque os demônios dos chapéus sucediam-se como num caleidoscópio. Onde era o dentista?, perguntava ela à amiga. Sofia só à segunda vez lhe respondeu que tinham passado a casa; mas já agora iriam até ao fim da rua; voltariam depois. Voltaram finalmente.

— Uf!, respirou Mariana entrando no corredor.

— Que é, meu Deus? Ora você! Parece da roça...

A sala do dentista tinha já algumas freguesas. Mariana não achou entre elas uma só cara conhecida, e, para fugir ao exame das pessoas estranhas, foi para a janela. Da janela podia gozar a rua, sem atropelo. Recostou-se; Sofia veio ter com ela. Alguns chapéus masculinos, parados, começaram a fitá-las; outros, passando, faziam a mesma cousa. Mariana aborreceu-se da insistência; mas, notando que fitavam principalmente a amiga, dissolveu-se-lhe o tédio numa espécie de inveja. Sofia, entretanto, contava-lhe a história de alguns chapéus, — ou, mais corretamente, as aventuras. Um deles merecia os pensamentos de Fulana; outro andava derretido por Sicrana, e ela por ele, tanto que eram certos na rua do Ouvidor às quartas e sábados, entre duas e três horas. Mariana ouvia aturdida. Na verdade, o chapéu era bonito, trazia uma linda gravata, e entre elegante e pelintra, mas...

— Não juro, ouviu?, replicava a outra, mas e o que se diz.

Mariana fitou pensativa o chapéu denunciado. Havia agora mais três, de igual porte e graça, e provavelmente os quatro falavam delas e falavam bem. Mariana enrubesceu muito, voltou a cabeça para o outro lado, tornou lago à primeira atitude e afinal entrou. Entrando, viu na sala duas senhoras recém-chegadas, e com elas um rapaz que se levantou prontamente e veio cumprimentá-la com muita cerimônia. Era o seu primeiro namorado.

Este primeiro namorado devia ter agora trinta e três anos. Andava por fora, na roça, na Europa, e afinal na presidência de uma província do sul. Era mediano de estatura, pálido, barba inteira e rara, e muito apertado na roupa. Tinha na mão um chapéu novo, alto, preto, grave, presidencial, administrativo, um chapéu adequado à pessoa e às ambições. Mariana, entretanto, mal pôde vê-lo. Tão confusa ficou, tão desorientada com a presença de um homem que conhecera em especiais circunstâncias, e a quem não vira desde 1877, que não pôde reparar em nada. Estendeu-lhe os dedos, parece mesmo que murmurou uma resposta qualquer, e ia tornar à janela, quando a amiga saiu dali.

Sofia conhecia também o recém-chegado. Trocaram algumas palavras. Mariana, impaciente, perguntou-lhe ao ouvido se não era melhor adiar os dentes para outro dia; mas a amiga disse-lhe que não; negócio de meia hora a três quartos. Mariana sentiu-se opressa: a presença de um tal homem atava-lhe os sentidos, lançava-a na luta e na confusão. Tudo culpa do marido. Se ele não teimasse e não caçoasse com ela, ainda em cima, não aconteceria nada. E Mariana, pensando assim, jurava tirar uma desforra. De memória contemplava a casa, tão sossegada, tão bonitinha, onde podia estar agora, como de costume, sem os safanões da rua, sem a dependência da amiga...

— Mariana, disse-lhe esta, o Dr. Viçoso teima que está muito magro. Você não acha que está mais gordo do que no ano passado... Não se lembra dele no ano passado?

Dr. Viçoso era o próprio namorado antigo, que palestrava com Sofia olhando muitas vezes para Mariana. Esta respondeu negativamente. Ele aproveitou a fresta para puxá-la à conversação; disse que, na verdade, não a vira desde alguns anos. E sublinhava o dito com um certo olhar triste e profundo. Depois abriu o estojo dos assuntos, sacou para fora o teatro lírico. Que tal achavam a companhia? Na opinião dele era excelente, menos o barítono; o barítono parecia-lhe cansado. Sofia protestou contra o cansaço do barítono, mas ele insistiu, acrescentando que, em Londres, onde o ouvira pela primeira vez, já lhe parecera a mesma cousa. As damas, sim, senhora; tanto a soprano como a contralto eram de primeira ordem. E falou das óperas, citava os trechos, elogiou a orquestra, principalmente nos *Huguenotes*... Tinha visto Mariana na última noite, no quarto ou quinto camarote da esquerda, não era verdade?

— Fomos, murmurou ela, acentuando bem o plural.

— No Cassino é que a não tenho visto, continuou ele.

— Está ficando um bicho do mato, acudiu Sofia rindo.

Viçoso gostara muito do último baile, e desfiou as suas recordações; Sofia fez o mesmo às dela. As melhores *toilettes* foram descritas por ambos com muita particularidade; depois vieram as pessoas, os caracteres, dois ou três picos de malícia, mas tão anódina, que não fez mal a ninguém. Mariana ouvia-os sem interesse; duas ou três vezes chegou a levantar-se e ir à janela; mas os chapéus eram tantos e tão curiosos, que ela voltava a sentar-se. Interiormente, disse alguns nomes feios à amiga; não os ponho aqui por não serem necessários, e, aliás, seria de mau gosto desvendar o que esta moça pôde pensar da outra durante alguns minutos de irritação.

— E as corridas do Jockey Club?, perguntou o ex-presidente.

Mariana continuava a abanar a cabeça. Não tinha ido às corridas naquele ano. Pois perdera muito, a penúltima, principalmente; esteve animadíssíma, e os cavalos eram de primeira ordem. As de Epsom, que ele vira, quando esteve em Inglaterra, não eram melhores do que a penúltima do Prado Fluminense. E Sofia dizia que sim, que realmente a penúltima corrida honrava o Jockey Club. Confessou que gostava muito; dava emoções fortes. A conversação descambou em dois concertos daquela semana, depois tomou a barca, subiu a serra e foi a Petrópolis, onde dois diplomatas lhe fizeram as despesas da estadia. Como falassem da esposa de um ministro, Sofia lembrou-se de ser agradável ao ex-presidente, declarando-lhe que era preciso casar também porque em breve estaria no ministério. Viçoso teve um estremeção de prazer, e sorriu, e protestou que não; depois, com os olhos em Mariana, disse que provavelmente não casaria nunca... Mariana enrubesceu muito e levantou-se.

— Você está com muita pressa, disse-lhe Sofia. Quantas são?, continuou voltando-se para Viçoso.

— Perto de três!, exclamou ele.

Era tarde; tinha de ir à Câmara dos Deputados. Foi falar às duas senhoras, que acompanhara, e que eram primas suas, e despediu-se; vinha despedir-se das outras, mas Sofia declarou que sairia também. Já agora não esperava mais. A verdade é que a ideia de ir à Câmara dos Deputados começara a faiscar-lhe na cabeça.

— Vamos à Câmara?, propôs ela à outra.

— Não, não, disse Mariana; não posso, estou muito cansada.

— Vamos, um bocadinho só; eu também estou muito cansada...

Mariana teimou ainda um pouco; mas teimar contra Sofia, — a pomba discutindo com o gavião, — era realmente insensatez. Não teve remédio, foi. A rua estava agora mais agitada, as gentes iam e vinham por ambas as calçadas, e complicavam-se no cruzamento das ruas. De mais a mais, o obsequioso ex-presidente flanqueava as duas damas, tendo-se oferecido para arranjar-lhe uma tribuna.

A alma de Mariana sentia-se cada vez mais dilacerada de toda essa confusão de cousas. Perdera o interesse da primeira hora; e o despeito que lhe dera forças para um voo audaz e fugidio, começava a afrouxar as asas, ou afrouxara-as inteiramente. E outra vez recordava a casa, tão quieta, com todas as cousas nos seus lugares, metódicas, respeitosas umas com as outras, fazendo-se tudo sem atropelo, e, principalmente, sem mudança imprevista. E a alma batia o pé raivosa... Não ouvia nada do que o Viçoso ia dizendo, conquanto ele falasse alto, e muitas cousas fossem ditas para ela. Não ouvia, não queria ouvir nada. Só pedia a Deus que as horas andassem depressa. Chegaram à Câmara e foram para uma tribuna. O rumor das saias chamou a atenção de uns vinte deputados, que restavam, escutando um discurso de orçamento. Tão depressa o Viçoso pediu licença e saiu, Mariana disse rapidamente à amiga que não lhe fizesse outra.

— Que outra?, perguntou Sofia.

— Não me pregue outra peça como esta de andar de um lugar para o outro feito maluca. Que tenho eu com a Câmara? que me importam discursos que não entendo?

Sofia sorriu, agitou o leque e recebeu em cheio o olhar de um dos secretários. Muitos eram os olhos que a fitavam quando ela ia à Câmara, mas os do tal secretário tinham uma expressão mais especial, cálida e súplice. Entende-se, pois, que ela não o recebeu de supetão; pode mesmo entender-se que o procurou curiosa. Enquanto acolhia esse olhar legislativo ia respondendo à amiga, com brandura, que a culpa era dela, e que a sua intenção era boa, era restituir-lhe a posse de si mesma.

— Mas, se você acha que a aborreço não venha mais comigo, concluiu Sofia.

E, inclinando-se um pouco:

— Olha, o ministro da justiça.

Mariana não teve remédio senão ver o ministro da justiça. Este aguentava o discurso do orador, um governista, que provava a conveniência dos tribunais correcionais, e, incidentemente, compendiava a antiga legislação colonial. Nenhum aparte; um silêncio resignado, polido, discreto e cauteloso. Mariana passeava os olhos de um lado para outro, sem interesse; Sofia dizia-lhe muitas cousas, para dar saída a uma porção de gestos graciosos. No fim de quinze minutos agitou-se a Câmara, graças a uma expressão do orador e uma réplica da oposição. Trocaram-se apartes, os segundos mais bravos que os primeiros, e seguiu-se um tumulto, que durou perto de um quarto de hora.

Esta diversão não o foi para Mariana, cujo espírito plácido e uniforme ficou atarantado no meio de tanta e tão inesperada agitação. Ela chegou a levantar-se para sair; mas sentou-se outra vez. Já agora estava disposta a ir ao fim, arrependida e resoluta a chorar só consigo as suas mágoas conjugais. A dúvida começou mesmo a entrar nela. Tinha razão no pedido ao marido; mas era caso de doer-se tanto? era razoável o espalhafato? Certamente que as ironias dele foram cruéis; mas, em suma, era a primeira vez que ela lhe batera o pé, e, naturalmente, a novidade irritou-o. De qualquer modo, porém, fora um erro ir revelar tudo à amiga. Sofia iria talvez contá-lo a outras... Esta ideia trouxe um calafrio a Mariana; a indiscrição da amiga era certa; tinha-lhe ouvido uma porção de histórias de chapéus masculinos e femininos, cousa mais grave do que uma simples briga de casados, Mariana sentiu necessidade de lisonjeá-la e cobriu a sua impaciência e zanga com uma máscara de docilidade hipócrita. Começou a sorrir também, a fazer algumas observações, a respeito de um ou outro deputado, e assim chegaram ao fim do discurso e da sessão.

Eram quatro horas dadas. Toca a recolher, disse Sofia; e Mariana concordou que sim, mas sem impaciência, e ambas tornaram a subir a rua do Ouvidor. A rua, a entrada no *bond* completaram a fadiga do espírito de Mariana, que afinal respirou quando viu que ia caminho de casa. Pouco antes de apear-se a outra, pediu-lhe que guardasse segredo sobre o que lhe contara; Sofia prometeu que sim.

Mariana respirou. A rola estava livre do gavião. Levava a alma donte dos encontrões, vertiginosa da diversidade de cousas e pessoas. Tinha necessidade de equilíbrio e saúde. A casa estava perto; à medida que ia vendo as outras casas e chácaras próximas, Mariana sentia-se restituída a si mesma. Chegou finalmente; entrou no jardim, respirou. Era aquele o seu mundo; menos um vaso, que o jardineiro trocara de lugar.

— João, bota este vaso onde estava antes, disse ela.

Tudo o mais estava em ordem, a sala de entrada, a de visitas, a de jantar, os seus quartos, tudo. Mariana sentou-se primeiro, em diferentes lugares, olhando bem para todas as cousas, tão quietas e ordenadas. Depois de uma manhã inteira de perturbação e variedade, a monotonia trazia-lhe um grande bem, e nunca lhe pareceu tão deliciosa. Na verdade, fizera mal... Quis recapitular os sucessos e não pôde; a alma espreguiçava-se toda naquela uniformidade caseira. Quando muito, pensou na figura do Viçoso, que achava agora ridícula, e era injustiça. Despiu-se lentamente, com amor, indo certeira a cada objeto. Uma vez despida pensou outra vez na briga com o marido. Achou que, bem pesadas as cousas, a principal culpa era dela. Que diabo de teima por causa de um chapéu, que o marido usara há tantos anos? Também o pai era exigente demais...

"Vou ver a cara com que ele vem", pensou ela.

Eram cinco e meia; não tardaria muito. Mariana foi à sala da frente espiou pela vidraça, prestou o ouvido ao *bond*, e nada. Sentou-se ali mesmo com o *Ivanhoe* nas palmas, querendo ler e não lendo nada. Os olhos iam até o fim da página, e tornavam ao princípio, em primeiro lugar, porque não apanhavam o sentido, em segundo lugar, porque uma ou outra vez desviavam-se para saborear a correção das cortinas ou qualquer outra feição particular da sala. Santa monotonia, tu a acalentavas no teu regaço eterno.

Enfim, parou um *bond*; apeou-se o marido; rangeu a porta de ferro do jardim. Mariana foi à vidraça, e espiou. Conrado entrava lentamente, olhando para a direita e a esquerda, com o chapéu na cabeça, não o famoso chapéu do costume, porém outro, o que a mulher lhe tinha pedido de manhã. O espírito de Mariana recebeu um choque violento, igual ao que lhe dera o vaso do jardim trocado, — ou ao que lhe daria uma lauda de Voltaire entre as folhas da *Moreninha* ou de *Ivanhoe*... Era a nota desigual no meio da harmoniosa sonata da vida. Não, não podia ser esse chapéu. Realmente, que mania a dela exigir que ele deixasse o outro que lhe ficava tão bem? E que não fosse o mais próprio, era o de longos anos; era o que quadrava à fisionomia do marido... Conrado entrou por uma porta lateral! Mariana recebeu-o nos braços.

— Então, passou?, perguntou ele, enfim cigindo-lhe a cintura.

— Escuta uma cousa, respondeu ela com uma carícia divina, bota fora esse; antes o outro.

Parece que há duas sortes de vocação, as que têm língua e as que a não têm. As primeiras realizam-se; as últimas representam uma luta constante e estéril entre o impulso interior e a ausência de um modo de comunicação entre os homens.

[*O narrador meio cronista
da "Cantiga de esponsais"*]

CANTIGA DE ESPONSAIS

[*Histórias sem data*]

Imagine a leitora que está em 1813, na igreja do Carmo, ouvindo uma daquelas boas festas antigas, que eram todo o recreio público e toda a arte musical. Sabem o que é uma missa cantada; podem imaginar o que seria uma missa cantada daqueles anos remotos. Não lhe chamo a atenção para os padres e os sacristães, nem para o sermão, nem para os olhos das moças cariocas, que já eram bonitos nesse tempo, nem para as mantilhas das senhoras graves, os calções, as cabeleiras, as sanefas, as luzes, os incensos, nada. Não falo sequer da orquestra, que é excelente; limito-me a mostrar-lhes uma cabeça branca, a cabeça desse velho que rege a orquestra, com alma e devoção.

Chama-se Romão Pires; terá sessenta anos, não menos, nasceu no Valongo, ou por esses lados. É bom músico e bom homem; todos os músicos gostam dele. Mestre Romão é o nome familiar; e dizer familiar e público era a mesma coisa em tal matéria e naquele tempo. "Quem rege a missa é mestre Romão" — equivalia a esta outra forma de anúncio, anos depois: "Entra em cena o ator João Caetano"; — ou então: "O ator Martinho cantará uma de suas melhores árias". Era o tempero certo, o chamariz delicado e popular. Mestre Romão rege a festa! Quem não conhecia mestre Romão, com o seu ar circunspecto, olhos no chão, riso triste, e passo demorado? Tudo isso desaparecia à frente da orquestra; então a vida derramava-se por todo o corpo e todos os gestos do mestre; o olhar acendia-se, o riso iluminava-se: era outro. Não que a missa fosse dele; esta, por exemplo, que ele rege agora no Carmo é de José Maurício; mas ele rege-a com o mesmo amor que empregaria se a missa fosse sua.

Acabou a festa; é como se acabasse um clarão intenso, e deixasse o rosto apenas alumiado da luz ordinária. Ei-lo que desce do coro, apoiado na bengala; vai à sacristia beijar a mão aos padres e aceita um lugar à mesa do jantar. Tudo isso indiferente e calado. Jantou, saiu, caminhou para a rua da Mãe dos Homens, onde reside, com um preto velho, pai José, que é a sua verdadeira mãe, e que neste momento conversa com uma vizinha.

— Mestre Romão lá vem, pai José, disse a vizinha.

— Eh! eh! adeus, sinhá, até logo.

Pai José deu um salto, entrou em casa, e esperou o senhor, que daí a pouco entrava com o mesmo ar do costume. A casa não era rica naturalmente; nem alegre. Não tinha o menor vestígio de mulher, velha ou moça, nem passarinhos que cantassem, nem flores, nem cores vivas ou jocundas. Casa sombria e nua. O mais alegre era um cravo, onde o mestre Romão tocava algumas vezes, estudando. Sobre uma cadeira, ao pé, alguns papéis de música; nenhuma dele...

Ah! se mestre Romão pudesse seria um grande compositor. Parece que há duas sortes de vocação, as que têm língua e as que a não têm. As primeiras realizam-se; as últimas representam uma luta constante e estéril entre o impulso interior e a ausência de um modo de comunicação com os homens. Romão era destas. Tinha a vocação íntima da música; trazia dentro de si muitas óperas e missas, um mundo de harmonias novas e originais, que não alcançava exprimir e pôr no papel. Esta era a causa única da tristeza de mestre Romão. Naturalmente o vulgo não atinava com ela; uns diziam isto, outros aquilo: doença, falta de dinheiro, algum desgosto antigo; mas a verdade é esta: — a causa da melancolia de mestre Romão era não poder compor, não possuir o meio de traduzir o que sentia. Não é que não rabiscasse muito papel e não interrogasse o cravo, durante horas; mas tudo lhe saía informe, sem ideia nem harmonia. Nos últimos tempos tinha até vergonha da vizinhança, e não tentava mais nada.

E, entretanto, se pudesse, acabaria ao menos uma certa peça, um canto esponsalício, começado três dias depois de casado, em 1779. A mulher,

225

que tinha então vinte e um anos, e morreu com vinte e três, não era muito bonita, nem pouco, mas extremamente simpática, e amava-o tanto como ele a ela. Três dias depois de casado, mestre Romão sentiu em si alguma coisa parecida com inspiração. Ideou então o canto esponsalício, e quis compô-lo; mas a inspiração não pôde sair. Como um pássaro que acaba de ser preso, e forceja por transpor as paredes da gaiola, abaixo, acima, impaciente, aterrado, assim batia a inspiração do nosso músico, encerrada nele sem poder sair, sem achar uma porta, nada. Algumas notas chegaram a ligar-se; ele escreveu-as; obra de uma folha de papel, não mais. Teimou no dia seguinte, dez dias depois, vinte vezes durante o tempo de casado. Quando a mulher morreu, ele releu essas primeiras notas conjugais, e ficou ainda mais triste, por não ter podido fixar no papel a sensação da felicidade extinta.

— Pai José, disse ele ao entrar, sinto-me hoje adoentado.

— Sinhô comeu alguma coisa que fez mal...

— Não; já de manhã não estava bom. Vai à botica...

O boticário mandou alguma coisa, que ele tomou à noite; no dia seguinte mestre Romão não se sentia melhor. É preciso dizer que ele padecia do coração: — moléstia grave e crônica. Pai José ficou aterrado, quando viu que o incômodo não cedera ao remédio, nem ao repouso, e quis chamar o médico.

— Para quê?, disse o mestre. Isto passa.

O dia não acabou pior; e a noite suportou-a ele bem, não assim o preto, que mal pôde dormir duas horas. A vizinhança, apenas soube do incômodo, não quis outro motivo de palestra; os que entretinham relações com o mestre foram visitá-lo. E diziam-lhe que não era nada, que eram macacoas do tempo; um acrescentava graciosamente que era manha, para fugir aos capotes que o boticário lhe dava no gamão, outro que eram amores. Mestre Romão sorria, mas consigo mesmo dizia que era o final.

— Está acabado, pensava ele.

Um dia de manhã, cinco depois da festa, o médico achou-o realmente mal; e foi isso o que ele lhe viu na fisionomia por trás das palavras enganadoras:

— Isto não é nada; é preciso não pensar em músicas...

Em músicas! justamente esta palavra do médico deu ao mestre um pensamento. Logo que ficou só, com o escravo, abriu a gaveta onde guarda-

226

va desde 1779 o canto esponsalício começado. Releu essas notas arrancadas a custo e não concluídas. E então teve uma ideia singular: — rematar a obra agora, fosse como fosse; qualquer coisa servia, uma vez que deixasse um pouco de alma na terra.

— Quem sabe? Em 1880, talvez se toque isto, e se conte que um mestre Romão...

O princípio do canto rematava em um certo *lá*; este *lá*, que lhe caía bem no lugar, era a nota derradeiramente escrita. Mestre Romão ordenou que lhe levassem o cravo para a sala do fundo, que dava para o quintal; era-lhe preciso ar. Pela janela viu na janela dos fundos de outra casa dois casadinhos de oito dias, debruçados, com os braços por cima dos ombros, e duas mãos presas. Mestre Romão sorriu com tristeza.

— Aqueles chegam, disse ele, eu saio. Comporei ao menos este canto que eles poderão tocar...

Sentou-se ao cravo; reproduziu as notas e chegou ao *lá*...

— *Lá, lá, lá...*

Nada, não passava adiante. E contudo, ele sabia música como gente.

— *Lá, dó... lá, mi... lá, si, dó, ré... ré... ré...*

Impossível! nenhuma inspiração. Não exigia uma peça profundamente original, mas enfim alguma coisa, que não fosse de outro e se ligasse ao pensamento começado. Voltava ao princípio, repetia as notas, buscava reaver um retalho da sensação extinta, lembrava-se da mulher, dos primeiros tempos. Para completar a ilusão, deitava os olhos pela janela para o lado dos casadinhos. Estes continuavam ali, com as mãos presas e os braços passados nos ombros um do outro; a diferença é que se miravam agora, em vez de olhar para baixo. Mestre Romão, ofegante da moléstia e de impaciência, tornava ao cravo; mas a vista do casal não lhe suprira a inspiração, e as notas seguintes não soavam.

— *Lá... lá... lá...*

Desesperado, deixou o cravo, pegou do papel escrito e rasgou-o. Nesse momento, a moça embebida no olhar do marido começou a cantarolar à toa, inconscientemente, uma coisa nunca antes cantada nem sabida, na qual um certo *lá* trazia após si uma linda frase musical, justamente a que mestre Romão procurara durante anos sem achar nunca. O mestre ouviu-a com tristeza, abanou a cabeça, e à noite expirou.

Outras vezes, sentado, ao piano, deixava os dedos correrem, à ventura, a ver se as fantasias brotavam deles, como dos de Mozart, mas nada, nada, a inspiração não vinha, a imaginação deixava-se estar dormindo.

[*Comentário do narrador: em "Um homem célebre"*]

UM HOMEM CÉLEBRE

[*VÁRIAS HISTÓRIAS*]

— **A**h! o senhor é que é o Pestana?, perguntou Sinhazinha Mota, fazendo um largo gesto admirativo. E logo depois, corrigindo a familiaridade: — Desculpe meu modo, mas... é mesmo o senhor?

Vexado, aborrecido, Pestana respondeu que sim, que era ele. Vinha do piano, enxugando a testa com o lenço, e ia a chegar à janela, quando a moça o fez parar. Não era baile; apenas um sarau íntimo, pouca gente, vinte pessoas ao todo, que tinham ido jantar com a viúva Camargo, rua do Areal, naquele dia dos anos dela, cinco de novembro de 1875... Boa e patusca viúva! Amava o riso e a folga, apesar dos sessenta anos em que entrava, e foi a última vez que folgou e riu, pois faleceu nos primeiros dias de 1876. Boa e patusca viúva! Com que alma e diligência arranjou ali umas danças, logo depois do jantar, pedindo ao Pestana que tocasse uma quadrilha! Nem foi preciso acabar o pedido; Pestana curvou-se gentilmente, e correu ao piano. Finda a quadrilha, mal teriam descansado uns dez minutos, a viúva correu novamente ao Pestana para um obséquio mui particular.

— Diga, minha senhora.

— É que nos toque agora aquela sua polca *Não bula comigo, Nhonbô.*

Pestana fez uma careta, mas dissimulou depressa, inclinou-se calado, sem gentileza, e foi para o piano, sem entusiasmo. Ouvidos os primeiros compassos, derramou-se pela sala uma alegria nova, os cavalheiros correram às damas, e os pares entraram a saracotear a polca da moda. Da moda; tinha sido publicada vinte dias antes, e já não havia recanto da cidade em que não fosse conhecida. Ia chegando à consagração do assobio e da cantarola noturna.

Sinhazinha Mota estava longe de supor que aquele Pestana que ela vira à mesa de jantar e depois ao piano, metido numa sobrecasaca cor de rapé, cabelo negro, longo e cacheado, olhos cuidosos, queixo rapado, era o mesmo Pestana compositor; foi uma amiga que lho disse quando o viu vir do piano, acabada a polca. Daí a pergunta admirativa. Vimos que ele respondeu aborrecido e vexado. Nem assim as duas moças lhe pouparam finezas, tais e tantas, que a mais modesta vaidade se contentaria de as ouvir; ele recebeu-as cada vez mais enfadado, até que, alegando dor de cabeça, pediu licença para sair. Nem elas, nem a dona da casa, ninguém logrou retê-lo. Ofereceram-lhe remédios caseiros, algum repouso, não aceitou nada, teimou em sair e saiu.

Rua fora, caminhou depressa, com medo de que ainda o chamassem; só afrouxou depois que dobrou a esquina da rua Formosa. Mas aí mesmo esperava-o a sua grande polca festiva. De uma casa modesta, à direita, a poucos metros de distância, saíam as notas da composição do dia, sopradas em clarineta. Dançava-se. Pestana parou alguns instantes, pensou em arrepiar caminho, mas dispôs-se a andar, estugou o passo, atravessou a rua, e seguiu pelo lado oposto ao da casa do baile. As notas foram-se perdendo, ao longe, e o nosso homem entrou na rua do Aterrado, onde morava. Já perto de casa viu vir dois homens; um deles, passando rentezinho com o Pestana, começou a assobiar a mesma polca, rijamente, com brio, e o outro pegou a tempo na música, e aí foram os dois abaixo, ruidosos e alegres, enquanto o autor da peça, desesperado, corria a meter-se em casa.

Em casa, respirou. Casa velha, escada velha, um preto velho que o servia, e que veio saber se ele queria cear.

— Não quero nada, bradou o Pestana; faça-me café e vá dormir.

Despiu-se, enfiou uma camisola, e foi para a sala dos fundos. Quando o preto acendeu o gás da sala, Pestana sorriu e, dentro d'alma, cumprimentou uns dez retratos que pendiam da parede. Um só era a óleo, o de um padre, que o educara, que lhe ensinara latim e música, e que, segundo os ociosos, era o próprio pai do Pestana. Certo é que lhe deixou em herança aquela casa velha, e os velhos trastes, ainda do tempo de Pedro I. Compusera alguns motetes o padre, era doido por música, sacra ou profana, cujo gosto incutiu no moço, ou também lhe transmitiu no sangue, se é que tinham razão as bocas vadias, coisa de que se não ocupa a minha história, como ides ver.

Os demais retratos eram de compositores clássicos, Cimarosa, Mozart, Beethoven, Gluck, Bach, Schumann, e ainda uns três, alguns gravados, outros litografados, todos mal encaixilhados e de diferente tamanho, mas postos ali como santos de uma igreja. O piano era o altar; o evangelho da noite lá estava aberto: era uma sonata de Beethoven.

Veio o café; Pestana engoliu a primeira xícara, e sentou-se ao piano. Olhou para o retrato de Beethoven, e começou a executar a sonata, sem saber de si, desvairado ou absorto, mas com grande perfeição. Repetiu a peça; depois parou alguns instantes, levantou-se e foi a uma das janelas. Tornou ao piano; era a vez de Mozart, pegou de um trecho, e executou-o do mesmo modo, com a alma alhures. Haydn levou-o à meia-noite e à segunda xícara de café.

Entre meia-noite e uma hora, Pestana pouco mais fez que estar à janela e olhar para as estrelas, entrar e olhar para os retratos. De quando em quando ia ao piano, e, de pé dava uns golpes soltos no teclado, como se procurasse algum pensamento; mas o pensamento não aparecia e ele voltava a encostar-se à janela. As estrelas pareciam-lhe outras tantas notas musicais fixadas no céu à espera de alguém que as fosse descolar; tempo viria em que o céu tinha de ficar vazio, mas então a terra seria uma constelação de partituras. Nenhuma imagem, desvario ou reflexão trazia uma lembrança qualquer de Sinhazinha Mota, que entretanto, a essa mesma hora, adormecia pensando nele, famoso autor de tantas polcas amadas. Talvez a ideia conjugal tirou à moça alguns momentos de sono. Que tinha? Ela ia em vinte anos, ele em trinta, boa conta. A moça dormia ao som da polca, ouvida de cor, enquanto o autor desta não cuidava nem da polca nem da moça, mas das velhas obras clássicas, interrogando o céu e a noite, rogando aos anjos, em último caso ao diabo. Por que não faria ele uma só que fosse daquelas páginas imortais?

Às vezes, como que ia surgir das profundezas do inconsciente uma aurora de ideia; ele corria ao piano, para aventá-la inteira, traduzi-la, em sons, mas era em vão; a ideia esvaía-se. Outras vezes, sentado, ao piano, deixava os dedos correrem, à ventura, a ver se as fantasias brotavam deles, como dos de Mozart; mas nada, nada, a inspiração não vinha, a imaginação deixava-se estar dormindo. Se acaso uma ideia aparecia, definida e bela, era eco apenas de alguma peça alheia, que a memória repetia, e que ele supunha inventar. Então, irritado, erguia-se, jurava abandonar a arte, ir plantar café ou puxar carroça; mas daí a minutos, ei-lo outra vez, com os olhos em Mozart, a imitá-lo ao piano.

Duas, três, quatro horas. Depois das quatro foi dormir; estava cansado, desanimado, morto; tinha que dar lições no dia seguinte. Pouco dormiu; acordou às sete horas. Vestiu-se e almoçou.

— Meu senhor quer a bengala ou o chapéu de sol?, perguntou o preto, segundo as ordens que tinha, porque as distrações do senhor eram frequentes.

— A bengala.

— Mas parece que hoje chove.

— Chove, repetiu Pestana maquinalmente.

— Parece que sim, senhor, o céu está meio escuro.

Pestana olhava para o preto, vago, preocupado. De repente:

— Espera aí.

Correu à sala dos retratos, abriu o piano, sentou-se e espalmou as mãos no teclado. Começou a tocar alguma coisa própria, uma inspiração real e pronta, uma polca, uma polca buliçosa, como dizem os anúncios. Nenhuma repulsa da parte do compositor; os dedos iam arrancando as notas, ligando-as, meneando-as; dir-se-ia que a musa compunha e bailava a um tempo. Pestana esquecera as discípulas, esquecera o preto, que o esperava com a bengala e o guarda-chuva, esquecera até os retratos que pendiam gravemente da parede. Compunha só, teclando ou escrevendo, sem os vãos esforços da véspera, sem exasperação, sem nada pedir ao céu, sem interrogar os olhos de Mozart. Nenhum tédio. Vida, graça, novidade, escorriam-lhe da alma como de uma fonte perene.

Em pouco tempo estava a polca feita. Corrigiu ainda alguns pontos, quando voltou para jantar: mas já a cantarolava, andando, na rua. Gostou dela; na composição recente e inédita circulava o sangue da paternidade e da vocação. Dois dias depois, foi levá-la ao editor das outras polcas suas, que andariam já por umas trinta. O editor achou-a linda.

— Vai fazer grande efeito.

Veio a questão do título. Pestana, quando compôs a primeira polca, em 1871, quis dar-lhe um título poético, escolheu este: *Pingos de Sol*. O editor abanou a cabeça, e disse-lhe que os títulos deveriam ser, já de si, destinados à popularidade, — ou por alusão a algum sucesso do dia, — ou pela graça das palavras; indicou-lhe dois: *A Lei de 28 de Setembro*, ou *Candongas não Fazem Festa*.

— Mas que quer dizer *Candongas não Fazem Festa*? perguntou o autor.

— Não quer dizer nada, mas populariza-se logo.

Pestana, ainda donzel inédito, recusou qualquer das denominações e guardou a polca; mas não tardou que compusesse outra, e a comichão da publicidade levou-o a imprimir as duas, com os títulos que ao editor parecessem mais atraentes ou apropriados. Assim se regulou pelo tempo adiante.

Agora, quando Pestana entregou a nova polca, e passaram ao título, o editor acudiu que trazia um, desde muitos dias, para a primeira obra que ele lhe apresentasse, título de espavento, longo e meneado. Era este: *Senhora dona, guarde o seu balaio*.

— E para a vez seguinte, acrescentou, já trago outro de cor.

Exposta à venda, esgotou-se logo a primeira edição. A fama do compositor bastava à procura; mas a obra em si mesma era adequada ao gênero, original, convidava a dançá-la e decorava-se depressa. Em oito dias, estava célebre. Pestana, durante os primeiros, andou deveras namorado da composição, gostava de a cantarolar baixinho, detinha-se na rua, para ouvi-la tocar em alguma casa, e zangava-se quando não a tocavam bem. Desde logo, as orquestras de teatro a executaram, e ele lá foi a um deles. Não desgostou também de a ouvir assobiada, uma noite, por um vulto que descia a rua do Aterrado.

Essa lua de mel durou apenas um quarto de lua. Como das outras vezes, e mais depressa ainda, os velhos mestres retratados o fizeram sangrar de remorsos. Vexado e enfastiado, Pestana arremeteu contra aquela que o viera consolar tantas vezes, musa de olhos marotos e gestos arredondados, fácil e graciosa. E aí voltaram as náuseas de si mesmo, o ódio a quem lhe pedia a nova polca da moda, e juntamente o esforço de compor alguma coisa ao sabor clássico, uma página que fosse, uma só, mas tal que pudesse ser encadernada entre Bach e Schumann. Vão estudo, inútil esforço. Mergulhava naquele Jordão sem sair batizado. Noites e noites, gastou-as assim, confiado e teimoso, certo de que a vontade era tudo, e que, uma vez que abrisse mão da música fácil...

— As polcas que vão para o inferno fazer dançar o diabo, disse ele um dia, de madrugada ao deitar-se.

Mas as polcas não quiseram ir tão fundo. Vinham à casa de Pestana, à própria sala dos retratos, irrompiam tão prontas, que ele não tinha mais que o tempo de as compor, imprimi-las depois, gostá-las alguns dias, aborrecê-las, e tornar às velhas fontes, donde lhe não manava nada. Nessa alternativa viveu até casar, e depois de casar.

— Casar com quem?, perguntou Sinhazinha Mota ao tio escrivão que lhe deu aquela notícia.

— Vai casar com uma viúva.

— Velha?

— Vinte e sete anos.

— Bonita?

— Não, nem feia, assim, assim. Ouvi dizer que ele se enamorou dela porque a ouviu cantar na última festa de S. Francisco de Paula. Mas ouvi também que ela possui outra prenda, que não é rara, mas vale menos: está tísica.

Os escrivães não deviam ter espírito, — mau espírito quero dizer. A sobrinha deste sentiu no fim um pingo de bálsamo, que lhe curou a dentadinha da inveja. Era tudo verdade. Pestana casou daí a dias com uma viúva de vinte e sete anos, boa cantora e tísica. Recebeu-a como a esposa espiritual do seu gênio. O celibato era, sem dúvida, a causa da esterilidade e do transvio, dizia ele consigo; artisticamente considerava-se um arruador de horas mortas; tinha as polcas por aventuras de petimetres. Agora, sim, é que ia engendrar uma família de obras sérias, profundas, inspiradas e trabalhadas.

Essa esperança abotoou desde as primeiras horas do amor, e desabrochou à primeira aurora do casamento. Maria, balbuciou a alma dele, dá-me o que não achei na solidão das noites, nem no tumulto dos dias.

Desde logo, para comemorar o consórcio, teve ideia de compor um noturno. Chamar-lhe-ia *Ave, Maria*. A felicidade como que lhe trouxe um princípio de inspiração; não querendo dizer nada à mulher, antes de pronto, trabalhava às escondidas; coisa difícil, porque Maria, que amava igualmente a arte, vinha tocar com ele, ou ouvi-lo somente, horas e horas, na sala dos retratos. Chegaram a fazer alguns concertos semanais, com três artistas, amigos do Pestana. Um domingo, porém, não se pôde ter o marido, e chamou a mulher para tocar um trecho do noturno; não lhe disse o que era nem de quem era. De repente, parando, interrogou-a com os olhos.

— Acaba, disse Maria; não é Chopin?

Pestana empalideceu, fitou os olhos no ar, repetiu um ou dois trechos e ergueu-se. Maria assentou-se ao piano, e, depois de algum esforço de memória, executou a peça de Chopin. A ideia, o motivo eram os mesmos; Pestana achara-os em algum daqueles becos escuros da memória, velha cidade de traições. Triste, desesperado, saiu de casa, e dirigiu-se para o lado da ponte, caminho de S. Cristóvão.

— Para que lutar?, dizia ele. Vou com as polcas... Viva a polca!

Homens que passavam por ele, e ouviam isto, ficavam olhando, como para um doido. E ele ia andando, alucinado, mortificado, eterna peteca entre a ambição e a vocação... Passou o velho matadouro; ao chegar à porteira da estrada de ferro, teve ideia de ir pelo trilho acima e esperar o primeiro trem que viesse e o esmagasse. O guarda fê-lo recuar. Voltou a si e tornou a casa.

Poucos dias depois, — uma clara e fresca manhã de maio de 1876, — eram seis horas, Pestana sentiu nos dedos um frêmito particular e conhecido. Ergueu-se devagarinho, para não acordar Maria, que tossira toda a noite, e agora dormia profundamente. Foi para a sala dos retratos, abriu o piano, e, o mais surdamente que pôde, extraiu uma polca. Fê-la publicar com um pseudônimo; nos dois meses seguintes compôs e publicou mais duas. Maria não soube nada; ia tossindo e morrendo, até que expirou uma noite, nos braços do marido, apavorado e desesperado.

Era noite de Natal. A dor do Pestana teve um acréscimo, porque na vizinhança havia um baile, em que se tocaram várias de suas melhores polcas. Já o baile era duro de sofrer; as suas composições davam-lhe um ar de ironia e perversidade. Ele sentia a cadência dos passos, adivinhava os movimentos, porventura lúbricos, a que obrigava alguma daquelas composições; tudo isso ao pé do cadáver pálido, um molho de ossos, estendido na cama... Todas as horas da noite passaram assim, vagarosas ou rápidas, úmidas de lágrimas e de suor, de águas da Colônia e de Labarraque, saltando sem parar, como ao som da polca de um grande Pestana invisível.

Enterrada a mulher, o viúvo teve uma única preocupação: deixar a música, depois de compor um *Réquiem*, que faria executar no primeiro aniversário da morte de Maria. Escolheria outro emprego, escrevente, carteiro, mascate, qualquer coisa que lhe fizesse esquecer a arte assassina e surda.

Começou a obra; empregou tudo, arrojo, paciência, meditação e até os caprichos do acaso, como fizera outrora, imitando Mozart. Releu e estudou o *Réquiem* deste autor. Passaram-se semanas e meses. A obra, célere a princípio, afrouxou o andar. Pestana tinha altos e baixos. Ora achava-a incompleta, não lhe sentia a alma sacra, nem ideia, nem inspiração, nem método; ora elevava-se-lhe o coração e trabalhava com vigor. Oito meses, nove, dez, onze, e o *Réquiem* não estava concluído. Redobrou de esforços; esqueceu lições e amizades. Tinha refeito muitas vezes a obra; mas agora queria concluí-la, fosse como fosse. Quinze dias, oito, cinco. A aurora do aniversário veio achá-lo trabalhando.

Contentou-se da missa rezada e simples, para ele só. Não se pode dizer se todas as lágrimas que lhe vieram sorrateiramente aos olhos foram do marido, ou se algumas eram do compositor. Certo é que nunca mais tornou ao *Réquiem*.

— Para quê?, dizia ele a si mesmo.

Correu ainda um ano. No princípio de 1878, apareceu-lhe o editor.

— Lá vão dois anos, disse este, que nos não dá um ar da sua graça. Toda a gente pergunta se o senhor perdeu o talento. Que tem feito?

— Nada.

— Bem sei o golpe que o feriu; mas lá vão dois anos. Venho propor-lhe um contrato; vinte polcas durante doze meses; o preço antigo, e uma porcentagem maior na venda. Depois, acabado o ano, podemos renovar.

Pestana assentiu com um gesto. Poucas lições tinha, vendera a casa para saldar dívidas, e as necessidades iam comendo o resto, que era assaz escasso. Aceitou o contrato.

— Mas a primeira polca há de ser já, explicou o editor. É urgente. Viu a carta do Imperador ao Caxias? Os liberais foram chamados ao poder; vão

235

fazer a reforma eleitoral. A polca há de chamar-se: *Bravos à eleição direta!* Não é política; é um bom título de ocasião.

Pestana compôs a primeira obra do contrato. Apesar do longo tempo de silêncio, não perdera a originalidade nem a inspiração. Trazia a mesma nota genial. As outras polcas vieram vindo, regularmente. Conservara os retratos e os repertórios; mas fugia de gastar todas as noites ao piano, para não cair em novas tentativas. Já agora pedia uma entrada de graça, sempre que havia alguma boa ópera ou concerto de artista, ia, metia-se a um canto, gozando aquela porção de coisas que nunca lhe haviam de brotar do cérebro. Uma ou outra vez, ao tornar para casa, cheio de música, despertava nele o maestro inédito; então, sentava-se ao piano, e, sem ideia tirava algumas notas, até que ia dormir, vinte ou trinta minutos depois.

Assim foram passando os anos, até 1885. A fama do Pestana dera-lhe definitivamente o primeiro lugar entre os compositores de polcas; mas o primeiro lugar da aldeia não contentava a este César, que continuava a preferir-lhe não o segundo, mas o centésimo em Roma. Tinha ainda as alternativas de outro tempo, acerca de suas composições; a diferença é que eram menos violentas. Nem entusiasmo nas primeiras horas, nem horror depois da primeira semana; algum prazer e certo fastio.

Naquele ano, apanhou uma febre de nada, que em poucos dias cresceu, até virar perniciosa. Já estava em perigo, quando lhe apareceu o editor, que não sabia da doença, e ia dar-lhe notícia da subida dos conservadores, e pedir-lhe uma polca de ocasião. O enfermeiro, pobre clarineta do teatro, referiu-lhe o estado do Pestana, de modo que o editor entendeu calar-se. O doente é que instou para que lhe dissesse o que era; o editor obedeceu.

— Mas há de ser quando estiver bom de todo, concluiu.

— Logo que a febre decline um pouco, disse o Pestana.

Seguiu-se uma pausa de alguns segundos. Os clarineta foi pé ante pé preparar o remédio; o editor levantou-se e despediu-se.

— Adeus.

— Olhe, disse o Pestana, como é provável que eu morra por estes dias, faço-lhe logo duas polcas; a outra servirá para quando subirem os liberais.

Foi a única pilhéria que disse em toda a vida, e era tempo, porque expirou na madrugada seguinte, às quatro horas e cinco minutos, bem com os homens e mal consigo mesmo.

> Ninguém muda de caráter, e o do
> Benedito era bom, — ou para melhor dizer,
> pacato. Mas, intelectualmente, é que ele era
> menos original.
>
> *[Inácio, personagem-narrador,*
> *a propósito do seu antagonista]*

EVOLUÇÃO

[RELÍQUIAS DE CASA VELHA]

Chamo-me Inácio; ele, Benedito. Não digo o resto dos nossos nomes por um sentimento de compostura, que toda a gente discreta apreciará. Inácio basta. Contentem-se com Benedito. Não é muito, mas é alguma coisa, e está com a filosofia de Julieta: "Que valem nomes?, perguntava ela ao namorado. A rosa, como quer que se lhe chame, terá sempre o mesmo cheiro." Vamos ao cheiro do Benedito.

E desde logo assentemos que ele era o menos Romeu deste mundo. Tinha quarenta e cinco anos, quando o conheci; não declaro em que tempo, porque tudo neste conto há de ser misterioso e truncado. Quarenta e cinco anos, e muitos cabelos pretos; para os que o não eram, usava um processo químico, tão eficaz que não se lhe distinguiam os pretos dos outros — salvo ao levantar da cama; mas ao levantar da cama não parecia a ninguém. Tudo mais era natural, pernas, braços, cabeça, olhos, roupa, sapatos, corrente do relógio e bengala. O próprio alfinete de diamante, que trazia na gravata, um dos mais lindos que tenho visto, era natural e legítimo; custou-lhe bom dinheiro; eu mesmo o vi comprar na casa do... lá me ia escapando o nome do joalheiro; fiquemos na rua do Ouvidor.

Moralmente, era ele mesmo. Ninguém muda de caráter, e o do Benedito era bom, — ou para melhor dizer, pacato. Mas, intelectualmente, é que ele era menos original. Podemos compará-lo a uma hospedaria bem afreguesada, aonde iam ter ideias de toda parte e de toda sorte, que se sentavam à mesa com a família da casa. Às vezes, acontecia acharem-se ali duas pessoas inimigas, ou simplesmente antipáticas; ninguém brigava, o dono da casa impunha aos hóspedes a indulgência recíproca. Era assim que ele conseguia ajustar uma espécie de ateísmo vago com duas irmandades que fundou, não sei se na Gávea, na Tijuca ou no Engenho Velho. Usava assim, promiscuamente, a devoção, a irreligião e as meias de seda. Nunca lhe vi as meias, note-se; mas ele não tinha segredos para os amigos.

Conhecemo-nos em viagem para Vassouras. Tínhamos deixado o trem e entrado na diligência que nos ia levar da estação à cidade. Trocamos algumas palavras, e não tardou conversarmos francamente, ao sabor das circunstâncias que nos impunham a convivência, antes mesmo de saber quem éramos.

Naturalmente, o primeiro objeto foi o progresso que nos traziam as estradas de ferro. Benedito lembrava-se do tempo em que toda a jornada era feita às costas de burro. Contamos então algumas anedotas, falamos de alguns nomes, e ficamos de acordo em que as estradas de ferro eram uma condição de progresso do país. Quem nunca viajou não sabe o valor que tem uma dessas banalidades graves e sólidas para dissipar os tédios do caminho. O espírito areja-se, os próprios músculos recebem uma comunicação agradável, o sangue não salta, fica-se em paz com Deus e os homens.

— Não serão os nossos filhos que verão todo este país cortado de estradas, disse ele.

— Não, decerto. O senhor tem filhos?

— Nenhum.

— Nem eu. Não será ainda em cinquenta anos; e, entretanto, é a nossa primeira necessidade. Eu comparo o Brasil a uma criança que está engatinhando; só começará a andar quando tiver muitas estradas de ferro.

— Bonita ideia!, exclamou Benedito faiscando-lhe os olhos.

— Importa-me pouco que seja bonita, contanto que seja justa.

— Bonita e justa, redarguiu ele com amabilidade. Sim, senhor, tem razão: — o Brasil está engatinhando, só começará a andar quando tiver muitas estradas de ferro.

Chegamos a Vassouras; eu fui para a casa do juiz municipal, camarada antigo; ele demorou-se um dia e seguiu para o interior. Oito dias depois voltei

238

ao Rio de Janeiro, mas sozinho. Uma semana mais tarde, voltou ele; encontramo-nos no teatro, conversamos muito e trocamos notícias; Benedito acabou convidando-me a ir almoçar com ele no dia seguinte. Fui; deu-me um almoço de príncipe, bons charutos e palestra animada. Notei que a conversa dele fazia mais efeito no meio da viagem — arejando o espírito e deixando a gente em paz com Deus e os homens; mas devo dizer que o almoço pode ter prejudicado o resto. Realmente era magnífico; e seria impertinência histórica pôr a mesa de Lúculo na casa de Platão. Entre o café e o *cognac*, disse-me ele, apoiando o cotovelo na borda da mesa, e olhando para o charuto que ardia:

— Na minha viagem agora, achei ocasião de ver como o senhor tem razão com aquela ideia do Brasil engatinhando.

— Ah?

— Sim, senhor; é justamente o que o *senhor dizia* na diligência de Vassouras. Só começaremos a andar quando tivermos muitas estradas de ferro. Não imagina como isso é verdade.

E referiu muita coisa, observações relativas aos costumes do interior, dificuldades da vida, atraso, concordando, porém, nos bons sentimentos da população e nas aspirações de progesso. Infelizmente, o governo não correspondia às necessidades da pátria; parecia até interessado em mantê-la atrás das outras nações americanas. Mas era indispensável que nos persuadíssemos de que os princípios são tudo e os homens nada. Não se fazem os povos para os governos, mas os governos para os povos; e *abyssus abyssum invocat*. Depois foi mostrar-me outras salas. Eram todas alfaiadas com apuro. Mostrou-me as coleções de quadros, de moedas, de livros antigos, de selos, de armas; tinha espadas e floretes, mas confessou que não sabia esgrimir. Entre os quadros vi um lindo retrato de mulher; perguntei-lhe quem era. Benedito sorriu.

— Não irei adiante, disse eu sorrindo também.

— Não, não há que negar, acudiu ele; foi uma moça de quem gostei muito. Bonita, não? Não imagina a beleza que era. Os lábios eram mesmo de carmim e as faces de rosa; tinha os olhos negros, cor da noite. E que dentes! verdadeiras pérolas. Um mimo da natureza.

Em seguida, passamos ao gabinete. Era vasto, elegante, um pouco trivial, mas não lhe faltava nada. Tinha duas estantes, cheias de livros muito bem encadernados, um mapa-múndi, dois mapas do Brasil. A secretária era de ébano, obra fina; sobre ela, casualmente aberto, um *almanak* de Laemmert. O tinteiro era de cristal, — "cristal de rocha", disse-me ele, explicando o tinteiro, como explicava as outras coisas. Na sala contígua havia um órgão. Tocava órgão, e gostava muito de música, falou dela com entusiasmo, citando as óperas, os trechos melhores, e noticiou-me que, em pequeno, começara a aprender flauta; abandonou-a logo, — o que foi pena, concluiu, porque é, na verdade, um instrumento muito saudoso. Mostrou-me ainda outras salas, fomos ao jardim, que era esplêndido, tanto ajudava a arte à natureza, e tanto a natureza coroava a arte. Em rosas, por exemplo (não há negar, disse-me ele, que é a rainha das flores) em rosas, tinha-as de toda casta e de todas as regiões.

Saí encantado. Encontramo-nos algumas vezes, na rua, no teatro, em casa de amigos comuns, tive ocasião de apreciá-lo. Quatro meses depois fui à Europa, negócio que me obrigava à ausência de um ano; ele ficou cuidando da eleição; queria ser deputado. Fui eu mesmo que o induzi a isso, sem a menor intenção política, mas com o único fim de lhe ser agradável; mas comparando, era como se lhe elogiasse o corte do colete. Ele pegou da ideia, e apresentou-se. Um dia, atravessando uma rua de Paris, dei subitamente com o Benedito.

— Que é isto?, exclamei.

— Perdi a eleição, disse ele, e vim passear à Europa.

Não me deixou mais; viajamos juntos o resto do tempo. Confessou-me que a perda da eleição não lhe tirara a ideia de entrar no parlamento. Ao contrário, incitara-o mais. Falou-me de um grande plano.

— Quero vê-lo ministro, disse-lhe.

Benedito não contava com esta palavra, o rosto iluminou-se-lhe; mas disfarçou depressa.

— Não digo isso, respondeu. Quando, porém, seja ministro, creia que serei tão somente ministro industrial. Estamos fartos de partidos; precisamos desenvolver as forças vivas do país, os seus grandes recursos. Lembra-se do que *nós dizíamos* na diligência de Vassouras? O Brasil está engatinhando; só andará com estradas de ferro.

240

— Tem razão, concordei um pouco espantado. E por que é que eu mesmo vim à Europa? Vim cuidar de uma estrada de ferro. Deixo as coisas arranjadas em Londres.

— Sim?

— Perfeitamente.

Mostrei-lhe os papéis; ele viu-os deslumbrado. Como eu tivesse então recolhido alguns apontamentos, dados estatísticos, folhetos, relatórios, cópias de contratos, tudo referente a matérias industriais, e lhos mostrasse, Benedito declarou-me que ia também coligir algumas coisas daquelas. E, na verdade, vi-o andar por ministérios, bancos, associações, pedindo muitas notas e opúsculos, que amontoava nas malas; mas o ardor com que o fez, se foi intenso, foi curto; era de empréstimo. Benedito recolheu com muito mais gosto os anexins políticos e fórmulas parlamentares. Tinha na cabeça um vasto arsenal deles. Nas conversas comigo repetia-os muita vez, à laia de experiência; achava neles grande prestígio e valor inestimável. Muitos eram de tradição inglesa, e ele os preferia aos outros, como trazendo em si um pouco da Câmara dos Comuns. Saboreava-os tanto que eu não sei se ele aceitaria jamais a liberdade real sem aquele aparelho verbal; creio que não. Creio até que, se tivesse de optar, optaria por essas formas curtas, tão cômodas, algumas lindas, outras sonoras, todas axiomáticas, que não forçam a reflexão, preenchem os vazios, e deixam a gente em paz com Deus e os homens.

Regressamos juntos; mas eu fiquei em Pernambuco, e tornei mais tarde a Londres, donde vim ao Rio de Janeiro, um ano depois. Já então Benedito era deputado. Fui visitá-lo; achei-o preparando o discurso de estreia. Mostrou-me alguns apontamentos, trechos de relatórios, livros de economia política, alguns com páginas marcadas, por meio de tiras de papel rubricadas assim: — *Câmbio, Taxa de terras, Questão dos cereais em Inglaterra, Opinião de Stuart Mill, Erro de Thiers sobre caminhos de ferro* etc. Era sincero, minucioso e cálido. Falava-me daquelas coisas, como se acabasse de as descobrir, expondo-me tudo, *ab ovo*; tinha a peito mostrar aos homens práticos da Câmara que também ele era prático. Em seguida, perguntou-me pela empresa; disse-lhe o que havia.

— Dentro de dois anos conto inaugurar o primeiro trecho da estrada.

— E os capitalistas ingleses?

— Que têm?

— Estão contentes, esperançados?

— Muito; não imagina.

Contei-lhe algumas particularidades técnicas, que ele ouviu distraidamente, — ou porque a minha narração fosse em extremo complicada, ou por outro motivo. Quando acabei, disse-me que estimava ver-me entregue ao movimento industrial; era dele que precisávamos, e a este propósito fez-me o favor de ler o exórdio do discurso que devia proferir dali a dias.

— Está ainda em borrão, explicou-me; mas as ideias capitais ficam. E começou: "No meio da agitação crescente dos espíritos, do alarido partidário que encobre as vozes dos legítimos interesses, permiti que alguém faça ouvir uma súplica da nação. Senhores, é tempo de cuidar, exclusivamente, — notai que digo exclusivamente, — dos melhoramentos materiais do país. Não desconheço o que se me pode replicar; dirme-eis que uma nação não se compõe só de estômago para digerir, mas de cabeça para pensar e de coração para sentir. Respondo-vos que tudo isso não valerá nada ou pouco, se ela não tiver pernas para caminhar; e aqui repetirei o que, há alguns anos, *dizia eu* a um amigo, em viagem pelo interior: o Brasil é uma criança que engatinha; só começará a andar quando estiver cortado de estradas de ferro...".

Não pude ouvir mais nada e fiquei pensativo. Mais que pensativo, fiquei assombrado, desvairado diante do abismo que a psicologia rasgava aos meus pés. Este homem é sincero, pensei comigo, está persuadido do que escreveu. E fui por aí abaixo até ver se achava a explicação dos trâmites por que passou aquela recordação da diligência de Vassouras. Achei (perdoem-me se há nisto enfatuação), achei ali mais um efeito da lei da evolução, tal como a definiu Spencer, — Spencer ou Benedito, um deles.

> Damião sentiu-se compungido; mas ele
> precisava tanto sair do seminário!
>
> [*O narrador*]

O CASO DA VARA

[*PÁGINAS RECOLHIDAS*]

Damião fugiu do seminário às onze horas da manhã de uma sexta-feira de agosto. Não sei bem o ano; foi antes de 1850. Passados alguns minutos parou vexado; não contava com o efeito que produzia nos olhos da outra gente aquele seminarista que ia espantado, medroso, fugitivo. Desconhecia as ruas, andava e desandava; finalmente parou. Para onde iria? Para casa, não; lá estava o pai que o devolveria ao seminário, depois de um bom castigo. Não assentara no ponto de refúgio, porque a saída estava determinada para mais tarde; uma circunstância fortuita a apressou. Para onde iria? Lembrou-se do padrinho, João Carneiro, mas o padrinho era um moleirão sem vontade, que por si só não faria coisa útil. Foi ele que o levou ao seminário e o apresentou ao reitor:

— Trago-lhe o grande homem que há de ser, disse ele ao reitor.

— Venha, acudiu este, venha o grande homem, contanto que seja também humilde e bom. A verdadeira grandeza é chão. Moço...

Tal foi a entrada. Pouco tempo depois fugiu o rapaz ao seminário. Aqui o vemos agora na rua, espantado, incerto, sem atinar com refúgio nem conselho; percorreu de memória as casas de parentes e amigos, sem se fixar em nenhuma. De repente, exclamou:

— Vou pegar-me com Sinhá Rita! Ela manda chamar meu padrinho, diz-lhe que quer que eu saia do seminário... Talvez assim...

Sinhá Rita era uma viúva, querida de João Carneiro; Damião tinha umas ideias vagas dessa situação e tratou de a aproveitar. Onde morava? Estava tão atordoado, que só daí a alguns minutos é que lhe acudiu a casa; era no largo do Capim.

— Santo nome de Jesus! Que é isto?, bradou Sinhá Rita, sentando-se na marquesa, onde estava reclinada.

Damião acabava de entrar espavorido; no momento de chegar à casa, vira passar um padre, e deu um empurrão à porta, que por fortuna não estava fechada a chave nem ferrolho. Depois de entrar espiou pela rótula, a ver o padre. Este não deu por ele e ia andando.

— Mas que é isto, Sr. Damião?, bradou novamente a dona da casa, que só agora o conhecera. Que vem fazer aqui?

Damião, trêmulo, mal podendo falar, disse que não tivesse medo, não era nada; ia explicar tudo.

— Descanse, e explique-se.

— Já lhe digo; não pratiquei nenhum crime, isso juro; mas espere.

Sinhá Rita olhava para ele espantada, e todas as crias, de casa e de fora, que estavam sentadas em volta da sala, diante das suas almofadas de renda, todas fizeram parar os bilros e as mãos. Sinhá Rita vivia principalmente de ensinar a fazer renda, crivo e bordado. Enquanto o rapaz tomava fôlego, ordenou às pequenas que trabalhassem, e esperou. Afinal, Damião contou tudo, o desgosto que lhe dava o seminário; estava certo de que não podia ser bom padre; falou com paixão, pediu-lhe que o salvasse.

— Como assim? Não posso fazer nada.

— Pode, querendo.

— Não, replicou ela abanando a cabeça; não me meto em negócios de sua família, que mal conheço; e então seu pai, que dizem que é zangado!

Damião viu-se perdido. Ajoelhou-se-lhe aos pés, beijou-lhe as mãos, desesperado.

— Pode muito, Sinhá Rita; peço-lhe pelo amor de Deus, pelo que a senhora tiver de mais sagrado, por alma de seu marido, salve-me da morte, porque eu mato-me, se voltar para aquela casa.

Sinhá Rita, lisonjeada com as súplicas do moço, tentou chamá-lo a outros sentimentos. A vida de padre era santa e bonita, disse-lhe ela; o tempo lhe mostraria que era melhor vencer as repugnâncias e um dia... Não, nada, nunca!, redarguia Damião, abanando a cabeça e beijando-lhe as mãos; e repetia que era a sua morte. Sinhá Rita hesitou ainda muito tempo; afinal perguntou-lhe por que não ia ter com o padrinho.

— Meu padrinho? Esse é ainda pior que papai; não me atende, duvido que atenda a ninguém...

— Não atende?, interrompeu Sinhá Rita ferida em seus brios. Ora, eu lhe mostro se atende ou não...

Chamou um moleque e bradou-lhe que fosse à casa do Sr. João Carneiro chamá-lo, já e já; e se não estivesse em casa, perguntasse onde podia ser encontrado, e corresse a dizer-lhe que precisava muito de lhe falar imediatamente.

— Anda, moleque.

Damião suspirou alto e triste. Ela, para mascarar a autoridade com que lhe dera aquelas ordens, explicou ao moço que o Sr. João Carneiro fora amigo do marido e arranjara-lhe algumas crias para ensinar. Depois, como ele continuasse triste, encostado a um portal, puxou-lhe o nariz, rindo:

— Ande lá, seu padreco, descanse que tudo se há de arranjar.

Sinhá Rita tinha quarenta anos na certidão de batismo, e vinte e sete nos olhos. Era apessoada, viva, patusca, amiga de rir; mas, quando convinha, brava como o diabo. Quis alegrar o rapaz, e, apesar da situação, não lhe custou muito. Dentro de pouco, ambos eles riam, ela contava-lhe anedotas, e pedia-lhe outras, que ele referia com singular graça. Uma destas, estúrdia, obrigada a trejeitos, fez rir a uma das crias de Sinhá Rita, que esquecera o trabalho, para mirar e escutar o moço. Sinhá Rita pegou de uma vara que estava ao pé da marquesa, e ameaçou-a:

— Lucrécia, olha a vara!

A pequena abaixou a cabeça, aparando o golpe, mas o golpe não veio. Era uma advertência; se à noitinha a tarefa não estivesse pronta, Lucrécia receberia o castigo do costume. Damião olhou para a pequena; era uma negrinha, magricela, um frangalho de nada, com uma cicatriz na testa e uma queimadura na mão esquerda. Contava onze anos. Damião reparou que tossia, mas para dentro, surdamente, a fim de não interromper a conversação. Teve pena da negrinha, e resolveu apadrinhá-la, se não acabasse a tarefa. Sinhá Rita não lhe negaria o perdão... Demais, ela rira por achar-lhe graça; a culpa era sua, se há culpa em ter chiste.

Nisto, chegou João Carneiro. Empalideceu quando viu ali o afilhado, e olhou para Sinhá Rita, que não gastou tempo com preâmbulos. Disse-lhe que

245

era preciso tirar o moço do seminário, que ele não tinha vocação para a vida eclesiástica, e antes um padre de menos que um padre ruim. Cá fora também se podia amar e servir a Nosso Senhor. João Carneiro, assombrado, não achou que replicar durante os primeiros minutos; afinal, abriu a boca e repreendeu o afilhado por ter vindo incomodar "pessoas estranhas", e em seguida afirmou que o castigaria.

— Qual castigar, qual nada!, interrompeu Sinhá Rita. Castigar por quê? Vá, vá falar a seu compadre.

— Não afianço nada, não creio que seja possível...

— Há de ser possível, afianço eu. Se o senhor quiser, continuou ela com certo tom insinuativo, tudo se há de arranjar. Peça-lhe muito, que ele cede. Ande, senhor João Carneiro, seu afilhado não volta para o seminário; digo-lhe que não volta...

— Mas, minha senhora...

— Vá, vá.

João Carneiro não se animava a sair, nem podia ficar. Estava entre um puxar de forças opostas. Não lhe importava, em suma, que o rapaz acabasse clérigo, advogado ou médico, ou outra qualquer coisa, vadio que fosse; mas o pior é que cometiam uma luta ingente com os sentimentos mais íntimos do compadre, sem certeza do resultado; e se este fosse negativo, outra luta com Sinhá Rita, cuja última palavra era ameaçadora: "digo-lhe que ele não volta". Tinha de haver por força um escândalo. João Carneiro estava com a pupila desvairada, a pálpebra trêmula, o peito ofegante. Os olhares que deitava a Sinhá Rita eram de súplica, mesclados de um tênue raio de censura. Por que lhe não pedia outra coisa? Por que não lhe ordenava que fosse a pé, debaixo de chuva, à Tijuca ou Jacarepaguá? Mas logo persuadir ao compadre que mudasse a carreira do filho... Conhecia o velho; era capaz de lhe quebrar uma jarra na cara. Ah! se o rapaz caísse ali, de repente, apoplético, morto! Era uma solução — cruel, é certo, mas definitiva.

— Então?, insistiu Sinhá Rita.

Ele fez-lhe um gesto de mão que esperasse. Coçava a barba, procurando um recurso. Deus do céu! um decreto do papa dissolvendo a Igreja, ou, pelo menos, extinguindo os seminários, faria acabar tudo em bem. João Carneiro voltaria para casa e ia jogar os *três-setes*. Imaginai que o barbeiro de

Napoleão era encarregado de comandar a batalha de Austerlitz... Mas a Igreja continuava, os seminários continuavam; o afilhado continuava cosido à parede, olhos baixos, esperando, sem solução apoplética.

— Vá, vá, disse Sinhá Rita dando-lhe o chapéu e a bengala.

Não teve remédio. O barbeiro meteu a navalha no estojo, travou da espada e saiu à campanha. Damião respirou; exteriormente deixou-se estar na mesma, olhos fincados no chão, acabrunhado. Sinhá Rita puxou-lhe desta vez o queixo.

— Ande jantar, deixe-se de melancolias.

— A senhora crê que ele alcance alguma coisa?

— Há de alcançar tudo, redarguiu Sinhá Rita cheia de si. Ande, que a sopa está esfriando.

Apesar do gênio galhofeiro de Sinhá Rita, e do seu próprio espírito leve, Damião esteve menos alegre ao jantar que na primeira parte do dia. Não fiava do caráter mole do padrinho. Contudo, jantou bem; e, para o fim, voltou às pilhérias da manhã. À sobremesa, ouviu um rumor de gente na sala, e perguntou se o vinham prender.

— Hão de ser as moças.

Levantaram-se e passaram à sala. As moças eram cinco vizinhas que iam todas as tardes tomar café com Sinhá Rita, e ali ficavam até o cair da noite.

As discípulas, findo o jantar delas, tornaram às almofadas do trabalho. Sinhá Rita presidia a todo esse mulherio de casa e de fora. O sussurro dos bilros e o palavrear das moças eram ecos tão mundanos, tão alheios à teologia e ao latim, que o rapaz deixou-se ir por eles e esqueceu o resto. Durante os primeiros minutos, ainda houve da parte das vizinhas certo acanhamento; mas passou depressa. Uma delas cantou uma modinha, ao som da guitarra, tangida por Sinhá Rita, e a tarde foi passando depressa. Antes do fim, Sinhá Rita pediu a Damião que contasse certa anedota que lhe agradara muito. Era a tal que fizera rir Lucrécia.

— Ande, senhor Damião, não se faça de rogado, que as moças querem ir embora. Vocês vão gostar muito.

Damião não teve remédio senão obedecer. Malgrado o anúncio e a expectação, que serviam a diminuir o chiste e o efeito, a anedota acabou entre risadas das moças. Damião, contente de si, não esqueceu Lucrécia e olhou para ela, a ver se rira também. Viu-a com a cabeça metida na almofada para acabar a tarefa. Não ria; ou teria rido para dentro, como tossia.

Saíram as vizinhas, e a tarde caiu de todo. A alma de Damião foi-se fazendo tenebrosa, antes da noite. Que estaria acontecendo? De instante a instante, ia espiar pela rótula, e voltava cada vez mais desanimado. Nem sombra do padrinho. Com certeza, o pai fê-lo calar, mandou chamar dois negros, foi à polícia pedir um pedestre, e aí vinha pegá-lo à força e levá-lo ao seminário. Damião perguntou a Sinhá Rita se a casa não teria saída pelos fundos; correu ao quintal, e calculou que podia saltar o muro. Quis ainda saber se haveria modo de fugir para a rua da Vala, ou se era melhor falar a algum vizinho que fizesse o favor de o receber. O pior era a batina; se Sinhá Rita lhe pudesse arranjar um rodaque, uma sobrecasaca velha... Sinhá Rita dispunha justamente de um rodaque, lembrança ou esquecimento de João Carneiro.

— Tenho um rodaque do meu defunto, disse ela, rindo; mas para que está com esses sustos? Tudo se há de arranjar, descanse.

Afinal, à boca da noite, apareceu um escravo do padrinho, com uma carta para Sinhá Rita. O negócio ainda não estava composto; o pai ficou furioso e quis quebrar tudo; bradou que não, senhor, que o peralta havia de ir para o seminário, ou então metia-o no Aljube ou na presiganga. João Carneiro lutou muito para conseguir que o compadre não resolvesse logo, que dormisse a noite, e meditasse bem se era conveniente dar à religião um sujeito tão rebelde e vicioso. Explicava na carta que falou assim para melhor ganhar a causa. Não a tinha por ganha; mas no dia seguinte lá iria ver o homem, e teimar de novo. Concluía dizendo que o moço fosse para a casa dele.

Damião acabou de ler a carta e olhou para Sinhá Rita. "Não tenho outra tábua de salvação", pensou ele. Sinhá Rita mandou vir um tinteiro de chifre, e na meia folha da própria carta escreveu esta resposta: "Joãozinho, ou Você salva o moço, ou nunca mais nos vemos". Fechou a carta com obreia, e deu-a ao escravo, para que a levasse depressa. Voltou a reanimar o seminarista, que estava outra vez no capuz da humildade e da consternação. Disse-lhe que sossegasse, que aquele negócio era agora dela.

— Hão de ver para quanto presto! Não, que eu não sou de brincadeiras!

Era a hora de recolher os trabalhos. Sinhá Rita examinou-os; todas as discípulas tinham concluído a tarefa. Só Lucrécia estava ainda à almofada, meneando os bilros, já sem ver; Sinhá Rita chegou-se a ela, viu que a tarefa não estava acabada, ficou furiosa, e agarrou-a por uma orelha.

— Ah! malandra!

— Nhanhã, nhanhã! pelo amor de Deus! por Nossa Senhora que está no céu.

— Malandra! Nossa Senhora não protege vadias!

Lucrécia fez um esforço, soltou-se das mãos da senhora, e fugiu para dentro; a senhora foi atrás e agarrou-a.

— Anda cá!

— Minha senhora, me perdoe!, tossia a negrinha.

— Não perdoo, não. Onde está a vara?

E tornaram ambas à sala, uma presa pela orelha, debatendo-se, chorando e pedindo; a outra dizendo que não, que a havia de castigar.

— Onde está a vara?

A vara estava à cabeceira da marquesa, do outro lado da sala. Sinhá Rita, não querendo soltar a pequena, bradou ao seminarista:

— Sr. Damião, dê-me aquela vara, faz favor?

Damião ficou frio... Cruel instante! Uma nuvem passou-lhe pelos olhos. Sim, tinha jurado apadrinhar a pequena, que por causa dele atrasara o trabalho...

Damião chegou a caminhar na direção da marquesa. A negrinha pediu--lhe então por tudo o que houvesse mais sagrado, pela mãe, pelo pai, por Nosso Senhor...

— Me acuda, meu sinhô moço!

Sinhá Rita, com a cara em fogo e os olhos esbugalhados, instava pela vara, sem largar a negrinha, agora presa de um acesso de tosse. Damião sentiu-se compungido, mas ele precisava tanto sair do seminário! Chegou à marquesa, pegou na vara e entregou-a a Sinhá Rita.

Há meio século, os escravos fugiam com frequência. Eram muitos, e nem todos gostavam da escravidão.

[*O narrador*]

PAI CONTRA MÃE

[*RELÍQUIAS DE CASA VELHA*]

A escravidão levou consigo ofícios e aparelhos, como terá sucedido a outras instituições sociais. Não cito alguns aparelhos senão por se ligarem a certo ofício. Um deles era o ferro ao pescoço, outro o ferro ao pé; havia também a máscara de folha de Flandres. A máscara fazia perder o vício da embriaguez aos escravos, por lhes tapar a boca. Tinha só três buracos, dois para ver, um para respirar, e era fechada atrás da cabeça por um cadeado. Com o vício de beber, perdiam a tentação de furtar, porque geralmente era dos vinténs do senhor que eles tiravam com que matar a sede, e aí ficavam dois pecados extintos, e a sobriedade e a honestidade certas. Era grotesca tal máscara, mas a ordem social e humana nem sempre se alcança sem o grotesco, e alguma vez o cruel. Os funileiros as tinham penduradas, à venda, na porta das lojas. Mas não cuidemos de máscaras.

O ferro ao pescoço, era aplicado aos escravos fujões. Imaginai uma coleira grossa, com a haste grossa também, à direita ou à esquerda, até ao alto da cabeça e fechada atrás com chave. Pesava, naturalmente, mas era menos castigo que sinal. Escravo que fugia assim, onde quer que andasse, mostrava um reincidente, e com pouco era pegado.

Há meio século, os escravos fugiam com frequência. Eram muitos, e nem todos gostavam da escravidão. Sucedia ocasionalmente apanharem pancada e nem todos gostavam de apanhar pancada. Grande parte era apenas repreendida; havia alguém de casa que servia de padrinho, e o mesmo dono não era mau; além disso, o sentimento da propriedade moderava a ação, porque dinheiro também dói. A fuga repetia-se, entretanto. Casos houve, ainda que raros, em que o escravo de contrabando, apenas comprado no Valongo, deitava a correr, sem conhecer as ruas da cidade. Dos que seguiam para casa, não raros, apenas ladinos, pediam ao senhor que lhes marcasse aluguel, e iam ganhá-lo fora, quitandando.

Quem perdia um escravo por fuga dava algum dinheiro a quem lho levasse. Punha anúncios nas folhas públicas, com os sinais do fugido, o nome, a roupa, o defeito físico, se o tinha, o bairro por onde andava e a quantia de gratificação. Quando não vinha a quantia, vinha promessa: "gratificar-se-á generosamente", — ou "receberá uma boa gratificação". Muita vez o anúncio trazia em cima ou ao lado uma vinheta, figura de preto, descalço, correndo, vara ao ombro, e na ponta uma trouxa. Protestava-se com todo o rigor da lei contra quem o açoitasse.

Ora, pegar escravos fugidos era um ofício do tempo. Não seria nobre, mas por ser instrumento da força com que se mantém a lei e a propriedade, trazia esta outra nobreza implícita das ações reivindicadoras. Ninguém se metia em tal ofício por desfastio ou estudo; a pobreza, a necessidade de uma achega, a inaptidão para outros trabalhos, o acaso, e alguma vez o gosto de servir também, ainda que por outra via, davam o impulso ao homem que se sentia bastante rijo para pôr ordem à desordem.

Cândido Neves, — em família, Candinho, — é a pessoa a quem se liga a história de uma fuga, cedeu à pobreza, quando adquiriu o ofício de pegar escravos fugidos. Tinha um defeito grave esse homem, não aguentava emprego nem ofício, carecia de estabilidade; é o que ele chamava caiporismo. Começou por querer aprender tipografia, mas viu cedo que era preciso algum tempo para compor bem, e ainda assim talvez não ganhasse o bastante; foi o que ele disse a si mesmo. O comércio chamou-lhe a atenção, era carreira boa. Com algum esforço entrou de caixeiro para um armarinho. A obrigação, porém, de atender e servir a todos feria-o na corda do orgulho, e ao cabo de cinco ou seis semanas estava na rua por sua vontade. Fiel de cartório, contínuo de uma repartição anexa ao ministério do império, carteiro e outros empregos foram deixados pouco depois de obtidos.

Quando veio a paixão da moça Clara, não tinha ele mais que dívidas, ainda que poucas, porque morava com um primo, entalhador de ofício. Depois de várias tentativas para obter emprego, resolveu adotar o ofício do primo, de que aliás já tomara algumas lições. Não lhe custou apanhar outras, mas, querendo aprender depressa, aprendeu mal. Não fazia obras finas nem complicadas, apenas garras para sofás e relevos comuns para cadeiras. Queria ter em que trabalhar quando casasse, e o casamento não se demorou muito.

Contava trinta anos, Clara vinte e dois. Ela era órfã, morava com uma tia, Mônica, e cosia com ela. Não cosia tanto que não namorasse o seu pouco, mas os namorados apenas queriam matar o tempo; não tinham outro empenho. Passavam às tardes, olhavam muito para ela, ela para eles, até que a noite a fazia recolher para a costura. O que ela notava é que nenhum deles lhe deixava saudades nem lhe acendia desejos. Talvez nem soubesse o nome de muitos. Queria casar, naturalmente. Era, como lhe dizia a tia, um pescar de caniço, a ver se o peixe pegava, mas o peixe passava de longe; algum que parasse, era só para andar à roda da isca, mirá-la, cheirá-la, deixá-la e ir a outras.

O amor traz sobrescritos. Quando a moça viu Cândido Neves, sentiu que era este o possível marido, o marido verdadeiro e único. O encontro deu-se em um baile; tal foi — para lembrar o primeiro ofício do namorado, — tal foi a página inicial daquele livro, que tinha de sair mal composto e pior brochado. O casamento fez-se onze meses depois, e foi a mais bela festa das relações dos noivos. Amigas de Clara, menos por amizade que por inveja, tentaram arredá-la do passo que ia dar. Não negavam a gentileza do noivo, nem o amor que lhe tinha, nem ainda algumas virtudes; diziam que era dado em demasia a patuscadas.

— Pois ainda bem, replicava a noiva; ao menos, não caso com defunto.

— Não, defunto não; mas é que...

Não diziam o que era. Tia Mônica, depois do casamento, na casa pobre onde eles se foram abrigar, falou-lhes uma vez nos filhos possíveis. Eles queriam um, um só, embora viesse agravar a necessidade.

— Vocês, se tiverem um filho, morrem de fome, disse a tia à sobrinha.

— Nossa Senhora nos dará de comer, acudiu Clara.

Tia Mônica devia ter-lhes feito a advertência, ou ameaça, quando ele lhe foi pedir a mão da moça; mas também ela era amiga de patuscadas, e o casamento seria uma festa, como foi.

A alegria era comum aos três. O casal ria a propósito de tudo. Os mesmos nomes eram objeto de trocados, Clara, Neves, Cândido; não davam que comer, mas davam que rir, e o riso digeria-se sem esforço. Ela cosia agora mais, ele saía a empreitadas de uma coisa e outra; não tinha emprego certo.

Nem por isso abriam mão do filho. O filho é que, não sabendo daquele desejo específico, deixava-se estar escondido na eternidade. Um dia, porém, deu sinal de si a criança; varão ou fêmea, era o fruto abençoado que viria trazer ao casal a suspirada ventura. Tia Mônica ficou desorientada, Cândido e Clara riram dos seus sustos.

— Deus nos há de ajudar, titia, insistia a futura mãe.

A notícia correu de vizinha a vizinha. Não houve mais que espreitar a aurora do dia grande. A esposa trabalhava agora com mais vontade, e assim era preciso, uma vez que, além das costuras pagas, tinha de ir fazendo com retalhos o enxoval da criança. À força de pensar nela, vivia já com ela, media--lhe fraldas, cosia-lhe camisas. A porção era escassa, os intervalos longos. Tia Mônica ajudava, é certo, ainda que de má vontade.

— Vocês verão a triste vida, suspirava ela.

— Mas as outras crianças não nascem também?, perguntou Clara.

— Nascem, e acham sempre alguma coisa certa que comer, ainda que pouco...

— Certa como?

— Certa, um emprego, um ofício, uma ocupação, mas em que é que o pai dessa infeliz criatura que aí vem gasta o tempo?

Cândido Neves, logo que soube daquela advertência, foi ter com a tia, não áspero, mas muito menos manso que de costume, e lhe perguntou se já algum dia deixara de comer.

— A senhora ainda não jejuou senão pela semana santa, e isso mesmo quando não quer jantar comigo. Nunca deixamos de ter o nosso bacalhau...

— Bem sei, mas somos três.

— Seremos quatro.

— Não é a mesma coisa.

— Que quer então que eu faça, além do que faço?

— Alguma coisa mais certa. Veja o marceneiro da esquina, o homem do armarinho, o tipógrafo que casou sábado, todos têm um emprego certo... Não fique zangado; não digo que você seja vadio, mas a ocupação que escolheu é vaga. Você passa semanas sem vintém.

— Sim, mas lá vem uma noite que compensa tudo, até de sobra. Deus não me abandona, e preto fugido sabe que comigo não brinca; quase nenhum resiste, muitos entregam-se logo.

Tinha glória nisto, falava da esperança como de capital seguro. Daí a pouco ria, e fazia rir a tia, que era naturalmente alegre, e previa uma patuscada no batizado.

Cândido Neves perdera já o ofício de entalhador, como abrira mão de outros muitos, melhores ou piores. Pegar escravos fugidos trouxe-lhe um encanto novo. Não obrigava a estar longas horas sentado. Só exigia força, olho vivo, paciência, coragem e um pedaço de corda. Cândido Neves lia os anúncios, copiava-os, metia-os no bolso e saía às pesquisas. Tinha boa memória. Fixados os sinais e os costumes de um escravo fugido, gastava pouco tempo em achá-lo, segurá-lo, amarrá-lo e levá-lo. A força era muita, a agilidade também. Mais de uma vez, a uma esquina, conversando de coisas remotas, via passar um escravo como os outros, e descobria logo que ia fugido, quem era, o nome, o dono, a casa deste e a gratificação; interrompia a conversa e ia atrás do vicioso. Não o apanhava logo, espreitava lugar azado, e de um salto tinha a gratificação nas mãos. Nem sempre saía sem sangue, as unhas e os dentes do outro trabalhavam, mas geralmente ele os vencia sem o menor arranhão.

Um dia os lucros entraram a escassear. Os escravos fugidos não vinham já, como dantes, meter-se nas mãos de Cândido Neves. Havia mãos novas e hábeis. Como o negócio crescesse, mais de um desempregado pegou em si e numa corda, foi aos jornais, copiou anúncios e deitou-se à caçada. No próprio bairro havia mais de um competidor. Quer dizer que as dívidas de Cândido Neves começaram a subir, sem aqueles pagamentos prontos ou quase prontos dos primeiros tempos. A vida fez-se difícil e dura. Comia-se fiado e mal; comia-se tarde. O senhorio mandava pelos aluguéis.

Clara não tinha sequer tempo de remendar a roupa ao marido, tanta era a necessidade de coser para fora. Tia Mônica ajudava a sobrinha, naturalmente. Quando ele chegava à tarde, via-se-lhe pela cara que não trazia vintém. Jantava e saía outra vez, à cata de algum fugido. Já lhe sucedia, ainda que raro, enganar-se de pessoa, e pegar em escravo fiel que ia a serviço de seu senhor tal era a cegueira da necessidade. Certa vez capturou um preto livre; desfez-se em desculpas, mas recebeu grande soma de murros que lhe deram os parentes do homem.

— É o que lhe faltava!, exclamou a tia Mônica, ao vê-la entrar, e depois de ouvir narrar o equívoco e suas consequências. Deixe-se disso, Candinho; procure outra vida, outro emprego.

Cândido quisera efetivamente fazer outra coisa, não pela razão do conselho, mas por simples gosto de trocar de ofício; seria um modo de mudar de pele ou de pessoa. O pior é que não achava à mão negócio que aprendesse depressa.

A natureza ia andando, o feto crescia, até fazer-se pesado à mãe, antes de nascer. Chegou o oitavo mês, mês de angústias e necessidades, menos ainda que o nono, cuja narração dispenso também. Melhor é dizer somente os seus efeitos. Não podiam ser mais amargos.

— Não, tia Mônica!, bradou Candinho, recusando um conselho que me custa escrever, quanto mais ao pai ouvi-lo. Isso nunca!

Foi na última semana do derradeiro mês que a tia Mônica deu ao casal o conselho de levar a criança que nascesse à Roda dos enjeitados. Em verdade, não podia haver palavra mais dura de tolerar a dois jovens pais que espreitavam a criança, para beijá-la, guardá-la, vê-la rir, crescer, engordar, pular... Enjeitar quê? enjeitar como? Candinho arregalou os olhos para a tia, e acabou dando um murro na mesa de jantar. A mesa, que era velha e desconjuntada, esteve quase a se desfazer inteiramente. Clara interveio:

— Titia não fala por mal, Candinho.

— Por mal?, replicou tia Mônica. Por mal ou por bem, seja o que for, digo que é o melhor que vocês podem fazer. Vocês devem tudo; a carne e o feijão vão faltando. Se não aparecer algum dinheiro, como é que a família há de aumentar? E depois, há tempo; mais tarde, quando o senhor tiver a vida mais segura, os filhos que vierem serão recebidos com o mesmo cuidado que este, ou maior. Este será bem-criado, sem lhe faltar nada. Pois então a Roda é alguma praia ou monturo? Lá não se mata ninguém, ninguém morre à toa, enquanto que aqui é certo morrer, se viver à míngua. Enfim...

Tia Mônica terminou a frase com um gesto de ombros, deu as costas e foi meter-se na alcova. Tinha já insinuado aquela solução, mas era a primeira vez que o fazia com tal franqueza e calor, — crueldade, se preferes. Clara

255

estendeu a mão ao marido, como a amparar-lhe o ânimo; Cândido Neves fez uma careta, e chamou maluca à tia, em voz baixa. A ternura dos dois foi interrompida por alguém que batia à porta da rua.

— Quem é?, perguntou o marido.

— Sou eu.

Era o dono da casa, credor de três meses de aluguel, que vinha em pessoa ameaçar o inquilino. Este quis que ele entrasse.

— Não é preciso...

— Faça favor.

O credor entrou e recusou sentar-se; deitou os olhos à mobília para ver se daria algo à penhora; achou que pouco. Vinha receber os aluguéis vencidos, não podia esperar mais; se dentro de cinco dias não fosse pago, pô-lo-ia na rua. Não havia trabalhado para regalo dos outros. Ao vê-lo, ninguém diria que era proprietário; mas a palavra supria o que faltava ao gesto, e o pobre Cândido Neves preferiu calar a retorquir. Fez uma inclinação de promessa e súplica ao mesmo tempo. O dono da casa não cedeu mais.

— Cinco dias ou rua!, repetiu, metendo a mão no ferrolho da porta e saindo.

Candinho saiu por outro lado. Nesses lances não chegava nunca ao desespero, contava com algum empréstimo, não sabia como nem onde, mas contava. Demais, recorreu aos anúncios. Achou vários, alguns já velhos, mas em vão os buscava desde muito. Gastou algumas horas sem proveito, e tornou para casa. Ao fim de quatro dias, não achou recursos; lançou mão de empenhos, foi a pessoas amigas do proprietário, não alcançando mais que a ordem de mudança.

A situação era aguda. Não achavam casa, nem contavam com pessoa que lhes emprestasse alguma; era ir para a rua. Não contavam com a tia. Tia Mônica teve arte de alcançar aposento para os três em casa de uma senhora velha e rica, que lhe prometeu emprestar os quartos baixos da casa, ao fundo da cocheira, para os lados de um pátio. Teve ainda a arte maior de não dizer nada aos dois, para que Cândido Neves, no desespero da crise, começasse por enjeitar o filho e acabasse alcançando algum meio seguro e regular de obter dinheiro; emendar a vida, em suma. Ouvia as queixas de Clara, sem as repetir, é certo, mas sem as consolar. No dia em que fossem obrigados a deixar a casa, fá-los-ia espantar com a notícia do obséquio e iriam dormir melhor do que cuidassem.

Assim sucedeu. Postos fora da casa, passaram ao aposento de favor, e dois dias depois nasceu a criança. A alegria do pai foi enorme, e a tristeza também. Tia Mônica insistiu em dar a criança à Roda. "Se você não a quer levar, deixe isso comigo; eu vou à rua dos Barbonos." Cândido Neves pediu que não, que esperasse, que ele mesmo a levaria. Notai que era um menino, e que ambos os pais desejavam justamente este sexo. Mal lhe deram algum leite; mas, como chovesse à noite, assentou o pai levá-lo à Roda na noite seguinte.

Naquela reviu todas as suas notas de escravos fugidos. As gratificações pela maior parte eram promessas; algumas traziam a soma escrita e escassa. Uma, porém, subia a cem mil-réis. Tratava-se de uma mulata; vinham indicações de gesto e de vestido. Cândido Neves andara a pesquisá-la sem melhor fortuna, e abrira mão do negócio; imaginou que algum amante da escrava a houvesse recolhido. Agora, porém, a vista nova da quantia e a necessidade dela animaram Cândido Neves a fazer um grande esforço derradeiro.

Saiu de manhã a ver e indagar pela rua e largo da Carioca, rua do Parto e da Ajuda, onde ela parecia andar, segundo o anúncio. Não a achou; apenas um farmacêutico da rua da Ajuda se lembrava de ter vendido uma onça de qualquer droga, três dias antes, à pessoa que tinha os sinais indicados. Cândido Neves parecia falar como dono da escrava, e agradeceu cortesmente a notícia. Não foi mais feliz com outros fugidos de gratificação incerta ou barata.

Voltou para a triste casa que lhe haviam emprestado. Tia Mônica arranjara de si mesmo a dieta para a recente mãe, e tinha já o menino para ser levado à Roda. O pai, não obstante o acordo feito, mal pôde esconder a dor do espetáculo. Não quis comer o que tia Mônica lhe guardara; não tinha fome, disse, e era verdade. Cogitou mil modos de ficar com o filho; nenhum prestava. Não podia esquecer o próprio albergue em que vivia. Consultou a mulher, que se mostrou resignada. Tia Mônica pintara-lhe a criação do menino: seria maior miséria, podendo suceder que o filho achasse a morte sem recurso. Cândido Neves foi obrigado a cumprir a promessa; pediu à mulher que desse ao filho o resto do leite que ele beberia da mãe. Assim se fez; o pequeno adormeceu, o pai pegou dele, e saiu na direção da rua dos Barbonos.

Que pensasse mais de uma vez em voltar para casa com ele, é certo; não menos certo é que o agasalhava muito, que o beijava, que lhe cobria o rosto para preservá-lo do sereno. Ao entrar na rua da Guarda Velha, Cândido Neves começou a afrouxar o passo.

— Hei de entregá-lo o mais tarde que puder, murmurou ele.

Mas não sendo a rua infinita ou sequer longa, viria a acabá-la; foi então que lhe ocorreu entrar por um dos becos que ligavam aquela à rua da Ajuda. Chegou ao fim do beco e, indo a dobrar à direita, na direção do largo da Ajuda, viu do lado oposto um vulto de mulher; era a mulata fugida. Não dou aqui a comoção de Cândido Neves por não podê-lo fazer com a intensidade real. Um adjetivo basta; digamos enorme. Descendo a mulher, desceu ele também; a poucos passos estava a farmácia onde obtivera a informação, que referi acima. Entrou, achou o farmacêutico, pediu-lhe a fineza de guardar a criança por um instante; viria buscá-la sem falta.

— Mas...

Cândido Neves não lhe deu tempo de dizer nada; saiu rápido, atravessou a rua, até ao ponto em que pudesse pegar a mulher sem dar alarma. No extremo da rua, quando ela ia a descer a de S. José, Cândido Neves aproximou-se dela. Era a mesma, era a mulata fujona.

— Arminda!, bradou, conforme a nomeava o anúncio.

Arminda voltou-se sem cuidar malícia. Foi só quando ele, tendo tirado o pedaço de corda da algibeira, pegou dos braços da escrava, que ela compreendeu e quis fugir. Era já impossível. Cândido Neves, com as mãos robustas, atava-lhe os pulsos e dizia que andasse. A escrava quis gritar, parece que chegou a soltar alguma voz mais alta que de costume, mas entendeu logo que ninguém viria libertá-la, ao contrário. Pediu então que a soltasse pelo amor de Deus.

— Estou grávida, meu senhor!, exclamou. Se Vossa Senhoria tem algum filho, peço-lhe por amor dele que me solte; eu serei sua escrava, vou servi-lo pelo tempo que quiser. Me solte, meu senhor moço!

— Siga!, repetiu Cândido Neves.

— Me solte!

— Não quero demoras; siga!

Houve aqui luta, porque a escrava, gemendo, arrastava-se a si e ao filho. Quem passava ou estava à porta de uma loja compreendia o que era e naturalmente não acudia. Arminda ia alegando que o senhor era muito mau, e provavelmente a castigaria com açoites, — coisa que, no estado em que ela estava, seria pior de sentir. Com certeza, ele lhe mandaria dar açoites.

— Você é que tem culpa. Quem lhe manda fazer filhos e fugir depois?, perguntou Cândido Neves.

Não estava em maré de riso, por causa do filho que lá ficara na farmácia, à espera dele. Também é certo que não costumava dizer grandes coisas. Foi arrastando a escrava pela rua dos Ourives, em direção à da Alfândega, onde residia o senhor. Na esquina desta a luta cresceu; a escrava pôs os pés à parede, recuou com grande esforço, inutilmente. O que alcançou foi, apesar de ser a casa próxima, gastar mais tempo em lá chegar do que devera. Chegou, enfim, arrastada, desesperada, arquejando. Ainda ali ajoelhou-se, mas em vão. O senhor estava em casa, acudiu ao chamado e ao rumor.

— Aqui está a fujona, disse Cândido Neves.

— É ela mesma.

— Meu senhor!

— Anda, entra...

Arminda caiu no corredor. Ali mesmo o senhor da escrava abriu a carteira e tirou os cem mil-réis de gratificação. Cândido Neves guardou as duas notas de cinquenta mil-réis, enquanto o senhor novamente dizia à escrava que entrasse. No chão, onde jazia, levada do medo e da dor e após algum tempo de luta a escrava abortou.

O fruto de algum tempo entrou sem vida neste mundo, entre os gemidos da mãe e os gestos de desespero do dono. Cândido Neves viu todo esse espetáculo. Não sabia que horas eram. Quaisquer que fossem, urgia correr à rua da Ajuda, e foi o que ele fez sem querer conhecer as consequências do desastre.

Quando lá chegou, viu o farmacêutico sozinho, sem o filho que lhe entregara. Quis esganá-lo. Felizmente, o farmacêutico explicou tudo a tempo; o menino estava lá dentro com a família, e ambos entraram. O pai recebeu o filho com a mesma fúria com que pegara a escrava fujona de há pouco, fúria diversa, naturalmente, fúria de amor. Agradeceu depressa e mal, e saiu às carreiras, não para a Roda dos enjeitados, mas para a casa de empréstimo, com o filho e os cem mil-réis de gratificação. Tia Mônica, ouvida a explicação, perdoou a volta do pequeno, uma vez que trazia os cem mil-réis. Disse, é verdade, algumas palavras duras contra a escrava, por causa do aborto, além da fuga. Cândido Neves, beijando o filho, entre lágrimas verdadeiras, abençoava a fuga e não se lhe dava do aborto.

— Nem todas as crianças vingam, bateu-lhe o coração.

A realidade ia dar-me coisa mais assombrosa que um diálogo de mortos. Encomendei-me a Deus, benzi-me outra vez e fui andando sorrateiramente, encostadinho à parede, até entrar. Vi então uma cousa extraordinária.

[*O padre-narrador*]

ENTRE SANTOS

[*VÁRIAS HISTÓRIAS*]

Quando eu era capelão de S. Francisco de Paula (contava um padre velho) aconteceu-me uma aventura extraordinária.

Morava ao pé da igreja, e recolhi-me tarde, uma noite. Nunca me recolhi tarde que não fosse ver primeiro se as portas do templo estavam bem fechadas. Achei-as bem fechadas, mas lobriguei luz por baixo delas. Corri assustado à procura da ronda; não a achei, tornei atrás e fiquei no adro, sem saber que fizesse. A luz, sem ser muito intensa, era-o demais para ladrões; além disso notei que era fixa e igual, não andava de um lado para outro, como seria a das velas ou lanternas de pessoas que estivessem roubando. O mistério arrastou-me; fui à casa buscar as chaves da sacristia (o sacristão tinha ido passar a noite em Niterói), benzi-me primeiro, abri a porta e entrei.

O corredor estava escuro. Levava comigo uma lanterna e caminhava devagarinho, calando o mais que podia o rumor dos sapatos. A primeira e a segunda portas que comunicam com a igreja estavam fechadas; mas via-se a mesma luz e, porventura, mais intensa que do lado da rua. Fui andando, até que dei com a terceira porta aberta. Pus a um canto a lanterna, com o meu lenço por cima, para que me não vissem de dentro, e aproximei-me a espiar o que era.

Detive-me logo. Com efeito, só então adverti que viera inteiramente desarmado e que ia correr grande risco aparecendo na igreja sem mais defesa que as duas mãos. Correram ainda alguns minutos. Na igreja a luz era a mesma, igual e geral, e de uma cor de leite que não tinha a luz das velas. Ouvi também vozes, que ainda mais me atrapalharam, não cochichadas nem confusas, mas regulares, claras e tranquilas, à maneira de conversação. Não pude entender logo o que diziam. No meio disto, assaltou-me uma ideia que me fez recuar. Como naquele tempo os cadáveres eram sepultados nas igrejas, imaginei que a conversação podia ser de defuntos. Recuei espavorido, e só passado algum tempo é que pude reagir e chegar outra vez à porta, dizendo a mim mesmo que semelhante ideia era um disparate. A realidade ia dar-me cousa mais assombrosa que um diálogo de mortos. Encomendei-me a Deus, benzi-me outra vez e fui andando, sorrateiramente, encostadinho à parede, até entrar. Vi então uma cousa extraordinária.

Dois dos três santos do outro lado, S. José e S. Miguel (à direita de quem entra na igreja pela porta da frente), tinham descido dos nichos e estavam sentados nos seus altares. As dimensões não eram as das próprias imagens, mas de homens. Falavam para o lado de cá, onde estão os altares de S. João Batista e S. Francisco de Sales. Não posso descrever o que senti. Durante algum tempo, que não chego a calcular, fiquei sem ir para diante nem para trás, arrepiado e trêmulo. Com certeza, andei beirando o abismo da loucura, e não caí nele por misericórdia divina. Que perdi a consciência de mim mesmo e de toda outra realidade que não fosse aquela, tão nova e tão única, posso afirmá-lo; só assim se explica a temeridade com que, dali a algum tempo, entrei mais pela igreja, a fim de olhar também para o lado oposto. Vi aí a mesma cousa: S. Francisco de Sales e S. João, descidos dos nichos, sentados nos altares e falando com os outros santos.

Tinha sido tal a minha estupefação que eles continuaram a falar, creio eu, sem que eu sequer ouvisse o rumor das vozes. Pouco a pouco, adquiri a percepção delas e pude compreender que não tinham interrompido a conversação; distingui-a, ouvi claramente as palavras, mas não pude colher desde logo o sentido. Um dos santos, falando para o lado do altar-mor, fez-me voltar a cabeça, e vi então que S. Francisco de Paula, o orago da igreja, fizera a mesma cousa que os outros e falava para eles, como eles falavam entre si. As vozes não subiam do tom médio e, contudo, ouviam-se bem, como se as ondas sonoras tivessem recebido um poder maior de transmissão. Mas, se tudo isso era espantoso, não menos o era a luz, que não vinha de parte nenhuma, porque os lustres e castiçais estavam todos apagados; era como um luar, que ali penetrasse, sem que os olhos pudessem ver a lua; comparação tanto mais exata quanto que, se fosse realmente luar, teria deixado alguns lugares escuros, como ali acontecia, e foi num desses recantos que me refugiei.

Já então procedia automaticamente. A vida que vivi durante esse tempo todo, não se pareceu com a outra vida anterior e posterior. Basta considerar que, diante de tão estranho espetáculo, fiquei absolutamente sem medo; perdi a reflexão, apenas sabia ouvir e contemplar.

Compreendi, no fim de alguns instantes, que eles inventariavam e comentavam as orações e implorações daquele dia. Cada um notava alguma cousa. Todos eles, terríveis psicólogos, tinham penetrado a alma e a vida dos fiéis, e desfibravam os sentimentos de cada um, como os anatomistas escalpelam um cadáver. S. João Batista e S. Franciscode Paula, duros ascetas, mostravam-se às vezes enfadados e absolutos. Não era assim S. Francisco de Sales; esse ouvia ou contava as cousas com a mesma indulgência que presidira ao seu famoso livro da *Introdução à vida devota*.

Era assim, segundo o temperamento de cada um, que eles iam narrando e comentando. Tinham já contado casos de fé sincera e castiça, outros de indiferença, dissimulação e versatilidade; os dois ascetas estavam a mais e mais anojados, mas S. Francisco de Sales recordava-lhes o texto da Escritura: muitos são os chamados e poucos os escolhidos, significando assim que nem todos os que ali iam à igreja levavam o coração puro. S. João abanava a cabeça.

— Francisco de Sales, digo-te que vou criando um sentimento singular em santo: começo a descrer dos homens.

— Exageras tudo, João Batista, atalhou o santo bispo, não exageremos nada. Olha — ainda hoje aconteceu aqui uma cousa que me fez sorrir, e pode ser, entretanto, que te indignasse. Os homens não são piores do que eram em outros séculos; descontemos o que há neles de ruim, e ficará muita cousa boa. Crê isto e hás de sorrir ouvindo o meu caso.

— Eu?

Tu, João Batista, e tu também, Francisco de Paula, e todos vós haveis de sorrir comigo e, pela minha parte; posso fazê-lo, pois já intercedi e alcancei do Senhor aquilo mesmo que me veio pedir esta pessoa.

— Que pessoa?

— Uma pessoa mais interessante que o teu escrivão, José, e que o teu lojista, Miguel...

— Pode ser, atalhou S. José, mas não há de ser mais interessante que a adúltera que aqui veio hoje prostrar-se a meus pés. Vinha pedir-me que lhe limpasse o coração da lepra da luxúria. Brigara ontem mesmo com o namorado, que a injuriou torpemente, e passou a noite em lágrimas. De manhã, determinou abandoná-lo e veio buscar aqui a força precisa para sair das garras do demônio. Começou rezando bem, cordialmente; mas pouco a pouco vi que o pensamento a ia deixando para remontar aos primeiros deleites. As palavras, paralelamente, iam ficando sem vida. Já a oração era morna, depois fria, depois inconsciente; os lábios, afeitos à reza, iam rezando; mas a alma, que eu espiava cá de cima, essa já não estava aqui, estava com o outro. Afinal persignou-se, levantou-se e saiu sem pedir nada.

— Melhor é o meu caso.

— Melhor que isto?, perguntou S. José, curioso.

— Muito melhor, respondeu S. Francisco de Sales, e não é triste como o dessa pobre alma ferida do mal da terra, que a graça do Senhor ainda pode salvar. E por que não salvará também a esta outra? Lá vai o que é.

Calaram-se todos, inclinaram-se os bustos, atentos, esperando. Aqui fiquei com medo; lembrou-me que eles, que veem tudo o que se passa no interior da gente, como se fôssemos de vidro, pensamentos recônditos, intenções torcidas, ódios secretos, bem podiam ter-me lido já algum pecado ou gérmen de pecado. Mas não tive tempo de refletir muito; S. Francisco de Sales começou a falar.

— Tem cinquenta anos o meu homem, disse ele; a mulher está de cama, doente de uma erisipela na perna esquerda. Há cinco dias vive aflito porque o mal agrava-se e a ciência não responde pela cura. Vede, porém, até onde pode ir um preconceito público. Ninguém acredita na dor do Sales (ele tem o meu nome), ninguém acredita que ele ame outra cousa que não seja dinheiro, e logo que houve notícia da sua aflição desabou em todo o bairro

263

um aguaceiro de motes e dichotes; nem faltou quem acreditasse que ele gemia antecipadamente pelos gastos da sepultura.

— Bem podia ser que sim, ponderou S. João.

— Mas não era. Que ele é usurário e avaro não o nego; usurário, como a vida, e avaro, como a morte. Ninguém extraiu nunca tão implacavelmente da algibeira dos outros o ouro, a prata, o papel e o cobre; ninguém os amuou com mais zelo e prontidão. Moeda que lhe cai na mão dificilmente torna a sair e tudo o que lhe sobra das casas mora dentro de um armário de ferro, fechado a sete chaves. Abre-o às vezes, por horas mortas, contempla o dinheiro alguns minutos, e fecha-o outra vez depressa; mas nessas noites não dorme, ou dorme mal. Não tem filhos. A vida que leva é sórdida; come para não morrer, pouco e ruim. A família compõe-se da mulher e de uma preta escrava, comprada com outra, há muitos anos, e às escondidas, por serem de contrabando. Dizem até que nem as pagou, porque o vendedor faleceu logo sem deixar nada escrito. A outra preta morreu há pouco tempo; e aqui vereis se este homem tem ou não o gênio da economia; Sales libertou o cadáver...

E o santo bispo calou-se para saborear o espanto dos outros.

— O cadáver?

— Sim, o cadáver. Fez enterrar a escrava como pessoa livre e miserável, para não acudir às despesas da sepultura. Pouco embora, era alguma cousa. E para ele não há pouco; com pingos d'água é que se alagam as ruas. Nenhum desejo de representação, nenhum gosto nobiliário; tudo isso custa dinheiro, e ele diz que o dinheiro não lhe cai do céu. Pouca sociedade, nenhuma recreação de família. Ouve e conta anedotas da vida alheia, que é regalo gratuito.

— Compreende-se a incredulidade pública, ponderou S. Miguel.

— Não digo que não, porque o mundo não vai além da superfície das cousas. O mundo não vê que, além de caseira eminente, educada por ele, e sua confidente de mais de vinte anos, a mulher deste Sales é amada deveras pelo marido. Não te espantes, Miguel; naquele muro aspérrimo brotou uma flor descorada e sem cheiro, mas flor. A botânica sentimental tem dessas anomalias. Sales ama a esposa; está abatido e desvairado com a ideia de a perder. Hoje de manhã, muito cedo, não tendo dormido mais de duas horas, entrou a cogitar no desastre próximo. Desesperando da terra, voltou-se para

Deus; pensou em nós, e especialmente em mim que sou o santo do seu nome. Só um milagre podia salvá-la; determinou vir aqui. Mora perto, e veio correndo. Quando entrou trazia o olhar brilhante e esperançado; podia ser a luz da fé, mas era outra cousa muito particular, que vou dizer. Aqui peço-vos que redobreis de atenção.

Vi os bustos inclinarem-se ainda mais; eu próprio não pude esquivar-me ao movimento e dei um passo para adiante. A narração do santo foi tão longa e miúda, a análise tão complicada, que não as ponho aqui integralmente, mas em substância.

— Quando pensou em vir pedir-me que intercedesse pela vida da esposa, Sales teve uma ideia específica de usurário, a de prometer-me uma perna de cera. Não foi o crente, que simboliza desta maneira a lembrança do benefício; foi o usurário que pensou em forçar a graça divina pela expectação do lucro. E não foi só a usura que falou, mas também a avareza; porque em verdade, dispondo-se à promessa, mostrava ele querer deveras a vida da mulher — intuição de avaro; — despender é documentar: só se quer de coração aquilo que se paga a dinheiro, disse-lho a consciência pela mesma boca escura. Sabeis que pensamentos tais não se formulam como outros, nascem das entranhas do caráter e ficam na penumbra da consciência. Mas eu li tudo nele e logo que aqui entrou alvoroçado, com o olhar fúlgido de esperança; li tudo e esperei que acabasse de benzer-se e rezar.

— Ao menos, tem alguma religião, ponderou S. José.

— Alguma tem, mas vaga e econômica. Não entrou nunca em irmandades e ordens terceiras, porque nelas se rouba o que pertence ao Senhor; é o que ele diz para conciliar a devoção com a algibeira. Mas não se pode ter tudo; é certo que ele teme a Deus e crê na doutrina.

— Bem, ajoelhou-se e rezou.

— Rezou. Enquanto rezava, via eu a pobre alma, que padecia deveras, conquanto a esperança começasse a trocar-se em certeza intuitiva. Deus tinha de salvar a doente, por força, graças à minha intervenção, e eu ia interceder; é o que ele pensava, enquanto os lábios repetiam as palavras da oração. Acabando a oração, ficou Sales algum tempo olhando, com as mãos postas; afinal falou a boca do homem, falou para confessar a dor, para jurar que nenhuma outra mão, além da do Senhor, podia atalhar o golpe. A mulher

265

ia morrer... ia morrer... ia morrer... E repetia a palavra, sem sair dela. A mulher ia morrer. Não passava adiante. Prestes a formular o pedido e a promessa não achava palavras idôneas, nem aproximativas, nem sequer dúbias, não achava nada, tão longo era o descostume de dar alguma cousa. Afinal saiu o pedido; a mulher ia morrer, ele rogava-me que a salvasse, que pedisse por ela ao Senhor. A promessa, porém, é que não acabava de sair. No momento em que a boca ia articular a primeira palavra, a garra da avareza mordia-lhe as entranhas e não deixava sair nada. Que a salvasse... que intercedesse por ela...

No ar, diante dos olhos, recortava-se-lhe a perna de cera, e logo a moeda que ela havia de custar. A perna desapareceu, mas ficou a moeda, redonda, luzidia, amarela, ouro puro, completamente ouro, melhor que o dos castiçais do meu altar, apenas dourados. Para onde quer que virasse os olhos, via a moeda, girando, girando, girando. E os olhos a apalpavam, de longe, e transmitiam-lhe a sensação fria do metal e até a do relevo do cunho. Era ela mesma, velha amiga de longos anos, companheira do dia e da noite, era ela que ali estava no ar, girando, às tontas; era ela que descia do teto, ou subia do chão, ou rolava no altar, indo da Epístola ao Evangelho, ou tilintava nos pingentes do lustre.

Agora a súplica dos olhos e a melancolia deles eram mais intensas e puramente voluntárias. Vi-os alongarem-se para mim, cheios de contrição, de humilhação, de desamparo; e a boca ia dizendo algumas cousas soltas, — Deus, — os anjos do Senhor, — as bentas chagas, — palavras lacrimosas e trêmulas, como para pintar por elas a sinceridade da fé e a imensidade da dor. Só a promessa da perna é que não saía. Às vezes, a alma, como pessoa que recolhe as forças, a fim de saltar um valo, fitava longamente a morte da mulher e rebolcava-se no desespero que ela lhe havia de trazer; mas à beira do valo, quando ia a dar o salto, recuava. A moeda emergia dele e a promessa ficava no coração do homem.

O tempo ia passando. A alucinação crescia, porque a moeda, acelerando e multiplicando os saltos, multiplicava-se a si mesma e parecia uma infinidade delas; e o conflito era cada vez mais trágico. De repente, o receio de que a mulher podia estar expirando gelou o sangue ao pobre homem e ele quis precipitar-se. Podia estar expirando... Pedia-me que intercedesse por ela, que a salvasse...

Aqui o demônio da avareza sugeria-lhe uma transação nova, uma troca de espécie, dizendo-lhe que o valor da oração era superfino e muito mais excelso que o das obras terrenas. E o Sales, curvo, contrito, com as mãos postas, o olhar submisso, desamparado, resignado, pedia-me que lhe salvasse a mulher. Que lhe salvasse a mulher, e prometia-me trezentos, — não menos — trezentos padre-nossos e trezentas ave-marias. E repetia enfático: trezentos, trezentos, trezentos... Foi subindo, chegou a quinhentos, a mil padre-nossos e mil ave-marias. Não via esta soma escrita por letras do alfabeto, mas em algarismos, como se ficasse assim mais viva, mais exata, e a obrigação maior, e maior também a sedução. Mil padre-nossos, mil ave-marias. E voltaram as palavras lacrimosas e trêmulas, as bentas chagas, os anjos do Senhor... 1.000 — 1.000 — 1.000. Os quatro algarismos foram crescendo tanto, que encheram a igreja de alto a baixo, e com eles, crescia o esforço do homem, e a confiança também; a palavra saía-lhes mais rápida, impetuosa, já falada, mil, mil, mil, mil... Vamos lá, podeis rir à vontade, concluiu S. Francisco de Sales.

E os outros santos riram efetivamente, não daquele grande riso descomposto dos deuses de Homero, quando viram o coxo Vulcano servir à mesa, mas de um riso modesto, tranquilo, beato e católico.

Depois, não pude ouvir mais nada. Caí redondamente no chão. Quando dei por mim era dia claro... Corri a abrir as portas e janelas da igreja e da sacristia, para deixar entrar o sol, inimigo dos maus sonhos.

> — É a tua pena, alma curiosa de perfeição; a tua pena é oscilar por toda a eternidade entre dois seres incompletos, ao som desta velha sonata do absoluto: lá, lá, lá...

> [*Comentário de uma voz surgida do abismo*]

TRIO EM LÁ MENOR

[*VÁRIAS HISTÓRIAS*]

I — Adagio Cantabile

Maria Regina acompanhou a avó até o quarto, despediu-se e recolheu-se ao seu. A mucama que a servia, apesar da familiaridade que existia entre elas, não pôde arrancar-lhe uma palavra, e saiu, meia hora depois, dizendo que Nhanhã estava muito séria. Logo que ficou só, Maria Regina sentou-se ao pé da cama, com as pernas estendidas, os pés cruzados, pensando.

A verdade pede que diga que esta moça pensava amorosamente em dois homens ao mesmo tempo, um de vinte e sete anos, Maciel, — outro de cinquenta, Miranda. Convenho que é abominável, mas não posso alterar a feição das coisas, não posso negar que se os dois homens estão namorados dela, ela não o está menos de ambos. Uma esquisita, em suma; ou, para falar como as suas amigas de colégio, uma desmiolada. Ninguém lhe nega coração excelente e claro espírito; mas a imaginação é que é o mal, uma imaginação adusta e cobiçosa, insaciável principalmente, avessa à realidade, sobrepondo às coisas da vida outras de si mesma; daí curiosidades irremediáveis.

A visita dos dois homens (que a namoravam de pouco) durou cerca de uma hora. Maria Regina conversou alegremente com eles, e tocou ao piano uma peça clássica, uma sonata, que fez a avó cochilar um pouco. No fim discutiram música. Miranda disse coisas pertinentes acerca da música moderna e antiga; a avó tinha a religião de Bellini e da *Norma*, e falou das toadas do seu tempo, agradáveis, saudosas e principalmente claras. A neta ia com as opiniões do Miranda; Maciel concordou polidamente com todos.

Ao pé da cama, Maria Regina reconstruía agora tudo isso, a visita, a conversação, a música, o debate, os modos de ser de um e de outro, as palavras do Miranda e os belos olhos do Maciel. Eram onze horas, a única luz do quarto era a lamparina, tudo convidava ao sonho e ao devaneio. Maria Regina, à força de recompor a noite, viu ali dois homens ao pé dela, ouviu-os, e conversou com eles durante uma porção de minutos, trinta ou quarenta, ao som da mesma sonata tocada por ela: lá, lá, lá...

II — Allegro ma non Troppo

No dia seguinte a avó e a neta foram visitar uma amiga na Tijuca. Na volta a carruagem derrubou um menino que atravessava a rua, correndo. Uma pessoa que viu isto atirou-se aos cavalos e, com perigo de si própria, conseguiu detê-los e salvar a criança, que apenas ficou ferida e desmaiada. Gente, tumulto, a mãe do pequeno acudiu em lágrimas. Maria Regina desceu do carro e acompanhou o ferido até a casa da mãe, que era ali ao pé.

Quem conhece a técnica do destino adivinha logo que a pessoa que salvou o pequeno foi um dos dois homens da outra noite; foi o Maciel. Feito o primeiro curativo, o Maciel acompanhou a moça até a cidade. Estavam no Engenho Velho. Na carruagem é que Maria Regina viu que o rapaz trazia a mão ensanguentada. A avó inquiria a miúdo se o pequeno estava muito mal, se escaparia; Maciel disse-lhe que os ferimentos eram leves. Depois contou o acidente: estava parado, na calçada, esperando que passasse um tílburi, quando viu o pequeno atravessar a rua por diante dos cavalos; compreendeu o perigo, e tratou de conjurá-lo, ou diminuí-lo.

— Mas está ferido, disse a velha.

— Coisa de nada.

— Está, está, acudiu a moça; podia ter-se curado também.

— Não é nada, teimou ele; foi um arranhão, enxugo isto com o lenço.

Não teve tempo de tirar o lenço; Maria Regina ofereceu-lhe o seu. Maciel, comovido, pegou nele, mas hesitou em maculá-lo. Vá, vá, dizia-lhe ela; e vendo-o acanhado, tirou-lho e enxugou-lhe, ela mesma, o sangue da mão.

A mão era bonita, tão bonita como o dono; mas parece que ele estava menos preocupado com a ferida da mão que com o amarrotado dos punhos. Conversando, olhava para eles disfarçadamente e escondia-os. Maria Regina não via nada, via-o a ele, via-lhe principalmente a ação que acabava de praticar, e que lhe punha uma auréola. Compreendeu que a natureza generosa por cima dos hábitos pausados e elegantes do moço, para arrancar à morte uma criança que ele nem conhecia. Falaram do assunto até a porta da casa delas; Maciel recusou, agradecendo, a carruagem que elas lhe ofereciam, e despediu-se até à noite.

— Até à noite!, repetiu Maria Regina.

Esperou-o ansiosa. Ele chegou, por volta de oito horas, trazendo uma fita preta enrolada na mão, e pediu desculpa de vir assim; mas disseram-lhe que era bom pôr alguma coisa e obedeceu.

— Mas está melhor!

— Estou bom, não foi nada.

— Venha, venha, disse-lhe a avó, do outro lado da sala. Sente-se aqui ao pé de mim: o senhor é um herói.

Maciel ouvia sorrindo. Tinha passado o ímpeto generoso, começava a receber os dividendos do sacrifício. O maior deles era a admiração de Maria Regina, tão ingênua e tamanha, que esquecia a avó e a sala. Maciel sentara--se ao lado da velha, Maria Regina defronte de ambos. Enquanto a avó, restabelecida do susto, contava as comoções que padecera, a princípio sem saber de nada, depois imaginando que a criança teria morrido, os dois olhavam um para o outro, discretamente, e afinal esquecidamente. Maria Regina perguntava a si mesma onde acharia melhor noivo. A avó, que não era míope, achou a contemplação excessiva, e falou de outra coisa; pediu ao Maciel algumas notícias de sociedade.

III — Allegro Appassionato

Maciel era homem, como ele mesmo dizia em francês, *très répandu*; sacou da algibeira uma porção de novidades miúdas e interessantes. A maior de todas foi a de estar desfeito o casamento de certa viúva.

— Não me diga isso!, exclamou a avó. E ela?

— Parece que foi ela mesma que o desfez: o certo é que esteve anteontem no baile, dançou e conversou com muita animação. Oh! abaixo da notícia, o que fez mais sensação em mim foi o colar que ela levava, magnífico...

— Com uma cruz de brilhantes?, perguntou a velha. Conheço; é muito bonito.

— Não, não é esse.

Maciel conhecia o da cruz, que ela levara à casa de um Mascarenhas; não era esse. Este outro ainda há poucos dias estava na loja do Resende, uma coisa linda. E descreveu-o todo, número, disposição e facetado das pedras: concluiu dizendo que foi a joia da noite.

— Para tanto luxo era melhor casar, ponderou maliciosamente a avó.

— Concordo que a fortuna dela não dá para isso. Ora, espere! Vou amanhã, ao Resende, por curiosidade, saber o preço por que o vendeu. Não foi barato, não podia ser barato.

— Mas por que é que se desfez o casamento?

— Não pude saber; mas tenho de jantar sábado com o Venancinho Correia, e ele conta-me tudo. Sabe que ainda é parente dela? Bom rapaz; está inteiramente brigado com o barão...

A avó não sabia da briga; Maciel contou-lha de princípio a fim, com todas as suas causas e agravantes. A última gota no cálice foi um dito à mesa de jogo, uma alusão ao defeito do Venancinho, que era canhoto. Contaram-lhe isto, e ele rompeu inteiramente as relações com o barão. O bonito é que os parceiros do barão acusaram-se uns aos outros de terem ido contar as palavras deste. Maciel declarou que era regra sua não repetir o que ouvia à mesa do jogo, porque é lugar em que há certa franqueza.

Depois fez a estatística da rua do Ouvidor, na véspera, entre uma e quatro horas da tarde. Conhecia os nomes das fazendas e todas as cores modernas. Citou as principais *toilettes* do dia. A primeira foi a de *Mme*. Pena Maia, baiana distinta, *très pschutt*. A segunda foi a de *Mlle*. Pedrosa, filha de um desembargador de São Paulo, *adorable*. E apontou mais três, comparou depois as cinco, deduziu e concluiu. Às vezes esquecia-se e falava francês; pode mesmo ser que não fosse esquecimento, mas propósito; conhecia bem a língua, exprimia-se com facilidade e formulara um dia este axioma etnológico — que há parisienses em toda a parte. De caminho, explicou um problema de voltarete.

— A senhora tem cinco trunfos de espadilha e manilha, tem rei e dama de copas...

Maria Regina ia descambando da admiração no fastio; agarrava-se aqui e ali, contemplava a figura moça do Maciel, recordava a bela ação daquele dia, mas ia sempre escorregando; o fastio não tardava a absorvê-la. Não havia remédio. Então recorreu a um singular expediente. Tratou de combinar os dois homens, o presente com o ausente, olhando para um, e escutando o outro de memória; recurso violento e doloroso, mas tão eficaz, que ela pôde contemplar por algum tempo uma criatura perfeita e única.

Nisto apareceu o outro, o próprio Miranda. Os dois homens cumprimentaram-se friamente; Maciel demorou-se ainda uns dez minutos e saiu.

Miranda ficou. Era alto e seco, fisionomia dura e gelada. Tinha o rosto cansado, os cinquenta anos confessavam-se tais, nos cabelos grisalhos, nas rugas e na pele. Só os olhos continham alguma coisa menos caduca. Eram pequenos, e escondiam-se por baixo da vasta arcada do sobrolho; mas lá, ao fundo, quando não estavam pensativos, centelhavam de mocidade. A avó perguntou-lhe, logo que Maciel saiu, se já tinha notícia do acidente do Engenho Velho, e contou-lho com grandes encarecimentos, mas o outro ouvia tudo sem admiração nem inveja.

— Não acha sublime?, perguntou ela, no fim.

— Acho que ele salvou talvez a vida a um desalmado que algum dia, sem o conhecer, pode meter-lhe uma faca na barriga.

— Oh!, protestou a avó.

— Ou mesmo conhecendo, emendou ele.

— Não seja mau, acudiu Maria Regina; o senhor era bem capaz de fazer o mesmo, se ali estivesse.

Miranda sorriu de um modo sardônico. O riso acentuou-lhe a dureza da fisionomia. Egoísta e mau, este Miranda primava por um lado único: espiritualmente, era completo. Maria Regina achava nele o tradutor maravilhoso e fiel de uma porção de ideias que lutavam dentro dela, vagamente, sem forma ou expressão. Era engenhoso e fino e até profundo, tudo sem pedantice, e sem meter-se por matos cerrados, antes quase sempre na planície das conversações ordinárias; tão certo é que as coisas valem pelas ideias que nos sugerem. Tinham ambos os mesmos gostos artísticos; Miranda estudara direito para obedecer ao pai; a sua vocação era a música.

A avó, prevendo a sonata, aparelhou a alma para alguns cochilos. Demais, não podia admitir tal homem no coração; achava-o aborrecido e antipático. Calou-se no fim de alguns minutos. A sonata veio, no meio de uma conversação que Maria Regina achou deleitosa, e não veio senão porque ele lhe pediu que tocasse; ele ficaria de bom grado a ouvi-la.

— Vovó, disse ela, agora há de ter paciência...

Miranda aproximou-se do piano. Ao pé das arandelas, a cabeça dele mostrava toda a fadiga dos anos, ao passo que a expressão da fisionomia era muito mais de pedra e fel. Maria Regina notou a graduação, e tocava sem olhar para ele; difícil coisa, porque, se ele falava, as palavras entravam-lhe tanto pela alma, que a moça insensivelmente levantava os olhos, e dava logo com um velho ruim. Então é que se lembrava do Maciel, dos seus anos em flor, da fisionomia franca, meiga e boa, e afinal da ação daquele dia. Comparação tão cruel para o Miranda, como fora para o Maciel o cotejo dos seus espíritos. E a moça recorreu ao mesmo expediente. Completou um pelo outro; escutava a este com o pensamento naquele; e a música ia ajudando a ficção, indecisa a princípio, mas logo viva e acabada. Assim Titânia, ouvindo namorada a cantiga do tecelão, admirava-lhe as belas formas, sem advertir que a cabeça era de burro.

IV — Minuetto

Dez, vinte, trinta dias passaram depois daquela noite, e ainda mais vinte, e depois mais trinta. Não há cronologia certa; melhor é ficar no vago.

A situação era a mesma. Era a mesma insuficiência individual dos dois homens, e o mesmo complemento ideal por parte dela; daí um terceiro homem, que ela não conhecia.

Maciel e Miranda desconfiaram um do outro, detestavam-se a mais e mais, e padeciam muito, Miranda principalmente, que era paixão da última hora. Afinal acabaram aborrecendo a moça. Esta viu-os ir pouco a pouco. A esperança ainda os fez relapsos, mas tudo morre, até a esperança, e eles saíram para nunca mais. As noites foram passando, passando... Maria Regina compreendeu que estava acabado.

A noite em que se persuadiu bem disto foi uma das mais belas daquele ano, clara, fresca, luminosa. Não havia lua; mas à nossa amiga aborrecia a lua, — não se sabe bem por quê, — ou porque brilha de empréstimo, ou porque toda a gente a admira, e pode ser que por ambas as razões. Era uma das suas esquisitices. Agora outra.

Tinha lido de manhã, em uma notícia de jornal, que há estrelas duplas, que nos parecem um só astro. Em vez de ir dormir, encostou-se à janela do quarto, olhando para o céu, a ver se descobria alguma delas; baldado esforço. Não a descobrindo no céu, procurou-a em si mesma, fechou os olhos para imaginar o fenômeno; astronomia fácil e barata, mas não sem risco. O pior que ela tem é pôr os astros ao alcance da mão; por modo que, se a pessoa abre os olhos e eles continuam a fulgurar lá em cima, grande é o desconsolo e certa a blasfêmia. Foi o que sucedeu aqui. Maria Regina viu dentro de si a estrela dupla e única. Separadas, valiam bastante; juntas, davam um astro esplêndido. E ela queria o astro esplêndido. Quando abriu os olhos e viu que o firmamento ficava tão alto, concluiu que a criação era um livro falho e incorreto, e desesperou.

No muro da chácara viu então uma coisa parecida com dois olhos de gato. A princípio teve medo, mas advertiu logo que não era mais que a reprodução externa dos dois astros que ela vira em si mesma e que tinham ficado impressos na retina. A retina desta moça fazia refletir cá fora todas as suas imaginações. Refrescando o vento recolheu-se, fechou a janela e meteu-se na cama.

Não dormiu logo, por causa de duas rodelas de opala que ainda estavam incrustadas na parede; percebendo que era ainda uma ilusão, fechou os olhos e dormiu. Sonhou que morria, que a alma dela, levada aos ares, voava na direção de uma bela estrela dupla. O astro desdobrou-se, e ela voou para uma das duas porções; não achou ali a sensação primitiva e despenhou-se para outra; igual resultado, igual regresso, e ei-la a andar de uma para outra das duas estrelas separadas. Então uma voz surgiu do abismo, com palavras que ela não entendeu:

— É a tua pena, alma curiosa de perfeição; a tua pena é oscilar por toda a eternidade entre dois astros incompletos, ao som desta velha sonata do absoluto: lá, lá, lá...

> — A verdade é imortal; o homem é
> um breve momento...
>
> (*Stroibus, personagem*)

CONTO ALEXANDRINO

[*HISTÓRIAS SEM DATA*]

CAPÍTULO I

No mar

— O quê, meu caro Stroibus! Não, impossível. Nunca jamais ninguém acreditará que o sangue de rato, dado a beber a um homem, possa fazer do homem um ratoneiro.

— Em primeiro lugar, Pítias, tu omites uma condição: — é que o rato deve expirar debaixo do escalpelo, para que o sangue traga o seu princípio. Essa condição é essencial. Em segundo lugar, uma vez que me apontas o exemplo do rato, fica sabendo que já fiz com ele uma experiência, e cheguei a produzir um ladrão...

— Ladrão autêntico?

— Levou-me o manto, ao cabo de trinta dias, mas deixou-me a maior alegria do mundo: a realidade da minha doutrina. Que perdi eu? um pouco de tecido grosso; e que lucrou o universo? a verdade imortal. Sim, meu caro Pítias; esta é a eterna verdade. Os elementos constitutivos do ratoneiro estão no sangue do rato, os do paciente no boi, os do arrojado na águia...

— Os do sábio na coruja, interrompeu Pítias sorrindo.

— Não; a coruja é apenas um emblema; mas a aranha, se pudéssemos transferi-la a um homem, daria a esse homem os rudimentos da geometria e o sentimento musical. Com um bando de cegonhas, andorinhas ou graus, faço-te de um caseiro um viajeiro. O princípio da fidelidade conjugal está no sangue da rola, o da enfatuação no dos pavões... Em suma, os deuses puseram nos bichos da terra, da água e do ar a essência de todos os sentimentos e capacidades humanas. Os animais são as letras soltas do alfabeto; o homem é a sintaxe. Esta é a minha filosofia recente; esta é a que vou divulgar na corte do grande Ptolomeu.

Pítias sacudiu a cabeça, e fixou os olhos no mar. O navio singrava, em direitura a Alexandria, com essa carga preciosa de dois filósofos, que iam levar àquele regaço do saber os frutos da razão esclarecida. Eram amigos, viúvos e quinquagenários. Cultivavam especialmente a metafísica, mas conheciam a física, a química, a medicina e a música; um deles, Stroibus, chegara a ser excelente anatomista, tendo lido muitas vezes os tratados do mestre Herófilo. Chipre era a pátria de ambos; mas, tão certo é que ninguém é profeta em sua terra, Chipre não dava o merecido respeito aos dois filósofos. Ao contrário, desdenhava-os; os garotos tocavam ao extremo de rir deles. Não foi esse, entretanto, o motivo que os levou a deixar a pátria. Um dia, Pítias, voltando de uma viagem, propôs ao amigo irem para Alexandria, onde as artes e as ciências eram grandemente honradas. Stroibus aderiu, e embarcaram. Só agora, depois de embarcados, é que o inventor da nova doutrina expô-la ao amigo, com todas as suas recentes cogitações e experiências.

— Está feito, disse Pítias, levantando a cabeça, não afirmo nem nego nada. Vou estudar a doutrina, e se a achar verdadeira, proponho-me a desenvolvê-la e divulgá-la.

— Viva Hélios!, exclamou Stroibus. Posso contar que és meu discípulo.

CAPÍTULO II

Experiência

Os garotos alexandrinos não trataram os dois sábios com o escárnio dos garotos cipriotas. A terra era grave como a íbis pousada numa só pata, pensativa como a esfinge, circunspecta como as múmias, dura como as pirâmides; não tinha tempo nem maneira de rir. Cidade e corte, que desde muito tinham notícias dos nossos dois amigos, fizeram-lhes um recebimento régio, mostraram conhecer os seus escritos, discutiam as suas ideias, mandaram-lhes muitos presentes, tudo papiros, crocodilos, zebras, púpuras. Eles, porém, recusaram tudo, como simplicidade, dizendo que a filosofia bastava ao filósofo, e que o supérfluo era dissolvente. Tão nobre resposta encheu de admiração tanto aos sábios como aos principais e à mesma plebe. E aliás, diziam os mais sagazes, que outra coisa se podia esperar de dois homens tão sublimes, que em seus magníficos tratados...

— Temos coisa melhor do que esses tratados, interrompia Stroibus. Trago uma doutrina, que, em pouco, vai dominar o universo; cuido nada menos que em reconstituir os homens e os Estados, distribuindo os talentos e as virtudes.

— Não é esse o ofício dos deuses?, objetava um.

— Eu violei o segredo dos deuses, acudia Stroibus. O homem é a sintaxe da natureza, eu descobri as leis da gramática divina...

— Explica-te.

— Mais tarde; deixa-me experimentar primeiro. Quando a minha doutrina estiver completa, divulgá-la-ei como a maior riqueza que os homens jamais poderão receber de um homem.

Imaginem a expectação pública e a curiosidade dos outros filósofos, embora incrédulos de que a verdade recente viesse aposentar as que eles mesmos possuíam. Entretanto, esperavam todos. Os dois hóspedes eram apontados na rua até pelas crianças. Um filho meditava trocar a avareza do pai, um pai a prodigalidade do filho, uma dama a frieza de um varão, um varão os desvarios de uma dama, porque o Egito, desde os Faraós até aos Lágides, era a terra de Putifar, da mulher de Putifar, da capa de José, e do resto. Stroibus tornou-se a esperança da cidade e do mundo.

Pítias, tendo estudado a doutrina, foi ter com Stroibus, e disse-lhe:

— Metafisicamente, a tua doutrina é um despropósito; mas estou pronto a admitir uma experiência, contanto que seja decisiva. Para isto, meu caro Stroibus, há só um meio. Tu e eu, tanto pelo cultivo da razão como pela rigidez do caráter, somos o que há mais oposto ao vício do furto. Pois bem, se conseguires incutir-nos esse vício, não será preciso mais; se não conseguires nada (e podes crê-lo, porque é um absurdo) recuarás de semelhante doutrina, e tornarás às nossas velhas meditações.

Stroibus aceitou a proposta.

— O meu sacrifício é o mais penoso, disse ele, pois estou certo do resultado; mas que não merece a verdade? A verdade é imortal; o homem é um breve momento...

Os ratos egípcios, se pudessem saber de um tal acordo, teriam imitado os primitivos hebreus, aceitando a fuga para o deserto, antes do que a nova filosofia. E podemos crer que seria um desastre. A ciência, como a guerra, tem necessidades imperiosas; e desde que a ignorância dos ratos, a sua fraqueza, a superioridade mental e física dos dois filósofos eram outras tantas vantagens na experiência que ia começar, cumpria não perder tão boa ocasião de saber se efetivamente o princípio das paixões e das virtudes humanas estava distribuído pelas várias espécies de animais, e se era possível transmiti-lo.

Stroibus engaiolava os ratos; depois, um a um, ia-os sujeitando ao ferro. Primeiro, atava uma tira de pano no focinho do paciente; em seguida, os pés, finalmente, cingia com um cordel as pernas e o pescoço do animal à tábua da operação. Isto feito, dava o primeiro talho no peito, com vagar, e com vagar ia enterrando o ferro até tocar o coração, porque era opinião dele que a morte instantânea corrompia o sangue, retirava-lhe o princípio. Hábil anatomista, operava com uma firmeza digna do propósito científico. Outro, menos destro, interromperia muita vez a tarefa, porque as contorsões de dor e de agonia tornavam difícil o meneio do escalpelo; mas essa era justamente a superioridade de Sroibus: tinha o pulso magistral e prático.

Ao lado dele, Pítias aparava o sangue a ajudava a obra, já contendo os movimentos convulsivos do paciente, já espiando-lhe nos olhos o progresso da agonia. As observações que ambos faziam eram anotadas em folhas de papiro; e assim ganhava a ciência de duas maneiras. Às vezes, por divergência de apreciação, eram obrigados a escalpelar maior número de ratos do que o necessário; mas não perdiam com isso, porque o sangue dos excedentes era conservado e ingerido depois. Um só desses casos mostrará a consciência com que eles procediam. Pítias observara que a retina do rato agonizante mudava de cor até chegar ao azul claro, ao passo que a observação de Stroibus dava a cor de canela como o tom final da morte. Estavam na última operação do dia; mas o ponto valia a pena, e, não obstante o cansaço, fizeram sucessivamente dezenove experiências sem resultado definitivo; Pítias insistia pela cor azul, e Stroibus pela cor canela. O vigésimo rato esteve prestes a pô-los de acordo, mas Stroibus advertiu, com muita sagacidade, que a sua posição era agora diferente, retificou-a e escalpelaram mais vinte e cinco. Destes, o primeiro ainda os deixou em dúvida; mas os outros vinte e quatro provaram-lhes que a cor final não era canela nem azul, mas um lírio roxo, tirando a claro.

A descrição exagerada das experimentações deu rebate à porção sentimental da cidade, e excitou a loquela de alguns sofistas; mas o grave Stroibus (com brandura, para não agravar uma disposição própria da alma humana) respondeu que a verdade valia todos os ratos do universo, e não só os ratos, como os pavões, as cabras, os cães, os rouxinóis etc.; que, em relação aos ratos, além de ganhar a ciência, ganhava a ciência, ganhava a cidade, vendo diminuída a praga de um animal tão daninho e, se a mesma consideração não se dava com outros animais, como, por exemplo, as rolas e os cães, que eles iam escalpelar daí a tempos, nem por isso os direitos da verdade eram menos imprescritíveis. A natureza não há de ser só a mesa de jantar, concluía em forma de aforismo, mas também a mesa de ciência.

E continuavam a extrair o sangue e bebê-lo. Não o bebiam puro, mas diluído em um cozimento de cinamomo, suco de acácia e bálsamo, que lhe tirava todo o sabor primitivo. As doses eram diárias e diminutas; tinham, portanto, de aguardar um longo prazo antes de produzido o efeito. Pítias, impaciente e incrédulo, mofava do amigo.

— Então? nada?

— Espera, dizia o outro, espera. Não se incute um vício como se cose um par de sandálias.

CAPÍTULO III

Vitória

Enfim, venceu Stroibus! A experiência provou a doutrina. E Pítias foi o primeiro que deu mostras da realidade do efeito, atribuindo-se umas três ideias ouvidas ao próprio Stroibus; este, em compensação, furtou-lhe quatro comparações e uma teoria dos ventos. Nada mais científico do que essas estreias. As ideias alheias, por isso mesmo que não foram compradas na esquina, trazem um certo ar comum; e é muito natural começar por elas antes de passar aos livros emprestados, às galinhas, aos papéis falsos, às províncias etc. A própria denominação de plágio é um indício de que os homens compreendem a dificuldade de confundir esse embrião da ladroeira com a ladroeira formal.

Duro é dizê-lo mas a verdade é que eles deitaram ao Nilo a bagagem metafísica, e dentro de pouco estavam larápios acabados. Concertavam-se de véspera, e iam aos mantos, aos bronzes, às ânforas de vinho, às mercadorias do porto, às boas dracmas. Como furtassem sem estrépito, ninguém dava por eles; mas, ainda mesmo que os suspeitassem, como fazê-lo crer aos outros? Já então Ptolomeu coligira na biblioteca muitas riquezas e raridades; e, porque conviesse ordená-las, designou para isso cinco gramáticos e cinco filósofos, entre estes os nossos dois amigos. Estes últimos trabalharam com singular ardor, sendo os primeiros que entravam e os últimos que saíam, e ficando ali muitas noites, ao clarão da lâmpada, decifrando, coligindo, classificando. Ptolomeu, entusiasmado, meditava para eles os mais altos destinos.

Ao cabo de algum tempo, começaram a notar-se faltas graves: — um exemplar de Homero, três rolos de manuscritos persas, dois de samaritanos, uma soberba coleção de cartas originais de Alexandre, cópias de leis atenienses, o 2º e o 3º livros da *República*, de Platão etc. etc. A autoridade pôs-se à espreita; mas a esperteza do rato, transferida a um organismo superior, era naturalmente maior, e os dois ilustres gatunos zombavam de espias e guardas. Chegaram ao ponto de estabelecer este preceito filosófico de não sair dali com as mãos vazias; traziam sempre alguma coisa, uma fábula, quando menos. Enfim, estando a sair um navio para Chipre, pediram licença a Ptolomeu, com promessa de voltar, coseram os livros dentro de couros de hipopótamo, puseram-lhes rótulos falsos, e trataram de fugir. Mas a inveja de outros filósofos não dormia; deu rebate às suspeitas dos magistrados, e descobriu-se o roubo. Stroibus e Pítias foram tidos por aventureiros, mascarados com os nomes daqueles dois varões ilustres; Ptolomeu entregou-os à justiça com ordem de os passar logo ao carrasco. Foi então que interveio Herófilo, inventor da anatomia.

CAPÍTULO IV

Plus Ultra!

— Senhor, disse ele a Ptolomeu, tenho-me limitado até agora a escalpelar cadáveres. Mas o cadáver dá-me a estrutura, não me dá a vida; dá-me os órgãos, não me dá as funções. Eu preciso das funções e da vida.

— Que me dizes?, redarguiu Ptolomeu. Queres estripar os ratos de Stroibus?

— Não, senhor; não quero estripar os ratos.

— Os cães? os gansos? as lebres?...

— Nada; peço alguns homens vivos.

— Vivos? não é possível...

— Vou demonstrar que não só é possível, mas até legítimo e necessário. As prisões egípcias estão cheias de criminosos, e os criminosos ocupam, na escala humana, um grau muito inferior. Já não são cidadãos, nem mesmo se podem dizer homens, porque a razão e a virtude, que são os dois principais característicos humanos, eles as perderam, infringindo a lei e a moral. Além disso, uma vez que têm de expiar com a morte os seus crimes, não é justo que prestem algum serviço à verdade e à ciência? A verdade é imortal; ela vale não só todos os ratos, como todos os delinquentes do universo.

Ptolomeu achou o raciocínio exato, e ordenou que os criminosos fossem entregues a Herófilo e seus discípulos. O grande anatomista agradeceu tão insigne obséquio, e começou a escalpelar os réus. Grande foi o assombro do povo; mas, salvo alguns pedidos verbais, não houve nenhuma manifestação contra a medida. Herófilo repetia o que dissera a Ptolomeu, acrescentando que a sujeição dos réus à experiência anatômica era até um modo indireto de servir à moral, visto que o terror do escalpelo impediria a prática de muitos crimes.

Nenhum dos criminosos, ao deixar a prisão, suspeitava o destino científico que o esperava. Saíam um por um; às vezes dois a dois, ou três a três. Muitos deles, estendidos e atados à mesa da operação, não chegavam a desconfiar nada; imaginavam que era um novo gênero de execução sumária. Só quando os anatomistas definiam o objeto de estudo do dia, alçavam os ferros e davam os primeiros talhos, é que os desgraçados adquiriam a consciência da situação. Os que se lembravam de ter visto as experiências dos ratos padeciam em dobro, porque a imaginação juntava à dor presente o espetáculo passado.

Para conciliar os interesses da ciência com os impulsos da piedade, os réus não eram escalpelados à vista uns dos outros, mas sucessivamente. Quando vinham aos dois ou aos três, não ficavam em lugar donde os que esperavam pudessem ouvir os gritos do paciente, embora os gritos fossem muitas vezes abafados por meio de aparelhos; mas se eram abafados, não eram suprimidos, e em certos casos, o próprio objeto da experiência exigia que a emissão da voz fosse franca. Às vezes as operações eram simultâneas; mas então faziam-se em lugares distanciados.

Tinham sido escalpelados cerca de cinquenta réus, quando chegou a vez de Stroibus e Pítias. Vieram buscá-los; eles supuseram que era para a morte judiciária, e encomendaram-se aos deuses. De caminho, furtaram uns figos, e explicaram o caso alegando que era um impulso da fome; adiante, porém, subtraíram uma flauta, e essa outra ação não a puderam explicar satisfatoriamente. Todavia, a astúcia do larápio é infinita, e Stroibus, para justificar a ação, tentou extrair algumas notas do instrumento, enchendo de compaixão as pessoas que os viam passar, e não ignoravam a sorte que iam ter. A notícia desses dois novos delitos foi narrada por Herófilo, e abalou a todos os seus discípulos.

— Realmente, disse o mestre, é um caso extraordinário, um caso lindíssimo. Antes do principal, examinemos aqui o outro ponto...

O ponto era saber se o nervo do latrocínio residia na palma da mão ou na extremidade dos dedos; problema esse sugerido por um dos discípulos. Stroibus foi o primeiro sujeito à operação. Compreendeu tudo, desde que entrou na sala; e, como a natureza humana tem uma parte ínfima, pediu-lhes humildemente que poupassem a vida a um filósofo. Mas Herófilo, com um grande poder de dialética, disse-lhe mais ou menos isto: — Ou és um aventureiro ou o verdadeiro Stroibus; no primeiro caso, tens aqui o único meio para resgatar o crime de iludir a um príncipe esclarecido, presta-te ao escalpelo; no segundo caso, não deves ignorar que a obrigação do filósofo é servir à filosofia, e que o corpo é nada em comparação com o entendimento.

Dito isto, começaram pela experiência das mãos que produziu ótimos resultados, coligidos em livros que se perderam com a queda dos Ptolomeus.

Também as mãos de Pítias foram rasgadas e minuciosamente examinadas. Os infelizes berravam, choravam, suplicavam; mas Herófilo dizia-lhes pacificamente que a obrigação do filósofo era servir à filosofia, e que para os fins da ciência, eles valiam ainda mais que os ratos, pois era melhor concluir do homem para o homem, e não do rato para o homem. E continuou a rasgá-los fibra por fibra, durante oito dias. No terceiro dia arrancaram-lhes os olhos, para desmentir praticamente uma teoria sobre a conformação interior do órgão. Não falo da extração do estômago de ambos, por se tratar de problemas relativamente secundários, e em todo caso estudados e resolvidos em cinco ou seis indivíduos escalpelados antes deles.

Diziam os alexandrinos que os ratos celebraram esse caso aflitivo e doloroso com danças e festas, a que convidaram alguns cães, rolas, pavões e outros animais ameaçados de igual destino, e outrossim, que nenhum dos convidados aceitou o convite, por sugestão de um cachorro, que lhes disse melancolicamente: — "Século virá em que a mesma coisa nos aconteça". Ao que retorquiu um rato: — "Mas até lá, riamos!".

— As palavras têm sexo. Estou acabando a minha grande memória psico-léxico-lógica, em que exponho e demonstro esta descoberta. Palavras têm sexo.

[Palavras do narrador, dentro
da cabeça do cônego]

O CÔNEGO OU METAFÍSICA DO ESTILO

[*Várias histórias*]

— "**V**em do Líbano, esposa minha, vem do Líbano, vem... As mandrágoras deram o seu cheiro. Temos às nossas portas toda a casta de pombos..."

— "Eu vos conjuro, filhas de Jerusalém, que se encontrardes o meu amado, lhe façais saber que estou enferma de amor..."

Era assim, com essa melodia do velho drama de Judá, que procuravam um ao outro na cabeça do cônego Matias um substantivo e um adjetivo... Não me interrompas, leitor precipitado; sei que não acreditas em nada do que vou dizer. Di-lo-ei, contudo, a despeito da tua pouca fé, porque o dia da conversão pública há de chegar.

Nesse dia, — cuido que por volta de 2222, — o paradoxo despirá as asas para vestir a japona de uma verdade comum. Então esta página merecerá, mais que favor, apoteose. Hão de traduzi-la em todas as línguas. As academias e institutos farão dela um pequeno livro, para uso dos séculos, papel de bronze, corte-dourado, letras de opala embutidas, e capa de prata fosca. Os governos decretarão que ela seja ensinada nos ginásios e liceus. As filosofias queimarão todas as doutrinas anteriores, ainda as mais definitivas, e abraçarão esta psicologia nova, única verdadeira, e tudo estará acabado. Até lá passarei por tonto, como se vai ver.

Matias, cônego honorário e pregador efetivo, estava compondo um sermão quando começou o idílio psíquico. Tem quarenta anos de idade, e vive entre livros e livros, para os lados da Gamboa. Vieram encomendar-lhe o sermão para certa festa próxima; ele que se regalava então com uma grande obra espiritual, chegada no último paquete, recusou o encargo; mas instaram tanto, que aceitou.

— Vossa Reverendíssima faz isto brincando, disse o principal dos festeiros.

Matias sorriu manso e discreto, como devem sorrir os eclesiásticos e os diplomatas. Os festeiros despediram-se com grandes gestos de veneração, e foram anunciar a festa nos jornais, com a declaração de que pregava ao Evangelho o cônego Matias "um dos ornamentos do clero brasileiro". Este "ornamento do clero" tirou ao cônego a vontade de almoçar, quando ele o leu agora de manhã; e só por estar ajustado, é que se meteu a escrever o sermão.

Começou de má vontade, mas no fim de alguns minutos já trabalhava com amor. A inspiração, com os olhos no céu, e a meditação, com os olhos no chão, ficam a um e outro lado do espaldar da cadeira, dizendo ao ouvido do cônego mil coisas místicas e graves. Matias vai escrevendo, ora devagar, ora depressa. As tiras saem-lhe das mãos, animadas e polidas. Algumas trazem poucas emendas ou nenhumas. De repente, indo escrever um adjetivo, suspende-se; escreve outro e risca-o; mais outro, que não tem melhor fortuna. Aqui é o centro do idílio. Subamos à cabeça do cônego.

Upa! Cá estamos. Custou-te, não, leitor amigo? É para que não acredites nas pessoas que vão ao Corcovado, e dizem que ali a impressão da altura é tal, que o homem fica sendo coisa nenhuma. Opinião pânica e falsa, falsa como Judas e outros diamantes. Não creias tu nisso, leitor amado. Nem Corcovados, nem Himalaias valem muita coisa ao pé da tua cabeça, que os mede. Cá estamos. Olha bem que é a cabeça do cônego. Temos à escolha um ou outro dos hemisférios cerebrais; mas vamos por este, que é onde nascem os substantivos. Os adjetivos nascem no da esquerda. Descoberta minha, que, ainda assim, não é a principal, mas a base dela, como se vai ver. Sim, meu senhor, os adjetivos nascem de um lado, e os substantivos de outro, e toda a sorte de vocábulos está assim dividida por motivo da diferença sexual...

— Sexual?

Sim, minha senhora, sexual. As palavras têm sexo. Estou acabando a minha grande memória psico-léxico-lógica, em que exponho e demonstro esta descoberta. Palavra tem sexo.

— Mas, então, amam-se umas às outras?

Amam-se umas às outras. E casam-se. O casamento delas é o que chamamos estilo. Senhora minha, confesse que não entendeu nada.

— Confesso que não.

Pois entre aqui também na cabeça do cônego. Estão justamente a suspirar deste lado. Sabe quem é que suspira? é o substantivo de há pouco, o tal que o cônego escreveu no papel, quando suspendeu a pena. Chama por certo adjetivo, que lhe não aparece: "Vem do Líbano, vem...". E fala assim, pois está em cabeça de padre; se fosse de qualquer pessoa do século, a linguagem seria a de Romeu: "Julieta é o sol.. ergue-te, lindo sol". Mas em cérebro eclesiástico, a linguagem é a das Escrituras. Ao cabo, que importam fórmulas? Namorados de Verona ou de Judá falam todos o mesmo idioma, como acontece com o *thaler* ou o *dollar*, o florim ou a libra, que é tudo o mesmo dinheiro.

Portanto, vamos lá por essas circunvoluções do cérebro eclesiástico, atrás do substantivo que procura o adjetivo. Sílvio chama por Sílvia. Escutais; ao longe parece que suspira também alguma pessoa; é Sílvia que chama por Sílvio.

Ouvem-se agora e procuram-se. Caminho difícil e intrincado que é este de um cérebro tão cheio de coisas velhas e novas! Há aqui um burburinho de ideias, que mal deixa ouvir os chamados de ambos; não percamos de vista o ardente Sílvio, que lá vai, que desce e sobe, escorrega e salta; aqui, para não cair, agarra-se a umas raízes latinas, ali abordoa-se a um salmo, acolá monta num pentâmetro, e vai sempre andando, levado de uma força íntima, a que não pode resistir.

De quando em quando, aparece-lhe alguma dama, — adjetivo também — e oferece-lhe as suas graças antigas ou novas; mas, por Deus, não é a mesma, não é a única, a destinada *ab eterno*, para este consórcio. E Sílvio vai andando, à procura da única. Passai, olhos de toda cor, formas de toda casta, cabelos cortados à cabeça do Sol ou da Noite; morrei sem eco, meigas cantilenas suspiradas no eterno violino; Sílvio não pede um amor qualquer, adventício ou anônimo; pede um certo amor nomeado e predestinado.

Agora não te assustes, leitor, não é nada; é o cônego que se levanta, vai à janela, e encosta-se a espairecer do esforço. Lá olha, lá esquece o sermão e o resto. O papagaio em cima do poleiro, ao pé da janela, repete-lhe as palavras do costume e, no terreiro, o pavão enfuna-se todo ao sol da manhã; o próprio sol, reconhecendo o cônego, manda-lhe um dos seus fiéis raios, a cumprimentá-lo. E o raio vem, e para diante da janela: "Cônego ilustre, aqui venho trazer os recados do sol, meu senhor e pai." Toda a natureza parece assim bater palmas ao regresso daquele galé do espírito. Ele próprio alegra-se, entorna os olhos por esse ar puro, deixa-os ir fartarem-se de verdura e fresquidão, ao som de um passarinho e de um piano; depois fala ao papagaio, chama o jardineiro, assoa-se, esfrega as mãos, encosta-se. Não lhe lembra mais nem Sílvio nem Sílvia.

Mas Sílvio e Sílvia é que se lembram de si. Enquanto o cônego cuida em coisas estranhas, eles prosseguem em busca um do outro, sem que ele saiba nem suspeite nada. Agora, porém, o caminho é escuro. Passamos da consciência para a inconsciência, onde se faz a elaboração confusa das ideias, onde as reminiscências dormem ou cochilam. Aqui pulula a vida sem formas, os germes e os detritos, os rudimentos e os sedimentos; é o desvão imenso do espírito. Aqui caíram eles, à procura um do outro, chamando e suspirando. Dê-me a leitora a mão, agarre-se o leitor a mim, e escorreguemos também.

Vasto mundo incógnito. Sílvio e Sílvia rompem por entre embriões e ruínas. Grupos de ideias, deduzindo-se à maneira de silogismos, perdem-se no tumulto de reminiscências da infância e do seminário. Outras ideias, grávidas de ideias, arrastam-se pesadamente, amparadas por outras ideias virgens. Cousas e homens amalgamam-se; Platão traz os óculos de um escrivão da câmara eclesiástica; mandarins de todas as classes distribuem moedas etruscas e chilenas, livros ingleses e rosas pálidas; tão pálidas, que não parecem as mesmas que a mãe do cônego plantou quando ele era criança. Memórias pias e familiares cruzam-se e confundem-se. Cá estão as vozes remotas da primeira missa; cá estão as cantigas da roça que ele ouvia cantar às pretas, em casa; farrapos de sensações esvaídas, aqui um medo, ali um gosto, acolá um fastio de coisas que vieram cada uma por sua vez, e que ora jazem na grande unidade impalpável e obscura.

— Vem do Líbano, esposa minha...

— Eu vos conjuro, filhas de Jerusalém...

Ouvem-se cada vez mais perto. Eis aí chegam eles às profundas camadas de teologia, de filosofia, de liturgia, de geografia e de história, lições antigas, noções modernas, tudo à mistura, dogma e sintaxe. Aqui passou a mão panteísta de Spinoza, às escondidas; ali ficou a unhada do Doutor Angélico; mas nada disso é Sílvio nem Silva. E eles vão rasgando, elevados de uma força íntima, afinidade secreta, através de todos os obstáculos e por cima de todos os abismos. Também os desgostos hão de vir. Pesares sombrios, que não ficaram no coração do cônego, cá estão, à laia de manchas morais, e ao pé deles o reflexo amarelo ou roxo, ou o que quer que seja da dor alheia e universal. Tudo isso vão eles cortando, com a rapidez do amor e do desejo.

Cambaleias, leitor? Não é o mundo que desaba; é o cônego que se sentou agora mesmo. Espaireceu à vontade, tornou à mesa do trabalho, e relê o que escreveu, para continuar; pega da pena, molha-a, desce-a ao papel, a ver que adjetivo há de anexar ao substantivo.

Justamente agora é que os dois cobiçosos estão mais perto um do outro. As vozes crescem, o entusiasmo cresce, todo o *Cântico* passa pelos lábios deles, tocados de febre. Frases alegres, anedotas de sacristia, caricaturas, facécias, disparates, aspectos estúrdios, nada os retém, menos ainda os faz sorrir. Vão, vão, o espaço estreita-se. Ficai aí, perfis meio apagados de paspalhões que fizeram rir ao cônego, e que ele inteiramente esqueceu; ficai, rusgas extintas, velhas charadas, regra de voltarete, e vós também, células de ideias novas, debuxos de concepções, pó que tens de ser pirâmide, ficai, abalroai, esperai, desesperai, que eles não têm nada convosco. Amam-se e procuram-se.

Procuram-se e acham-se. Enfim, Sílvio achou Sílvia. Viram-se, caíram nos braços um do outro, ofegantes de canseira, mas remidos com a paga. Unem-se, entrelaçam os braços, e regressam palpitando da inconsciência para a consciência. "Quem é esta que sobe do deserto, firmada sobre o seu amado?" pergunta Sílvio, como no *Cântico*; e ela, com a mesma lábia erudita, responde-lhe que "é o selo do seu coração", e que "amor é tão valente com a própria morte".

Nisto, o cônego estremece. O rosto ilumina-se-lhe. A pena, cheia de comoção e respeito, completa o substantivo com o adjetivo. Sílvia caminhará agora ao pé de Sílvio, no sermão que o cônego vai pregar um dia destes, e irão juntinhos ao prelo, se ele coligir os seus escritos, o que não se sabe.

— Em mim, bradou ele, podeis ver a
multidão coroada. Eu sou vós, vós sois eu.

*[Palavras atribuídas pelo narrador ao
personagem de "O dicionário"]*

O DICIONÁRIO

[PÁGINAS RECOLHIDAS]

Era uma vez um tanoeiro, demagogo, chamado Bernardino, o qual em cosmografia professava a opinião de que este mundo é um imenso tonel de marmelada, e em política pedia o trono para a multidão. Com o fim de a pôr ali, pegou de um pau, concitou os ânimos e deitou abaixo o rei; mas, entrando no paço, vencedor e aclamado, viu que o trono só dava para uma pessoa, e cortou a dificuldade sentando-se em cima.

— Em mim, bradou ele, podeis ver a multidão coroada. Eu sou vós, vós sois eu.

O primeiro ato do novo rei foi abolir a tanoaria, indenizando os tanoeiros, prestes a derrubá-lo, com o título de Magníficos. O segundo foi declarar que, para maior lustre da pessoa e do cargo, passava a chamar-se, em vez de Bernardino, Bernardão. Particularmente encomendou uma genealogia a um grande doutor dessas matérias, que em pouco mais de uma hora o entroncou a um tal ou qual general romano do século IV, Bernardus Tanoarius; — nome que deu lugar à controvérsia, que ainda dura, querendo uns que o rei Bernardão tivesse sido tanoeiro, e outros que isto não passe de uma confusão deplorável com o nome do fundador da família. Já vimos que esta segunda opinião é a única verdadeira.

Como era calvo desde verdes anos, decretou Bernardão que todos os seus súditos fossem igualmente calvos, ou por natureza ou por navalha, e fundou esse ato em uma razão de ordem política, a saber, que a unidade moral do Estado pedia a conformidade exterior das cabeças. Outro ato em que revelou igual sabedoria foi o que ordenou que todos os sapatos do pé esquerdo tivessem um pequeno talho no lugar correspondente ao dedo mínimo, dando assim aos seus súditos o ensejo de se parecerem com ele, que padecia de um calo. O uso dos óculos em todo o reino não se explica de outro modo, senão por uma oftalmia que afligiu a Bernardão, logo no segundo ano do reinado. A doença levou-lhe um olho, e foi aqui que se revelou a vocação poética de Bernardão, porque, tendo-lhe dito um dos seus dois ministros, chamado Alfa, que a perda de um olho o fazia igual a Aníbal, — comparação que o lisonjeou muito, — o segundo ministro, Ômega, deu um passo adiante, e achou-o superior a Homero, que perdera ambos os olhos. Esta cortesia foi uma revelação; e como isto prende com o casamento, vamos ao casamento.

Tratava-se, em verdade, de assegurar a dinastia dos Tanoarius. Não faltavam noivas ao novo rei, mas nenhuma lhe agradou tanto como a moça Estrelada, bela, rica e ilustre. Esta senhora, que cultivava a música e a poesia, era requestada por alguns cavalheiros, e mostrava-se fiel à dinastia decaída. Bernardão ofereceu-lhe as coisas mais suntuosas e raras, e, por outro lado, a família bradava-lhe que uma coroa na cabeça valia mais que uma saudade no coração; que não fizesse a desgraça dos seus, quando o ilustre Bernardão lhe acenava com o principado; que os tronos não andavam a rodo, e mais isto, e mais aquilo. Estrelada, porém, resistia à sedução.

Não resistiu muito tempo, mas também não cedeu tudo. Como entre os seus candidatos preferia secretamente um poeta, declarou que estava pronta a casar, mas seria com quem lhe fizesse o melhor madrigal, em concurso. Bernardão aceitou a cláusula, louco de amor e confiado em si; tinha mais um olho que Homero, e fizera a unidade dos pés e das cabeças.

Concorreram ao certame, que foi anônimo e secreto, vinte pessoas. Um dos madrigais foi julgado superior aos outros todos; era justamente o do poeta amado. Bernardão anulou por um decreto o concurso, e mandou abrir outro; mas então, por uma inspiração de insigne maquiavelismo, ordenou que não se empregassem palavras que tivessem menos de trezentos anos de idade. Nenhum dos concorrentes estudara os clássicos: era o meio provável de os vencer.

Não venceu ainda assim, porque o poeta amado leu à pressa o que pôde, e o seu madrigal foi outra vez o melhor. Bernardão anulou esse segundo concurso; e, vendo que no madrigal vencedor as locuções antigas davam singular graça aos versos, decretou que só se empregassem as modernas e particularmente as da moda. Terceiro concurso, e terceira vitória do poeta amado.

Bernardão, furioso, abriu-se com os dois ministros, pedindo-lhes um remédio pronto e enérgico, porque, se não ganhasse a mão de Estrelada, mandaria cortar trezentas mil cabeças. Os dois, tendo consultado algum tempo, voltaram com este alvitre:

— Nós, Alfa e Ómega, estamos designados pelos nossos nomes para as coisas que respeitam à linguagem. A nossa ideia é que Vossa Sublimidade mande recolher todos os dicionários e nos encarregue de compor um vocabulário novo que lhe dará a vitória.

Bernardão assim fez, e os dois meteram-se em casa durante três meses, findos os quais depositaram nas augustas mãos a obra acabada, um livro a que chamaram Dicionário de Babel, porque era realmente a confusão das letras. Nenhuma locução se parecia com a do idioma falado; as consoantes trepavam nas consoantes, as vogais diluíam-se nas vogais, palavras de duas sílabas tinham agora sete e oito, e vice-versa, tudo trocado, misturado, nenhuma energia, nenhuma graça, uma língua de cacos e trapos.

— Obrigue Vossa Sublimidade esta língua por um decreto, e está tudo feito.

Bernardão concedeu um abraço e uma pensão a ambos, decretou o vocabulário, e declarou que ia fazer-se o concurso definitivo para obter a mão da bela Estrelada. A confusão passou do dicionário aos espíritos; toda a gente andava atônita. Os farsolas cumprimentavam-se na rua pelas novas locuções: diziam, por exemplo, em vez de: *Bom-dia, como passou? — Pflerrgpxx, rouph, aa?* A própria dama, temendo que o poeta amado perdesse afinal a campanha, propôs-lhe que fugissem; ele, porém, respondeu que ia ver primeiro se podia fazer alguma coisa. Deram noventa dias para o novo concurso e recolheram-se vinte madrigais. O melhor deles, apesar da língua bárbara, foi o do poeta amado.

Bernardão, alucinado, mandou cortar as mãos aos dois ministros, e foi a única vingança. Estrelada era tão admiravelmente bela, que ele não se atreveu a magoá-la, e cedeu.

Desgostoso, encerrou-se oito dias na biblioteca, lendo, passeando ou meditando. Parece que a última coisa que foi uma sátira do poeta Garção, e especialmente estes versos, que pareciam feitos de encomenda:

O raro Apeles,
Rubens e Rafael, inimitáveis
Não se fizeram pela cor das tintas;
A mistura elegante os fez eternos.

BIOGRAFIA

O escritor carioca Joaquim Maria Machado de Assis nasce em 21 de junho de 1839, de mãe portuguesa, Maria Leopoldina Machado de Assis, e pai brasileiro, Francisco José de Assis, moradores de casa modesta no Morro do Livramento, próxima à chácara do mesmo nome, a que provavelmente eram agregados. Precárias são as informações sobre sua infância e adolescência. Talvez tenha sido coroinha na Igreja da Lampadosa. Teve uma irmã, Maria, que morreu aos dezenove meses. Perdeu a mãe, no dia 18 de janeiro de 1849, ganhou madrasta, a partir de 1854, quando o pai de novo se casou, desta vez com Maria Inês da Silva. De escolaridade, não há notícia segura. Sabe-se, porém, que, aos quinze anos, domina a língua portuguesa e conhece francês.

Seu primeiro poema, "A palmeira", data de 6 de janeiro de 1855. E de versos também se faz o primeiro texto publicado: "Ela", a 12 de janeiro do mesmo ano, na *Marmota Fluminense*, jornal de Francisco de Paula Brito, onde passa a colaborar, a partir desta data até 3 de maio de 1861. 1856 marca o começo do trabalho como aprendiz de tipógrafo, na Tipografia Nacional, atividade que se estende até 1858. Neste último ano, tem professor no padre Antônio José da Silveira Sarmento, cura da Capela de São João Batista, do palácio imperial de São Cristóvão. E passa a revisor de provas e caixeiro da livraria de Paula Brito. De 11 de abril até junho, colabora em *O Paraíba*, jornal de Petrópolis. Essa atuação jornalística multiplica-se por diversos periódicos: *Correio Mercantil*, até 1868; o *Espelho*, onde é crítico teatral; *Diário do Rio de Janeiro*, de que é redator, de março de 1860 ao mesmo mês de 1867 e colaborador esporádico até 1869; *A Semana Ilustrada*, de dezembro de 1860 a julho de 1875.

1861 marca a publicação da comédia *Desencantos* e da sátira em prosa *Queda que as mulheres têm para os tolos*.

É auxiliar de censura do Conservatório Dramático Brasileiro em 1862. E participa de todos o números da revista *O Futuro*, de 15 de setembro desse ano a 1º de junho de 1863, data em que publica o *Teatro de Machado de Assis*, com as comédias *O Protocolo e O Caminho da porta*. Escreve contos e outros textos para o *Jornal das famílias*, de julho de 1863 a dezembro de 1878. Seu pai morre em 1864, 22 de abril, ano em que sai *Crisálidas*, primeiro livro de poemas. 1866 marca a presença da comédia *Os Deuses de casaca*. *O Diário do Rio de Janeiro* publica sua tradução de romance de Victor Hugo, *Os Trabalhadores do mar*.

É nomeado ajudante do Diretor do *Diário Oficial* em 1867, cargo em que permanece até 6 de janeiro de 1874.

1869 é ano grande: casa-se com Carolina Augusta Xavier de Novais, jovem portuguesa recém-chegada ao Brasil.

1870: publica os versos de *Falenas* e os *Contos fluminenses*.

1872: lança o primeiro romance, *Ressurreição*, e integra a comissão do *Dicionário Marítimo Brasileiro*. No ano seguinte, vem a lume *História da meia-noite* e a tradução de *Higiene para uso dos mestre escolas*, do Dr. Gallard. É nomeado primeiro oficial da Secretaria de Agricultura, Comércio e Obras Públicas. De 26 de setembro a 3 de novembro, *O Globo* publica o seu romance *A mão e a luva*, que sai em livro no mesmo ano.

1875: vê publicados os versos de *Americanas*.

De julho de 1876 a abril de 1878, colabora em todos os números da revista *Ilustração Brasileira*. Ainda em 1876, *O Globo* volta a publicar romance de sua autoria: *Helena*, livro no mesmo ano. Passa a chefe da seção da Secretaria de Agricultura.

Em 1878, O Cruzeiro traz ao público *Iaiá Garcia*, outro romance, lançado em livro também nesse ano.

De dezembro de 1878 a março de 1879, licença para tratamento de saúde. Vai para Friburgo.

De junho a dezembro de 1879, escreve na *Revista Brasileira*, onde publica *Memórias póstumas de Brás Cubas*, de 15 de março de 1880 a 15 de dezembro do mesmo ano. Ainda em 1879, começa a escrever para a revista *A Estação*, trabalho que se estende até 1898 e periódico onde estampa, de 15 de junho de 1886 a 15 de setembro de 1891, o romance *Quincas Borba*.

1880: (28 de março) designado oficial de gabinete do Ministro da Agricultura, Manuel Buarque de Macedo.

Na comemoração do tricentenário de Camões, vê levada à cena a sua comédia *Tu, só tu, puro amor*, escrita especialmente para o acontecimento.

296

1881: publica em livro as *Memórias póstumas de Brás Cubas*.

De 18 de dezembro desse ano a 28 de fevereiro de 1897 tem texto assíduo na *Gazeta de Notícias*, para a qual redige as crônicas de "A semana".

1882: vê o lançamento de *Papéis avulsos* e nova licença para tratamento, fora do Rio de Janeiro: três meses.

Os contos de *Histórias sem data* saem em 1884.

1886: é data de texto nãoliterário que publica: *Terras*, compilação para estudo.

Em 1889, é promovido a Diretor da Diretoria de Comércio, na Secretaria de Agricultura.

Quincas Borba é publicado em livro em 1891.

O ano seguinte marca nova promoção funcional, a 3 de dezembro: Diretor-Geral do Ministério da Viação.

Em 1895, dezembro, começa a escrever de novo para a *Revista Brasileira*, e o faz até outubro de 1898.

De 1896 é a publicação dos contos de *Várias histórias*.

A 15 de dezembro desse ano, é aclamado para dirigir a primeira sessão preparatória da fundação da Academia Brasileira de Terras; participa ativamente da criação do órgão e o presidirá até a sua morte.

1898: disponibilidade funcional com a reforma do Ministério da Viação. Retorna ao trabalho no mesmo ano.

Dom Casmurro e *Páginas recolhidas* são dois livros, em 1899.

As Poesias Completas saem em 1901.

É Diretor da Secretaria da Indústria, no mesmo Ministério da Viação, em 18 de novembro de 1902 de onde é transferido, em 18 de dezembro, para a Direção-Geral de Contabilidade, como titular.

1904: vê sair em livro *Esaú e Jacó*.

Doença de Carolina leva-o de novo para Friburgo. Em janeiro. A esposa morre em 20 de outubro: quase trinta e cinco anos de matrimônio.

1906: são publicados os contos, crítica e teatro de *Relíquias de casa velha*, que abre com o famoso e sofrido soneto "A Carolina".

Em 1908, sai o *Memorial de Aires*, romance.

Nesse ano, a 1º de junho, nova licença para tratar da saúde. A última. Em 29 de setembro, três horas e vinte minutos da madrugada, na casa carioca do Cosme Velho, o genial romancista, contista, poeta, cronista, teatrólogo, crítico, chega à cláusula dos seus dias, deixando excepcional e renovador patrimônio literário incorporado às letras e à Cultura do Brasil.

OBSERVAÇÃO: Os dados constantes desta Biografia têm como fonte básica a cronologia biobibliográfica cometida pela Comissão Machado de Assis à Subcomissão integrada por Lúcia Miguel Pereira e J. Galante de Sousa (relator), publicada no volume 1, *Contos fluminenses*, das edições críticas das obras de Machado de Assis lançadas pela Civilização Brasileira, em convênio com o Instituto Nacional do Livro — MEC. Vali-me também do livro de Jean-Michel Massa, *A juventude de Machado de Assis* (Rio de Janeiro, Civ. Brasileira/ Conselho Nacional de Cultura, 1971, tradução de Marco Aurélio de Moura, de original francês), de elementos do esboço biográfico de Machado de Assis elaborado por Rénard Perez, publicado na *Obra completa de Machado de Assis*, organizada por Afrânio Coutinho e editada pela Aguilar, Rio de Janeiro, 1959, v. 1 e do texto "Várias estórias para um homem célebre — biografia intelectual", feito por Valentim Facioli e integrante do livro de textos de Machado de Assis e sobre ele publicado pela Ática, Alfredo Bosi et alii. *Machado de Assis*. São Paulo, Ática, 1982. (*D. P. F.*)

BIBLIOGRAFIA

Conto

Contos fluminenses. Rio de Janeiro: Garnier, 1869.
Histórias da meia-noite. Rio de Janeiro: Garnier, 1873.
Papéis avulsos. Rio de Janeiro: Lombaerts & Cia., 1882.
Histórias sem data. Rio de Janeiro: Garnier, 1884.
Várias histórias. Rio de Janeiro: Laemmert, 1896.
Páginas recolhidas. Rio de Janeiro: Garnier, 1899.
Relíquias de casa velha. Rio de Janeiro: Garnier, 1906.

Romance

Ressurreição. Rio de Janeiro: Garnier, 1872.
A mão e a luva. Rio de Janeiro: Gomes de Oliveira, 1874.
Helena. Rio de Janeiro: Garnier, 1876.
Iaiá Garcia. Rio de Janeiro: G. Viana & Cia., 1878.
Memórias póstumas de Brás Cubas. Rio de Janeiro: Tipografia Nacional, 1881.
Quincas Barba. Rio de Janeiro: Garnier, 1891.
Dom Casmurro. Rio de Janeiro: Garnier, 1899.
Esaú e Jacó. Rio de Janeiro: Garnier, 1904.
Memorial de Aires. Rio de Janeiro: Garnier, 1908.

Poesia

Crisálidas. Rio de Janeiro: Garnier, 1864.
Falenas. Rio de Janeiro: Garnier, 1869.
Americanas. Rio de Janeiro: Garnier, 1875.
Poesias completas. Rio de Janeiro: Garnier, 1901.

Teatro

Queda que as mulheres têm para os tolos (tradução). Rio de Janeiro: Tipografia Paula Brito, 1891.
Desencantos. Rio de Janeiro: Paula Brito, 1861.

Teatro. Rio de Janeiro: Tipografia do Diário do Rio de Janeiro, 1863.

Quase ministro. Rio de Janeiro: Tipografia da Escola [1864].

Os Deuses de casaca. Rio de Janeiro: Instituto Artístico, 1866.

Tu só, tu, puro amor... Rio de Janeiro: Lombaerts & Cia., 1881.

Publicações póstumas

Crítica. Org. por Mário de Alencar. Rio de Janeiro: Garnier, 1910.

Outras relíquias. Sel. de Mário de Alencar. Rio de Janeiro: Garnier, 1910.

Teatro. Org. por Mário de Alencar. Rio de Janeiro: Garnier, 1910.

A Semana. Org. por Mário de Alencar. Rio de Janeiro: Garnier, 1914.

Cartas de Machado de Assis a Euclides da Cunha. Colecionadas por Renato Travassos. Rio de Janeiro: Waissman, Reis & Cia., 1931.

Correspondência de Machado de Assis. Reunida e anotada por Fernando Néri. Rio de Janeiro: América Bedeschi, 1932.

Novas relíquias. Org. por Fernando Néri. Rio de Janeiro: Ed. Guanabara, 1932.

Obras completas. Rio de Janeiro: W. M. Jackson, 1937. Inclui os livros publicados pelo autor e mais *Crônicas*, *A semana*, *Crítica literária*, *Crítica teatral*, *Histórias românticas*, *Contos fluminenses*, 2º vol., *Relíquias de casa velha* (2º vol.), *Correspondência*.

Páginas esquecidas. Org. por Elói Pontes. Rio de Janeiro: Casa Mandarino, 1939.

Casa velha. Intr. de Lúcia Miguel Pereira. São Paulo: Martins, 1944.

Adelaide Ristori (folhetins). Rio de Janeiro: Academia Brasileira de Letras, 1955.

Ideias e imagens de Machado de Assis. Org. e prefácio de Raimundo Magalhães Júnior. Rio de Janeiro: Civilização Brasileira, 1956.

Contos esquecidos. Org. e prefácio de Raimundo Magalhães Júnior. Rio de Janeiro: Civilização Brasileira, 1956.

Contos Avulsos. Org. e prefácio de Raimundo Magalhães Júnior. Rio de Janeiro: Civilização Brasileira, 1956.

Contos recolhidos. Org. e prefácio de Raimundo Magalhães Júnior. Rio de Janeiro: Civilização Brasileira, 1956.

Contos esparsos. Org. e prefácio de Raimundo Magalhães Júnior. Rio de Janeiro: Civilização Brasileira, 1956.

Contos sem data. Org. e prefácio de Raimundo Magalhães Júnior. Rio de Janeiro: Civilização Brasileira, 1956.

Diálogos e reflexões de um relojoeiro. Org. e prefácio de Raimundo Magalhães Júnior. Rio de Janeiro: Civilização Brasileira, 1956.

Prosa e Poesia. Prefácio e notas de J. Galante de Sousa. Rio de Janeiro: Civilização Brasileira, 1957.

Contos e crônicas. Org. e prefácio de Raimundo Magalhães Júnior. Rio de Janeiro: Civilização Brasileira, 1958.

Crônicas de Lélio. Org. e prefácio de Raimundo Magalhães Júnior. Rio de Janeiro: Civilização Brasileira, 1958.

Obra completa. Org. Afrânio Coutinho, Rio de Janeiro: Aguilar, 1959, 3 vols.

Memórias póstumas de Brás Cubas. Rio de Janeiro: INL, 1960. Texto estabelecido pela Comissão Machado de Assis.

Dispersos. Org. e introdução de Jean-Michel Massa. Rio de Janeiro: INL, 1965.

Quincas Barba. Rio de Janeiro: INL, 1969. Texto estabelecido pela Comissão Machado de Assis.

Dom Casmurro. Rio de Janeiro: INL, 1969. Texto estabelecido pela Comissão Machado de Assis.

Contos fluminenses. 2. ed. Rio de Janeiro; Brasília: Civilização Brasileira; INL, 1977. Texto estabelecido pela Comissão Machado de Assis.

Histórias da meia-noite. 2. ed. Rio de Janeiro; Brasília: Civilização Brasileira; INL, 1977. Texto estabelecido pela Comissão Machado de Assis.

Histórias sem data. 2. ed. Rio de Janeiro; Brasília: Civilização Brasileira; INL, 1977. Texto estabelecido pela Comissão Machado de Assis.

Várias histórias. 2. ed. Rio de Janeiro; Brasília: Civilização Brasileira; INL, 1977. Texto estabelecido pela Comissão Machado de Assis.

Relíquias de casa velha. 2. ed. Rio de Janeiro; Brasília: Civilização Brasileira; INL, 1977. Texto estabelecido pela Comissão Machado de Assis.

Quincas Barba. 2. ed. Rio de Janeiro; Brasília: Civilização Brasileira; INL, 1977. Texto estabelecido pela Comissão Machado de Assis.

Esaú e Jacó. 2. ed. Rio de Janeiro; Brasília: Civilização Brasileira; INL, 1977. Texto estabelecido pela Comissão Machado de Assis.

Dom Casmurro. 2. ed. Rio de Janeiro; Brasília: Civilização Brasileira; INL, 1977. Texto estabelecido pela Comissão Machado de Assis.

Memorial de Aires. 2. ed. Rio de Janeiro; Brasília: Civilização Brasileira; INL, 1977. Texto estabelecido pela Comissão Machado de Assis.

Helena. 2. ed. Rio de Janeiro; Brasília: Civilização Brasileira; INL, 1977. Texto estabelecido pela Comissão Machado de Assis.

Ressurreição. 2. ed. Rio de Janeiro; Brasília: Civilização Brasileira; INL, 1977. Texto estabelecido pela Comissão Machado de Assis.

Poesia completas. 2. ed. Rio de Janeiro; Brasília: Civilização Brasileira; INL, 1977. Texto estabelecido pela Comissão Machado de Assis.

LEIA TAMBÉM

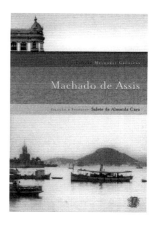

MELHORES CRÔNICAS MACHADO DE ASSIS
Seleção e prefácio de
Salete de Almeida Cara

Cem anos após a sua morte, as crônicas de Machado de Assis continuam insuperáveis. Irônico, por vezes cruel, com seu estilo inconfundível o cronista examina os grandes acontecimentos da época, sem menosprezar os fatos miúdos do cotidiano, traçando um retrato fiel da sociedade imperial e dos primeiros anos da República.